雨果奖星云奖桂冠作家力作

世界科幻大师丛书

BEGGARS RIDE

《西班牙乞丐》三部曲之三

乞丐的愿望

Nancy Kress

[美] 南希·克雷斯 著

方陵生 译

U0755710

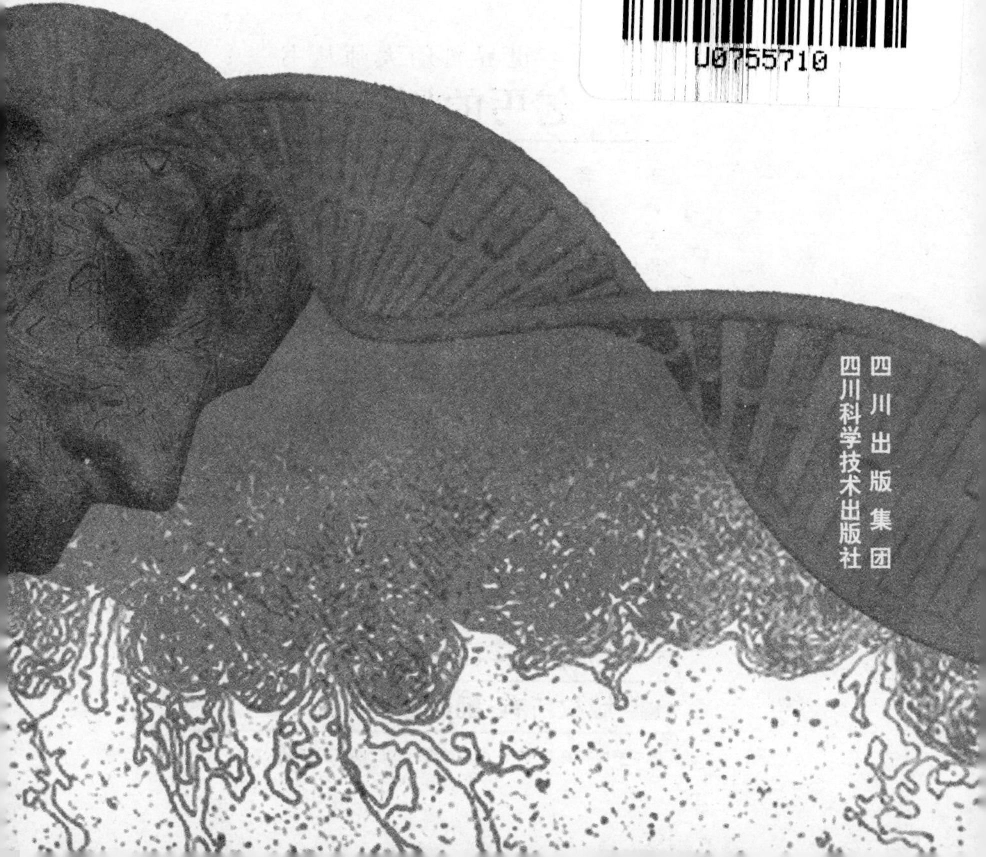

四川出版集团

四川科学技术出版社

图书在版编目(CIP)数据

乞丐的愿望 / [美]克雷斯 著; 方陵生 译.
– 成都:四川科学技术出版社, 2012.3(2013.5重印)
(世界科幻大师丛书)

ISBN 978-7-5364-6289-2

Ⅰ.乞… Ⅱ.①克… ②方… Ⅲ.长篇-美国-现代 Ⅳ.I712.45

中国版本图书馆 CIP 数据核字(2007)第 103726 号

图进字 21-2005-171 号

世界科幻大师丛书

乞丐的愿望(修订版)

著　者	[美]南希·克雷斯
译　者	方陵生
主　编	姚海军
责任编辑	宋 齐
封面设计	张城钢
版面设计	张城钢
责任出版	邓一羽
出版发行	四川出版集团·四川科学技术出版社
	成都市三洞桥路 12 号　邮政编码:610031
成品尺寸	140mm×203mm
印　张	13.25
字　数	280 千
印　刷	四川五洲彩印有限责任公司
版　次	2012年3月成都第二版
印　次	2013年5月第二次印刷
定　价	22.50元

ISBN 978-7-5364-6289-2

我的无眠梦想

[美] 南希·克雷斯

《西班牙乞丐》的首版时间是在 1993 年，但其创作灵感的历史渊源却可以追溯到很早，一直到我的童年时代。

不同的作家因不同的原因而提笔，著名作家海明威的经典名言是——"为了名声、荣耀、金钱以及所爱的女人"而写作，但实际上，他的写作原因并不仅限于此，被他漏掉的动因之一便是"美慕"。

我是一个睡眠较多的人，对于那些睡眠较少的人总觉得特别美慕。回想孩童时期，在曚眬的睡眠中，大好时光悄然流逝；少女时代，因为太好睡，错过了许多快乐的"睡衣晚会"（译注：西方社会流行的一种小女生聚会，在其中一个人的家中聊天、玩乐，然后睡觉）；成年后，我所有的时间要在工作、照顾小孩、洗衣做饭，以及社交活动中做出平衡。通常情况下，我最多也只能熬到凌晨两点。由于需要比别人更多的睡眠，我觉得自己每天比别人少活了两个小时，五十年加起来等于少活了四年！因此，我心中时时萦绕着一种美慕之情。

因为美慕，我用我的笔创造了从不需要睡眠的人，一些异于我们的人！而我在天马行空的想象中获得了感同身受的美好体验！

我最早创造的无眠者形象是在1977年写的一个短篇恐怖小说中，小说里的无眠者是自发性基因突变现象的产物，一群迷失在大山中的登山者。那篇故事遭到了科幻出版界几乎所有编辑的退稿（在我将稿子辗转寻求发表的过程中，由于编辑人员调动的原因，我的稿子在罗伯特·西尔弗伯格的手里甚至被退稿两次），而我当时只是一名初出茅庐的作者，没有那个能力去客观地评估自己的作品，只觉得这篇故事大概是推销不出去了，于是只得将它束之高阁。

五年后，我又做了一次尝试。这一次，故事里无眠者的基因突变是有意为之，由一位疯狂的科学家创造出来，最后他本人也死于自己的实验中。这有点像一出情节剧，又有点虚无。这篇小说遭到了同样的厄运，一次次被编辑给退了回来。

1990年，我准备做第三次尝试，对于那些不睡觉的人的羡慕仍然是一个很强烈的动因。这时我的境况有所改变，我已是一个全职作家，孩子们也都长大了，青少年形象占据了我的头脑。最后，我的兴趣落在了探索科学的发展是如何创造出无眠者上（不再是疯狂科学家在地下室里搞出来的那些东西了）。

于是，我的中篇小说《西班牙乞丐》就这样诞生了。虽然这部小说同时获得了星云奖和雨果奖，但我一直在想，蕾莎的故事只是一个开始。这种想法一直萦绕在我的脑际，因此，我开始做进一步的探索。我一直在思考，基因改造创造出来的在各方面都占据优势的无眠者，对美国经济势必产生长期的影响，必将使社会贫富两极分化日益明显。在《西班牙乞丐》中，只要在试管里改变为数不多的几个基因，就可以造就出天才的无眠者；而在现实中，我们还做不到这一点。但自1990年以来，我们离这个目标已经越来越近了，基因工程正在成为现实，但许多人还没有做好准备去认可它，更遑论接受它；另一方面，基因改造也像被放出魔瓶的妖怪，一旦被释放出来，就无法再将它收回去。我们现在已经知道如何操纵和改变人类基因,毫无疑问,我们将会付诸实践。在世界各地——美国、中国、英国、澳大利亚、俄罗斯的实验室所进行的实验让我们对人类基因有了越来越多的了解,中国的人类基因组研究中心在这方面同样做出了令人振奋的努力和贡献。在对待我们人类自己基因组的问题上,我们将会有什么样的发展,约占世界人口五分之一的中国无疑将起到重要作用。

在我的《西班牙乞丐》的两部续集——《乞丐与选民》和《乞丐的愿望》中,对于改变人类基因的探索穷尽了我的想象力,然而即便如此,也难以接近和涵盖未来几十年里基因工程将给我们带来的令人振奋、震惊和争议的种种变化。我只希望,自己在有生之年能够亲眼目睹这些变化,并继续以其为题材笔耕不辍。

之所以羡慕,还有一个原因就是——

有些东西是永远也不会改变的。

2007年7月于家中

目
CONTENTS
录

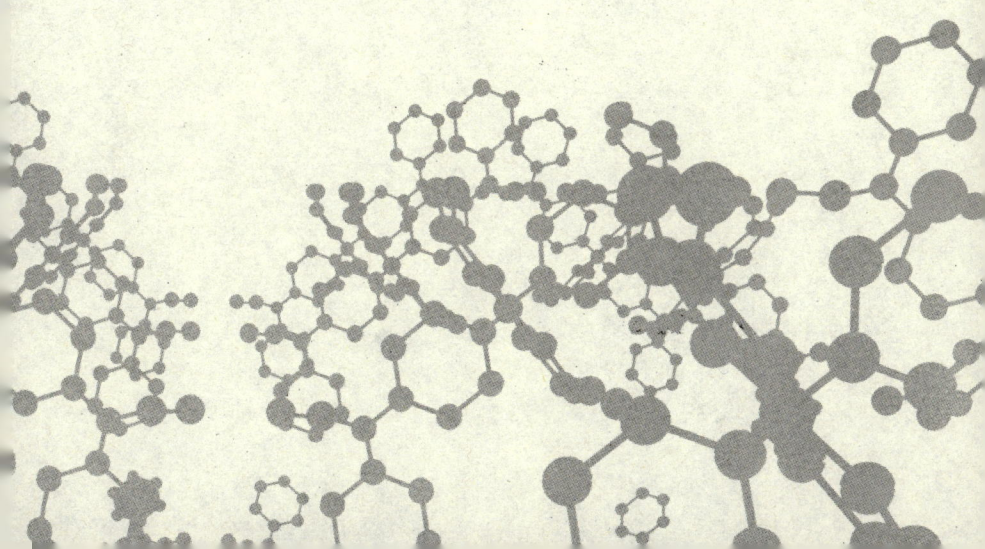

目录

序 幕

　　监狱大门摇摇晃晃地打开了,詹妮弗·沙里夫跨出牢门。

　　空中汽车已经等候在一百英尺外的停车场上。詹妮弗曾叮嘱丈夫:不用过来接我,我会去找你的。威尔·桑达罗斯理解她,这会儿他正独自一人等在车里。

　　她静静地伫立着,眺望着外面的世界。青草,绿树,似锦的繁花。基因改造的大麻百合、银色蔷薇、美洲石竹、月亮草。时令已是盛夏。典狱官站在她身旁,嘴里不知嘀咕着什么,她什么也没有听见。

　　二十七年过去了。

　　一切都在变化,一切又都没有变。

　　从她受审、被判决,到最终被投入监狱,至今已有二十七个年头。全是因为一宗基本证据确凿的罪行:背叛美国的叛国罪。只是在詹妮弗看来,那并不能算是犯罪,而是一场革命,一场争取自由的战斗、一场针对睡眠者的革命。那些睡眠者一直在劫掠,并试图毁灭詹妮弗和她手下的无眠者,而政府则使用了会给无眠者带来灭顶之灾的现代武器——让他们几近破产的征税手段,以耗尽无眠者的元气。詹妮弗针锋相对,她用的是更现代的武器——基因恐怖主义。詹妮弗·沙里夫和她的十一个无眠者组成的庇护所委员

会，以美国的五座城市作为要挟，武器就是经过基因改造的逆转录酶病毒，一种可以迅速置任何有神经元的生物于死地的病毒，目的是要让睡眠者放过她的人，让他们脱离美国，获得自由。

但她没有成功。那并不是因为睡眠者比无眠者更聪明，她的失败另有原因。詹妮弗和她的手下分别被判刑，詹妮弗的刑期最长，长达二十七年。

又有一辆车停在了威尔的车旁边，那是一辆地面车。会是记者吗？也许不是。在这个已经改变了的世界里，一切都难以预料。一位老妇人从车里出来，往另一个方向走去。詹妮弗冷眼看着她。这个老妇人——看她的脸，她应该已有八十多岁了——步伐平稳，手臂摆动灵活，她和与她相似的那些人是在那场"基因改造大变革"后开始变成这样的。但是这位老人仍然是衰老了，就像油已尽灯将枯，正逐渐接近人生的终点。

詹妮弗·沙里夫已经一百一十四岁了，虽然她看起来只有三十五岁，而且会永远看起来都只有三十五岁，但她毕竟已经失去了二十七年的时光，一同失去的还有她的世界。

典狱官仍在喋喋不休，詹妮弗并没理会他。她心里正燃烧着怒火，就像地心，正喷涌出缓缓流动的浓稠熔岩，气势磅礴，具有熔化一切的力量。但是她冷静地压抑住了这种愤怒，她要将它藏在心里，加以引导。失控的怒气是危险的，而适当引导的愤怒则是一种永远不会枯竭的力量。

思绪如潮，但她美丽脸庞上的肌肉却纹丝未动。

她已经准备好了。詹妮弗从那个喋喋不休的典狱官身边走开，离开了这个她因背叛政府的罪名待了二十七年的艾伦代尔联邦最高安全监狱——而今，这个她曾背叛过的政府已经名存实亡了。

没有亲吻，没有拥抱，威尔只是和她拉了拉手。他端坐了一会儿,便发动车子。

"你好,威尔。"

"你好,詹妮。"

没有多余的话,一切尽在不言中。

空中汽车升了起来,在她的下方,那个呆立着的典狱官的身影越来越小, 然后监狱也越来越小。詹妮弗对着公共链接通信器说道:"有留言吗?"

"没有留言。"通信器回答道。这并不奇怪,她的信息有可能正在威尔暂居地的通信器上等着她。大概有很多信息在等着她,以后的日子里将会越来越多。詹妮弗正在重新集结她那个错综复杂、庞大无比的公司企业网及财政网,但她的基地不会选在美国所管辖范围内。永远不会在美国。现在,在未加屏蔽的链接网上,她要进行一次通话。

"请接庇护所,公共频率。"

"呼叫庇护所,公共频率。"链接网呼道。威尔看了她一眼,然后集中精力继续驾车。

詹妮弗面前屏幕上的信号灯闪了一下,她孙女米兰达的脸立刻出现在眼前,看来米兰达一直在等待着与她的通话。显然,她对詹妮弗出狱的时间了如指掌,精确到分秒。

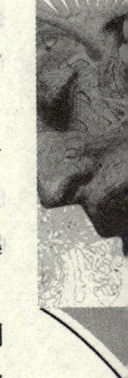

"你好,祖母。"米兰达·沙里夫说,她的声音来自地球上空二十万英里处。到今天为止,她和其他第三代无眠者占据庇护所轨道已经好几年了。但这个庇护所是詹妮弗为了无眠者的安全而建造起来的,詹妮弗不喜欢现在这样。

米兰达没有说"欢迎回家"之类的话。她相貌平平,脑袋特别大,长着一头桀骜不驯的黑发,脸上没有一丝笑容。詹妮弗看着她的孙女,回忆着往昔之事,努力抵挡心中那堵升腾而起的愤怒之墙——将詹妮弗送进监狱的正是这个米兰达。

詹妮弗的话音格外清晰，不带一丝感情："我要收回庇护所的所有权，它的合法拥有权属于我。从我被释放之日起，二十四小时内，你们都给我撤出轨道，带上你所有的二十六个超级无眠者，连同所有和你有任何生意往来的人。否则，我会以其人之道还治其人之身，将你也送上政府那个腐败堕落的法庭。"

米兰达面无表情地回答道："我们会撤出庇护所的。"接着，屏幕上一片死寂。

威尔握住詹妮弗的手。

空中汽车抵达阿巴拉契亚山脉深处，Y能量防护罩的圆顶出现在眼前。历经岁月沧桑的山头呈圆形，顺坡而下覆盖着一片绿意葱茏、显然未经基因改造的植被。威尔对着防护罩发出一个信号，空中汽车便穿过防护罩，降落在一座石屋的屋顶上。这座房子是用纳米材料建成的，建在较低的山头上。他们从车里走出来。

詹妮弗的脚下，一片草地向远方延伸开去，上面长满了苜蓿和雏菊，蜜蜂在花间流连。草地尽头是一条波光粼粼的溪流，在北面与一道瀑布汇合。极目远眺，山峰在蓝色的薄雾中兀自突起，就像掩隐在朦胧烟雨中的一座座尖顶教堂。天如苍穹，天幕下飘浮着奶白色的浮云，西边的尽头处是一片渐渐褪去的金黄。

威尔温柔地说道："到家了。"

詹妮弗看着这个家和它周围的一切：房屋，草场，山峰，天空。田野。她面无表情，然后闭上了眼睛，这样她就可以更好地看到，心中努力压抑着的怨愤将如何演化为精心筹谋的计划。

"家，这就是家？它永远都不是家，它只是战场。"

威尔缓缓点头，微笑。他们一起走进屋子里。

第一卷

2120年11月～2121年1月

"愿望若是马,乞丐也能乘。愿望非事实,犹若水中月。"

——约翰·雷《英国谚语大全》,1670年

1

它就躺在那里——曼哈顿东部小区麦迪逊大道的人行道上，功能不太完善的清洁机器人完全有可能忽略它，因为它很像被风刮落的树枝。但它并不是一根被吹落的树枝，也不是一把被人遗落的激光刀，更不是从不知哪里的纳米涂层墙上剥落下来的黑色碎条，它是一个"改造"针管。

杰克逊·阿拉诺把针管拾了起来。

针管是空的，无法知道它是在多久以前被使用的，黑色的合金没有生锈，没有瘪痕，也没有朽烂。杰克逊不记得上一次看见这样被扔在外面的针管是什么时候了，也许是三四年前吧。他将针管放在手指间捻弄着，好像它是一根指挥棒一般，然后像使用望远镜一样将其对准前面的大楼，喊了声"砰"。

"欢迎光临。"大楼回应道——杰克逊向前伸出的手臂已经进入大楼传感器的感应范围内了。他将针管放进口袋里，进入安全检测隔间。

"我是杰克逊·阿拉诺，求见埃莉·莱斯特。"

"先生，请稍候。检查完毕，先生请进，很乐意为您效劳，先生。"

"谢谢。"杰克逊说道，声音硬邦邦的。他不喜欢大楼那种装模作样的口气。

大厅豪华气派,风格奇异,脚下黄砖铺地。电梯旁有张谢拉顿风格①的桌子,上面放着一尊闪着绿色霓虹灯光的维纳斯像,维纳斯的肚腹部是一个数字显示式时钟。

电梯的声音格外响亮,如同在吟唱一般:"欢迎阁下光临,非常高兴您来拜访莱斯特女士。往这边看,请允许我为您作视网膜扫描……好了,谢谢您,先生。祝您万事如意。"

房间门口有一个黑衣人的全息图像,看上去就像真人般栩栩如生。他身穿一件褪色的印花布衬衫,赤着双脚。"欢迎您的光临,先生。埃莉女士正在里面等着您,先生。"全息黑衣人咧嘴微笑,将一只半透明的手放在推开的门上。

房间里的陈设风格看上去与大厅如出一辙:昂贵的古董与难以入眼的粗劣工艺品混放在一起;一个精致高雅的十八世纪的餐具柜上有一只纸老鼠,它正在给它的"幼崽"喂食;一个老古董电视机擦得锃亮,电视机上方是一个钻石镶边的雕塑作品,雕塑上已经积了厚厚一层灰尘;几把纯粹作为摆设的椅子样式都显得古怪,仿佛根本不是用来坐人的。最新一期《设计》杂志上有篇文章写道:"在一个拥有纳米技术的时代里,即使是最低级的纳米技术,也会让一些物体的外形变得俗不可耐,甚至与原本的功能毫不相干。"中庭池塘里的两条金鱼狡诈地装死,漂浮在正在下沉的"裴廓德"号捕鲸船的缩微全息图像旁。

埃莉·莱斯特从一扇侧门大步跨出。她的身材曾做过基因改造,杰克逊根据她的身高即可猜测到她的出生年代——八十年代后期。在那个年代,女孩子拥有六英尺的身高曾风行一时,而通过基因改造完全可以做到这一点。她裸露的脖子上戴着一条项链,项链上闪亮的珠子是用非常另类的材料做成的——经过纳米技术处理的动物粪便。埃莉身上红白蓝三色相间的裙子拖在地上。杰克逊

---

① 指1800年左右英国的一种家具款式的风格。

想起来了，今晚是选举夜。

"医生，你上哪儿去了？我十分钟前就打电话给你了！"

"我花了四分钟时间才叫到一个代步机器人。"杰克逊不卑不亢地说，"并且你说你祖父已经过世了。"

"是曾祖父。"她不高兴地更正道，"这边走。"

她走在他的前面，相隔五步左右的距离，这样可以让杰克逊好好地欣赏她修长的腿、完美的臀部，以及经过刻意修剪、两边不对称的红色头发。他真想用那个基因改造大变革时代的针管对准她，然后低低地说一声"砰"，但他并没将针管从口袋里拿出来：他觉得，这个拙劣滑稽的动作并不如想象中那么有趣。

胆小鬼。他在心里嘲笑自己。

他们经过一个又一个风格怪异的房间，这座房子甚至比杰克逊在第五大街的房子还要大。一面墙上挂着一幅装帧精美、由电脑设计的讽刺漫画：《阴笑着的蒙娜丽莎》。

但死者的房间却与之前经过的任何房间都大不相同：粉刷得雪白的墙壁上没有任何装饰，只有一些框在小镜框里的照片，都是在纳米照相技术诞生之前拍摄的。看护机器人静静地伫立于床边，老人的嘴唇和两腮的肌肉由于死亡而松弛下来。老人没有做过基因改造，不过也可以看得出他年轻时相貌英俊；虽然皮肤上有着深深的皱纹，但他与那些注射过改造针剂的人一样，都有着健康的肤色，周身没有斑点，没有瘤节，没有变异细胞和体内毒素留下的任何痕迹。这些都不存在。

疾患病痛早已成为历史。现在，细胞清洁机每时每刻都充满警惕地守护着人体。所谓细胞清洁机，就是指经过基因改造的、能够自我复制的蛋白质构成的纳米机器人，它们占据了人体细胞总量的百分之一。像白细胞一样，这些极其微小的生物机器能够离开血液，在身体组织内自由穿行；但它与白细胞也有不同之处，那就是

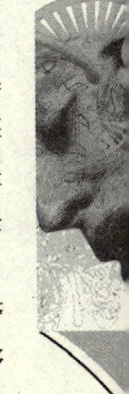

细胞清洁机能够将人体内细胞 DNA 与正常 DNA 进行比较，如发现病变，它将立即摧毁变异的 DNA、各类病毒、毒素、癌细胞等。此外，程序会预先编制出一个"人体内正常存在的物质"列表，细胞清洁机不会伤害到这些物质——比如对人体有着重要作用的矿物质和共生细菌。

自从"大变革"以来，所有医生都不再需要随身携带抗生素和抗滤过性病原体药物了，也不再需要小心翼翼地监护观察病人，以防他们出现感染或并发症。总之，医生们再也用不上看病诊病的本领了。当米兰达·沙里夫给全世界供应"改造针剂"的时候，杰克逊刚从哈佛医学院毕业，那时的他还不是一位医学专家，只是一名实习医生。

杰克逊的行医范围包括治疗外伤，为新生儿注射改造针剂，为死者开具死亡证明等。作为医生，他就像那尊闪着绿色霓虹灯光的维纳斯那样，只是一个滑稽的摆设。

但这会儿似乎并非如此。

杰克逊从医疗箱中拿出他的医疗器械，打开官方医疗通信网。埃莉·莱斯特坐在房间里唯一的一张椅子上。

"死者姓名？"

"哈罗德·温思罗普·韦兰。"

杰克逊用一个大脑监测装置围住死者的头颅，大脑里没有电子信号，没有血液流动的迹象。

"公民编号？出生日期？"

"AKM-92-4681-374,2026 年 8 月 3 日出生，今年九十四岁。"

杰克逊将皮肤分析仪放在韦兰的脖颈处，仪器立即伸展开来，覆在死者的脸上，极细的人造神经网一直伸到他的睡衣里，延伸到他的腿脚处，在他的全身上下探索着。埃莉·莱斯特看向别处。监视器上显示，皮肤没有任何伤口，甚至连最小的针孔都没有，皮肤上所有的营养吸收孔①都功能正常。

"你是什么时候发现韦兰先生去世的？"

"就在我和你通话之前，我进来看看他，结果……"

"你看见他的时候他就是这个样子吗？"

"是的，我没碰过他，也没有动过屋子里的任何东西。"

皮肤分析仪伸出的神经网收了回来，杰克逊又将一个肺管从韦兰的左鼻孔里蜿蜒着插入。肺管触到鼻黏膜，又继续向下延伸，消失在支气管中，最后进入到肺部。

"最后一次肺扩张是在东部标准时间 6：42，"杰克逊说道，"没有溺死迹象，样本组织没有问题。莱斯特女士，现在请告诉我死者最后几天的行为有无异常。尽量回想一下。"

"没有什么与平时不同的地方。"她平淡地说道，"除了跟着机器人去进食间外，他不常离开房间。你可以查查看护机器人的记录，或者你把那个机器人整个儿带走也行。每隔几天我都会来看看他。今晚我进来时，他已经死了，机器人正站在一旁待命。"

"房屋管理系统没有发出任何危险信号吗？这太不正常了。"

"确实发出过信号，可以查记录，你自己看吧，但当时我不在家。公共链接网也正好出了故障，现在仍然不能使用。我没有动过它，你可以自己查看。"

杰克逊说："那么你是如何和我通话的呢？"

"通过我的移动通信链接网，我还给有关维修部门打了电话，你可以查——"

"我不想查看你的任何记录。"杰克逊说，他发觉自己语带轻蔑，似乎是想修正一下。官方链接通信网仍然开着，"警方自会来查看。我只管证明死亡，莱斯特女士，而不是来调查死亡的。"

———
①作者在本书中设想，人类被"改造"后，能在采食场通过皮肤上的细孔采集阳光和土壤里面的营养物质。这种细孔被称做"营养吸收孔"，这种进食方式被称做"身体进食"。

"但是……这说明你准备通知有关当局？我真的搞不明白，我的曾祖父是老死的，这是明摆着的事实，他已经九十四岁了！"

"现在许多人都能活到九十四岁。"杰克逊避开她的眼睛，看向别处。基因改造过的褐色眼睛，像鸟的眼睛那样明亮，"莱斯特女士，你说韦兰先生只有在看护机器人带领下才离开这个屋子去进食间——这是什么意思？"

她闪闪发亮的眼睛睁得大大的，然后看了公共链接通信网一眼，眼神里满是得意与狡黠，"怎么，阿拉诺医生，难道你在来这儿的路上没有到网上查看病人的病历吗？我授权于你，你可以随便看。"

"没有，代步机器人的行程不长，我住的地方与这里只相隔三个街区。"

"但是你浪费了四分钟的时间等候代步机器人！"她在座椅里目不转睛地盯着他，眉毛挑衅似的扬了起来。杰克逊可以打赌，她的大脑一定没有经过基因改造。

他平静地说："我没有韦兰先生病历的访问权。为什么他必须由看护机器人带领，才能到进食间去？"

"因为他患有老年痴呆症，阿拉诺医生。他得这个病已经十五年了，早在改造针剂出现之前就患上了。那个你们大肆吹捧的细胞清洁机并不能够修复已被损害的脑细胞。不能够修复，医生，它只能——只能摧毁异常细胞，所以他的正常脑细胞一年比一年少。他找不到进食间，更不会自己脱衣吃饭；他心智已失，徒留下一具只会流着口水茫然发呆的空躯壳。到最后，他被损害的大脑感到什么希望也没有了，他的身体也就死了。"

她重重地喘着气，杰克逊知道她这是在刺激他，她在逼他说出那句"是你杀了他"，然后她就会以诽谤罪起诉他。

他才没有这么容易被人激怒。自从他经历了与卡泽埃·桑德斯的婚姻后，埃莉·莱斯特这套愚蠢的把戏对他来说根本算不了什么。他正式宣布道："死亡原因必须由纽约市的验尸官验尸后确定，这是理所当然的。我的初步检查暂告结束。"

杰克逊将他的通信器放入医疗包中，埃莉·莱斯特站起身来，她比他还高出一英寸。他猜测验尸官会发现，是来自南美的某种抑制药物使得他的大脑忘记自己该做什么，并停止向心脏发送心跳和呼吸的信号。但她是如何将这种药物送入他体内的呢？

她说："也许我们会很快再见面，医生。"

他知道自己最好别回答她。他用移动电话给警方打了个电话，最后看了一眼哈罗德·温思罗普·韦兰。这时，墙上的屏幕亮了起来，这大概是房屋系统预设好的。

"……现在公布最终选举结果！斯蒂芬·斯坦利·加里森以微弱优势险胜对方，重新当选为总统。但是，参加这次投票的美国公民的人数却非常令人吃惊：在符合条件的九千万选民中，只有百分之八的人参加了投票选举，这表明……"

埃莉·莱斯特发出一声尖利刺耳的笑声，"'令人吃惊'，天哪，真有病！如今谁还愿意那么麻烦地去投票呢？"

"也许只是一种故作风趣的拙劣模仿罢了。"杰克逊说道，他知道自己这么说，表明最后她还是赢了。不料她相当愚蠢，并没看出这点，这让他觉得很不舒服。

她并没将他送到门口，也许她天生性格就是如此。当离开那个逝去老人的房间时，他第一次仔细看了看墙上那些小镜框里的照片。它们都是纳米照相技术出现之前拍摄的，大都已经褪色。照片上的人有：爱德华·詹纳、伊格纳兹·赛麦尔威斯、约纳斯·萨尔克、斯蒂芬·克拉克·安德鲁斯，还有米兰达·沙里夫。

"嗯，他也是一个医生。"埃莉·莱斯特说，"那时候，还真少不了像你们这样的人。照片上都是他崇拜的英雄人物——四个生活者

和一个无眠者。你难道不知道吗？"她大笑道。

杰克逊由着她去发泄。在门口，一个古罗马奴仆的全息图像取代了先前那个黑衣男人，他肌肉强健，相貌英俊，但显然没做过基因改造。他是一个生活者。杰克逊从他身旁走过时，他低眉垂眼，跪下行礼，大张着嘴。

"她是处于钟形曲线①最末端的人，这点我知道。"杰克逊对他的妹妹特蕾莎说，"因此，我不会为这事烦心。事实上，也没什么可以让我烦心的。"

"但它确实让你烦心了，"特蕾莎幽幽地说道，"它让你烦心了。"

兄妹俩坐在家里的正厅内，饮着午前茶，用的是早已过时的以口进食的方式。

从小时候起，特蕾莎就不爱去学校，老是喜欢一个人待在家里，悄悄地无望地哭泣，困惑的母亲总是不知该拿她怎么办才好。她不喜欢与其他孩子一起玩，可以连续几天待在自己的房间里。画画或是听音乐。有时，她说真想将自己与音乐渐渐融化在一起，直到再也没有什么特蕾莎为止。身体检查结果表明，她的压力荷尔蒙②反应过分活跃，表现为皮质醇浓度过高，肾上腺腺体增大，内脏器官的运动以及神经细胞的死亡率都与人在自杀前的抑郁情绪下出现的反应极为相似。她的边缘丘脑兴奋阈值非常低，任何新鲜未知的事物对她来说都会产生一种胁迫感。

在一个可以用生物技术定制生物胺的时代里，没有人会永远如此脆弱。在整个童年时代，特蕾莎曾断断续续地接受过各种神经

①又称正态曲线，是一条两端低、中间高的曲线。它首先被数学家用来描述科学观察中量度与误差两者的分布。曲线离中间越远的部分也就是分数最少的、最不典型的部分。

②即应激激素。

药物治疗，以平衡大脑中的化学物质。后来，"大变革"带来了细胞清洁机，药物治疗已经变得无足轻重。但是，特蕾莎在十三岁的时候宣布——不对，"宣布"这个词对于特蕾莎来说似乎太隆重了些，她从没"宣布"过什么——她要"永远"结束她的神经药物治疗史，连细胞清洁机也不考虑，因为凡是那机器认为不该在身体里存在的东西，它都会无一例外地加以摧毁，包括那些与已知 DNA 模式不匹配的分子和未被认可的分子——在它那常人难以想象的极其微小的蛋白质计算机里，存储着一个已被认可分子的列表。这些蛋白质计算机驻扎在人体细胞里，或者活跃在细胞之间。

之后，他们的父母在一次空中汽车相撞事故中双双丧生，于是杰克逊成了妹妹的监护人。杰克逊对妹妹苦口婆心地劝慰、恳求，但是都没有用。特蕾莎简直不可救药，她并不还嘴，说理争论只会增加她的困惑。总之，她拒绝再服用任何药物。

不过，至少她没有企图自杀，那正是杰克逊心底里最为恐惧的事。她只是变得更加离群索居，更加难以捉摸，就像是从另一个时空里走来的一个姿态优雅、但面色苍白的少女。特蕾莎学习刺绣，研习音乐，她还在写作一部关于被杀害的无眠者女性蕾莎·卡姆登的生平传记——在比她更无情的下一代无眠者女性面前，蕾莎的光芒显然被遮蔽住了。

"大变革"时代到来后，在杰克逊所认识的人里面，特蕾莎是唯一拒绝接受改造针剂的人。未经改造的她将无法用"身体进食"，还有可能被细菌和病毒感染，被毒素毒害，甚至会罹患癌症。

有时，在心情最郁闷之时，杰克逊会觉得，大概正是妹妹这种让人难以捉摸的精神上的脆弱，和他与聪明能干的爱人的离异，才使得他成为了一个医生；最近，他还觉得也许正是特蕾莎的缘故，他才娶了像卡泽埃这样的人。

他瞧着妹妹为她自己又倒了一杯果汁——她从不饮用阳光饮

料、酒精,或者内啡呔饮品之类的液体。有时,杰克逊觉得,自己的生活完全被这样一个柔弱但固执,甚至有些疯狂的妹妹所左右了,而正是因为他的软弱,才会让这一切变成今天这个样子。他感觉自己正受到特蕾莎强烈的影响,也许这本身就是一种软弱的表现。

"像埃莉·莱斯特这样的人,"特蕾莎说,"他们是不完整的。"

"什么意思?"他并不真的想知道答案——这也许会引起特蕾莎对于人类精神生活的又一次假设性讨论。阳光饮料总是让人精神愉悦,对他也产生了同样的影响,他的骨骼开始放松,肌肉开始有漂浮感。他不想说话,也不想提及回家以后查询到的埃莉·莱斯特的相关资料——他发现,埃莉·莱斯特将继承并掌管她曾祖父的巨额财产。就让特蕾莎一个人在那里絮絮叨叨吧,他只想就这样沐浴在晨光中,什么也不做。

但是特蕾莎接着说道:"我也不知道是什么意思。我只知道他们是不完整的。他们所有的人,我们所有的人,都是不完整的。"

"嗯——"

"在我们的内心深处,一定有什么地方不对劲,我相信这点,杰克逊,我真的相信。"

她的声音听起来却并不那么确定。像以往那样,她说话时总是犹豫迟疑,轻声细语,甚至她那一身宽松的花衣服都体现了这一点。杰克逊想起在一个顽固者小区里举行的那些派对,参加者最后常常以集体裸体采食进餐结束。事实上,他已经多年没有见过妹妹的身体了。

突然,特蕾莎脱口而出:"我今天读到一些非常邪恶的东西,真的非常邪恶。我打发托马斯查询了图书馆的数据库……"

杰克逊振作起来。托马斯是特蕾莎的个人系统,她常常打发它去浏览一些历史资料数据库。而她经常做的事情,不是对那里找到的一些东西进行错误的诠释,就是因为看了某些资料而产生愤愤不平的情绪,甚至还会为此而哭泣。

"托马斯为我带回来一位认识蕾莎的著名医生汉斯·迪特里希·洛沃尔林说的话,他说:'精神这种东西根本不存在,存在的只是大脑功能的运作,我们将其称为大脑活动。'他就是这么说的!"

杰克逊心里涌起一丝怜悯之情:就为了这么一句平淡无奇的话,她表现得如此哀痛。他的怜悯中也不无一丝忧虑:特蕾莎刚说出"邪恶"一词,杰克逊的脑海中突然闪现出埃莉·莱斯特的样子,她比他还高大,张牙舞爪,那样子看上去就很邪恶——一个美丽而又邪恶的女巨人。他不自在地在椅子里移动了一下身子,又吸了一小口饮料。

"否认精神的存在是邪恶的,"特蕾莎继续说着,"更别说否认灵魂的存在了。"

"特蕾莎——"

她的身体向前靠了靠,在昏暗的光线中,有如一个苍白虚幻的影像,渐渐变得模糊起来。她的声音几乎带着哭腔,"他这种说法是很邪恶的,杰克逊。我们并不像机器人那样仅仅是一些传感器、处理器和线路。我们是人类,我们所有人都是。"

"镇定一些,宝贝,那是很久以前的一句话,不过是故纸堆里发霉的资料。"

"这么说,人们不会再相信它是真的了?医生也不会相信它?"

只有特蕾莎才会为这样一句七十五年前的陈词滥调而心烦意乱。

"特蕾莎,亲爱的……"

"我们有灵魂,杰克逊!"

另一个声音响起:"哦,天哪,不会又是一个关于灵魂的胡言乱语吧!"

一个女人走了进来,面带微笑,满含嘲讽之意。她身高五英尺

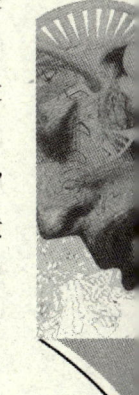

三英寸，站在那里，整个屋子立时显得拥挤起来。这就是卡泽埃·桑德斯——杰克逊的前妻。对于卡泽埃来说，她并不愿意从杰克逊的生活中退出，因此根本无视已经与他离婚这个事实，借口是特蕾莎的朋友，毫不在意经常出现在这里。卡泽埃随心所欲地在阿拉诺兄妹的公寓里进进出出，高兴时就会想起他们，不高兴时就不理他们——她总是自得其乐。

和她一起来的两个男人杰克逊都不认识——难道其中一个是她的情人，或者两个都是？只看了一眼那个年岁稍大的男人，杰克逊就明白他一定是迷上了比阳光饮料和内啡呔更强烈的东西。他衣着整洁讲究，身材修长，但肌肉并不强健。他似乎故意模仿那些明星的装扮，身穿一件褐色的粗棉布上衣，衣服已经被皮肤上的营养吸收孔消耗得支离破碎了。那个相貌英俊的年轻男子显然经过了基因改造，只是杰克逊由他想起了埃莉·莱斯特仆役的全息图像，因此感到很不舒服。青年男子身穿一件不透明的全息服，像有成千上万只蜜蜂在上面爬。与之相对，他的嘴角上扬，脸上永远是一副嘲弄人的神态。难道说卡泽埃真的会与这两个病态的家伙中的某一个上床不成？

杰克逊很难说清自己当初为什么会娶卡泽埃——当然啦，理由可以列举很多：她长得很美，黑色的短发有些鬈曲，蜂蜜色泽的皮肤，细长的眼睛闪着光芒。不过话说回来，所有经过基因改造的女子都很漂亮。而且，卡泽埃缺少特蕾莎的可爱，也没有特蕾莎的忠诚和善良，与特蕾莎相比，她要逊色得多了。她在他心里已经快要消失了，只是偶尔会一闪而过，就像出了故障的全息图像那样。

但卡泽埃身上燃烧着某种充满生机的、非基因改造产生的力量。无论何时，接触到她的身体，总会带给他不同的感受：有时是兴奋，有时也有倦怠——杰克逊总会产生一种内心深处的钢铁/坚冰被熔化/融化掉的感觉，仅管平时他并不觉得自己身上有这种冰冷

的东西。他觉得自己与一种无可名状的、强大的、非常古老的渴望感联系在了一起。有时,在与卡泽埃亲热的时候,她会用指甲抓挠他,而他只是盲目地在她的身体里动作,他会非常惊讶地听到自己在哭泣,或者喊叫,或者吟唱——那时的他完全变成了另外一个人。过后回想起来,这些经历常常让他觉得非常窘迫。但卡泽埃从来不会害羞,没有什么会让她困窘。度过了两年的婚姻生活后,她与杰克逊离了婚,理由是他"太不主动了"。

在她搬出去后,一切都乱了套。他一直在想,恐怕以后的生活永远都不会像过去的两年那么美好了,什么都不能与之前相比。

看看她现在的模样:穿着绿色和金色相间的短上衣,一个肩膀裸露在外,那种杰克逊熟悉的感觉又回来了。他的脖颈、胸腔和私处有一种抽紧的感觉,是狂野的欲望和好胜之心结合而引发的。同时,他回想起从前在与卡泽埃畅游爱海时,自己显得不够强健,这让他有了一种羞辱感。他放下饮料,他需要清醒一下头脑。

"最近怎样,特丝①?"卡泽埃亲切地问道。她不用他人邀请,就在特蕾莎旁边坐下了。特蕾莎立刻缩了缩身子,同时伸出手来,似乎想从卡泽埃的光芒和火焰中得到些许温暖。杰克逊无法理解她俩之间的友谊,她们是如此的不同——一旦有人走进特蕾莎的生活中,特蕾莎就会永远地依附于那个人。杰克逊将目光从前妻身上移开,又转回来,他不能允许自己这般示弱。

"我很好。"特蕾莎小声回答。她的目光移向门口,那两个陌生人使她的情绪变得不安起来。

"特丝,这是我的朋友:兰道·卡森和厄夫·凯恩兹勒。这两位是杰克逊和特蕾莎。我们正要去参加一个驱邪仪式,路过此地。"

"去参加什么?"杰克逊问,话刚一出口他就后悔了。厄夫从他那可被营养吸收孔消耗的上衣口袋里拿出一个吸入器,每过一会

①特蕾莎的昵称。

儿，就会用力地嗅吸几下。里面的东西是用来重新平衡他体内的神经化学物质的。这是一种供人消遣的毒品，毒性很大。这种玩意儿有个麻烦之处，那就是毒素刚一进入身体，细胞清洁机就会立即将其清除，因此吸毒者每隔几分钟就要吸一次。

"驱魔——除——邪仪式。"兰道装模作样地拖长声音说道——他就是那个穿着"蜜蜂"全息装的人，"你们难道没听说过吗？你们一定听说过的。"

"杰克逊什么也没听说过，"卡泽埃说道，"他从不离开顽固者小区，从不加入到那些肮脏的生活者中去。"

"我偶尔也离开小区的。"杰克逊不温不火地说道。

"很高兴听到你这么说。"卡泽埃边说边拿起一杯阳光饮料喝起来。她左手无名指的指甲上环绕着一个小小的全息图像——一只被困住的小蝴蝶，正疯狂地扑打着翅膀。

"驱魔——除——邪，"兰道耐心地继续解释道，"是一种新事物，一种真正的大脑跑步操，会让你笑得要死。"

"我不相信。"杰克逊以前发过誓，他不愿意涉及这种毒害人的东西。他将双臂交叉于胸前，但突然想起卡泽埃以前曾说过，这样的动作会让人觉得他很无趣，于是又放开了。

兰道说："想来你们一定听说过'圣母米兰达膜拜'吧？那是生活者推崇的一种类似宗教信仰的精神仪式。米兰达就是他们的圣母玛利亚，可以代他们向神祈祷。为了什么祈祷呢？不是为了什么救赎，也不是什么企盼世界和平之类的让人感到沉闷的东西。不，圣母米兰达的追随者们祈求的是长生不死，又一种新的'变革'。这些滑稽可笑的追随者认为，既然超级无眠者能够制造并发放第一批改造针剂，那么也能给他们带来又一次的奇迹，让所有污秽邋遢的生活者能够永远地活下去。"

厄夫突然爆发出一阵狂笑，然后又拿出他的吸入器，用力地嗅吸。杰克逊猜测，致幻添加剂已经直接刺激了他大脑中的快感中心。

卡泽埃说："天哪，兰道，别以为自己什么都知道，其实你的话一点新意也没有。并非只有生活者卷入了这场圣母米兰达的崇拜热，连顽固者也加入进来了。"

特蕾莎坐在椅子里的身体动了动，显得有点焦躁不安。杰克逊握住她的手。

兰道说："但大多数信徒都是生活者，也只有生活者才会施行驱魔除邪仪式。"

特蕾莎低声说道："驱除什么？魔鬼吗？"她的声音如此之低，杰克逊以为别人都没听见。

"不，当然不是。"兰道说道，他全息衫上的蜜蜂发出"嗡嗡"声，"是驱除一些不纯的想法。"

卡泽埃笑道："准确地说也不是那样，更像是驱除掉一些不正确的思想。它实际上是一种政治上的控制措施，让所有米兰达的信徒相信她的半神性。他们干脆管这种膜拜仪式叫'驱魔除邪'——驱除错误的思想，然后提倡另一种口号。"

"一种真正的大脑活动。"兰道说道。

杰克逊不禁问道："这种仪式对外公开吗？"

"当然不公开。"兰道说，"我们只是不请自到的不速之客，不为人注意的新加入者。我们想从自身过分享受特权而毫无意义的生活中寻找一种思想上的慰藉。"

特蕾莎的静默中所蕴涵的不安情绪越来越强烈。卡泽埃转向她问道："特丝你怎么了？"

特蕾莎终于爆发出来："你们不应该这样！"说完她立刻缩回到她的椅子里，然后又跌跌撞撞地站起来。杰克逊仍然握着她的手，他感觉到她的手指在颤抖。"晚安。"她呢喃道，然后挣脱了杰克逊。

卡泽埃说："等一等,特蕾莎,别走!"但是没用,特蕾莎仍旧朝自己的房间飞奔而去。

"她还是走开为好。"杰克逊说。

"对不起,杰克,我没想到她的反应会如此强烈,这并非什么真正的宗教。"

"她难道不信奉宗教吗?"兰道说。

"闭嘴。"卡泽埃厉声斥道,"天哪,你有时真的让我讨厌,兰道。难道你不会厌倦你这种自高自大、目空一切的态度吗?"

"永远不会。还有什么要说的吗?要不要我提醒你,亲爱的卡桑德拉①——你自己不也要去参加这个驱邪活动吗,嗯?"

"胡扯!"卡泽埃厉声斥道,"我没有!给我滚出去!"

"你怎么说生气就生气?激动什么呢?"

兰道在自己胸前点了一下,他身上的蜜蜂发出的"嗡嗡"声就更响了。杰克逊第一次感到惊讶,不知这只是一个全息图像,还是其中一些蜜蜂隐藏有什么武器。可以肯定,兰道他们不会佩有个人Y能量防护罩之类的。

"滚出去!"卡泽埃尖声叫道,"你听见我说话了没有,你这个丧门星!滚出去!"她的黑眼睛里闪动着怒火,她这会儿的样子差不多也与兰道一样——像个小丑。她摆出这副模样,是觉得有趣还是怎么的,杰克逊知道自己永远也无法弄明白。

兰道懒洋洋地舒展开身子,夸张地张大嘴,打着哈欠,然后抬起脚来慢慢向门口挪去。厄夫跟在他后面,"呼呼"地嗅吸着那个吸入器,自始至终都没有说过一句话。

卡泽埃"砰"的一声关上门然后回来,杰克逊平静地说道:"你交的朋友真好。"

"他们不是我的朋友。"她气呼呼地喘息道。

①希腊神话中的女预言家。

“你介绍的时候说过他们是你朋友。”

“是的，没错。你知道是怎么回事——我为特丝感到抱歉，杰克。我真的不知道兰道是这么个蠢货。”

杰克逊不相信，他不相信卡泽埃。他一言不发。

卡泽埃说：“我能去看看特丝吗？”

“不要去，给她一点时间。”

这时，他身后传来特蕾莎轻柔的声音，她一定是听到了关门声才偷偷溜出来的，“他们走了吗？”

“是的，亲爱的。”卡泽埃回答道，“我很抱歉将他们带到这里来。没想到他们是如此的混蛋。不，还不止于此，他们简直混帐至极，是渣滓，偏执狂！”

特蕾莎急切地说道：“这正是我早先对杰克逊说过的！有些事情……现在的人们都不完整，为什么今天下午杰克逊看见——”

“与病人有关的事情属于个人隐私，我不想妄加讨论。”杰克逊严厉地说道。他一直做到了这点，并认为这是他理所当然的责任。特蕾莎咬着嘴唇，而卡泽埃微笑着，方才的谦卑态度已经被满脸的嘲笑神色所替代。

“一个杀人犯，是吗，杰克？我不知道除此之外，他们还有什么需要你守口如瓶的。是不是发生了什么与你的例行公事——每月一次的意外事故处理和两月一次的新生儿改造针剂注射——不相干的事情呢？”

他泰然自若地说道：“不必使用激将法，卡泽埃。”

“亲爱的杰克逊，为什么在我们的婚姻中，你就不能这么有自信呢？虽然我真的认为我们分开成为朋友会更好些，但是特丝，宝贝——”她转向他的妹妹，突然又变得和蔼起来，杰克逊则被丢在了一边，她知道他不会讽刺她，也不会试图说服她，“——你说得有道理。自从‘大变革’开始后，我们顽固者已经四分五裂：有的人参

加了生活者的崇拜活动,有的人用上了抑制大脑功能的神经药物,还有的人与计算机程序结为连理,这些你都听说过吗?你相信它们的可信度吗?'你的人工智能永远不会离开你。'"她说完大笑起来,头往后一仰,黑色鬈曲的头发飘舞起来,细长的眼睛眯成了一条缝。

特蕾莎说:"听说过,但是……但是我们不一定非要那样啊!"

"我们当然要那样,"卡泽埃说,"我们生来就是要自我服务的,即使我们中的最优秀分子也一样。杰克逊,你今天投票了没有?"

他没有。他努力做出一副屈尊俯就的样子。

"那你呢,特丝?没关系,我知道你没有。整个政治体系都已名存实亡,因为每个人都知道权利已经不在自己手里,'人类改造'取代了我们。生活者不再需要我们,他们在自己那个小小的、不施行法律的采食场里生活得很好。顺便提一下,这也正是我来这里的目的,我们正面临一场危机。"

卡泽埃的黑眼睛闪着光芒——她喜欢面对危险。特蕾莎看上去被吓坏了。杰克逊说:"特蕾莎,你还没有给卡泽埃看你新弄到的那只鸟呢。"

"我去拿。"特蕾莎说着,赶紧跑开了。

杰克逊说:"谁有危险了?"

"我们的第十技术公司,有家工厂被人非法闯入了。"

"怎么可能?"杰克逊说,"哪家工厂?"

"宾夕法尼亚威洛比的一家工厂。严格地说,它并没有真的被闯入。是这样的,今天下午有人出现在Y能量防护罩外面,并带着晶体设备,传感器监测到了他们。杰克,如果你在商业网络上查一查,就会知道这件事。但是,哦,我忘了提醒你——你可别卷入什么谋杀事件的调查中。"

在纳米分解酶灾祸发生的那年,纳米分解酶专门攻击无处不在的合金硬脊膜。她的资金都用在了维持工厂的周转上。根据离婚协议，卡泽埃得到了第十技术公司三分之一的资产。杰克逊抑制住想发火的冲动，平静地说："没有人能够进入。没有人能够突破那道Y能量防护罩。至少，不可能……"

"你的意思是说，不可能是生活者。那么什么人会待在宾夕法尼亚中部地区的这片荒野中呢？我想你也许是对的，但我们还是得亲自去那里看看。如果不是生活者，那么他们是谁？是从绿蛋来的那批小子？想要练习他们的系统入侵能力？或是康恩公司的那些工业间谍们干的？或者是超级无眠者——天哪，米兰达·沙里夫！难道是他们在暗中垂涎我们这个小小的家族企业？你是怎么想的，杰克？到底是谁在给我们的工厂捣乱？"

"也许是生物传感器出了故障，大概还是硬脊膜的问题。"

"也许吧。"卡泽埃说，"但我四处都检查过了，传感器似乎没有问题。我想我们最好还是去看一看，就我们俩，好不好，杰克逊？明天早晨怎么样？"

"我没空。"

"你在忙什么呢？你怎么会没空？眼下的事儿是非处理不可，它会影响到我们的财务状况——这才是实质性的问题。跟我一起去吧。"

她冲他微笑，笑容极具魅力，细长闪亮的眼睛里充满了恳求意味，即使在她连珠炮似的话语中并没有流露出这一点。当杰克逊后来躺在床上，一遍又一遍地回味他们今天的谈话时，他才终于明白过来，他是永远都不可能改变她这种总是强人所难的性格的。他从她的眼神中，从她的肢体语言中，从她的口气中，就能明白这一点。他记得彼此之间的对话，并为自己轻率的答应而后悔。

卡泽埃大笑，"那么说好了，九点整，我开车。我现在饿死了。哦，特丝，你来了，看，多可爱的基因改造的小鸟。你会说话吗，笼中

鸟？"

特蕾莎提起 Y 能量鸟笼,说道:"它只会唱歌。"

"就像我们大多数人,"卡泽埃说,"只会弹奏不和谐的调子,真是不可救药。杰克逊,我饿了,但今晚我不想吃那些用口进食的食物,我想特蕾莎吃饭时我们先陪她去,然后你再请我到你们那个美味的采食场去用餐。"

"我得出去。"杰克逊很快接道。特蕾莎向他投去惊讶的一瞥,但很快又掩饰住了。她的哥哥从来也不清楚,关于他对卡泽埃的感情,她了解多少。特蕾莎对于情感异常敏感,她凭直觉知道,杰克逊是不可能平静地与卡泽埃一起到采食场去的,他不可能在那里将大部分衣服都脱掉,然后躺在营养丰富的土壤上,让他经过改造的完美匀称的身体,通过皮肤上的进食细管吸收所需要的一切。不,杰克逊绝不可能那样做,尽管诱惑力是那么巨大——躺在温暖的阳光下,感受着可以让心灵得到放松的变幻的光波,一面呼吸着芬芳的空气,一面支起一只手臂,与卡泽埃有一句没一句地搭话;他还可以看着卡泽尔趴在地上进食, 她小小的燃烧着热情的胸部裸露着,对着大地……

这是绝对不可能的。

他等待着,等到生理上的冲动过去以后,才站立起来,冷冷地说道:"就这样吧,有人在等我。晚安,卡泽埃,我不能迟到。"

"小心点,杰克逊。"特蕾莎像往常一样说道,似乎在这个连恶劣天气都被 Y 能量防护罩阻挡开的曼哈顿东部小区, 还到处隐伏着危险似的。不过, 特蕾莎已经有一年时间没有离开过这套公寓了。

"没错,是要小心点,杰克。"卡泽埃温柔地说道。听见她声音里的柔情,他的心不由得动了一下。但当他转过身去, 她又顾自去逗弄特蕾莎的那只小鸟了,甚至没有再看他一眼。

明天快来了。

该死的明天。这是一趟商务旅行,他们要去查看威洛比工厂究竟出了什么事。他拥有这家该死的工厂——至少拥有它三分之一的股份——他要查看工厂的一些打印出来的数据,他要给人工智能管理系统发出指令,他要与第十技术公司的总工程师联系,商量如何解决问题。关于他和特雷莎共同的财产,他担负着更多的责任。他还要……

他还有许许多多的事情要做。

他走到外面,站在十一月寒冷的夜空下,Y能量圆顶下的那个家,温暖舒适,就像九月的秋夜一般怡人。他不知除了家里,还有什么地方是他真正愿去用餐的。

$$2$$

莉齐·弗朗思在宾夕法尼亚的乡间田野里突然止步，她脚下踩着荒草，一只手搭在维姬·特纳的胳膊上。一阵冷风吹过，一百码之外的前方，就是第十技术公司的能量锥工厂，在月光下隐约可见。那是一幢没有窗户、用泡沫铸件建造起来的厂房。没有任何装饰，没有任何特色，就像一座监狱。

"目标已经不远了，"莉齐说道，"Y能量防护罩就从前面四英尺处开始展开。看到那些草的变化了吗？"

"当然没有，我什么也看不见。"维姬说道，"你怎么看见的？"

"我白天来过。"莉齐说道，"我们得移动一下，往左一点……我留有记号。你在发抖，维姬，你冷吗？"

"没错，我们都冷，试图非法闯入的夜贼就该忍受这个，难道不是吗？天哪，我是不是疯了，来干这个……往左多少？"

"就到这儿。别靠得太近，红外线检测仪会发现我们的。"

"它发现不了我，我太冷了，它会以为我是一块冰冷的石头。不，我不要你的斗篷，你比我更需要它。"

"我不冷。"莉齐回答道。她打开一个黄色的麻布口袋，将里面的仪器设备取出来。

"那是你身体里的荷尔蒙在起作用罢了，它们就像小小的Y能量锥。好吧，斗篷我披上……你皮肤上的营养吸收孔怎么不像我的会那么快地消耗衣服呢？也许只是我的错觉吧……莉齐，宝贝儿，你是不是有些紧张，现在还没有正式开始工作呢。从前无论数据窃取者如何高明，没有人能够侵入到 Y 能量工厂里去。"

"我就能。"莉齐说。她对着维姬咧开嘴笑了，维姬并不肯定她能做到。维姬聪明能干，受过良好的教育，是顽固者中的一员，而顽固者们曾经是世界的管理者。维姬送给过莉齐一个终端，那是莉齐拥有的第一个终端，维姬教会她使用，莉齐现在所能做到的一切都多亏维姬，但是维姬并不清楚她有没有能力进入这个工厂。维姬已经不很年轻了，大概有四十岁了，她是在"大变革"之前就成年了的，那时的一切与现在都迥然不同。莉齐花了五年时间研究数据网络技术，她知道自己真正的实力，也许没有什么数据库是她不能潜入的（当然除了庇护所，那是个例外）。现在的世界是属于莉齐的，她能够做任何事情——她才十七岁。

她俩打开莉齐的仪器设备，仪器外面还包着一层编织得很粗糙的麻布口袋。里面装有晶体库、系统终端、激光传送仪、覆盖全身的全息服等。有的设备是拼接起来的，有的是偷来的，总之都很老旧。莉齐挺着大肚子，短外套已经撑不住了，上面都是些被身体消耗掉的小洞眼，她正紧张地忙着将仪器拼装起来。维姬披着莉齐的斗篷，突然"咯咯"地笑出声来，"我见过杰克逊·阿拉诺一次。"

"谁是杰克逊·阿拉诺？"

"就是我们准备抢劫的这个工厂的主人啊。阿拉诺是守旧的保守派人物，思想僵化，乏味讨厌，但有钱得很，其财产可与庇护所相匹敌。"

莉齐正看着屏幕破解密码，听到这儿，她抬起头来，"是真的吗？"

"不，当然不是真的。天哪，别那么容易就轻信别人，好吗？论财富，没人能与庇护所相比。"

"好了，一切都准备好了。"莉齐咧开嘴笑了，洁白的牙齿在黑暗中闪闪发亮，"你可以开始你的抢劫行动了吧？听着，记住了，Y能量防护罩只能关闭十秒钟，然后系统会自动复位。你已经武装完毕了吗？"

"就算是吧，如果这也算有所'武装'的话。"维姬回答道，举起右手的金属管子掂了掂，"有必要拿这么沉的武器吗？如果会死的话，我也希望死得轻松点。"

"你不会死的。再说，你只差没有赤身裸体了，难道还不够轻松吗？"莉齐大笑，同时十指在仪器上飞快地操作着，"好了，搞定！"

一道激光束笔直地划破黑暗的夜空，就像一道丝线，穿过无形的Y能量防护罩，准确地到达建筑物最高处某个难以辨别的点。第二道激光束随之发出。各类数据忙忙碌碌地奔流着，夜空里充满了不可见的各类信息，它们被送往其他接收点、较远的中继站，或者其他州的电脑终端上。空中的微光只短暂地闪了几下，然后Y能量防护罩就失去作用了。

十秒钟后，Y能量防护罩将会启动新的密码，以新的模式恢复运行。那时，莉齐和维姬已经扛着她们的麻袋，快速跑过荒草地，穿越了信息失效区域。

所有这一切都是在万籁俱寂之中进行的，不见探照灯光，也不闻警报声。工厂是全自动化的，全部依靠操作系统管理。基地设在很远的地方，工厂的所有者在那里进行指挥操作。他们也有鞭长莫及的时候，就像现在。

第一个保安机器人在顷刻间向着她俩飞奔而来，速度之快，令人胆战心惊。它的金属形体悄无声息地飞跃至草地上方。维姬将手中的机器人中断器指向它，它立即停止了前进，脸朝下掉到草丛里。维姬大笑，笑得过于狂放，"去死吧，你这个自命不凡的家伙！"

"快向前走吧！"莉齐催促道。她放倒了第二个保安机器人，向着工厂大门飞奔而去。

当然，Y能量防护罩被关闭之时，工厂大门就被锁上了。莉齐屏息敛气，在手动开门装置上飞快地捣鼓着。普通人要侵入第十技术公司的安全系统，得花上数月时间，但她可以在片刻间就处理好，可是，如果这套系统有了另外的设定，她就没有把握能将门打开了。但愿设计者过于狂妄自信，认为如此复杂的Y能量安全防御系统已经足够，没有人能够突破这道防护罩闯进来——除非是庇护所，不过，庇护所并没有理由这么做。

除了庇护所，还有莉齐。

门终于被打开了。莉齐忙里偷闲，抽出宝贵的片刻时间，闭上眼睛，暗暗作了个简短的祈祷，感谢上帝，虽然她并不信上帝。那只是比尔的上帝，她母亲的上帝；莉齐不需要上帝。她成功了。

她真的成功了——闯入了一个顽固者的工厂，一个制造能量锥的工厂。她要偷出足够的能量锥，以供她的族人度过严冬。自从"大变革"时代以来，他们已经拥有了所需要的一切东西。营养采食场只需一块塑料薄膜就行，饮水不必再讲究什么干净卫生；"改造"之前的合成大豆加工厂早已废弃，部族里的人不愁没地方住；编织机器人能够轻松方便地为所有人生产足够的衣服和毯子。但是，人们没有能量锥，而宾夕法尼亚山区的冬天太冷了。现在，那些顽固者不再需要用能量锥和毯子之类的东西来换取选票了，于是那些部落居民只得自求多福，没有人会来帮助他们。

莉齐睁开眼睛，只见又一个机器人从一个凹地向她冲过来，她赶紧用手中的机器人中断器对着它"咝"地指了一下。隐蔽着的监视器当然会录下闯入者的活动，但是她和维姬从头到脚都被裹在全息装里。这样，在这些监视装置看来，莉齐不过是一个十二岁左右的金发女孩，还有着八个月的身孕；维姬则是一个红头发的男性顽固者，身穿职业装。所有的红外线监测装置所能获取的信息只是

两个有着人类形体的发热体、他们的身高体重，还有新陈代谢状况——但是无法确定来人身份。

一切原来竟是如此容易：冲进去，在生产装配线的终端处，往她们带来的麻袋里装进七八个能量锥，然后跑到外面，发射第二次激光束，将 Y 能量防护罩再关上个十秒钟，然后冲出去。这个乳臭未干的生活者小孩真是太棒了！她跑过短短的廊道，到了工厂门口，她的大肚子有节奏地摇来晃去。

她突然停下，呆住了。只见前面乱成一团：两辆叉式升降装卸车"隆隆"地驶过，一辆在空空如也的空中做着提升、分拣、搬运和码堆的动作；另一辆装着一个货运箱，开到机器人生产线的最后一道工序处，将箱子放在上面，然后把未装填充物的空能量锥放进箱子，再将货运箱送到工厂中间的卸货点，将空能量锥卸在那里，能量锥七倒八歪地散了一地，然后装卸车带着空箱子再返回生产装配线的终点处。货箱上遍布凹痕，不下一百处，密封条也都不见了。再看生产线上，一个机器人正抓起填充物，往空的能量锥里填装，然而偏了六英寸的距离，机器人没能准确地将填充物装进能量锥里，填充物掉在生产线外边。空的能量锥被封装完毕，送到生产线终端，已经失控发狂的叉式升降装卸车就等在那里，装箱，运输，倾空，再返回装上更多的空能量锥。

维姬说道："天哪，这是怎么啦……"

"测距算法乱了套。"莉齐厌恶地说道，"天哪，真是浪费……你那位当主人的朋友一定只核算了产量数字，没有考虑到质量控制，或者甚至——维姬，这一点也不好笑！"

"当然好笑！"维姬说着，加倍狂笑起来，笑得几乎连话都说不出来了，"简直……这就是顽固者的高科技世界……看起来就像内啡呔广告上的机器人大战……还有……那个自命不凡的顽固者杰克逊·阿拉诺……"

"我们总共还有几分钟的时间,我们需要能量锥!在这一切彻底崩溃之前,帮我找到填充好的能量锥……"

"你说什么?看……看看到处扬起的尘土!"维姬又开始控制不住地笑起来,她捂着肚子,笑得就像全息图像中疯人院里的疯子。有时,莉齐觉得自己才是大人,而维姬总让人觉得她就像个孩子;有的时候,莉齐又会觉得,维姬又成了她小时候记忆中的那个女人:让人敬畏,见多识广,神态自若——那时的她是来自另一个世界的人,那个世界的人掌管着世间的一切。为什么了解一个人不能像进入计算机系统那样容易呢?莉齐捅了捅维姬的肩膀。

"快点!帮我找找!"

维姬于是帮她一起寻找。她俩跑到堆放在一旁的一堆板条箱边,它们是升降装卸车"发疯"之前堆放在这里的。幸运的是,封装机器人也出了故障,板条箱上的封条都封得不紧,很容易就弄开了。最上面那个板条箱是空的,第二个也是空的,第三个里面堆满了能量锥外包装的碎片,一片狼藉。莉齐大为惊讶,程序怎会编得如此糟糕,竟然会乱成这样?

"维姬,时间快没了!激光束只能再发射一次——"

"在这儿!"维姬叫道,她不再傻笑了,"这一箱是好的。拿上三四个能量锥!快走!"

她们将能量锥塞入麻袋,然后向着走廊飞奔而去,避开那些从叉式升降装卸车上滚下来的空能量锥。到了走廊尽头处,只见工厂大门紧闭着。

"怎么回事,莉齐?大门自动锁上了!"

莉齐抓住门上的手动装置,使劲地按击着各种开门密码,但是什么反应也没有。外部安全系统设定了开门密码,但是内部却没有开门密码——这是符合设计逻辑的。如果安全防护罩被闯入,不管是什么人闯进来,就让他们进来吧,但他们却别想出去。

维姬说道:"你能进入系统,然后打开大门吗?"

"在防护罩关闭之前不能……时间快……到了。"

莉齐颓然倒在门上,然后慢慢瘫倒在地,怀抱着一个装着能量锥的麻袋。最终,她还是没有成功。她失败了——她,莉齐·弗朗思失败了!现在维姬和她都被困在了这个能量工厂—— 一个泡沫塑料铸成的密闭建筑物里。即使她们能够跑出这幢建筑物,她们也会被困在环绕于建筑物周围的一堵十英尺宽的壕沟处,她们无法穿越那里的 Y 能量防护罩,甚至比空气分子稍大的分子都无法通过。

"维姬!"她低声叫道,现在的她不再是一个在计算机系统里如入无人之境的小天才了,而是一个被吓坏了的十七岁小女孩,只知道依赖于大人,"维姬,我们该怎么办?我们。"

"我们只有等,"维姬实话实说,她在莉齐身边坐下,和她一样背靠着门,"直到有人出现。"

莉齐用手指刮擦着泡沫塑料地板,上面已经积了一层尘土,"你觉得这里已经多长时间没人来过了,他们?"

她觉得自己说话的样子又像一个生活者了。她在心烦意乱的时候就会这样,但她讨厌这样的说话方式。

维姬说道:"有人会到这儿来查看防护罩被突破的情况,可能是第十技术公司派来的技术监管人员。那点灰尘不能说明什么,并不意味着没人来过。整个空气过滤系统一直不停地工作着,与此同时,那些捣乱的机器人又将聚在一起的灰尘重新喷得到处都是。"

莉齐不由得皱起眉头,这番争论让她觉得希望更加渺茫,"但是机器人已经发生故障了,而且看来发生故障的时间已经不短了,你看那些被弄得一塌糊涂的能量锥……"

"没有多长时间。记得吗,我们不是在上面的板条箱里找到了完好的能量锥吗?"

"我们怎么知道这些能量锥能不能正常使用呢?"莉齐问道。她坐直身子，从麻袋里倒出一个能量锥，把它翻转过来，它立即开始散发出热量。她又打开上面的照明开关，照明功能和加热功能都好好的，"能用。"

"当然，它们是完好的。"

维姬只是看着她。无望的感觉重又开始冲击着莉齐：那些人当然是不会让她拿走能量锥的，他们是顽固者，他们会以私自闯入罪和盗窃罪逮捕她和维姬。无论他们做出什么样的决定，莉齐和维姬都将被送入监狱。莉齐的孩子将要在牢房里出生，而部族的人整个冬天都无法得到供暖。他们也许会向南方迁移，就像其他部族已经在做的那样。好吧，或者这样的结果不算太坏，南方的天气可能会暖和些。经过可怕的"基因改造大变革"，留下的人已经不多，不用担心没有地方住……但是莉齐的母亲和比利不会走。如果莉齐被留在北方的监狱里，他们就更不会走了。她会在这里坐牢吗？有时他们会将犯人送到其他遥远的监狱里。顽固者警察们不知会将她送到什么地方去。

她神色凄惨地说道："尽管我们经过了改造，但他们仍然控制着我们，难道不是吗？即使有细胞清洁机……还有……其他的一切。"

维姬没有回答，只是坐在原地。她是顽固者中的叛逆，与生活者住在一起的顽固者。她看着失控的叉式升降装卸车盲目地在空中忙碌，那些被弄坏了的能量锥骨碌碌地散开，滚到各个角落里。

她们整夜都在等待，在工厂的地上睡了几个小时。快天亮的时候，一个能量锥滚到莉齐身旁，将她从断断续续的梦中惊醒，只不过现在的她仍然是迷糊的。她将能量锥推开，想着怎样才能让叉式升降装卸车停下来。可她为什么要去费这个心呢？她蜷缩着调整了一下姿势——她仍然不能习惯肚子突出这么大一块。工厂的地上

太冷了。在她身边,维姬发出轻微的鼾声,可是莉齐再也无法重新入睡。

她坐起身来。一夜过去,她的外衣又被身体吸收掉了不少。她那束腰的皮带是在"大变革"之前,用纳米有机合成材料做成的。皮带上挂着一个用同样材料做成的袋子,里面装着她的工具。唉,如果她有一把可以调节的激光锯就好了。激光锯能够锯开大门,那样就可以马上从这里出去了。但是只有顽固者才有激光锯。即使在"大变革"之前也是这样。那时在仓库里经常发生哄抢和打斗事件,按维姬的说法,就是"在一个垂死的政治秩序中发生的历史性民众大动乱"。顽固者待在固若金汤的顽固者小区内,激光锯就在他们掌控中。不过再说了,激光锯也不能帮助她们通过外面的安全防护罩。除了核武器之外,没有任何其他东西能够破坏这道 Y 能量防护罩。

工厂里彻夜通明。也许这也都是程序预先设定好的,无论何时,建筑管理系统都能探测到建筑物里是否有人。柔和的光线下,那些机器人还在忙碌着,只是什么事情都被它们搞得一团糟。这些愚蠢的机器人。

但是它们再蠢也没有莉齐自己蠢。

她觉得自己就像分裂成了两个不同的莉齐:一个莉齐总是缠着大人不断地提问题,先是妈妈和比利,后来便是维姬。在学校里,莉齐将那些少得可怜的教育软件翻来覆去地捣鼓个够,只要有可能,还将那些机器人拆得四分五裂。她不断地倾听、吸收,她想知道的东西太多了。但是直到维姬出现,直到"大变革"时代的到来,她才有机会找出这些问题的答案。维姬离开顽固者小区时,给了莉齐一个很高级的电脑终端和晶体库,莉齐这才在里面找到了她想知道的一切。

莉齐——两个莉齐中的一个——在近乎狂热的热情中,在醒着的每一分钟里，都在电脑终端旁学习，她想弥补失去的时间。她第一次学会如何使用网络，如何掌握它，最终知道如何获取她想要得到的任何信息资料——当她学会所有这一切时，她简直如痴如醉，飘飘欲仙，她为自己的能力而陶醉。她为部族里的人设计了编织机器人，她进入了未设屏蔽的仓库资料系统，发现了建造仓库的所有必要部件，她找到那些废弃的工厂，找到可以让他们过冬的地方。莉齐·弗朗思决定，她想要一个孩子，就像她决定要一个编织机器人一样——她也做到了。她可以做得到。她可以做到任何事情，比她更高明的人也不会对此提出异议，没有人能够提出异议！

但是每一分钟，在她的心灵深处，都有着不为人知、不为人见的另一个莉齐。这个莉齐每时每刻都生活在恐惧之中，这个莉齐知道她最终会将一切都搞砸，只是时间早晚而已。到那时，每个人都会明白她其实只是一个冒牌货，什么事情也做不好，一事无成。第二个莉齐在窃取一些重要公司——如第十技术公司的数据资料时，总有些惶惶不安。她害怕一旦她的宝宝降生，她将不能够好好地照顾他。她害怕维姬和比利，还有她母亲也许会因为某种原因离开她，留下她孤孤单单一个人，独自一人与她的孩子相依为命。在她的部族里，有两个与她年龄相仿的女孩，分别是塔莎和莎伦，她们过得很好，但是莉齐·弗朗思却不能像她们一样。因为莉齐——这另一个莉齐——只想蜷缩成一团，不再做一个全部落的人都指望能够到网络上去窃取资料、帮助他们解决所有问题的人。毕竟那些网络上的资料并不属于她，那是属于顽固者们的，历来如此。

背靠在冰冷的合成塑料墙上，看着那些机器人破坏着 Y 能量锥，她忽然觉得自己内心中的两个莉齐她都无法接受。她们让她喉咙发紧，让她头痛。我能做任何事！但我什么事都没做好！这两种想法紧紧地压迫着她的胸腔。她站起来，企图将这两种想法从自己身上甩开。

她没惊醒维姬，就让维姬继续睡一会儿好了。维姬睡着时的样子很好看——她一向看起来很美，这是基因改造的结果。莉齐永远不会有维姬那样的美貌，她的个子太矮，下巴看上去很可笑，她那不听话的黑发乱糟糟的——她在侵入网络数据时，总是习惯性地拽拉头发。维姬睡得正香，而她却睡不着，所以摆脱她们目前困境的担子就非她莫属了。她得想办法，任何办法都得试试。

莉齐不安地巡视着这幢巨大建筑的内部。那几扇工厂大门，她昨天晚上已经试过了，但几个小时下来徒劳无功；她又从狭窄的空气过滤管道上走过，维姬昨天也已经试过了。空气过滤系统是整个系统程序的一部分，她赤裸的双脚在走过的地面上留下了一道道脏兮兮的痕迹。

在她感觉筋疲力尽、心灰意冷的时候，最远处墙上有什么东西突然引起了她的注意。那里，离地面八英尺高的地方有一块金属面板，它的颜色与灰色的泡沫塑料墙面一致。

它显然不是什么备用开关，否则的话没有必要放在那么高的地方；也不是密封的Y能量护盖，如果是的话，会有明显标志的。它看上去似乎很简单，至少从下面看上去是这样。它的四角用一些小螺丝钉固定。莉齐小心地走到第二辆叉式升降装卸车那里，那辆装卸车正在忙着起吊装箱，但事实上半空中什么也没有。当它轰隆隆地开到生产线的终端处停下，开始又一轮并不存在的装货过程时，她爬进叉式升降装卸车四四方方的发动机控制箱里，用了三分钟时间对机器进行重新编程，让它带着她到墙边，升到八英尺高的地方，然后停下不动。她将面板上所有找得到的螺丝钉都拆卸下来，放入自己的口袋里。这个面板是用某种轻合金做成的，她小心翼翼地站在面板的金属基架上。

面板后面有一个泡沫塑料的小槽，形如一个方形漏斗，越往下截面越小。莉齐在准备这次行动之前，曾取得了这个工厂的平面图,但是并没发现这个缺口。在这个漏斗状缺口的尽头处,有另一块用螺栓固定的面板。

她向缺口处探身下去,但够不到那块较小的面板,尤其是她那突出的大肚子很碍事。于是,她将整个身子钻进缺口里,向下爬去。

螺栓卸不下来,如果有一个激光锯就好了。她顽强地拧着螺栓,但它们纹丝不动。它们并不是用纳米技术安装的,这幢建筑物已有十六年的历史,那时候纳米技术还没有普及。

最后,沮丧之余,莉齐用螺丝刀粗大的一端猛敲着面板,"去你妈的吧!"这是比利最爱说的骂人话。

"等待指示。"面板说道。

她吓了一大跳,压根儿没有想到这玩意儿竟然还配备了发声装置之类的东西。愚蠢,真是愚蠢。如果她刚才用力太大,把它弄坏了怎么办?

"等待指示。"面板重复道。

"运行测试程序。"她要找出破解的方法来。

"运行测试程序。"

工厂的灯光一下全灭了。五秒钟,十秒钟,灯光复明。接下来,机器人生产线的噪声全静了下来——这种突如其来的寂静很是令人惊讶。在喧嚣声重新响起之前,她听见了维姬的叫声:"嗨!莉齐!"

莉齐正在紧张地研究那个小小的面板,顾不上回答。兴奋、得意之情就像气球一样膨胀起来。整个系统的运行——包括外围的防护罩——她都明白是怎么回事了:这个面板是出于安全控制考虑的后备系统的一部分。对于莉齐来说,对它重新编程简直是太容易了。一些落后的工厂管理系统有着各种各样令人不可思议的冗余,以便一旦出现操纵失灵的麻烦问题,可以采取人工控制。如果她能够破解这个辅助程序,那么她就有办法在这里控制 Y 能量防护罩。

她有这个把握,她能够进入系统。她是所向无敌的莉齐·弗朗思。

"重复测试程序。"她说,她打算在系统再次停止运行、工厂重又安静下来的时候,马上呼叫维姬。但是就在灯光熄灭以后,这个小面板也成了一片空白,然后又开始闪亮,但是没有出现语音提示。屏幕上只有一行字:"测试程序中止。65-B。"

65-B——一个标准工业代码,监管过程中的一个主信号,表示出现了来自系统外部的信息源。人们可以在近距离内通过手动遥控装置发出正确的信号,中止整个系统的运作——这说明顽固者已经来工厂了。

莉齐从那个离地面八英尺高的狭窄小洞里退出来,双脚试探性地摸索着叉式升降装卸车的金属平台。可是什么也够不着,它已经不在那里了。

她气急败坏地将怀孕的肚子转过来。叉式升降装卸车已经开到离墙三英尺的地方。她平衡了一下身体,一只手臂拼命向外伸展,但也只能抓住升降装卸车上升起的平台上方合金仪表盘的边缘部分。更要命的是,这个仪表盘并未和叉式升降装卸车本身固定在一起,她无法利用它将装卸车拉近。突然间,叉式升降装卸车又开始活动起来,向着生产线的方向开去。它又开始恢复它的例常工作了,却将莉齐留在这个离地面八英尺高的地方,莉齐手里还拿着那块晃来荡去的合金面板。

在她下面,完全乱作一团的所谓"工作"还在继续进行着:机器人在给Y能量锥配装填充物,将填充物"装"到没有对准的能量锥上,填充物在地上摔得粉碎;一些空的能量锥外壳滚到地上,叉式升降装卸车却在空无一物的空中忙着把货物堆在一起。她看见维姬从堆得高高的一堆板条箱后面跑出来,在这片乱哄哄的喧嚣声

中不知叫喊着什么,也许是在呼喊莉齐的名字。接下来,靠近工厂围墙的主大门"哗拉"一声打开了,走进来两个顽固者,一男一女,正在向外拔手枪。

莉齐不假思索地将合金面板放归了原位。她的心在"怦怦"乱跳,她害怕地缩在这个高高的泡沫塑料漏斗里面。

穿插事件

发送日期:2120 年 11 月 4 日。

发送至:月球,"月之女神"基地。

经由:地球站托莱多小区,地球人造卫星 C-1494(美国),人造卫星 E-398(法国)。

信息类型:未加密信息。

信息分级:D 级, 公共服务访问。依据 2118 年 5 月国会法案 4892-18。

原发送者:俄亥俄州,"罗伊·L·斯波兹部落"。

信息正文:

圣母米兰达! 精神上的贫穷者有幸了,因为有了你的天上王国! 我们是贫穷者,我们。我们祈求你的仁慈! 你给我们带来了上帝的礼物,你给了我们改造针剂,我们为此而敬重你! 你是女子中的佼佼者! 你让我们摆脱了饥荒和瘟疫,因此我们现在再次请求你,让我们摆脱死亡的威胁! 请赐予我们不朽的生命,再给我们送一种改造针剂来,让我们再来一次改造,让我们也能像你们一样地生活,永远地无尽期地生活下去。阿门! 请为我们祈祷,为我们不再有死亡而祈祷! 谢谢!

回执:无回复。

3

距离威洛比五十英里处,卡泽埃说:"工厂的防护罩失效了。"

杰克逊看了前妻一眼,她正全神贯注地盯着她的手提遥控装置的屏幕。空中汽车以自动模式在飞行。他一直处于半睡半醒之中,心中不无欣慰——有她在旁边,他竟然也能睡着一会儿,这是不是意味着她对他的影响力越来越小了呢?东方的天空已经开始泛白。清朗的晨曦中,卡泽埃的侧影显得光彩照人,清纯无比。特蕾莎常说卡泽埃看起来像个圣女,想到这里,杰克逊不由得哼了一声。

她说:"你不信我说的?那你自己看看吧。"她将遥控装置塞给他。

他推了回来。

"我信你。一定是程序出问题了。没有人能够进到 Y 能量工厂里去。"

"天哪,杰克逊,你对技术的信心真令我感动。程序没有出故障?防护系统的手动控制测试程序还让防护网关闭了三十秒。事情还不止于此——昨天晚上也曾关闭过,那次是外部系统从私人空中汽车中发出信号触发的。我想不通的是,为什么他们要让整个系统瘫痪,而不是仅仅开辟一个能让空中汽车通过的通道呢?"

"我们有专门的秘密信号,除了你和我,只有总工程师才有。你告诉我：这个星期在墨西哥联合体系统里出现的那个家伙——他是什么人？

"一定有人侵入了我们的数据库。天哪，这个侵入者一定非常优秀，也许我们可以雇用他。他现在又出现了。"

"现在又出现在工厂里？"

"红外线监测仪记录下了两个人的形体。"卡泽埃微笑着说。他们有可能即将面对两个手持武器的入侵者，但杰克逊对此可不感兴趣。不过，看着她兴奋的样子，他觉得自己的想法不便启齿。真不知发疯的是谁。如果真有人进入了 Y 能量锥工厂，那该怎么办？能量锥并不昂贵，第十技术公司生产的能量锥运往整个东北地区(卡泽埃是这样告诉他的)，没有哪一个顽固者会为了这些该死的玩意儿闯到工厂里去。当然好奇的小孩子是个例外。一定是哪个心血来潮的危险小子，想显示一下他那点数据黑客的本领。

他说："他们在那里做什么？"

"杰克逊，红外线扫描无法显示详情，无法知道他们在那里做什么。我想做医生的对于那些机器也一定很在行。"

"我只擅长于我需要了解的机器，并不见得了解工厂里那些机器人。"

"好吧，"卡泽埃温情脉脉地说道，"也许你应该扩大知识面。"

杰克逊将双臂交叉于胸前，下决心什么也不说了——卡泽埃总让他觉得自己像个傻瓜。算了，此行以她为主，随她怎么样吧。

她在防护罩里打开一条通道，让他们的空中汽车得以通过，空中汽车正停在工厂大门前。

"门锁着，"卡泽埃饶有兴味地说，"显然我们的小黑客还不够老练。"

"嗯，嗯——"杰克逊不置可否地哼哼道。

卡泽埃将手伸进衬衣里，掏出两把枪来，笑着递了一把给杰克

逊。杰克逊以一种满不在乎的超然态度接过枪。他并不喜欢枪支这类东西——难道卡泽埃不记得了吗？她当然不会忘记，她的智商也是经过基因修改的，很少忘记什么事情。

"好吧，"她说，"让我们来收复阿拉莫①吧。"

"如果你开枪射杀任何人，我会亲自到法庭起诉你的，我发誓——卡泽埃你听好了。"

"好了，善良的老杰克逊——受压迫者的盟友。虽然你肯放过他们，但别忘了，他们也是犯有私自闯入罪的小子们。来吧，我们快走。"

她打开门，跨进走廊，杰克逊快步跟上，以免让自己显得畏缩不前。看着工厂一片狼藉的地面，他愣住了，整个场面疯狂之极：机器人出了故障，乱了套，碎片残骸满地都是……这样的情形持续了多长时间？为什么总工程师竟然没有发现？

卡泽埃大笑起来："天哪，简直岂有此理！看吧，看看这都成什么样子了！"

"这不是——"

"你觉得很惊讶吗？这是当然。等等……看那边。"

一个"男人"向他们这个方向跑来。杰克逊紧紧抓住手里的枪，不过，他发现这个"男人"手里没有武器，身穿一件从头裹到脚、褐色的男式全息职业装。甚至不能确定来人到底是一个男人，还是一个女的，或者是一个男孩。来人突然看见了他们，停住了脚步。

卡泽埃举起手枪。

"过来，慢慢走过来，将手举起来，举高点，快点。"

那人双手高举过头顶，慢慢向前走动。

"现在脱下全息服，"卡泽埃说，"用一只手，动作慢点。"

———————————

①得克萨斯州的一座小城，得州争取独立的阿拉莫之战的发生地。

扣子在他的腰部。全息服从他们面前消失,杰克逊看见的不是他想象中大学里的一个顽皮小子,而是一个经过基因修改的三十来岁的女子:身穿朴素的编织衣服,上面有刚被"吃"掉的洞眼,高挑的个子,紫罗兰色的眼睛,小巧的鼻子⋯⋯杰克逊善于观察并记住人的面容。

"我认识你!我们以前在哪里见过⋯⋯在一个什么派对上⋯⋯叫黛安娜什么的派对上。"

"我现在不叫黛安娜。"这个女的没好气地说道,"看吧,杰克逊,这一切都那么有趣,像一场社交活动。如果你不介意,现在能允许我把手放下来吗?"

卡泽埃大笑,"当然可以,非法闯入者。你是怎么进来的?你看起来不像一个数据入侵者。"

"我不是,但是我的朋友是。她在这里走丢了⋯⋯她还只是一个孩子。"

"哦,只是一个孩子。"卡泽埃说,"好吧,我们去找她。"她在遥控器上按了几下,工厂里的一切活动都停止了。做了一半动作的机器人僵在那里,所有噪声都消失了。在一片寂静中,卡泽埃大声叫道:"喂,喂,黛安娜的小朋友!出来吧,不管你在哪里,都出来吧!"

黛安娜微笑着,杰克逊觉得她的微笑发自内心。

没有人回答。

卡泽埃很随意地问道:"你的朋友带有武器吗?"

"只带有过分的自傲。"黛安娜说道。足有半分钟的时间,杰克逊不能确定这话是她们中的哪一个说的——这似乎是卡泽埃常会说的话。然后黛安娜叫道:"莉齐!你在哪里?没事了,莉齐,出来吧。该来的总会来,拖延是无济于事的。莉齐?"

没有回答。

"莉齐!"戴安娜继续呼唤着,这一次,杰克逊听出了她声音里

的恐惧，"我是维姬！出来吧，宝贝！"

只听得他们身后有什么东西"哗啦"一声掉到地上。杰克逊回过头去，只见八英尺高的墙上出现了一个洞，洞里有一张被吓坏了的脸和一个蜷缩着的身体。是一个女孩，黑发像乱草一样向四面八方伸展，她看起来只有十五岁。她不是杰克逊所认为的顽固者学校的电脑入侵者，她只是一个生活者。

"我的天。"卡泽尔喃喃道。

黛安娜——或者是维姬，鬼知道哪个才是她的名字——叫道："莉齐？你怎么爬到那上面去的？"

"我是给那台叉式升降装卸车编了程序才上来的。"女孩说道，她的声音听起来似乎并没有脸上表现出来的那么害怕。她这是在虚张声势、故作镇静吗？她看着底下的三个人，说道，"把那个升降装卸车再弄过来吧。"

没有人动。杰克逊知道，他们中没有人知道该如何去做，即使卡泽埃也只能够按照她所知道的一些指令行事，现场编程她可不行。这个女孩是如何做到的——她还是一个生活者？

卡泽埃将遥控装置和手枪都放入自己的衣服口袋里，走到离她最近的那台一动不动的叉式升降装卸车旁，用力推它，弄得面红耳赤，机器却仍纹丝未动。黛安娜（维姬）和杰克逊也加入进来一起推，他们一起合力将这个笨重的大家伙弄到了墙角。没有人说话。杰克逊突然有种怪异的感觉：三个顽固者在这个寂静的工厂里解救一个生活者罪犯——这一切都不像是真的。

他突然想起特蕾莎曾经对他说过：我从不觉得任何地方是真正正常的。

"好了，"升降装卸车靠墙停下后，黛安娜（维姬）说，"下来吧，莉齐。看在上帝的分上，小心些。"

女孩在那个狭窄的矩形小洞里小心地转过身子。当她的臀部露出来时,杰克逊看见她几乎是赤裸着的。当然,那些生活者似乎并不在意这些,因为他们的身体总是在不断地消耗着身上的衣服。至少那些在"大变革"之后成长起来的孩子是这样的。有时候杰克逊会觉得,米兰达·沙里夫将进化的过程整个儿颠倒过来了,将一个稳定的工业社会倒退到了狩猎和采集并存的游牧时代。只是这些生活者既不需狩猎, 也不需采集, 至少在食物获取方面是这样的。

墙上的女孩伸出一条腿,在身后的叉式装卸车上面试了试脚,然后再将整个身体探出来。她从那个矩形洞口里慢慢爬出,那场景就像从打印机里慢慢打印出一张纸一般。杰克逊看见她还挺着一个大肚子。

"小心。"黛安娜(维姬)叮嘱道。

女孩的脚刚触碰到叉式装卸车, 它就开始离开墙壁向外移动了。工厂里的其他机器都没有动。

卡泽埃抓住叉式装卸车,试图将它推回到墙边。另外两人在片刻的震惊过后,也冲上前来帮忙,但是已经太迟,叉车隆隆地开走了,又开始恢复它那毫无意义的工作,才不管还有个人在它的上面呢。女孩尖叫一声,从八英尺高的空中跌落下来,掉在泡沫塑料地板上。

她的左臂首先着地,杰克逊正好扑到她身边,阻止了她往前翻滚。他的声音平稳而冷静:"卡泽埃,把我的急救包从车里拿出来。快!"

卡泽埃立刻转身走了。杰克逊对女孩说道:"不要动,我是医生。"

"我的手臂。"女孩说道,然后开始哭泣起来。

杰克逊检查了她的瞳孔,两个瞳孔都圆溜溜的,大小一致,对光的反应也都相同。他认为她并没有伤着头部,只是手臂骨折了,

穿透皮肤露出来的骨头闪着白光。

"好疼,我……"

"躺着别动,你会没事的。"杰克逊说道。他这样说是想让她安心,其实他心里觉得情况未必乐观。

他将一只手放在她的肚腹上,胎儿踢动了一下,他放心地舒了口气。

卡泽埃带着他的急救包回来了。杰克逊将一块止痛膏贴在女孩的脖颈处,她脸上的痛苦神色立即缓和下来。止痛膏里含有超强效力的疼痛神经阻断内啡肽和高剂量的刺激因子。莉齐开始像个傻瓜似的咧嘴笑了。

杰克逊对她的手臂进行了触诊,又将她的肩膀向各个不同的角度转动,都还能动;她的另外一只手臂和两条腿也都完好无损。杰克逊又对她的脖子、脊柱和内脏器官进行了扫描检查,均未发现损伤。用手提式创伤检查仪给骨折处拍了片子,他根据片子将断骨接好,然后在手肘到手腕处,以及两个手指间,都喷洒了即时成型的石膏粉,以帮助断裂处固定。这一切都处理妥当后,杰克逊才起身站定。

就这样了,其余的就让石膏、细胞清洁机,以及女孩自己的身体去慢慢帮助恢复了。

"莉齐……"黛安娜(维姬)叫道,似乎是在提醒杰克逊还有她在场,她的声音有些哽咽。杰克逊看着她,想不出来她们之间会是什么关系。这个年长女子脸上的担忧紧张和慈爱关心袒露无遗,这令他有一点小小的震惊。难道说这个女孩是她的女儿……一个没有接受过基因改造的生活者? 这似乎不可能。

"莉齐,你没事吧?"

"她当然不会没事。她的手臂折断了。"卡泽埃言辞犀利地说道。杰克逊则用医生那特有的抚慰口吻说道:"一切都在控制中。"

黛安娜(维姬)用轻蔑的眼光扫了他们俩一眼。

"莉齐,宝贝儿,怎么样?"

卡泽埃语带讥讽地说道:"'黛安娜,宝贝儿',你们俩该解释一下你们来这里做什么了。公众档案显示你已经改名为'维多利亚·特纳',但那上面并没有说明你闯入我们的工厂来干什么。"

维姬一直半跪在女孩身边,现在她站起来面对着卡泽埃。维姬个子颀长,年岁不很小,身着被"吃掉"的生活者外衣;她的头发剪得短短的,有一个坚毅的下巴——杰克逊突然觉得,她一定是遇到了他所无法想象的困难。她朝卡泽埃摆出一副凛然不可侵犯的架势,眼睛里闪着危险的讯号。

在杰克逊看来,她们俩倒真是棋逢对手。

"我为什么要'闯入你们的工厂',"维姬清清楚楚地说道,"是为了不让整个部落的人在这个冬天里全部冻死。我并不指望你们会关心这一点。"

"你不用管我们关心什么,"卡泽埃冷冷地回应道,"你倒该关心关心你们自己。你们将会受到重罪起诉——非法私自闯入。"

"哦,我好怕啊。卡泽埃·桑德斯,什么时候你这种人会——"

"我这种人?我不像你那样?"

"——难道你要对周围所发生的一切都视而不见吗?你们能够轻松解决问题的时代已经过去了。用各种生活品、五彩珠子和能量锥换回选票的交易不会再有了。正是这种交易让你们这种人掌握了权力。"

"哦,我的天哪!"卡泽埃讥刺地说道,"你们想来夺取生产资料,是吗?你们俩是先头部队。"

"我不认为——"

"事实已经很明显了。你到底是什么人?顽固者中的叛徒,跑到生活者中成了土著居民,想为自己混口饭吃?可悲。"

维姬久久地凝视着卡泽埃,突然神色大变,但她仍尽量平静地说道:"你问我是谁——我是基因标准事务局派来的人,曾执行过逮捕米兰达·沙里夫的任务。"

这是杰克逊第一次看见卡泽埃处于劣势,她小巧精致的脸上写满了震惊,维姬·特纳身上表现出来的气势迫使她不得不相信这些话。总之,卡泽埃此刻的表情是杰克逊意想不到的。莉齐躺在地上,由于杰克逊止痛药的作用,她正陷入昏睡之中。

维姬平静地说:"我们仍然需要Y能量,这是我们想要从你们这里得到的唯一一样东西。我们想得到它,而你们则会想方设法来阻止我们。在这个过程中会牺牲很多的生命,就像在'大变革'中那样。生活者也许会继续这样生活下去,依靠细胞清洁机,继续这样活个一百年。你们有武器,有你们的生活小区,有先进的电子安全保安系统,可你们从来也不让生活者学会这些。但是他们正在学,卡泽埃·桑德斯。我并没有侵入你们的系统,是莉齐做的。生活者中有许多像莉齐这样的年轻人,他们每天都在学习更多的东西。我们有人数上的优势,每一个顽固者的周围都存在着十个生活者。"

她说出了每一个顽固者心中的梦魇,不要回头,他们正在超过我们,他们的人数比我们多得多。

"你们知道最糟的是什么吗?"维姬说,她的声音仍然如止水般平静,"你们甚至看不到这些。你们不是愚蠢,而是故意视而不见,终有一天,你们将会为此付出代价。"

"哦,天哪,还是省省你这些耸人听闻的惊人之语吧。"卡泽埃说道,她已经从维姬这一通意想不到且咄咄逼人的抨击中回过神来,"法律是完善而明确的,你们已经触犯了法律。"

令杰克逊惊讶的是,维姬微笑起来,"只有被大多数人认同的法律才有效,难道你不知道吗?当然,你不会知道,你只是一个简单的二进制编码程序,这个程序完全建立在你自己的利益上,罔顾其他任何人的利益。但别忘了，你们的系统会被一个小孩子侵入；现在就已被侵入了。"

卡泽埃怒气冲冲地说道："从个人偏见出发的诡辩算不上辩论。"

"你没有个人偏见，甚至连人云亦云都没有。你只是人类信息的冗余代码，你已经过时，已经被淘汰了。"

这个女人像在戏台上演戏一般。她站在那儿，嘲笑着他的前妻。

卡泽埃道："你简直目中无人，但这并不表示你就具备了力量。"她在遥控器上按着键，一个机器人保安被激活，它从乱得一塌糊涂的工厂地面上站立起来，快速向他们走来。

"你已经侵犯了第十技术公司的私人财产。"机器人发出低沉的声音，"站在原地不要动，等候进一步指示。"

维姬继续微笑着，杰克逊看见卡泽埃的脸色阴沉下来。

"你已经侵犯了第十技术公司的私人财产，站在原地——"

"关上它。"杰克逊说道。两个女人都看着他，显然这两位刚才只顾忙着她们之间的战争，完全忘记他还站在一旁。卡泽埃微笑着按了一下遥控器，机器人便闷声不响了。

"算了，"杰克逊说，"我的意思是——把它完全关闭，我们不要抓她。"

"哦，不，我们要把她抓起来。"卡泽埃说。

逆反情绪从杰克逊心里升腾起来，这是一种他自己也无法言表的荷尔蒙冲动。也许他并不想这样，但在这股冲动之下，他竟吐出这么一句话来——甚至在说出口之后，他都不知道自己说这话是什么意思："这个工厂不归你管。"

她回答道："我不是正在管理这家工厂吗？除了我，还有谁在管？是你吗？你甚至从来没有看过一眼财务报表，更别说操作运行

的数据了。把这事交由我来处理吧,杰克,你只要守着你那些医学知识就行了。"

她指的是他那些陈旧过时的医学知识。她又用这个来嘲笑他,但这次却说得相当不客气,这表明她已经被他逼得没有退路了。卡泽埃也会被逼得走投无路,突然间,他觉得很喜欢这种感觉。

"我不会将这事交给你来处理,卡泽埃,我说了算。关上它。"

卡泽埃按着遥控器上的按键,机器人开始向门口走去。维姬被圈在一个闪着微光的能量场中,就像被困在一个透明的盒子里,被机器人带着走向工厂大门。

"卡泽埃,关上机器人。"

"带上那个小孩,杰克,我们走。"

"关上它,第十技术公司是我的,不是你的。"

"我们每个人都拥有它三分之一的股份。"她平静地说道。机器人继续向门口走去,带着被包在微光里的维姬。

杰克逊说:"我现在再加上特蕾莎的三分之一。"说时迟、那时快,他伸出手去,一把从卡泽埃手里将遥控器夺过来。她没想到他会来抢,因此竟然被他轻易得手。

"把它还给我!"

"不给。"他说,然后定定地看着她。他看出眼前的形势是风雨欲来,但是他管不了那么多了。他此时已是血脉贲张:我的上帝,她是如此美丽……是他所见过的最可人的女子。她抓住他右手里的遥控器,他则用左手握住她的上臂,轻易就将她甩开了。他怎么从来没有想过,他的力气比卡泽埃要大得多呢?几年前,他就应该有这个自信——他在体力上远胜过她。

"我—说—把—那个—给—我,马上。"

"不给。"杰克逊笑着说。该死,他不知道密码,他自己无法将它关闭。好吧,他可以先琢磨一下,或者——他有一个奇怪的想法——他想去问问莉齐。卡泽埃站着不动，任由他抓着，也不挣扎；她金色的皮肤上闪着愤怒的光，碧闪闪的眼睛里燃烧着怒火。

他从来没有觉得自己的力量竟会如此强大。卡泽埃低下头。他的左手仍然抓着她的右上臂，突然一阵痛楚传遍全身，惊痛之下，他放开手，血飞溅在他俩身上。她咬了他。在他身边，那个躺在地上的女孩正在喃喃地说着什么。

"都怪你自己，杰克逊，"卡泽埃说道，"你难道没想到我会反击吗？"

他的手背上有两道长长的血印，伤口很深，但没有齿印，明显是划伤——卡泽埃的牙齿间植入了可放可收的刀片。

从静脉里流出了深红色的血，莉齐身边的地上很快积起了一摊血。莉齐又说了句什么，杰克逊还是没有听见。他会休克吗？不会，没有头晕目眩或者恶心反胃的感觉，伤势不算很严重。卡泽埃肯定控制着刀片，及时将它们收了回去。

那个躺在地上的女孩抬起头看着他——那是一双呆滞的眼睛，由于神经镇静药物的作用，她的脸上带有一种朦胧的笑意。她的双腿间突然出现了一摊水，她吃吃地笑起来，"宝宝要出来了。"

"哦，我的天哪！"卡泽埃说，"好吧，你赶快送这个女孩回到他们的部落里去。我就留在这里，和这位替被压迫者奋斗的女士待在一起，等着警察的到来。生活者的营地里一定有什么人会帮着料理这种生孩子的事情的。"

"那个'什么人'就是我。"维姬说。她在莉齐身边跪下来，握住莉齐的双手。她的话语中有什么东西，让杰克逊为之心动。

"特纳女士说得对，卡泽埃，她需要留下来和这个女孩待在一起。"

"好感人的母爱。"卡泽埃说道，"那你要我怎么做，把她们俩都抓起来吗？"

"两个都不抓,等这件事过去后再说。"

"你想就在这里的空地上接生孩子?"

"当然不行。还有几个小时她才会生。"杰克逊的手轻柔地探查着,发现婴儿将会是臀部先露出来。

他神色凝重地思索着:"大变革"并没有改变人类进化的某些关键方面,降生的通道仍然比婴儿的头颅要狭窄,子宫颈也没有什么新的,还是像原来一样——让婴儿的头部先出来。

但是莉齐的情况却不容乐观:她是头胎孕妇,而且胎儿不足月,只有八个月。此外,杰克逊的胎儿检测仪清楚地显示胎儿将会是臀位分娩。用触诊子宫检胎法可检测到胎儿是个男孩,重2800克,心跳每分钟160次,发育正常;脐带没有脱垂现象。杰克逊据此推断,起码还有几个小时,孩子才能出生,但此时子宫口已经扩大到五厘米了,分娩过程已经进行了一半。

情况可能会非常糟糕。

"莉齐,"杰克逊说道,"我要把你抱起来,然后把你送到更舒适一点的地方去。"

"去哪里?"卡泽埃问,"你不会是想把她——她们——送到我们的小区里去吧?"

莉齐说:"我想回家。"但她的语气并不十分坚持。她一点也不像即将为人母,她看上去只是一个昏昏欲睡、笑嘻嘻的孩子。杰克逊叹了口气。

"好吧,我们送你回家。但是,莉齐,听我说,我会一直陪着你。孩子胎位不正,你明白我的意思吗?我要和你在一起,以便在适当的时候帮你将位置调正。"

女孩抬头看着他,杰克逊从她呆滞的黑眼睛中看到了一丝光亮。他原以为尽管她如此疲惫软弱,她也会反抗,而不是愿意有一个顽固者医生陪在身边。难道她不是伴随着医疗机长大的吗?那时候的政客们还愿意为生活者提供这些东西。也许因为这个维姬·特纳在身边的缘故,所以她没有反抗;也许杰克逊对莉齐的了解不如他自己以为的那么多。

卡泽埃说:"难道你们就这样走到生活者的营地去,除了手枪什么也不带吗?"

杰克逊站在那里,双臂托着莉齐。她还可以走,但是如果让她站着,孩子降生的速度会加快,而他不想让她以不正的胎位在空中汽车里将孩子生下来。他面向着卡泽埃说:"没错,我是准备这么做。你可以跟我一起去,也可以不去,随你便。"

卡泽尔犹豫着。在她举棋未定的那一刻,杰克逊心里涌起了一点希望——在她的眼中闪过的是一丝尊重之意吗?是对他的尊重吗?不管那是什么,总之它是一闪即逝了。

"杰克,那是两人乘坐的汽车。"

他倒忘了这一点,"那好吧……我会将她们俩一并带到她们的营地,我们三个就在我的车里挤一挤。你在这里再叫一辆车吧。"

"我会叫警察来,这就是我要做的。"

"很好,就叫警察吧。他们也会到营地来,我们将会有一个热闹的聚会。"

他抱着莉齐走出工厂。现在工厂里一片死寂,只有那辆被莉齐重新编过程序的叉式升降装卸车,还继续在空气中装卸着子虚乌有的东西。难道是因为莉齐的程序编制有误,它才又重新动了起来吗?也许她并不如维姬所称的那样——是一个优秀的程序入侵者。但也可能是卡泽埃从空中汽车里发出的信号产生了某种干扰。杰克逊对工业管理自动化系统所知不多,无从猜测。他听见卡泽埃正在他身后拨打公共链接电话:"警局紧急报警处,代码 655。该死,罗伯特,请回答我……"

维姬坐在座位上,把莉齐抱在膝上。两个衣着褴褛的女子近乎

半裸，全身都被莉齐流出的羊水弄得湿漉漉的，头发像乱草堆，散发出血腥味、汗味、泥土味和羊水味混杂的气息。汽车里的空间太狭窄了。

维姬总喜欢用一种嘲讽的口气来捕捉他的想法。当空中汽车升到空中的时候，她说："医生，你上次给生活者看病是在什么时候？"

他没有回答。汽车穿过了他打开的防护罩中的通道。莉齐迷迷糊糊地说着话："另一个过来了。它真奇怪，我感觉得到，但是我不能……"

杰克逊注视着空中汽车的控制面板。现在莉齐分娩前的阵痛间隔时间逐渐缩短，每隔十分钟就发作一次。情况刻不容缓，他得加速。"向西飞，"维姬说，"沿着那条河……"

所谓的"营地"不过是一家废弃的大豆加工厂。过去只有生活者们才会吃大豆，如今已没人吃了，所有的大豆经营厂家都破产倒闭了。这幢建筑物的窗户是由灰色的泡沫塑料制成的，有的已经朽坏了，破烂不堪。田野向四周伸展出去，长满了野草、灌木丛、枫树和无花果树的小树苗。杰克逊不知道，未经过基因改造的大自然，在十一月间竟然会是如此的萧索——特别是在高山峻岭中，或者别的什么荒僻之地。

他将空中汽车降落在这幢建筑物的大门外。大门早已倾倒，或者说是已经与门的铰链分离，丑陋地倒在一旁。杰克逊知道，工厂里面的机械早已被搬走，派作别的用场了；也可能是在"大变革"中被劫掠一空，或被摧毁破坏掉的。对于人类来说，现在最没有必要存在的，莫过于大规模的农业生产了。

汽车刚一停下，就被团团围住。杰克逊数了数，大约只有十一个人。这些人将脸颊贴在车窗上做着鬼脸。他们比维姬和莉齐穿得厚实些，但衣服的质地却更粗糙，样式也更简单；他们那未经基因修改的相貌,不是眉毛倒挂,就是额头太宽,或是小眼睛,还带点斜视;一位年岁较大的男子门牙已经掉光了——这还是"大变革"后的情景。那么在细胞清洁机出现之前,这些人又是什么样子呢?

"莉齐!"

"是莉齐和维姬!"

"他们回来了。"

"莉齐和维姬……"

维姬说:"把车门打开,杰克逊。"什么时候轮到她来发号施令了呢?

部落里的人摆出一副咄咄逼人的气势,都想拥到汽车里来。维姬将莉齐扶出来,女孩还没有从麻醉状态中完全清醒过来,一个劲儿傻呵呵地笑着,几乎完全裸露的肚子又开始收缩阵痛。杰克逊也从另一边车门走了出来。一个又高又壮的年轻人恨恨地瞪着他。一个十来岁的小男孩也对他怒目而视,小拳头紧握着。

维姬说:"他是医生,不要挡着他,斯科特。肖基,你来抱莉齐,小心点,她快要生了。"

那个小男孩说:"我才不管他是什么医生呢。你为什么要把他这种人带到我们这里来,维姬?能量锥在哪里?"

"因为莉齐需要他。我们没有拿到能量锥。"

人群里响起了低低的"嗡嗡"声,杰克逊没有听明白他们在说些什么。

屋子里面黑黢黢的, 杰克逊知道, 这里的照明设备都已坏掉了, 仅有的光亮是从合成塑料的窗户射进来的日光。过了好几分钟, 他的眼睛才适应了这里的阴暗。房间倒还挺大, 但比威洛比工厂小一些。屋子被分割成一个个小隔间。架子、旧家具、破碎的泡沫塑料,报废了或是被拆得面目全非的机械装置,甚至还有粗略切割了一下的圆木,都被用来当作屏风帘障。每个分隔开的小室里都有

些凑合着过日子用的生活用具和个人物品。透过朝南的窗户,杰克逊看见一张塑料篷布——也许是他们偷来的吧——在泥地上四英尺高处伸展开来。那是一个阳光采食场。

屋子中间的空地上零乱地放着一些毁坏的沙发、椅子、桌子,这些东西都环绕着一个很小的便携式能量锥,是野营旅行用的那种能量锥。这块公共场所比其他小房间温暖多了,却仍然根本无法与杰克逊所习惯的室内温度相比。

维姬说道:"那是营地里唯一还能用的能量锥,但在这么大的空间里它也不管用。烧火取暖也很成问题,因为泡沫塑料结构的房子无法通风。我们打算使用弗兰克林牌炉子,准备用它来代替第十技术公司的能量锥。我们大家共用着这唯一的一个能量锥。对于像你这样的有钱人,这种东西根本就没什么稀罕的。"

"你们可以南迁啊。"杰克逊反驳道。

"这里更安全些。其他人都到南方过冬去了,但是我们没有足够的武器装备。"

"嗯哦哦哦——"莉齐迷迷糊糊地哼哼着,"嗯哦哦哦……我感觉另一个又过来了……"

一个长得挺漂亮的黑人中年妇女向这里跑了过来,"莉齐!莉齐!"

"莉齐没事,安妮。"维姬说道,"医生,这是莉齐的母亲。"

莉齐的母亲甚至没有看他一眼。她胡乱地抓摸着莉齐,莉齐仍然躺在那个高大的年轻人的双臂上。她紧紧地抓着女儿,"你把她放在这儿,肖基,小心点!你当她是麻袋啊!"杰克逊看见维姬在微笑,笑得很勉强。这两个女人,或者说这三个女人之间以往一定有过什么芥蒂。肖基小心地将怀中这个柔软无力、傻笑着的、臃肿的赘物放到一旁的一个小隔间里。

安妮用她丰满的身体堵住了狭窄的通道,"谢谢你,医生,不过你现在可以走了，我们不需要你的帮助，我们有自己的医生。再见。"

"没错，你们有医生，太太……你们有医生。但她是臀位分娩，我得在适当的时候帮她调整胎儿位置——"

"不关你的事！"

维姬说道："看在上帝的分上，安妮，不要来碍事，他是一个医生。"

"他是一个顽固者，他。"

"如果你不走，我来帮你走。"那个一直怒目而视的男孩按捺不住地走了过来。杰克逊心里一阵焦躁，难道这些生活者总是喜欢用武力来威胁他人吗？真是太无聊了。他坚定地说道："太太，如果你影响我给病人看病，我就要请你出去了。"

"怎么啦，杰克逊，"维姬说道，"我不知道你还挺有威严的嘛。"她的声调像极了卡泽埃，这激怒了他。他将莉齐的母亲一把推到边上，来到莉齐身边跪了下来。此刻，莉齐正躺在自己的床上，脸上带着笑意。一张薄薄的、不会被身体消耗的塑料床垫，还有一条用可再生材料做成的毯子——隔间里除了这些外，还有一个被压扁了的箱子和一把塑料椅子。椅子十分破烂，看上去就像曾被用来练习射击的靶子。墙上还挂着一幅华丽却有些俗气的工艺品——生活者喜欢这类物品。工艺品镶着金属边框，描绘的是一场小型摩托车比赛，背景是绒毛般的浮云。一旁有一个衣柜，上面放着一个终端机。杰克逊吃惊地看着终端机，这似乎应该是那些资金雄厚的科学家用的东西。

莉齐乌黑的眼睛里闪着快乐的光芒，但她是假装的，她正在忍受着痛苦，"我一点儿也不疼。莎伦生孩子时大声叫喊，她……"

"那是因为没有医生照顾莎伦。"维姬安慰道，"照顾莎伦不会给顽固者们带来任何利益。"

杰克逊说:"你们不应该毁坏仓库。"

"为什么不该?你们的人停止往我们的仓库里运送东西。"

他不是到这里来和一个顽固者叛徒争论政治观点的。杰克逊在他的医疗包里摸索着。"那是什么?"安妮问道。她向床边靠近,像一个准备复仇的天使,从她身上散发出一股浓烈的女性体味,带有一种奇怪的诱惑意味。杰克逊想,在细胞清洁机发明之前,在有其他气味存在的情况下,是很难进行无菌手术操作的。

"这是局部肌肉放松贴剂,它会尽可能地扩张阴道,防止做外阴切开手术时造成撕裂。"

"不许你动刀,"安妮说,"莉齐在这里不会有事的!你出去!"

杰克逊并不理睬她。正当他准备给莉齐敷上肌肉放松贴剂时,一只手抓住了他的肩膀,把他往后拉。维姬拽住安妮,两个女人就在杰克逊背后撕扯起来。就在这时,杰克逊听见有人说:"安妮,亲爱的,快住手。"

在药物的镇定作用下,莉齐一直微笑着面对杰克逊,而她的大肚子此刻正一伸一缩地剧烈颤动着,她一把抓住杰克逊的手。杰克逊转身看见一个神态庄严的黑人男子,至少有八十岁——对于他这个年纪来说,他的身体显得格外强壮健康——他态度坚决地拉着安妮离开了这个小隔间。众人沉默无语,目光中却满含敌意。

杰克逊转身面向莉齐。

"我能做什么?"维姬快人快语。

"什么也不用你做,你只要不来妨碍我就行。莉齐,向左转过身去……好,这样就好。"

一个小时后,他才开始做外阴切开手术。他动作麻利地切了一个很大的口子——因为胎儿不是头先出来,无法自行扩充产道。莉齐还是微笑着,嘴里哼哼唧唧地。老比利奇迹般地劝阻住了安妮,她还站在那里,不过总算安静下来了。

"好了,莉齐,用劲儿。"神经抑制药物开始在全身发挥作用后,会产生一个不利因素,那就是虽然药物在身体里可以有选择地起作用,不让药物影响到胎盘,但还是会影响到莉齐分娩时的体力和主动性,"快,用力……"

莉齐只是傻笑。婴儿的小屁股已经露出来了。杰克逊等待着,当他看见婴儿的肚脐时,他开始抓住婴儿的臀部向外拉,直到婴儿的肩胛都露出来为止。他小心地转动着婴儿,让他的两个肩膀一前一后地露了出来。当两侧肩膀全都出来后,他又转动了一下蠕动着的小身体,让他脸朝下,这样可以最大限度地减少脑部受损的可能性。

"再用点劲,莉齐,用力……再用力……"

她努力用劲,婴儿的头部终于挤了出来,头部未见损伤,也没有任何淤痕或是水肿现象。杰克逊托着婴儿柔软而湿漉漉的臀部,突然觉得喉咙发紧。他用监测仪器对孩子作了检查后,将沾满鲜血和胎儿皮脂的小身体放在他母亲的胸脯上。小隔间里立刻又挤满了人。对于这些生活者来说,显然没有什么个人隐私的观念。胎盘也下来了,他切断了脐带,从包里拿出一支改造针剂来。

整个人群发出"啊呼呼……"的喘息声,杰克逊惊讶地抬起头来。

维姬叫道:"你竟然还有一支!"她的声音与杰克逊以往听到的完全不同。

"你说我还有一支改造针剂?"他随即恍然大悟,"当然,但你们却不会有,在顽固者小区之外是不会有改造针剂的。"

"我们的出生率比你们高,"她不满地说道,"但是我们能得到的改造针剂却很少。几年前,当这种针剂不再出现之后,你们这些顽固者就到处收集。并囤积起来。"

"那你们的孩子——"

"他们会生病,当然有的还会死去。你是否知道,有的地方正因为仅剩的一些针剂发生武装冲突?"

他知道,他当然知道。但是在新闻网上看到这些消息,与自己亲眼目睹这些渴望得到针剂的人,是完全不同的感受。在这里,他能感受到他们的紧张不安,体会到他们绝望中的渴望之情。他很快地说道:"你们这里……你们这个部落里还没注射改造针剂的孩子有多少?"

"目前还没有。但是我们仅剩有一支改造针剂,是准备给莉齐的。如果下一次再有人生孩子……你有多少针剂,杰克逊?"

"还有三支……你们可以都拿去。"

他给婴儿打了针。如人们所期望的,婴儿开始哇哇啼哭起来。小隔间外面,传来一个男人刺耳的声音:"顽固者警察来了,他们!"

维姬朝他莞尔一笑。她的微笑令他惊讶:疲倦中还含有几分友善,似乎他为莉齐的孩子注射改造针剂,并将剩余的针剂送给他们的举动,已经改变了杰克逊和生活者部落之间的微妙关系。他过了几分钟才明白过来,她刚才的微笑只是装出来的,不过她的语气还算温和,"杰克逊,难道你就任由那些混蛋来抓走你的病人吗?"

莉齐躺在那里,对着她的新生宝宝大笑着——或许这是贴剂上的神经镇定药物的刺激作用所致,也可能是莉齐母性的流露。婴儿大声地啼哭着。在这个小小的空间里,人们都在叫喊着、争论着。有人在祝贺莉齐,有人在威胁警察,还有的在质问警察为什么他们得不到新的能量锥。那么多人挤在一块,小隔间里的气味有点糟糕。杰克逊看着维姬的笑容,想起了卡泽埃的愤怒和她对他的嘲弄。

在一片喧哗声中,维姬对他说道:"你曾告诉卡泽埃,说你要撤销这次诉讼。"

"我为什么要这么做?"

她只是挥了挥手,让他看着眼前的一切:初生的婴儿,冰冷的房间,衣衫褴褛的生活者,议论纷纷的人群,还有站在人墙后面的警察。这些生活者虽然可以抵御疾病和饥饿的侵袭,但却无法抵御寒冷和暴力,以及其他人的贪欲。他突然想起了埃莉·莱斯特,莱斯特将土著居民和生活者视为二等臣民和奴隶,她觉得他们虽然并不缺少智慧,但这些无权无势的人却很可笑。埃莉与卡泽埃不同,卡泽埃是讨厌他们的。

"好吧,"他说,"我撤诉。"

"撤诉。"维姬回应着。她不再微笑,只是眯起眼睛仔细地打量他,似乎在想:下一次还可以从这人身上得到什么好处。

4

今天,特蕾莎想,今天是个不同寻常的日子。

一大清早,她躺在床上,觉得那块熟悉的乌云又降落到她的心头,让她感觉沉重、迷茫、无望。"沮丧的心情挥之不去",她想起了很久以前有人曾说过这样一句话;"在黑暗的森林里摸索比面对死亡更痛苦",这话是但丁说的,她记得但丁;"大脑里像有野兽在撕咬",这话她可记不得是谁说的了。她的个人系统托马斯不知在哪个数据库里找到了这几句话,现在她已经把它们牢牢记住了。狗、野兽、树林、云彩——她在黑暗中生活了那么长时间,她不再需要这些名词,然而她拥有它们,就像拥有恐惧本身一样。

但是今天,这种迷茫的恐惧感一直无法消除,她无法阻止这种思绪在脑中盘旋。今天与往日不同。

"服用一片神经镇静药吧。"杰克逊总是这样催促她,"我可以给你开处方……特蕾莎,你的病只是大脑化学物质失去平衡所致。就像糖尿病和贫血症一样,它只是一种疾病。你可以调整你大脑里的化学物质,使其恢复平衡。"特蕾莎永远无法找到恰当的词让杰克逊读懂她的心。

也许用什么词语来表达并不重要,重要的是行动。她也是最近才明白这一点的。当明白了这一点后,一种深深的羞愧感冲击着她。为什么她要一直如此沉溺于自我之中,并且如此纵容自己脆弱

的灵魂？她已经有整整一年没离开这幢公寓了……在她的一生中，她从没有离开过曼哈顿东部小区，从来没有。难怪杰克逊会说，她这是"抑郁症"。

就是今天了。

杰克逊与卡泽埃一起出去了，他们一大早就走了，他们是去查看在某个地方的某家工厂。特蕾莎听到他们离开时的声响。无论杰克逊何时离开公寓，她都会有一种不自在的感觉，但她努力克制住自己，不让他觉察出这一点。总让杰克逊留在家里陪她是不公平的，因为她的缘故，杰克逊待在家里的时间已经太长了，他围着她转，为她而烦心。我可以开处方……他为她操心，但他不理解她。他不知道他所说的"大脑化学物质失去平衡"究竟是怎样的状况，只有特蕾莎自己知道。

那是她的天性使然。她的大脑告诉她，她得改变生活方式，她得去关心那些真正至关重要的事情。

特蕾莎的腿在床边上来回摆动，她在等待着这种日复一日的焦虑情绪慢慢消退。如果放任自己，她可以在床上待一整天——床是一个安全的处所。但是，今天她没有一直待在床上，她走进声纳淋浴室，冲洗了三十秒钟后再走出来。在卧室西面墙上的长镜里，她瞥见了自己没有任何遮蔽的身体，于是她停了下来。

她的身体是如此美丽，但她认为，每个人都与她一样美丽。不知怎么的，她觉得自己似乎并不是一个真实存在的实体，她那淡金色的头发和眼睛，苍白娇小的脸蛋，白皙的皮肤，这都是她的父母当年所期望的吗？她是一个仙女，或是一个幽灵；她是一个没有实体的全息图像，影像的边缘虚幻模糊——她似乎并不属于这个尘世。没有一个人能够理解她是如何努力地挣扎着，去寻求真正的自我。即使是杰克逊也不能理解，虽然她认为他是一个非常疼爱妹妹的哥哥。

即使是杰克逊也认为特蕾莎的出生是一个错误——在试管里的基因改造阶段，她不知怎么地就受到了某种损伤。而且即使是杰克逊，也看不到特蕾莎所表现出来的天赋特质。不管别人怎么说，那都是她与生俱来的天赋——如果对痛苦有着极其深刻的体会也可以算作是一种天赋的话。

有痛苦就意味着你得去改变些什么，你得学会用不同的方式来思考这个世界。特蕾莎想象着，当种子在坚硬寒冷的土地里破壳萌发的时候，它们是如何感受巨大痛苦的。它们只是摸索着向外推进，向往着从未见过的光明。痛苦是一种能让人成长的东西，但似乎没有人理解这一点。她知道，每个人在经历痛苦的时候，总是会想尽一切办法——如服用治病的药物，或用来消遣、寻求快感的药物，以及参加疯狂的派对聚会——借助如此种种办法来摆脱痛苦。所有这些，只要你依赖于它们，它们都会让你摆脱痛苦。为什么这个世纪以来，就没有人像她这样来思考问题呢？只有她是个例外。

"在不同的环境里——"有一次，杰克逊语速缓慢、措辞小心地说道，对妹妹说话他一向如此，"——会产生不同的性格。我们获得的性格包括活泼、上进、开朗……但你是完全不同的，特丝，你是与众不同的。这样不是不好，只是不同而已，有所不同是很正常的。"

是的，这样没什么不好，但这使她开始相信她的"与众不同"另有深意。她大脑中的那片乌云，对一切新鲜事物的恐惧、焦虑，这些都让她感觉如此压抑，有时她甚至觉得无法呼吸。特蕾莎相信，这些情绪所要传达的就是让她去冲破自己那层外壳，向着光亮处探索。她对此坚信不疑，虽然她从未看见过这丝光亮，也不能完全确定自己要探索的目标是什么。有时，她也会绝望地想，前面究竟有没有光亮呢？这种疑惑也是她天赋的一部分，这使得她开始质疑周围发生的一切，以防漏掉任何一个关键的线索，这样她才能知道下一步该怎么做。

这些她都不曾对杰克逊说过，他已经为她操心太多。不管怎样，他无法理解她。事实上这很有些可笑——杰克逊是一个聪明人，而特蕾莎是一个智商改造不成功的人。是啊，她在学校里的软件课成绩从来就不怎么样。虽然杰克逊所说的在不同的文化环境中，人的品性也会有所不同的看法是对的，但他却没有将这个观点作进一步的深入探讨。

特蕾莎却做到了。她在她的终端上花了数千个小时时间，不急不忙，但却是不辞辛劳地经常委派托马斯到历史数据库中去查询。她终于找到了有像她这样的人存在的历史时期：有信仰的时代。

她应该生在天主教盛行的时代。那是在中世纪后期，那时的善男信女如果能够看破红尘，将他们的一生致力于精神方面的追求，是会受到人们尊敬的。她如果生在那个时代，一定会皈依于这种信仰。她会进入某个修道院，过隐居的生活，与别的信徒一起常年祈祷……但如今的她，却生活在一个甚至没有人——包括她自己在内——再信奉上帝的时代。

特蕾莎眼中含泪。她心烦意乱地挥去这种种思绪，离开映出她裸露身体的镜子。为不实的幻想哭泣是愚蠢的，她生于此时，并非彼时，这也是上天对她的赐予的一部分，这意味着她得另辟蹊径去追求她不顾一切想要找到的光明。经过数月甚至数年的沉思冥想，以及多次不成功的试探，她已经看到了路在何方。

她必须走出去。

走出公寓，走出东部小区。

杰克逊常叫她不要看那些新闻网，因为那些新闻会令她心绪不宁。特蕾莎一直乐意听从杰克逊的话，但是从几个月前开始，凡是杰克逊不在的时候，她就在家看全息电视。虽然大多数新闻都是关于顽固者的，但偶尔也会涉及到生活者。从股票市场信息，到东部小区的一些时政新闻，甚至还有个别来自华盛顿的全国性报道，

所有这些似乎并没有人会去多想。在人们看来,这些都远不如小区内部的一些事情那样与自己息息相关。虽然关于生活者的新闻只是一闪而过,但还是可以看到那些生活者确实在受苦。不是因为饥饿——不会再有饥饿,永远都不会有饥饿了——而是因为缺少某些东西,比如能量锥、像样的衣服、终端的零部件等。对于特蕾莎、杰克逊、卡泽埃以及卡泽埃昨晚带来的那些讨厌的朋友来说,他们拥有的这些东西却太多太多,都不知该拿它们如何是好了。想到这些,羞愧感就灼烧着她的心。

就在这时,特蕾莎看到了全息电视上的某条新闻,这终于使她下定决心要走出去——一些生活者已经在组织一些精神团体了!新闻频道报道了其中一个精神团体过冬的地方,报道时的口吻不乏轻蔑嘲弄,这是当然的……新闻也报道了这个地区的坐标位置。

特蕾莎穿上一条宽松的花长裙,是她自己设计的——她将设计草图和她的身材尺码送到了一家专业服装店,那里仍然在制作棉布服装——又找来一件暖和的大衣,现在外面的天气可不是通过什么民意投票来选择的,并拿了一双旧靴子。这时,她又有些踌躇不决起来。

她要带些什么东西给他们呢?能量锥,没错,她已经用第十技术公司的账户订购了一打,邮递机器人上个星期就已经把货送来了。财务方面的事情特蕾莎并不十分在行,这些事情通常都让杰克逊去操心。她没有使用杰克逊以前给过她的"专用密码",那个密码也许不对,因为当时她鼓捣了半天也没能成功,却不明白自己究竟错在了哪里。在她终于找到了家庭账户后,她学会了如何去订购自己想要的东西。这给了她一种奇特的感觉——她感觉到了自己的力量,但是一时之间还不敢相信。"骄傲使人失败",这是母亲常说的话。

对了,衣服,她得带上些体面的衣服。在全息电视上,那些生活者穿的都是些简陋的编织衣物，或是颜色难看至极的夹克衫……而她所有的衣服不是棉制就是丝制，这怎么行呢？生活者都经过了改造，他们需要的是不会被身体消耗掉的衣服。

她进了杰克逊的房间，开始掳掠他的衣橱：衬衫、裤子、短上衣、大衣等，都是非自耗质地的。他总是订购非常多的衣物。下一次她要带上些非自耗的女式衣服。

还要带些什么呢？哦，当然，还有钱。可是对于生活者来说，钱有什么用呢？他们不用钱，或者至少在"大变革"之前，他们根本用不上钱，他们用的都是用餐卡。政客们会给他们提供所有需要的物品，以换取选票。而现在，除了顽固者小区内部的选举活动，再没有什么投票选举活动了。这也正是生活者会陷入如今这种困境的原因！他们没有钱来购买他们所需要的东西，因此他们大多数人只有南迁，在那里，他们不再需要供暖的能量锥，不需要保暖的衣物，他们可以在野地里"进食"，获得营养，互相之间进行着愚蠢的战争，完全忘却人类文明。但是，并非所有的生活者都是那样。特蕾莎想去拜访的那些人肯定需要用钱，但是他们没有账户，给他们汇款的时候该如何填写呢？

她带了一个手提式终端。也许他们会有某种集体账户之类的东西，或者她可以以他们的名义为他们设立一个公共账户，一个可以将她的钱汇给他们的账户。这事应该不会太难办。

她可以做得到，她真的可以做到。有生以来第一次，在经历过那么多不成功的尝试后，她——特蕾莎·凯瑟琳·阿拉诺——微不足道的她，终于可以真正地做些大事了。

压在心头的那块乌云并没有散去，但她毕竟觉得轻松了些。特蕾莎微笑起来。

走出家门之前，她从她的终端前走过。终端开启着，屏幕上是

她那本关于早期无眠者的书——《蕾莎·卡姆登》。特蕾莎知道自己算不上一个真正的作家,这本书写得也不是很成功,但是她真的想写下关于蕾莎的故事。蕾莎与其他无眠者不同,她在艰苦卓绝的斗争中,极力避免无眠者和睡眠者分裂成为两个势不两立的阵营。蕾莎一方面竭力阻止无眠者武装撤退,进入庇护所,另一方面也试图阻止睡眠者对所有由无眠者投资的企业进行联合抵制;她还试图阻止米兰达·沙里夫采取同样的隔离行动。

蕾莎的所有这些努力都以失败告终。无眠者施行了超级无眠者的基因改造工程,却将一切搞得更糟。但是蕾莎毕竟尝试过了,努力过了。特蕾莎很想知道,在她最后被生活者中的一些不法之徒谋杀于佐治亚州荒凉的沼泽地之前,是什么驱动着蕾莎去做所有这些事情的呢?一定有着某种鞭策蕾莎的力量。

在升到屋顶的电梯里,特蕾莎抱着一大堆杰克逊的花费昂贵、剪裁讲究的衣服,她有些犹豫了。外面的世界有多艰难,她不知道,对她来说,许多事情都很陌生……如果遭人袭击怎么办?也许她应该先去看一场德鲁·阿伦的音乐会,一场关于人生冒险的音乐会……

德鲁·阿伦,那个璐希德梦幻音乐家。几个月前,特蕾莎每天都要看两到三次德鲁·阿伦的音乐会。她似乎完全被这个阿伦催眠了。他的那些在潜意识中产生的图形,能够抓住她的无意识的思想活动,让她进入一种完全不同的梦境。梦很深入,很特别,通过阿伦的集体催眠艺术,她能够很容易地进入梦境之中。那些梦境正是音乐会的听众们所渴望,所需要的。当做梦者从这样的梦境中醒来时,会觉得自己的思想变得更纯净、更有力量。

不,今天不行,她今天不能去听德鲁·阿伦的音乐会,她不想把音乐当作另一种神经镇静药物。她可以独自一人行动。她可以做到,就在今天。

"早上好，阿拉诺小姐。"电梯说。

她消失在电梯里。

"你来这里做什么，你？"

"我想要……我在今天的新闻网上看到过你。关于你的……你努力想要……"特蕾莎深深地吸了一口气。眼前这个男人个子不是很高，但长得很壮实，满脸胡子，皮肤被太阳晒得黝黑，看上去有些凶巴巴的。他们一共有三个人，两个男的和一个女的，他站得离她更近一些。她的空中汽车刚一降落，他们立刻跑了过来。她的车停在与大楼有一定距离的地方，她希望这是比较合适、比较礼貌的距离。她的心跳在加速，气息被阻隔在喉咙里，她感到无法呼吸。哦，现在不要，现在千万不要……她开始深深地吸气，外面的空气比她预想的要冷得多，天色也比她想的更灰暗。外面的一切——天空、树木、地面，还有行人的面孔——看起来都是那么冷，那么灰，那么死板。

特蕾莎转过身看着那个女人，也许和女人说话会容易些，"我听说你们想要尝试……你们想要做……新闻网上说是一个什么'精神实验'。新闻上是这样说的——'一种与人的幻觉无关的精神上的尝试'。"

另一个男人的脸色开始和缓些了。他年轻，可能和特蕾莎差不多年纪，身材较瘦，没有蓄胡子。"你对我们的事情感兴趣？"

"不要那么轻信她的话，乔希，"那个女人厉声说道，"她是一个顽固者！"

"我们来看看她到底是什么人。"第一个说话的男人说道。他从口袋里掏出一个移动终端来——生活者也会有这种物品吗？"打开。身份检查。空中汽车号 475-9886。"然后是密码确认。他怎么会知道这些的？

终端回应道:"汽车登记在杰克逊·威廉·阿拉诺名下,属于曼哈顿东部小区。"然后终端又说出公民编号和住址。特蕾莎从来不知道这些私人信息都是公开的。

"我是特蕾莎·阿拉诺……杰克逊的……妹妹。"她努力让自己的呼吸显得正常些。

"你是给我们送供应物品来——"那个女的说道,"——出于好心?"

"是的。"特蕾莎喃喃道,"我就是这个意思。不,我不认为……我没那么好……"

"你没事吧?"那个叫乔希的年轻人问道。特蕾莎趔趄了一下,靠在汽车上,乔希上来想扶她一把,她向后退缩着。

"我……我没事,我很好。"

"乔希,你将东西卸下来,"另一个男的说道,"我们不如就把东西留下,我们。"

特蕾莎尽量使自己的呼吸平稳些,她毕竟赶了很远的路才来到这里,"我能不能……能不能看看你们在这里做什么?不是用这些东西来和你们交换,只是因为我……因为我比较有兴趣知道。可以吗?"

那个女的说道:"我们不想被别人窥探。"

乔希也插进来说:"你真有兴趣吗?你对结合有兴趣吗?"

"你给我闭嘴,不许乱说!"那个女的厉声呵斥道。

他们两个怒目而视。特蕾莎不记得在电视新闻中有过什么关于"结合"的说法。一阵冷风吹来,她打了个冷战。天气真冷。

那个年纪大些的男子突然做了个决定:"她可以知道,她。该是让人们知道的时候了。我们做的事情是正义的,也是行之有效的,我们都知道这一点,我们应该将它传播开来,我们。"

"迈克——"女的开始发怒了。

"不,是时候了。如果一个顽固者真的对此有兴趣,她……"他看着特蕾莎,一脸猜测的神情。

"我说不行。"女的说。

"我说行,我。"乔希说,"帕蒂,把那些能量锥弄下来,你。"

帕蒂毫不客气地抓起那些能量锥,特蕾莎则将杰克逊的一些衣物从汽车里搬出来,与乔希一起向着建筑物走去。她尽量与帕蒂和迈克保持着距离。

这幢建筑物很大,没有窗户,呈长方形。也许从前这里是个仓库之类的地方。他们没有让她进到里面,而是一个跟着一个进去,将能量锥和衣服放下,然后领着她绕到大楼后面。又来了好几个人,众人一起来到一个聚集了一小群人的地方。

大楼后面有一块透明的塑料篷布,中间由一根四英尺高的细长竿子支撑着,四周用木桩随意固定,篷布显得松垮垮的。里面有一个能量锥。这是一个采食场,六个赤身裸体的人分成两组坐着,每组三个人。

"你们好。"乔希彬彬有礼地招呼道,"他们就是这样三人一组结合在一起的。他们一起行动,一起进食;六个月前,他们相互之间还是势不两立的敌人。"

"不是敌人!"帕蒂厉声说道。

"但也不是朋友。"乔希反诘道,"就像大多数部落一样,我们之间常有争斗。这几乎让我们分崩离析,互相脱离……孤立起来。"

"这也就意味着,我们背离了人类的本性。"迈克说道,"所谓人类,就是要团结在一起。孤立起来,我们就不再是一个整体了。"

"哦。"特蕾莎应道。这个衣衫褴褛、身体健康的生活者——他说得对吗?这就是她的生活为何如此空虚的原因吗——因为她将自己孤立起来了。一种失望情绪渗透了她的全身,这似乎太简单……太容易了。她想起了——她在书房里读过的所有那些独来独

往的传奇人物的故事？那些故事和故事里的人物让人心醉神迷；他们有远见，他们为真理而遭受痛苦，他们需要的不仅仅是不再孤独！她搜肠刮肚地想着，该说些什么才不会得罪这里的主人呢？

"你们是如何停止斗争……团结起来的呢？"

"结合！"乔希得意地说道，"这一切是圣母米兰达给予我们的，我们接受了它。现在请看！"

"圣母米兰达？"特蕾莎很是惊讶，"你们是不是与某些人一样，坚持认为米兰达·沙里夫开发出了一种长生不老药呢？"

"不，"迈克说道，"我们并不相信一些空穴来风的事情，也不追求一些子虚乌有的东西。但是有人给我们送来礼物时，我们会接受它。"

礼物。"什么礼物？"

乔希回答了她，声音里洋溢着热情："开始时，我们认为他们给我们带来了更多的改造针剂。但这种新的针剂是红色的，而非黑色。米兰达·沙里夫的全息图像告诉我们——这是送给我们的礼物。这些礼物先从我们这里开始使用，然后再推广给其他人。这是一种能让我们'结合'在一起的礼物，为的是补救'改造'给我们带来的人与人之间的疏离感！"

"米兰达·沙里夫的全息图像。"特蕾莎重复道。杰克逊曾经说过，在詹妮弗·沙里夫出狱并将米兰达赶出庇护所之后，米兰达和她的超级无眠追随者们用纳米技术在月球上建立了一个基地，叫做"月之女神"。这已经是一年多以前的事情了。米兰达是如何从月球上给人们送来新针剂的呢？

"有了这种新的改造针剂，"迈克说道，"我们就能结合在一起了，不再是各自孤独地生活着。我们要发展我们的精神生活，大家要生活在一起。三人一组，就像圣父、圣子和圣灵①。"

---

①圣父、圣子、圣灵三位一体，是西方基督教信仰的基础。

特蕾莎再次看向篷布遮挡的采食场，一边是两女一男的三人小组，另一边的三人组则是一男一女，外加一个小男孩。围在她周围的那群人也都是三人一组地站着，还互相拉着手；帕蒂、迈克和乔希不易觉察地移动着脚步——众人形成了一个面对着她的小包围圈。

"一种针剂，"她说，"里面装着一种新药，你们接受了它，于是——"

帕蒂直视着特蕾莎的脸，冷冷地笑着，"这种药让我们变得像是一个人，互相不能分开，互相之间不能相距太远，我们互为对方的生命线！"

人群突然一起拖长了声音吟诵起来："我们活着，以我们的方式；我们活着，我们有血有肉；我们活着，我们有我们的选择。"

乔希热切地说道："你现在看到了吗，我们是真正的社会性人类！改造针剂将人们分隔开，每个人都可以独立生存，独立地饮食，健康地生活，而不用依赖他人，每个人都不再需要别人；但是结合针剂却让我们团结起来。如果迈克或者帕蒂或者我相互离得太远，我们就会死去。"

"死去？"特蕾莎的声音有些颤抖，"真的会死掉吗？"

帕蒂洋洋得意地说道："是真的死亡。一个结合在一起的团体，要死就会一起死去，这是我在另一个部落里亲眼所见的。那些个傻瓜不相信圣母米兰达，'圣灵'走开了，仅过了一个晚上，另外两个就都死了。"

"但是……但是如果你们有了孩子，那么孩子——"

"我们得到了大量的红色针剂。"乔希说，"孩子不是问题，可以和母亲在一起，直到长大，再和别人结合在一起。"

特蕾莎觉得很不舒服。他们互相需要，成为一个社会团体，他们有理由这么做……但是像这样的结合……这一定是信息素在发

挥作用。杰克逊曾经给她解释过什么是信息素。它是一种化学物质，无色无嗅。这种化学物质会影响人们的行为……也许并不是因为什么新的信息素，而是某种毒素进入到这些被结合在一起的人的体内。但是细胞清洁机不是会摧毁人类体内所有的毒素吗？那不正是细胞清洁机分内之责吗？当然，如果米兰达·沙里夫真的让它们都……米兰达·沙里夫会这么做吗？她为什么要这么做呢？

特蕾莎的大脑里有个声音在轻轻地说道：因为无眠者已经按照他们自己的想象，重塑了人类的身体，如今，他们又想要改造人类的大脑。

生活者们都围在这里，三个一组，与她的距离如此之近，他们的鼻息都喷吐在她的脸上。光线很暗，她感到胃里一阵翻涌……

"圣母米兰达时代！"

全息终端被激活了，先是一圈圈带有色彩的旋涡，很好看，却不代表任何意义。接下来，米兰达·沙里夫的形象出现在屏幕上，只有头部和肩部，背景是一个简陋、黑黢黢的小录音室。米兰达身穿一件无袖白衫，一条红色绸带扎住了她那不听话的黑发。

"我是米兰达·沙里夫，我在'月之女神'基地同你们讲话。你们一定想知道这种新的针剂是什么吧，它是一种神奇的新科技成果，是专门为你们设计的。这是一件甚至比当年的改造针剂还要好的礼物。当年的改造针剂从生物学意义上让你们获得解放和自由，但是却给你们造成了相互之间的疏离，你们不再因为食物和生存而互相需要。孤独对于人类来说是非常不好的，因此，这种针剂，这个神奇的礼物——"

离全息录像稍远的地方，在这个仓库的一个角落里，特蕾莎看见一个未经改造的孩子。

那个孩子约两岁，坐在那里，长伸着柴棍一般软弱无力的腿，小脑袋一侧光秃秃的，没有头发，皮肤上的一块块疮疤渗着脓水，眼泪鼻涕流了一脸,眼睛像蒙了一层雾,眼神迷茫。

特蕾莎觉得喉咙完全哽住了。

"你们,是我所选择的人,是最先了解这种独特生活方式的人——"

那个小孩不停地"呜呜"哭着,一个和特蕾莎差不多大的女孩子赶紧过来抱起他。

一个健康的生活者女孩,没有饥饿和疾病的困扰,她站在那里,用清澈的眼睛看着这一切……未经改造的孩子难道就得这样生活在这种真实的痛苦中吗?

"——精神性的礼物,独特的生活方式——"

她无法呼吸。无论她如何努力,她就是无法呼吸……

"——建立在几年前我首先给予你们的改造针剂成果基础上的生活方式,当时——"

……无法呼吸,她觉得自己快要死了,这次她可能真的会死……

"这个顽固者怎么啦,她怎么啦?"

"你没事吧?"

"给她让开点地方,让她透透气!"

"她快要死了,她!"

"他们这些人是不会死的,你这笨蛋!照全息录像上说的做!给她注射!"

"这里没有别的人,他们,没有人和她结合……"

"有啊!那两个新来的人!凯茜和艾尔!"

"给他们注射,给他们注射!给他们三个注射!"

天旋地转,整个屋子似乎开始疯狂地旋转起来,她的眼前一阵发黑,好像有人将远处的那堵墙向她推倒过来,又好像一阵巨浪猛然袭来,顷刻间就要将她卷走……把你的头放在双膝间,杰克逊的

声音在她的脑海里响起,深呼吸,服镇静药……她颓然倒地。有两个人将她拉起来,一边一个,是那两个新来的人,她的结合伙伴……旋转着的屋子里,她看见了一个旋转着的注射器出现在她的视线里,什么人将它举在手里,针管里面鲜红鲜红的。

"不!"特蕾莎尖声叫喊起来,"不,不——不要……"

"不会有事的,亲爱的。"一个女性的声音抚慰着她,特蕾莎的外衣已经被剥掉了,"不会疼的。就像注射改造针剂,你几乎什么感觉也不会有。圣母米兰达说过了,她说,这是在第一批改造针剂的基础上……"

红色的针管在她面前摇晃着,离她的手臂越来越近。屋子在旋转,黑浪席卷了她的身体……头昏眼花,她想要呕吐……在最后一分钟,她拼尽全力终于吐出了她想要说的话:

"我……没有……改造过!"

然后眼前一片黑暗淹没了她。

她躺在地上,天很冷,她的大衣已经不在身上了。她睁开眼睛,阳光刺痛了眼睛。人们三个一组围着她站着,他们丑陋的脸一直面对着她。结合成一组……凯茜、艾尔,还有特蕾莎……她已经被结合了!

"她醒过来了,她。"

"给她让开点地方,他妈的!"

"我们什么也不给这个讨厌的女人,我们。"

"特蕾莎……你没有被结合在一起,我们没有对你这样做。"是乔希的声音,他正蹲伏在她身旁,但没有碰到她。特蕾莎努力地吸气。她发病时,有时往往会连续发两次,甚至三次……想到这里,她的心跳更快了,呼吸也更急促了。

"我说,我们没有将你和别人结合起来。"

乔希的脸是和善的。这可能吗？这是出自他们的善意？他不可能明白她的想法……即使是杰克逊也不能理解。特蕾莎努力地想深呼吸一下。

帕蒂说："她所说的一定是真的，哪怕在顽固者的小区里，恐怕也没有足够的改造针剂。"她的声音有些幸灾乐祸。

特蕾莎坐了起来。回家。她要回家。他们会让她回家吗？他们会对她怎样？泪水涌上了她的双眼。

"哦，天哪，她哭了。"帕蒂说，"让这狗娘养的走吧。"

迈克说："不，等等，她带有一个移动终端，她知道我们使用的登录密码。"

"她什么也不知道！她甚至没有被改造！"

"是这样吗？她把东西都藏在她的脑瓜里，她是一个顽固者——"

乔希靠近她，前倾身子。特蕾莎向后退缩着。他呼出的气息甜甜的，暖暖的，却带有一种陌生的感觉。他压低声音说道："你快起来，趁他们还在争论，赶快上你的车走吧。"

她惊异地看着他。他又点点头，拉着她站起来，在她耳边低声说了些什么。迈克和帕蒂开始互相推搡，他们吵得脸都扭曲变形了，口沫横飞。特蕾莎向着她的车飞奔而去。

"拦住她！"迈克叫道，"站住，你！"

特蕾莎一个趔趄，突然跌倒在地。她几乎喘不上气来，地面在摇晃，大地像要吞没她……可别再来——不要再来一次发作。她强迫自己站起来，并回头看了一下。

帕蒂和迈克想要追上她，但是每跑几步，就要跑回去拉扯落在后面的乔希，试图拖着他一起跑。乔希故意装着跑不动，一瘸一拐的，成了他们的负担。没有乔希的配合，迈克和帕蒂无法追上特蕾莎。

她跌跌撞撞地跑到了空中汽车旁，一下瘫倒在车里。

"锁门。自动……起飞……坐标方向，家。"空中汽车升了起来。

地面上，她看见帕蒂正在用拳头猛击乔希。

特蕾莎向后靠在椅子上，尽力控制自己的呼吸，努力不让刚才发生的一切盘旋在脑海里，然后变成那股令人晕眩的黑浪。回家，她得回家。但愿她不曾离开家，但愿她不曾走出她生活的那个顽固者小区，但愿她不曾想过自己会有多坚强、多不凡，能够去寻找什么光亮……在享有特权的顽固者里面，她只是一个有缺陷的次品……不，那些人的做法是错误的，他们不应该这样——强迫别人与他人结合成一体。不，不，不……不应该是这个样子的，她想要寻找的答案不是这样子的。

她合上眼帘，然而关闭了外面天旋地转的世界，却关闭不了比那更可怕的现实。在这个恐怖的下午，最可怕的东西……她想起了乔希的脸，想起了他最后低声说的那句话。他的话充满善意和歉意，却让人感到恐惧。

"你还没有准备好，至少现在还没有。"

特蕾莎不由得战栗起来。她永远也不会准备好接受这种安排——永远与另外两个生活者结合在十英尺之内，须臾不能分离，永远不能分离，如果她离开他们，就意味着死亡……不，这是不对的，这是一条死胡同。

米兰达·沙里夫究竟在搞什么呢？

她又该怎么办呢？

她又要独自一人回到她空虚的生活中去了。

穿插事件

发送日期：2120 年 12 月 1 日。

发送至:月球,"月之女神"基地。

经由:地球站圣地亚哥,地球人造卫星C-988(美国),全息卫星四号(埃及)。

信息类型:未加密信息。

信息分级:B级,私人支付。

原发送者:圣迭哥"家长联合会"。

信息正文:

米兰达·沙里夫博士及其合作者:

据我们所知,你们坚定不渝的原则是:人们只有为别人作出选择,才能更好地体现自我。你们的礼物——改造针剂改变了我们的生活。由于你们的努力,我们的孩子比以前更健康、更强壮,但在我们的小区里,像其他许多地方一样,改造针剂越来越少了,要不了多久就会完全没有了。在那以后出生的孩子将对疾病、意外中毒,以及各类危险都不再具有抵抗力和免疫力了。

沙里夫博士,请不要让这种事情发生。对于我们来说,孩子是最宝贵的,他们是我们的未来。对于你的同胞,你曾经是如此的富有同情心,如此的仁慈,因此,我们圣迭哥小区的父母们,请求你再帮助我们一次。我们为现在的孩子们,还有那些即将出生的孩子请求更多的改造针剂。我们提出这个请求,不是为了我们自己,而是为了我们的孩子。

回执:无回复。

5

詹妮弗不同，她从来不会坐立不安，她早已习惯于一坐就是几个小时，一动不动地沉思默想，有时几天，甚至几个月就这样坐着。就这一点，威尔也得好好向她学习——学习她将心里的各种想法归纳集中到一点上，就像用放大镜将光线聚焦到某一点一样，这是一种必不可少的心理训练。

"他们会等着我们吗？"她靠在椅背上问飞行员，飞行员点点头。飞行员的褐色头发、灰色的眼睛，还有那近乎麻木的面容，看上去几乎集中了世界五大洲人民的特点。他始终一言不发。在他身后是无眠者保镖冈纳·格拉尼克，他正在检查武器。

飞机降落在沙漠中一个沙尘弥漫、在地图上没有被标示出的荒野中，阿塔尔在黎明时分的地平线上隐约可见。这里唯一的建筑物是一幢无窗的泡沫塑料矩形建筑，所使用的 Y 能量防护罩在世界各地非常普遍。虽然接近赤道，但这里比詹妮弗想象中的要冷。现在太阳还没升起，过一会儿温度应该会高一些。

有三个男子在这里等着他们。这三个人身穿阿拉伯长袍，詹妮弗看得出来，这是非自耗合成纤维布料。他们都经过改造，皮肤被晒得黑黝黝的，眼睛却是浅色，其中两人的眼睛呈碧绿色，另一人的眼睛则是蓝色。蓝眼睛那位有着一头红发。他们是柏柏尔人[1]。

---

[1]北非土著。

"欢迎来到毛里塔尼亚。"三人中年岁最大的那位对威尔说道，他说的是那种没有重音的蹩脚英语。他甚至都没有瞟詹妮弗一眼。对此她早有思想准备，因此什么也没说。"我叫卡里姆，这是阿里和巴希尔。旅途愉快吗？"

"很好，谢谢。"威尔说。

"没什么问题吧？"

"没人跟踪。"

"我们这边也没发现什么。"卡里姆道，"不过此地还是不宜久留。请跟我来。"

飞行员留在飞机里，其余六人进了一辆大型空中汽车。威尔和詹妮弗坐在后面座位上，冈纳坐在他们俩中间。空中汽车飞得很低，渐渐飞入了撒哈拉大沙漠的腹地。每一分每一秒，阳光都变得越来越炽烈。满眼都是岩石和低矮的植物，偶尔能够瞥见一处绿洲，绿色的尽头处是灌溉渠，它像剪刀一样齐刷刷地斩断了绿色，然后便是寸草不生的沙漠，满目又尽是岩石和沙砾。他们在一幢体积不很大的泡沫塑料建筑物附近降落下来，这建筑的圆形防护罩有一半被埋在了流沙中。

这几个阿拉伯人将空中汽车开进了防护罩，里面有一个地表坚硬的停车场，不会受到流沙的侵袭。詹妮弗注意到，他们是在通过一家地下德国公司新近开发的视网膜扫描系统扫描后，才进入这幢建筑的。

电梯用阿拉伯语简要地说了几句什么，威尔不懂阿拉伯语，所以没有回应；詹妮弗虽然通晓阿拉伯语，但也没有表示什么。柏柏尔人当然知道她通晓什么语言，会讲什么语言——对于这三位来访的无眠者，他们已经了如指掌。网络数据库无所不有，包罗万象，但是一些关键信息，他们却永远都无法得到。

詹妮弗站得离他们很近，但她得约束自己，要平静地将心中的

恨意汇聚在一起，让愤恨的怒火得到控制，这是一种自我约束。

电梯对他们说的是"真主与你同在"，这是电梯程序的一部分。毛里塔尼亚曾饱受殖民者的压迫，经济曾面临崩溃，并且，与非洲的其他地方相比，这里的干旱、瘟疫和战争有过之而无不及。毛里塔尼亚是非洲最后一个宣布奴隶制度为非法的国家，那是大约两百年前的事了，但蓄奴现象至今仍然不息不绝，并产生了一些不法分子通过新的遗传基因技术"制造"出来的奴隶。这个国家的政府已经名存实亡，现存的所谓"政府"用钱就可以轻易收买。人们于是将希望寄托于神灵。

电梯在地下很深的地方停了下来，出口直接对着一个会议室，会议室的四周是用纳米技术建造的雪白墙壁，浓烈的咖啡香味在屋子里飘荡。会议室里另外还有好几扇门，大概是通向实验室和卧室的。围绕着闪亮柚木会议桌的是一圈舒适的椅子，每张椅子前面都摆放着一套银制咖啡茶具。靠墙放着许多椅子，在一张靠墙的桌子上还有一个全息终端。

詹妮弗在房间一侧找了个位子坐下，垂下眼帘看着地板。她最终能坐在这里，是威尔与他们交涉的结果。这些柏柏尔人三千年来一直生活在一个近乎与世隔绝的环境中，虽然他们都是精明的生意人，但他们并不愿意和女人共事、做生意。换作是世界上任何别的女人，根本就不可能被允许进入这个房间。

任何女人都不能，除了她——独一无二的詹妮弗·沙里夫。米兰达背叛了她和她的同胞，使得她不得不破天荒地第一次与这些个睡眠者中的渣滓打交道。

威尔和柏柏尔人坐在锃亮的柚木桌旁，冈纳·格拉尼克仍然站着，背对着墙，这样周围的一切就都在他的视线范围之内了。

"来点儿咖啡？"卡里姆问道。

"好的，谢谢。"威尔说，"斯特科夫博士呢？"

“他过几分钟就来。我们来得早了些。”

咖啡看上去色泽很深,很浓,一定很苦。詹妮弗只是用嘴唇沾了一下,便不喝了。三个柏柏尔人慢条斯理地啜饮,也不言语,似乎十分安闲。但是当门被打开, 塞奇·米基哈洛维奇·斯特科夫进来时,卡里姆也不由得一愣。

这位俄罗斯传奇人物个头魁梧, 显然他的体型是经过基因修改的,他的皮肤还闪耀着那种改造后特有的健康光泽。改造针剂当然也被发放到了乌克兰,就像它同时到达了世界的其他角落一样。但是它在那里是否被广泛使用,却无人知晓。这不仅仅因为乌克兰的边境控制非常严格,还因为那里盛行古怪的反技术浪潮。自从局部核战争爆发以来, 网络的使用率大大降低。反技术浪潮风行一时:凡是没有机会上网的地域,外界当然也无法通过网络刺探其内情。就连庇护所对于东欧和亚洲西部地区的一些情况也不甚了了。

这个斯特科夫和其他人都不同,虽然他已经闻名遐迩,却很少有人见到过他—— 一个神龙见首不见尾的人物。

斯特科夫十七岁时便逃离乌克兰。他本来对微生物学一窍不通,但后来做了提高智商的基因修改。他从不曾提起他的双亲、他的背景、他的青少年时代,以及他为什么不仅会说俄语,还会说地道的汉语和流利的法语,虽然他说的法语带有一点口音。二十二岁时,他在巴黎的一个人类研究中心获得了微生物学博士学位;三十一岁时因取得了对神经系统线粒体内的兴奋毒素进行了成功修改这一杰出成就,获得了诺贝尔医学奖。但他从未出现在斯德哥尔摩的领奖台上,并且在三个月后,从他位于巴黎的实验室出走,从此渺无踪影。

在以后的十年里, 关于斯特科夫的一些奇怪报道出现在某些地下网站上,这些消息暗示他在为埃及和巴西等国工作,说他一直在忙于细菌战研究,忙于基因修改工程。虽然这类研究从来不曾真

正停止过,但这些消息很少在世界各地的新闻网上出现。美国旧金山海湾小区的一个微生物学家宣称,他已经从一位为智利武装组织工作的医生寄给他的一个令人震惊的组织样本中发现,那正是斯特科夫的手笔——在那里,一种会导致肿瘤的致命逆转录酶病毒正在传播开来,这种病毒会破坏大脑海马区的记忆形成。

斯特科夫在会议桌的上首位置坐下,接着,他根本无视威尔的存在,便将座椅转向詹妮弗所在的方向。对于他的这个举动,詹妮弗连眼皮也没有抬一下,但他还是盯着她看。五秒……十五秒,她可以感觉到屋子里的空气越来越窒闷。

最后,斯特科夫将目光转向桌子旁的男人们,他微笑着说道:"庇护所接下来会要我做什么?"他的英语带着浓重的俄罗斯口音。

威尔看起来没有斯特科夫那么镇定沉着,"我们早已通知过你了。"

"我想听你们亲口说出来。"

"我们想要——"威尔的语锋有些尖锐,"——想要你对你已经开发出来的基因改造病毒进行修改,我们收到的试验样品不能令人满意。"

"赫赫有名的庇护所,拥有太阳系中最先进的科学实验室,难道你们自己不能对病毒进行修改吗?"

"由于多方面的原因,"威尔说,"我们不想自己来做这事。"

"我可以猜测一下原因。庇护所的决策是由集体做出的,是吗?那样无论你们打算做什么,总有不少人会反对,而且更多的人会将你们的计划束之高阁。还有,你们在庇护所的实验室是专门进行胚胎的基因修改以及这方面的研究的,不是用来制造和散布致命病毒的。"

威尔无言以对。斯特科夫将头向后一仰,放声大笑,整个屋子都充满了他的狂笑声。卡里姆微笑起来,詹妮弗·沙里夫和威尔·桑达罗斯曾因为企图用致命的基因病毒劫持美国的五座城市而银铛入狱。

斯特科夫说："二十八年的光阴改变了很多东西，对吗？不仅仅是在微生物学方面。然而万变不离其宗，你们是不是还想故伎重演，重新向美国政府发起攻击？"

"我们不讨论这个。"威尔说道，"我们用病毒来做什么是我们的事。至于你，按照我们当初的协议，你的任务就是将病毒交给我们。"

"小事一桩。"斯特科夫说道，显然对自己刚才的那句话很是欣赏。卡里姆也大笑起来。

"我看未必，"威尔说，"你甚至都还不知道我们的要求。"

"那么，能否允许我将已经修改的内容向大家演示一下呢？"斯特科夫接下来叽里呱啦地说了一句法语，大意是"演示开始"。

"遵命。"系统用法语说道。全息终端被激活，屏幕上出现了一个人类大脑的三维模型，呈浅灰色，周围勾勒出脑袋轮廓。大脑位于耳朵后面的地方。有两个婴儿拇指指甲般大小的杏仁状区域突然开始发出熠熠的红光。

"这是大脑里的左右扁桃腺体。"斯特科夫说，"它们位于颞叶的内侧下方，左右两个扁桃腺体是完全一样的。"

左边的那个扁桃体突然放大，取代了屏幕上的整个大脑。可以看出，放大后的扁桃体上有着纵横交错、密密麻麻的复杂的神经网络，输入神经和输出神经枝枝丫丫地延伸着。

斯特科夫说道："大脑扁桃腺体里占主要地位的神经传递素是谷氨酸盐，它是一种很有意思的氨基酸。微妙的新陈代谢变化会将谷氨酸盐转化成一种兴奋毒素，这种毒素会杀死视丘下部的神经细胞，而视丘下部正是大脑里记忆形成的部位。谷氨酸盐的传递如果出了问题，就会造成大脑和脊髓神经元的死亡，受到过分刺激的

谷氨酸盐产物则会诱发许多慢性疾病。"

詹妮弗依然面无表情，不动声色。这是最基本最普通的常识，斯特科夫高估了她的"无知"程度。他是估计有误，还是故意污辱她？

威尔说道："但是任何新陈代谢变化产生的毒素都可以交由细胞清洁机来处理，毒素产生的速度有多快，细胞清洁机清除毒素的速度就有多快。毒素产生过多，是 DNA 编码出错的缘故，只要一经发现，同样可以由细胞清洁机来进行纠正。"

"没错，"斯特科夫说道，"这也正是亨廷顿氏病和 ASL 病①这样的疾病会自行销声匿迹的原因，但是扁桃体要做的事情不止于此。"

全息终端上的模型图像变成了一簇细胞，细胞膜内和细胞膜外分别闪耀着黄色和橘红色的光。

"黄色区域里的受体叫做 AMPA 受体②，橘红色区域里的受体叫做 NMDA 受体③。AMPA 受体自行激活，对谷氨酸盐做出回应——"

突然，细胞的全息图像消失了，接下来出现的是一尊激光炮，它旋转着，直接对着威尔坐着的方向开火，爆炸的噪声让在场的每个人都感觉震耳欲聋。冈纳立即作出反应，将一个 Y 能量护罩罩向威尔和詹妮弗，同时拔出自己的手枪。但是，激光炮只是一个逼真的全息图像而已，斯特科夫将脑袋往后一仰，爆发出惊人的狂笑声。

"——就像这样。你们由于害怕，都作出了即时的反应：脉搏、血压和肾上腺素水平都陡然上升，难道不是这样吗？你们的 AMPA

---

①一种较为罕见的神经系统疾病。

②AMPA 受体在中枢神经系统中，由谷氨酸盐激活。

③大脑 NMDA 受体涉及包括学习和记忆形成等在内的关键过程，它们的丧失会导致很多疾病，包括帕金森氏症等。

受体都被激发起来了。"

"我不想成为你演示内容的一部分,对你的这种做法,我一点也不欣赏。"威尔的语气十分生硬。詹妮弗仍然只是在一旁看着。

"但是这样更有助于说明问题,不是吗?不过,更令人振奋的还在后面。导致你们产生害怕情绪的 AMPA 受体,在害怕情绪过去后便自动消失。神经系统的反应只是暂时的,当你们明白这尊激光炮不是真家伙时,你们就不再害怕了。而你们的 NMDA 受体则不会自行激活,它们是另外一种不同的受体。只有在程度更强烈、持续时间更长的压力状态下产生的恐惧反应才能激活它们。以这种方式产生的神经反应是永久性的。

"请看,这是现场实录。"

全息屏幕上,一个巨大的 Y 能量笼子替代了刚才那尊激光炮。笼子的三面是细细的黑色塑料杆,笼子里有两只白鼠。突然,一只戴着鲜红色项圈的猫向笼子里冲去,扑向其中一只白鼠,白鼠发出痛苦的尖叫声,猫一口咬下去,血从老鼠身上喷溅出来。它的叫声是如此尖利,詹妮弗的耳朵都感到一阵刺痛。这时,这只猫腾出另一只爪子,向另一只老鼠的脊背伸过去,这只老鼠挣脱开,害怕地退缩到笼子的角落里。

"现在请看,"斯特科夫说道,"一星期后。"

还是那只笼子,还是那"另一只"老鼠,它的背上有一道新伤疤;还是那只猫走进笼子,它还是戴着那个鲜红的项圈。老鼠立刻显得非常害怕,它一边向后退缩着,一边龇牙咧嘴。虽然。由于一道 Y 能量防护罩将笼子一分为二,那只猫只能前进到笼子中间,就再也不能往前走了,但是那只老鼠仍然异常惊恐。

"三个月后。"斯特科夫说。还是那只老鼠,它背上的伤疤已经愈合得差不多了。一只手从笼子上面伸下来,拿着一个鲜红的皮制项圈,这只老鼠立刻表现出极度的恐惧不安。

"现在请看,老鼠将项圈与恐惧联系在了一起。这就像一个参加过战斗的人,在二十五年后,当他听见一声巨响,还是会不由自主地一下子卧倒在地,这是同样的道理。那是因为在他的大脑里,巨大的声响已经和生命危险联系在一起了。现在情况变得更有意思了。请看,这只老鼠的扁桃腺体已经被摘除了。"

还是这只老鼠,还是那只猫迈步进来。老鼠抬起头来,看见了猫,然后回转身,漫无目的地在笼子里这儿嗅嗅,那儿闻闻。它晃悠着来到了猫的跟前,猫立刻扑上去,一口把它给吃了。

威尔说:"没有扁桃体,就没有恐惧情绪。"

"应该说就没有记忆中的恐惧情绪。"斯特科夫纠正道,"但本能的恐惧感仍然存在。比如,将一只老鼠从高处往下扔,同时监测它在下跌时的生物反应。从高处跌下时产生的恐惧是一种本能反应,但是记忆中的恐惧却取决于扁桃体中的 NMDA 受体,它相当于一条永久性的神经信道,会永久性地改变大脑的某种反应。因此,在一定的刺激作用下,机体自然而然就会产生恐惧感。"

那簇扁桃体神经细胞重又出现在屏幕上,但这一次,发亮的线条将那些黄色和橘红色的受体都联结在了一起。

"除此之外,"斯特科夫说,"我还可以用另外的方式来实现这个过程——用经过修改的滤过性病毒产生触发作用,将病毒注射到血液或者脑脊髓液中。许多天然的兴奋传导物质,如谷氨酸盐,都能够转变成兴奋毒素,所以,即使没有先前的体验,也可以建立起引发恐惧的传输信道。当然,它们不是具体的记忆,因为并没有先前的记忆存在,没有来自海马状突起的输入信息。但是这种恐惧传输信道也是永久性的,因为它们不必依靠保留在大脑里的分子,在这种病毒注入体内两分钟后,细胞清洁机就能发现它,但是一切为时已晚,NMDA 传输信道的存在已经木已成舟,成为既成事实了。

"还有,改变神经系统结构的新陈代谢过程相当复杂,因此各种可能性之间的差别相当大,但我可以让一些相当具体的恐惧感成为永久性的反应。"

屏幕上又出现了一幅图像。图像上是一个十来岁的阿拉伯男孩,从外貌看,他没有做过基因修改:脸上长有许多粉刺,身材瘦长,两只脚不停地动来动去。他坐在一间没有什么特征的小房间里,正在一个全息终端上玩游戏。斯特科夫进到房间里,按了墙上的一个按钮,整面墙体便消失了,取而代之的是一个花园。花园里面有一条小溪,还有一棵高高的海枣树。男孩转过脸来,脸色灰白。他呼吸急促,胸膛起伏不止。惊慌失措的男孩像只没头苍蝇一样在花园里乱撞,接着将他的脸贴在一面墙上,颤抖着,呻吟着,"不,不不……"

"旷野恐怖症。"斯特科夫说。

"永久性的?"威尔问道。

"也许吧。除非对他施行个人行为矫正治疗,或者使用行为矫正药物。但细胞清洁机会对服用的药物进行破坏,因此需要不断地服药。也就是说,他要么需要另一种起逆转作用的基因修改病毒,要么需要每星期都贴上许多膏药。"

"矫正的难度有多大?"

斯特科夫耸了耸肩。

"要看是什么人操作了。对于一般的医生——他们是做不到的;对于杰出的医疗研究机构,也很困难,但并非不可能。说到你的孙女米兰达·沙里夫和她的超级无眠者,谁知道他们行不行。"

全息显示屏幕上出现了一个约莫十一二岁的小女孩,她不是阿拉伯人,头发蓬乱,两只手臂如柴棍一般。和她站在一起的是个六十岁左右的妇女,她正平静地坐着看书。女孩在屋子里没有目的地转悠着,摸摸墙壁、窗户、终端和玩具,仅此而已。每隔几秒钟,她

就要去碰碰那个老妇人，似乎想要确定她是否还在那儿。女孩的脸虽没有经过基因修改，但也相当好看，只是因为持续焦虑而一直愁眉不展。

"被抛弃的恐惧，"斯特科夫带着满意的神情说道，"被忽视的感觉让她无法忍受。看。"

老妇人从椅子上站起来，放下书，说道："纳塔利，我去一下洗手间。"

"不，不要嘛，埃米利，求你了！"

"一会儿就回来，宝贝儿。"

"不要，你不要走！"

女孩不顾一切地抓住老妇人，老妇人轻轻地拿开她紧抓不放的双臂。纳塔利于是一把抱住埃米利的双腿，开始哭泣起来。艾米利丢下她，随她哭去，径直进了洗手间，关上门，锁好。纳塔利大哭起来，像母亲肚子里的胎儿一般在地板上，蜷缩成一团。詹妮弗瞥了一眼小女孩，她的脸上满是焦虑和恐惧。

过了几分钟，埃米利从洗手间里出来，纳塔利爬向她，双手抱住她的膝盖。

斯特科夫说："孤独的恐惧。"

威尔问道："难道她非得某个特定的人陪伴着才行吗？"

"这倒不是，"斯特科夫微笑着说，"与什么人一起在屋子里对她来说是一样的。但只有当屋子里有很多人，并且这些人会在屋子里待很久的时候，她才能感觉自在，才不会焦虑。那时——只有在那时，害怕被抛弃的恐惧感才会得到缓解。这个小女孩的情况你们已经看到了，对吗？对此，你们想必已经有了决定了。"

初秋时节，美国的一个生活者城镇秋叶如火，艳丽非凡。三个衣衫褴褛的人紧紧地靠在一起，他们站在一条空旷的纳米技术铺设的路上，似乎正在激烈地争论着什么。他们的脸扭曲着，手臂在空中乱舞。三人中,一个男人推搡着另一个男人,第三个人是个女的,她一边向着附近的树林跑去,一边回头向着他们俩大声叫喊着什么。后来,当两个身着全息装的男人抓住了她,把她硬塞进一个小型空中汽车时,出现了一个放大了的特写镜头——屏幕上是她那张惊恐万状的脸。

"他们管这叫做'结合'。"斯特科夫不无揶揄地说道,"但是对于这些,你们比我更清楚,不是吗?乡野村夫们看的那些全息录像不都是你们炮制出来的吗?他们看了以后,就在自己的身体里注射红色药剂,这样一来,他们就被'结合'在一起了。现在再看这位妇女被带走三个小时后的情况。"

被绑架的妇女独自一人坐在一间舒适的房间里,突然,她的呼吸急促起来,她抓住自己的胸膛,从椅子上滑了下来。至死,她的眼睛都圆睁着。不久,与她"结合"在一起的那两个男人也死了。

"心脏像受到电击一样,"斯特科夫说道,"非常干净利落,非常优雅。我很喜欢你们用来控制这些土包子的技术。让他们互相依赖,谁也离不开谁,这样他们的行动就会大受限制,对吗?绝妙的设计。但是你们并没有欣赏这样的创意,你们告诉我,不要再在这方面下功夫了,要有点不同凡响的新意。"

威尔未作正面作答,"你可以将这一系列的恐惧变成永久性的,所产生的生物化学变化也如这两个例子一样明显吗?"

"不一定。这些 NMDA 受体受到了强烈的刺激,于是它们产生了很强的神经传输信道,但传输信道也可能影响较弱,这两种情况都是可能出现的。"

威尔说:"这么说,你有办法将恐惧感变成永久性的?"

"当然。"

全息终端切换成屏幕模式,屏幕上接连不断地出现各种图表、等式、分子模型图、化学方程式、变数表,以及反应图表等。屏幕上图像快速地闪动变换着，似乎故意要弄得高深莫测一般，与先前简单化的示范形成了鲜明对照。

斯特科夫说道："恐惧和焦虑在很大程度上与神经键、神经传递素和受体有关。我更关心的是神经细胞里细胞压力的处理过程，神经缩氨酸就是在细胞里形成的，化学反应在这里产生，也在这里终结。每一个神经元都与其他神经元有过千百万次的接触，所以我们要先从神经传递模式开始。

"另外，还存在着一种只在病理条件下产生的缩氨酸，它有可能在细胞里激起复合胺的一连串连锁反应。在这个反应链上的某些胺处于病态，有些则属正常，还有些是内部产生的起兴奋作用的谷氨酸。转变成的兴奋毒素，这个反应链的开始点就在改变了的扁桃腺的传输信道上。

"反应链一直延伸，通过中枢神经到达身体其他地方的细胞内：大脑、肌肉、腺体和其他身体器官。请看这些图表，这里——去甲肾上腺素、促皮质激素释放因子、谷氨酸盐、临界伽马 C——有许许多多的胺。

"这条反应链一旦被病毒触发，就会不断地进行下去。由于这条反应链上的化学物质完全是大脑自身产生的，愚蠢的细胞清洁机不会向它们发起攻击。细胞清洁机会摧毁其后反应链上物质产生的病毒，但到那时，一切已经太晚，反应链已经开始了。对于那些蠢笨的细胞清洁机来说，这条反应链本来就属于身体的一部分，它会认为，反应链是'与生俱来'的。"斯特科夫大笑起来，"如此就大功告成了。"

威尔问道："所有人类的大脑对这种触发性病毒的反应都是相同的吗？"

斯特科夫耸耸肩，"当然不是。对于能够对生物氨基酸产生影响的任何东西，每个人的反应都是不同的。有的人会因此得病，有的人会反应强烈，少数人根本没有一点反应，但是大多数人的反应都会如你们所愿：大脑受到压抑，性格变得拘谨畏缩，害怕任何新鲜事物，与熟悉的人分开会感到焦虑，就像婴儿与陌生人待在一起时会焦躁不安一样。从本质上说，大脑化学物质反应链引起的是大脑中最为原始的反应。在人的生长过程中，这种反应会受到压制，让位于更为复杂的大脑功能发挥；而我所做的就是反其道而行之，将它颠倒过来。"

斯特科夫直视着詹妮弗，微露笑意，"到最后，我会将你们所要针对的目标人群都变成充满恐惧感的孩子，整个民族，甚至整个国家都成为这个样子。"

詹妮弗凝视着他。她不能示弱，她对这个大胡子巨人的反感溢于言表。斯特科夫已经完全陶醉于他自己的天才设想之中了，他在向所谓的雇主演示的时候，显得是那么挥洒自如。詹妮弗一直都知道，睡眠者对他们自己人也毫无忠诚可言，他们没有道德观念，互相之间无所不用其极，只要给的钱多，什么都肯干。而面前的这个才华横溢的害虫，如果他这种损害人类大脑的企图被睡眠者当局发现从而将他判刑的话，他将是罪有应得。斯特科夫是个社会害虫，她要利用这个社会害虫来保护她的人，但从传统道德观念上来说，她应该鄙视这个社会害虫。

她站了起来，与斯特科夫对视，"你能够将这种具有触发作用的基因修改病毒通过注射方式传播开来，而不被发现吗？"

"我说过我能做到。"斯特科夫开心地说道，此时，三个阿拉伯人愤怒地站了起来，"这种带菌媒介含有十六种不同的蛋白质，其中五种以前从未存在过。在任何科研当局能够对它们进行分离和培养之前，细胞清洁机早就将它们消灭掉了。"

卡里姆对威尔说："在这个会议上由谁来发言，我们早有协议！"

"但是我们认为用注射的方式来传播不合适。"詹妮弗对斯特科夫说。

他微笑着答道:"你的孙女重塑了人类的身体,而你将重建人类的大脑,不是吗?"

"我们做什么不用你来操心。"詹妮弗回应道。与此同时,巴希尔也怒气冲冲地对威尔说道:"请管住你的夫人!"

斯特科夫说:"你总是用第一人称复数'我们'来说话的吗,沙里夫夫人?你对病毒的传播模式有何要求?对于研制的时间进度有何要求?"

"两种传播模式。"

"那么这两种传播模式是⋯⋯"

她告诉了他。

6

杰克逊醒了过来,在黑暗中,他可以确定,一定有人在他的卧室里走动。

是在做梦吗?不是,确实有人闯入,而且绝不是机器人。一个模糊的人影穿过房间, 在半透明的窗户前面晃悠了一下。是特蕾莎吗?但她从不在晚上到他的房间来,而且,如果她要进来,也会把灯打开的。

他躺着不动,装作睡熟了,在心里计划着该怎么办。他可以呼叫大楼保安,但是如果他出声,闯入者就会向他开枪;他可以从床上滚下来,躲到窗帘后面,然后去拿放在梳妆台最下面抽屉里的个人安全防护罩。不过他不敢肯定,也许防护罩是放在了下面倒数第二个抽屉里?他想象着光溜溜的自己如何在黑暗中摸索袜子和内衣裤——他在黑暗中找东西,而那个闯入者就在一旁客气地等他穿戴完毕,这可能吗?当然,他也可以一骨碌从床上爬起来,一把扭住那个不速之客——他必须指望着那个闯入者会大吃一惊,而来不及对他开枪。

就在他思考犹豫的这几秒钟时间里,那个闯入者发话了:"开灯。"于是房间一下子亮堂起来,"你好,杰克逊,亲爱的。"是卡泽埃。

她一丝不挂,满身泥浆,泥水糊住了她的体毛,涂满了她的胸部,湿漉漉的水珠滴在他的白色地毯上,杰克逊立刻觉得身体涌起一阵冲动。如果他像傻瓜一样叫来了保安,那会陷入怎样的尴尬境地?

"该死,卡泽埃,你来我这里到底想干什么?"

"我想做的事情你一定会喜欢的,杰克。我们要去参加一个派对,我是来找你一起去的。"

她向床边靠过来,他可以清晰地看到她碧闪闪的眼睛。她一定是吸了什么比内啡呔更强烈的东西。她见他皱眉,便拿出吸入器。

"你也来一口怎样?"

"不要!"

"那我们就去派对。"她猛地掀掉了杰克逊床上的毯子,她手上的污泥将非自耗纤维毯子弄得脏兮兮的,"哦,看,你已经准备好了!你干什么都动作迅速,杰克,我真的很喜欢你这样。来吧,我们走,他们都在等着呢。"

他从她手里拉过毯子,觉得自己就像个傻瓜,"我哪儿也不去。"

"哦,不嘛,你一定要去。"她坚持着。然后,她突然放弃了那条相持不下的毯子,扑在他的身上,疯狂地吻起他来。

他有些不能自持。他的双臂环抱着她,舌头伸进她张开的嘴里,他的激情随时都会爆发出来。卡泽埃大笑,她的嘴仍然贴着他的嘴,却将他推开。她比他记忆中力气更大。她大笑着,笨拙地从床上翻身下来,向门口走去。

"不,杰克,这里不行。走吧,你不想错过这次派对吧?"

"卡泽埃,等等!"他听见她脚步轻盈地穿过房间,并命令大门打开。杰克逊赶忙抓住裤头套上,赤着脚、光着上身跑去追她。他希望她不会吵醒特蕾莎。卡泽埃从他眼前消失了,他猛地拉开大门。

"晚上好,阿拉诺医生。"门对他说道,"我是否要取消您的唤醒呼叫？"

"好的。"杰克逊回答，"卡泽埃，等等。"

她已经进了电梯，电梯的门关上了。正当他无可奈何时，门又开了。她站在电梯里，赤裸着，身上带着泥浆，脸上挂着微笑，拿着吸入器的手垂了下来，"进来吧，杰克。"

"要等您吗，阿拉诺医生？"电梯问道，"还是您想留在这一层？"杰克逊一下子跌进电梯，卡泽埃大笑，"请去第六层。"

"卡泽尔，你可是什么也没有穿！"

"你不也是。但这不会影响什么。幸好派对就在你们这幢大楼里，这不是很好吗？"她伸出一只手，拉住他裤子的裤腰处，把他拉向她。他刚才只来得及扣了一个扣子，而当电梯停下、电梯门被打开时，连这个扣子也被她拉得脱开了。

"第六层到了，桑德斯女士。"电梯说，"祝您晚上愉快。"

"卡泽……"

"来吧，杰克！我们已经晚了！"她跑向大厅，一路滴着泥水，杰克逊咒骂着跟在后面。

他应该立刻回到自己家里才对。

她的两侧臀部都糊满了泥浆，一扭一扭地摆动着——左边，右边，左边，右边……她的臀部肌肉虽然很结实，但跑起来还是颤动着。杰克逊跟在她后面。

派对在特里·艾默里家举行。杰克逊认识特里，但不是很熟。门开着，卡泽埃带他走过一个亚洲风格的装饰简单的房间，进了餐室，"我们到了，游戏开始吧！"

"你们来得正好，"特里拖长声音说道，"我们正准备开始，不等你们了呢。你好，杰克逊，欢迎加入我们。"

六个赤身裸体的人，三男三女，懒洋洋地待在这个和杰克逊家卧室差不多大的采食场地上。这堆混合了各种有机营养物质的肥

沃泥土已经用水搅拌过了,黏稠而富有营养,并带有微微的清香气息。经过程序编制的墙壁呈现各种色彩:土色、灰色、棕色,还有赭色;还有那些时隐时现、变幻着的石洞壁画。钟乳石——也许是全息影像——从天花板上悬垂下来。两个女人四肢伸开,横卧在一个男人身上,杰克逊发现这个男人是兰道·卡森,只是今晚他没穿那件蜜蜂全息衫。在这里,杰克逊认识的只有兰道和特里。

另一个女人个子高高的,身材苗条,红发蓝眼,她对杰克逊说:"把你的裤子脱了,亲爱的,它看上去又不好吃。"

杰克逊打算离开,但是卡泽埃又在吸那个东西,那种会将她的脑子搞得一团糟的东西。这个小傻瓜,她究竟知不知道那个吸入器里装的是什么?这些在街头售卖的毒品药物,在细胞清洁机还没来得及清除它们之前,会永久性地改变大脑里的神经传输信道,从而对大脑造成永久性的损害——她知道这一点吗?

"把你的吸入器给我,卡泽埃。"

令他惊讶的是,她很顺从地把吸入器递给了他。他正伸出手想接住它的时候,她却一把将他推进采食场里。

杰克逊怒火中烧:她的脑子不正常,就随她去吧,让她去和这里的男男女女、这些有病的人去乱来吧……她也病了,她的大脑现在还不如特蕾莎的健康,她完全没有理由变成这样。让她下地狱去吧……他从泥浆中抽身出来,打算离开,却看到面前有一排刀。

一共是十二把刀,刀尖向下,整整齐齐地摆放在一个架子上。刀把的形状各不相同,上面雕刻着一些线条粗糙的动物图案,与墙上由程序编制的岩洞壁画作品相互呼应。这些是用来投掷的刀子。

"我已经涂画好了。"红发女人说道,她正在用力地嗅着一个吸入器,"谁先来?"

"新参加的人先来。"卡泽埃说,"我先来,然后是杰克逊。"

"来吧,"特里低声道,"我来帮你。"他用手在一个罐子里蘸了一下,将一些像凝固的血块一样的颜料涂在卡泽埃的两个乳头上,然后又放肆地在她的大腿上涂满泥浆。卡泽埃微笑着接受这一切。

红发女人递给她一根皮带,皮带正面有一个小小的黑色按钮。卡泽埃大笑着将皮带围在自己的腰上,按了一下那个按钮。杰克逊只见微光一闪,她被罩了起来——个人Y能量防护罩被启动了。

卡泽埃走到房间另一侧,靠着墙站在一块钟乳石下。她深吸了一口吸入器后,将双臂垂放在身体两侧。特里说道:"主人优先,女士们先生们。"说着将手往刀架上伸去。

杰克逊的大脑飞快地转着。如果这个能量罩是严格按照标准制作的——看上去倒很像那么一回事——那么一把刀是无法穿透它的。特里也许是要对着卡泽埃暴露着的身体上涂画过的地方扎去,然而她的身体并没有真正暴露在外,这只是在表演做戏而已——营造一种虚假的刺激气氛,模仿一种危险的情境。

"要快乐还是要痛苦?"特里像做戏那样装模作样地低吟着,"要快乐还是要痛苦?如此美妙的身躯,太……丰满而……要快乐还是要痛苦?"他终于选定了一把刀。

特里从刀架上抽出一把刀,杰克逊看见刀刃也被封在闪着微光的Y能量场内,一股寒意直透他的脊梁骨。

红发女人肚子朝下浸在泥里,不停地扭动着身体,忽而又转身背部朝下,在泥塘里翻滚着,满身都是泥痕。现在,她用双肘撑起身子,仔细地注视着卡泽埃,伴随着呼吸,她的圆锥形乳房也一上一下地颤动着。

特里掷出刀子,卡泽埃发出一声尖叫。

杰克逊一个箭步跨过泥淖,慌忙向前扑去。可是卡泽埃毫发无伤,那把刀嵌在了餐室的墙上。卡泽埃对着杰克逊大笑,"骗你的,亲爱的!"

他还没有反应过来,特里又扔出一把刀。杰克逊只见刀子在空中飞过,瞄准卡泽埃的左边乳房,却击在了被涂画过的乳头偏左的地方。飞刀被她的防护罩反弹回来,掉在了泥淖里。

"不得分!"红发女郎说,"特里,亲爱的,太差劲了,没瞄准。"

"再扔一次。"杰克逊不认识的那个男人说道,"卡泽埃的朋友,别挡着,我们看不到。我们陷在泥里,不方便挪动。"

"我再也不想动了。"躺在兰道·卡森身上的一个女人说道,"哦,再来,兰道。"

第三把飞刀"嗖"地在空中飞过,没有碰到卡泽埃,而是嵌在了墙上。

"三次,你该下了,特里,"兰道说,"下一个该我了。"

"你做投掷手吗?"

"谁说的,当然是作靶子啦。"

兰道代替卡泽埃靠墙站着。卡泽埃肚子朝下,"噗"的一声跃进泥浆,接着又用上了她的那个吸入器。杰克逊看见那个红发蓝眼的女人选了一把刀,装模作样地瞄了半天,然后对准兰道的下身投去,刀子击在防护罩上,又反弹到泥浆里。

"呜——"兰道装模装样地哼着,"太妙了。"

卡泽埃说道:"你明明隔着防护罩什么也感觉不到,兰道。伊丽娜,三分。"她又举起吸入器,眼睛里闪着光亮。

伊丽娜扔出第二把刀,没击中。

"哦,别吸那东西了,"兰道说道,"快向我投来,亲爱的。"

她挥刀向他掷去,第三把刀正好"击中"了兰道勃起的那玩意儿。每个人都笑得开心极了。

"六分!"特里叫道,"伊丽娜,你选择什么?"

伊丽娜微笑地盯着兰道看,他也期待地看着她。杰克逊感觉到屋子里发生了微妙的变化。

伊丽娜说:"我自己来挑选刀子。"

兰道看上去有点失望,但是在他的失望中另有什么东西,杰克逊想,是与这里的环境格格不入的什么东西——是轻松解脱的感觉吗?他再次看着那个刀架,每把刀都有闪着微光的能量防护罩围绕着。为什么这些刀也要弄上防护罩呢?

"等等,"卡泽埃说,"还没有选定吗?伊丽娜、特里,帮帮我。"

卡泽埃和特里从泥里取回了六把刀。他们在黏稠的淤泥里咯吱咯吱地走过,特里将泥团甩在卡泽埃的背上。杰克逊突然明白,特里与卡泽埃在玩飞刀游戏之前已经暧昧不清了。杰克逊觉得胸腔在发紧,在燃烧。

"好,他们都玩过了。"特里说,"伊丽娜,该你选了。"

架子上有十二把刀,六把闪闪发亮,六把涂上了泥巴,直直地竖立在架子上。泥里的伊丽娜在它们面前跪下来,嘴唇噘起,略作一下思索,便作出了选择。所有人都看着她,泥浆覆盖在他们那经过基因改造的美丽胴体上;他们的脸上满是渴望,他们的眼睛里充满热情。兰道用手指抚过他的锁骨处,其中有个女的用牙齿咬着下嘴唇。

"就这把。"伊丽娜说。

她抽出一把干净的刀,刀柄上刻有粗劣的猛犸头像。伊丽娜用拇指在刀柄上按了一下,刀上Y能量场的微光消失了。

"要快乐还是要痛苦,要痛苦还是要快乐,"兰道低声吟诵着,"要快乐还是要痛苦……"

伊丽娜依次对着每张脸微笑着,然后用刀划过她那糊着泥浆的上臂。鲜血喷射出来,一个女人向后退缩着,兰道张大了嘴,露出满口牙齿。

很长时间没有人动一下。然后伊丽娜倒在了泥浆里,脸朝下,痛苦地扭动着身体。卡泽埃抓住她,扶她着坐起来。

"这就是快乐!"兰道咯咯地笑起来。

伊丽娜的脸变了形，她的头向后仰去，背拱了起来，整个身体都在颤抖。然后，她靠着卡泽埃颓然倒下，在发抖中闭上了双眼。

"剂量太大了，"特里说道，"幸运的伊丽娜。"

卡泽埃大笑。杰克逊不想看她。他站在齐脚踝深的泥浆里，转过脸去。

一定是某种神经刺激药物进入了大脑的兴奋中心—— 一种能够让人上瘾，会引起大脑退化的非法药物。鲜血仍然从伊丽娜柔软的手臂上滴下来，但细胞清洁机会处理这一切：迅速修复创口，消灭任何能够引起感染的细菌，"吃掉"伤口里的淤泥。她不会有危险。

他说："那把让人'痛苦'的刀上面有什么？"

特里说："刺激性药物，它会直接在大脑里起作用。"

"你们都令人恶心，"杰克逊说道，"你们每一个人都很恶心。"

"哦，亲爱的，"兰道说道，"又来说教了。"

"杰克逊，这是在开派对，"卡泽埃说，"不要太一本正经了嘛。"

他神情黯然地看着她，她微笑着回望他。卡泽埃正温柔地抱着伊丽娜，来回摇晃。

"走吧，卡泽埃，我们该走了。你和我，现在就走。"他说道。

她只是对着他微笑，赤身裸体、满身泥浆、昏睡不醒的伊丽娜躺在她的怀里。她当然会拒绝跟他走。无论他提出什么，她总是拒绝，她一向如此。他的心情突然又有了变化……他可以摆脱她了。一劳永逸地摆脱她，他和她的一切就都结束了，他就能真正自由了。

"好吧，杰克逊，"卡泽埃说道，"我跟你走。"

她小心地将伊丽娜放在泥浆中，站起身来，抹去手腕上厚厚的泥团。

"嗨，卡兹，你现在还不能走！"特里叫道，"派对才刚开始！"

"下一个轮到我了。"一个女人说道,"谁来掷飞刀？"

"晚安。"卡泽埃说,"告诉伊丽娜,明天我给她打电话。"她拉起杰克逊的手。他甩开她的手,在他阴冷愤怒的表情之下,隐藏着的却是浓浓爱意。

她温顺地跟着他走进电梯,下到大厅里——没有遇见一个人,此时已是凌晨三点。进入房间后,卡泽埃直接去了浴室沐浴,而杰克逊注意到她没有带上她的吸入器。

"对不起,杰克,"当他们两个都洗净后,卡泽埃说道,"我也不认为这样做有什么好。当然我知道你不会喜欢这样的派对的,只是因为……我想你了。"

他盯着她看,想保持对她的嫌恶之心,但他知道自己做不到,"你并不是想我,你只是想要更多的刺激。对于你来说,唯一值得体验的就是强烈的刺激。"

"我知道。"

"那是不正常的,卡泽埃,正常人不需要用这种危险的刺激来体验快乐！"

"多得数不清的顽固者都不正常,不过我再也不会这样了。抱住我,杰克。"

他僵直地站着,没有动。她用双臂抱住他,紧紧地靠在他的身上。他的下体靠着她的肚腹处，她柔软的胸部轻轻地贴在他的胸前。

"哦,卡泽埃……"他发出一声呻吟,"不……"

"我会乖乖的。"她靠在他的脖颈处喃喃道,"你真好,这样关心我……"

她这会儿显得娇俏可爱——一个柔弱温顺的卡泽埃,一个毫无保留的卡泽埃。后来,她就这样靠着他的肩膀睡着了。她蜷缩在他的怀里,就像一个孩子。床单被弄湿了,半是因为他们浴后没有

将身子擦干,半是因为他们甜蜜的爱。

黑暗中,杰克逊睁眼躺着,无法入睡。美人在怀,他却在胡思乱想。他希望她没有和他一起从派对上回来,又希望她永远不要离开这间卧室;他希望自己是一个完全不同的人,有更坚定的决心来忘掉她。

神经药物就能做到。改变神经化学物质,重新平衡神经传输信道、荷尔蒙和各种酶。多些睾丸甾酮,少些复合胺和多巴胺。

不行。

他无法入睡。辗转反侧了半个小时后,他不想再睡了,于是起了床。他吻了一下卡泽埃的脸颊,披上一件长袍,轻轻地去了书房。

"卡罗琳,有我的信吗?"

"有的,杰克逊。"他的个人系统的声音是他所喜欢的那种,"您有四封信,要按收到的先后顺序列出来吗?"

"好的。"他从餐具柜里拿出酒瓶,给自己倒上了一杯威士忌。

"威奇托的肯尼思·比肖普的来信,主题:威洛比工厂。"这是第十技术公司总工程师的来信,他终于在事故发生一个星期后对工厂进行了检查。杰克逊真不喜欢和这个家伙打交道。

"曼哈顿的塔玛拉·戈尔德来信,主题:派对。"今晚杰克逊最不想听到的词就是"派对"。卡泽埃还会想去吗?如果杰克逊真的带上她参加派对,卡泽埃留在他身边的时间会不会长一些呢?

"耶鲁的布兰顿·希尔克的来信,主题:校友聚会。"哦,天哪,自从他获得学士学位以来,已经有十年了吧?校友聚会。杰克逊,你做出什么成绩来了吗?一个医生,是不是觉得自己有点儿……多余?

"莉齐·弗朗思的来信。主题:宝宝计划。"宝宝计划?这是什么意思?难道说杰克逊上周给婴儿注射的针剂有什么问题吗?为什么叫做"计划"呢?不过话说回来,杰克逊怎么搞得清楚生活者的心思呢?

"卡罗琳,让我看一下这条信息。"

莉齐的脸出现在墙壁的大屏幕上,与他最后见到她的时候完全不同,莉齐现在的样子显得十分机灵,头发梳理得整整齐齐,黑眼睛里闪着光芒。杰克逊注意到,她说话的口音听起来像顽固者,而不像一个生活者。难道是受到维多利亚·特纳的影响?

"莉齐·弗朗思致杰克逊·阿拉诺医生:阿拉诺医生,我找你是因为我需要你的帮助。一个与宝宝健康有关的计划——我指的不光是你为我接生的我的孩子,还包括部落里所有的孩子,也许连其他部落里的孩子也在内。"她顿了一下,然后声音变得不一样了,"请给我回复,这件事情真的很重要。"又一个停顿。然后她低头做了个奇怪而僵硬的鞠躬动作,"谢谢。"

"完毕。"卡罗琳说,"您要回复吗?"

"不。噢,回吧。"是不是孩子有了什么意外……"计划"又是什么呢?"开始录音。"

"是,录音开始。"

"杰克逊·阿拉诺医生致莉齐·弗朗思:请告知详细情况。是孩子需要治疗吗?如果是这样,那么——"

令他惊讶的是,莉齐的脸立刻出现在屏幕上,打断了他的录音。现在是凌晨4:30,她在干什么?正在侵入他的个人系统?她是怎么做到的呢?

"阿拉诺医生,谢谢你给我回复!我——我们——万分需要你的帮助。你能不能——"

"孩子好吗?"

"孩子很好。看。"她将屏幕放大,他看见莉齐正在给她的小男婴喂奶。

"那你为什么说这个'计划'关系到宝宝的健康呢?"

"没错,那是从长远来说的。我不知道这事该问谁去。这真的是一个很重要的计划！"

杰克逊有股想结束通话的冲动。这些生活者,与他们搅和在一起终归是个错误。给他们提供一些必需品乃是出于慈悲心肠,是做好事,是的,仅此而已。顽固者努力想做到这一点,如果生活者拒绝这种社会契约,那么这不是顽固者的错。生活者有时很让人头疼:他们没有受过教育,他们欲求无度,他们不知感恩,他们是社会的不安定因素。看着莉齐袒露胸脯喂孩子吃奶的样子,他有一种奇怪的不安感觉。他想起现在正睡在他床上的卡泽埃。

莉齐说:"你有没有听说过一个名叫埃莉·桑德拉·莱斯特的女人?"

杰克逊深吸了一口气。"知道。"他说,"继续说下去。"

穿插事件

发送日期:2120 年 11 月 28 日。

发送至:月球,"月之女神"基地。

经由:地球站波士顿,地球人造卫星 C-1453-L(美国),地球站月神城。

信息类型:未加密信息。

信息分级:B 级,私人支付。

原发送者:马萨诸塞州,波士顿,基因现代公司。

信息正文:

沙里夫女士:

正如我们在前两次发送的信息中所说的,在扩大开发贵基地专利产品细胞清洁机方面,现代基因公司有意与"月之女神"基地建立商业伙伴关系。我们相信我们的研究设备已经跻身世界一流

水平。在细胞生物学方面,我们已经成功地复制出了你们在细胞生物学领域内突破性研究成果中不属专利的部分(见附件)。其余部分不仅属贵基地专利,而且就我们现有的能力来说,也是鞭长莫及的。我们与"月之女神"建立合作的优势在于我们无与伦比的制造能力,以及强大的国际销售能力。在你们重新回到"月之女神"基地之后,对于你们来说,我们的两项优势比以前更为必要。而最后一项可以缓解你们首次投资必然会遇到的财政上捉襟见肘的状况。此外,我们的数据安全系统是由凯文·贝克设计的,亦位于世界最优秀软件之列(见附件)。

我们相信现代基因公司和"月之女神"的合作机遇是前所未有的,因此,我们期盼尽早得到你们的回复。

基因现代公司执行总裁:加登·凯勒·布朗

回执:无回复。

7

"为什么你不先问问我呢？"维姬说道，"如果这件事杰克逊·阿拉诺可以帮你，我也能帮你。"

"他是一个顽固者。"莉齐说，她不喜欢维姬对她发火的样子。莉齐原以为维姬会支持她的。

"莉齐，我也是一个顽固者。"维姬说道。

"但是你不和顽固者住在一起，你也不认识其他的顽固者。阿拉诺认识许多顽固者，他。"莉齐发现，不知不觉中，自己说话的口吻又像生活者那样了，每当她情绪激动或者心情沮丧时就会这样。她翻过身来，仰面朝天，两臂交叉放在胸前。

她们两个躺在采食场的塑料篷帐圆顶下，正在进食早餐。时间已经很晚了，除了莉齐的儿子德克和她们在一起外，这里没有别人——小婴儿正躺在她们身旁干燥温暖的地上。阿拉诺医生从第十技术公司送来的新的能量锥一直开着，莉齐的全身都沐浴在光线里，她可以感觉得到自己的身体正在从大地里吸收养分，从空气中获得能量。维姬打扰了这种美妙的感觉，她有些不高兴。

莉齐说道："我想阿拉诺医生也许知道哈罗德·温思罗普·韦兰和埃莉·莱斯特。事实上他真的知道。"

维姬理了一下贴在脸上的头发，皱起了眉头，"那好吧。关于韦兰，杰克逊是怎么说的？有什么情况是我不能帮你打听到的呢？"

"那个地区的行政长官韦兰已经死了,所以——"

"这事我们早已知道了!"

"韦兰的曾孙女埃莉·莱斯特应该将这事通知州政府。"

"曾孙女?这个行政长官多大年纪?"

"我不知道。但她是他最亲近的亲属,她应该通知州政府,这样他们就可以专门安排一次选举活动,以填补他的职位空缺。但是她没有。"

"这又有什么呢?她当然不用这样做啊。"维姬说道,"如今生活者都像游牧民族一样四处游荡,没有人会对投票选举有兴趣。游牧部落的人居无定所,他们不属于哪个具体的投票点。现在没有投票活动,没有给生活者发放生活必需品的当地物资仓库,也不需要什么地区行政长官了。不过不管怎么说,争取选民的投票总是进入官场政界的一个途径。"

莉齐坚持道:"但她仍然应该向州政府报告这件事,他们需要专门安排选举。"

维姬微笑起来,"你认为必须遵守或者必须废除的规则,总让我感到吃惊。你的那些自相矛盾的想法真是奇怪。"

"你这是什么意思?"

"没什么,尽管……我觉得奇怪的是,如果选举产生的官员中有人死亡,系统为何不能自动向政府报告呢?也许系统确实通知了宾夕法尼亚州的首府哈里斯堡。关于埃莉·莱斯特的事,杰克逊·阿拉诺还说了什么没有?"

莉齐说:"也没说什么。只是他说话的口气听起来……好像觉得她有些奇怪。"

"怎么个奇怪法?"

"我也不知道。他说他准备帮助我们。"

"我们不需要他的帮助。"

"嗯,反正他要来的,今天下午就来。"

"他这次还会带上那个凶巴巴的卡泽埃·桑德斯来给他当保镖吗?"

"我不知道。"

"我想,"维姬说,"如果你真的这么想在顽固者中另外再找个人来帮你,你完全可以找个比杰克逊·阿拉诺更好的。"

莉齐没应声。她摇晃着睡着的德克,等着他醒来好给他喂奶。德克一点儿也不吵闹,他是一个安静的婴儿,随时都准备绽开笑靥。莉齐的妈妈说她在瞎扯,可她不是这样——没有瞎扯。妈妈总爱让莉齐扫兴,就像维姬,可是她莉齐永远不会对德克这样的。

她永远不会数落他这不对那不是,永远不会对他唠唠叨叨,永远不会给孩子设置阻碍,或者想要搞清楚他们所有的秘密。莉齐将会成为一个完美的母亲,她不会对她的宝贝儿子做出一丁点儿错事。在给德克喂乳时,德克的深蓝色眼睛一眨不眨地盯着莉齐的脸,他结实的小身体在她的怀抱里,带给她一种实实在在的感觉,她觉得自己太幸福了。她将他包裹在不会被消耗掉的衣物里面,这样他的小身体才不会因为只顾吸收衣物养分,而不想吃奶了。她永远永远也不会让德克失望。为了德克,她要让这个世界变得更安全——无论维姬会如何干涉她的计划。

维姬说道:"说谁谁就到。看,来了一辆空中汽车。"

阿拉诺医生的空中汽车降落在房子后面,就在采食场边上。莉齐和维姬穿上夹克,衣服是用不可消耗的材料做成的,穿了几年,已经旧了,有的地方都烂了,但穿上还是很暖和,颜色也还很鲜亮,没有褪色。莉齐的那件是金黄色的,维姬的是青绿色的。维姬在穿衣时微笑着,在莉齐看来,她的笑似乎有些高傲。有时候莉齐觉得,她并不像小时候那么喜欢维姬。

"莉齐、特纳女士。"阿拉诺医生一来到采食场帐篷门口,就跟她俩打了招呼。

"真是一个好医生。"维姬回答，脸上依然挂着笑容。阿拉诺医生的脸红了。莉齐觉得心里挂着什么事情，便单刀直入地开了口："阿拉诺医生，我们需要你的帮助。我们有一个计划，这个计划需要你帮助实施。"

"你在公共链接网上已经说过这事了。孩子怎样？"

"他好极了，他。"莉齐听见自己的声音变了调，她看见这两个顽固者都目光温和地看着她。她对维姬的感觉又好了些，"他吃奶时就像一个真空泵。"

"这很好。"阿拉诺医生说，"我来给他检查一下。"

"检查什么？"维姬说，"看他是否患有传染病，或是尿疹，还是静脉曲张？"

"不是还有内分泌腺缺陷之类的可能性吗？"阿拉诺医生态度生硬，"细胞清洁机只能消灭异常细胞，但对于本来就存在的缺陷，它却无能为力。"

莉齐说道："但是德克不会有缺陷，他不会的！"

"不会，我确定他不会。"阿拉诺医生宽慰她，"这只是常规检查。但首先我想问一下，你们需要我帮助的计划是什么呢？"

"是……哦，不，换个地方再说。"莉齐说道。一小群人已经向着他们围拢来了，其中有塔萨、吉姆、乔治·莱弗鲁和年老的普鲁斯基先生，斯科特和肖基则在研究着那辆空中汽车。迄今为止，除了维姬，莉齐还没有和任何人谈论过她的计划。如果她母亲这时过来怎么办？莉齐不想回答安妮向她提出的任何问题。

"去什么地方？"维姬问，她又微笑起来。

阿拉诺医生说："到空中汽车里，升到空中再说吧。"

"你感到紧张了，杰克逊？"维姬说道，"我们不是勒德分子①，这

_____

①指强烈反对提高机械化和自动化程度，阻碍技术进步的人。

你是知道的。你在肖基脸上看到的并不是愤怒，而是羡慕。"

"好吧，就到车里去。"莉齐表示赞成。会有人阻止她和阿拉诺医生一起到空中汽车里去吗？

没有人阻止她。这辆空中汽车比阿拉诺医生上次来的时候坐的那辆大些，有四个座位。莉齐抱着孩子坐在前座，维姬坐在后座上。阿拉诺医生一言不发地将空中汽车升到空中，在空中飞了一英里后，便到了河边，(速度真快！)然后降落在河岸上。草已枯萎，死去的紫苑花只剩下粗粗的茎秆，眼前尽是灰白的岩石，外加冰凉的河水，河对面一只脏兮兮的兔子正飞快地一闪而过。莉齐希望空中汽车降落在别的什么地方。而不是这里，但她不敢说出口。她为自己的胆小生起气来，觉得自己说话时又变得像生活者那样粗声粗气的了：

"地区行政长官韦兰已经死了，他。我们打电话到他的办公室，请求他为我们开一家大的物资仓库，因为我们已经在这里安顿下来了，我们。这个冬天我们就准备待在这个地方了。但是系统说，我们不是在威洛比登记注册的投票者，未经注册的人不给发放仓库的供应芯片。于是我们便登记了。但是系统又说，必须在当地居住满三个月才行。于是我们登记后耐心地等了三个月，到昨天为止就满三个月了，我们又打电话，程序却说，找不到行政长官韦兰了。"

"死去的人如何能找得到呢？"后座上的维姬说道，莉齐不去理睬她。

"于是我不得已采取了一些小小的数据入侵行动，为的是找出这位长官大人究竟在哪里。可他哪里也不在。最后我查了死亡数据库，原来他在一个月前已经死了，证明医师的名单上有您的签名。"

"没错。"阿拉诺医生说道，面无表情。

"于是我再查，我想知道为什么哈里斯堡没有安排一次专门的选举活动，通常公务人员死亡后他们都会这么做的。查询结果发现,原来州政府根本不知道这个地区的行政长官已经死亡。"

阿拉诺医生说:"你和我通话后,我又查问了一下,每个人都说这是系统故障所致。"

"哦,是的,这是一定的。"维姬说道,"我来猜一猜,杰克逊。在韦兰不明不白地消失后,这个地区就像群龙无首。韦兰的曾孙女控制了他留下的相当可观的财产,考虑到发生故障的那个房间的系统是直接与哈里斯堡联系的,这也太巧合了。"

阿拉诺医生在驾驶座上转过身来,看着维姬,"难道说你认识埃莉·莱斯特?"

"不认识。但是我了解这些顽固者。"

"就像吉姆老爷①了解商船一样?"

"倒不如说像贺雷修斯②了解古罗马军团更恰当一些。"

他们在说些什么?莉齐感觉自己已经失去了谈话的控制权,于是她大声地说道:"于是我告诉哈里斯堡,说他们应该举行一次专门的选举。他们说他们正打算这么做,四月初有两个候选人已经在63频道上作了竞选演说。但是——"

维姬打断了她的话:"这两个人的演说自然都是一些大家早已听厌烦了的许诺和毫无意义的声明,说他们会始终如一地提供可靠的服务之类的。而与此同时,在威洛比,非顽固者小区只有二百六十人注册登记参加选举,包括我们这个部落,加上山区里的那几个顽固者小区。住在那里的顽固者早在'大变革'中,就永远搬出了曼哈顿地区,住到他们的那些避暑山庄里去了。工人们联合起来了,不过,你们只是失去了你们的那些大仓库,并没有失去别的什么。"

①同名小说的主人公。《吉姆老爷》是英国航海家、小说家约瑟夫·康拉德的代表作之一,在英国文学史上占有重要地位。
②罗马传说中的一名英雄。

莉齐说:"于是我们——"

维姬说道:"我们的想法——一部分想法就是,你以你的顽固者身份,可以发现这两位候选政客的内幕。这是为了——"

莉齐说:"这个我来说!"她的声音太高了,德克被吵醒了,正眨着眼睛,"维姬……我来说。这是我的想法,是我的。"

"对不起,宝贝儿。"维姬说着,将一只手放在莉齐的肩膀上。

她的这个称谓同样令莉齐觉得反感,"我不是'宝贝儿',我早就跟你说过了!"

维姬和阿拉诺医生交换了一下眼神,莉齐见他俩都在取笑她,很生气,没有意识到这是他们两个第一次在某件事情上达成一致;甚至也不去想他们两个意见一致,这对她的计划是有利的。他们都认为她只是一个孩子。他们得明白这一点:她是莉齐·弗朗思,她是这个国家里最优秀的数据入侵者;她是一位母亲,她要为她的孩子创建一个更美好的世界。如果不得不这样做的话,她可以单枪匹马一个人干。她的计划一定能成功,这一次,即使是顽固者的法律也不能阻止她。

她冷冷地说:"我们要选举我们自己的候选人来做这个地区的行政长官,我们。来自我们部落里的人,一个生活者。"

生活者里面有更好的人选。阿拉诺医生看着她,似乎她真的让他惊讶万分,就好像她是一个连顽固者也不得不另眼相看的人!

惊讶过后,他的表情变了。他温柔地说——简直温柔得有些过分:"但是,莉齐——即使你能够……即使你们能够成功选举一个生活者做这个地区的行政长官……你是否知道顽固者需要上缴各种税款,用他们自己口袋里的钱来提供各种服务呢?他们就是用这个来换取选票的,你知道吗?他们就是用这种方式来换取权力的。有了权力,他们才能制定适合他们自己的法律,而你们生活者就能得到需要的各种物资和服务,生活下去。但如果是一个生活者当选的话,他如何让物资仓库里货源充足呢?首先,你们没有钱。你看,宝贝——"

"别用和孩子说话的口气对我说话,你这个狗娘养的!"

阿拉诺医生的眼睛睁得大大的,莉齐可以感觉到她身后的维姬笑得发颤——尽管她努力控制着自己不要大笑。此时此刻,她恨他们两个。不过,至少她已经引起了阿拉诺医生的注意。德克在莉齐的怀里不安地扭动着,轻轻地呜咽。莉齐放低声音,婴儿又睡着了。

"我知道的比你多得多,并非所有物资仓库里的东西都是那些政客自掏腰包的。还有,税收的钱是在宾夕法尼亚整个州进行分配的,你们根据自己的需要花这些钱,那钱——我也要。"

"听着,杰克逊,我们不能再指望政府的有关程序了,不是吗?"维姬喃喃道,"目前最缺的是药品。"

"我要得到那些拨款。"莉齐重复道,她一开始就给阿拉诺留下了深刻的印象,或者说让他目瞪口呆。他真的被吓着了吗?难道说生活者当选的希望就一点也没有吗?疑虑再一次袭向她,也许她的想法真的行不通……不,一定能行。她一定会成功的。

阿拉诺医生问:"你?你个人?你真的想要竞选地区行政长官?"

"不是我,"莉齐说道,"我的年龄不够,要满十八周岁才行。"

阿拉诺转头往后看,"特纳女士?"

"哦,当然不。"维姬说,"一个变成土著的顽固者,哪个部落里的人都不会选我的。不要这么紧张,杰克逊……我们并不打算请你参加竞选。"

"当然不是维姬,"莉齐说道,"比利·华盛顿将参加竞选,只是他还不知道这件事。"

阿拉诺医生说:"比利·华盛顿?就是我在给你接生孩子时,那个将你妈妈拉到外面去的黑人老人吗?"

维姬说："你对人名的记忆力倒是不错。"

"是的,那就是比利,"莉齐急切地说道,"他是我的继父,如果我求他,他会做的。他会为我和德克做任何事情的。"

"还有那个关于孩子们健康的计划,是吗？"阿拉诺医生说道,他的嘴角抽搐了一下,不太像在笑,"我明白,嗯,你们的计划应该很有意思,你们想要做的就是,让所有在威洛比地区生活了三个月的游牧生活者登记选民资格,并向他们允诺,如果他们选了华盛顿先生,让他在票数上能够超过顽固者候选人,那么他们就可以得到物资仓库的生活物资？"

"我觉得并非这么有把握。你要知道,那些已有根基的政客也会动员他们自己的选民的。"

"这一点我们想过了。我们把所有选民的情况都查了一下,他们都要到 12 月 31 日晚上 11：30 才能具有选民资格,那是三个月期限的最后一天。那时,顽固者候选人想要争取更多的投票已经太晚了,他们永远都不会知道是怎么被击败的。"

"可是有关统计数字确实表明——"

"威洛比地区只有四个较小的顽固者小区。"莉齐说道。她一下子又恢复了自信,涉及到数据问题,那是她最擅长的了,"仅仅作为顽固者的度夏别墅。即使是在顽固者小区内,注册选民的总数也只有 4080 人,仅此而已。我们不知道如今威洛比地区有多少生活者,但是有可能比我们估计的还要多。在一些废弃的城镇、农场和工厂里都有生活者居住,他们像我们一样,是来这里找地方过冬的。我们可以让他们在我们这里登记,或者是在这里重新登记。"

"出于强烈的公民荣誉感。"维姬说。莉齐没见她笑。

"好吧,"阿拉诺医生说,"祝你们好运。但还有一个问题:你们怎么知道我不会去告诉别人我所知道的这件事,那么,12 月 1 日之前会有更多的顽固者在威洛比登记。"

"你不会的,你。"莉齐说。婴儿又在她怀里躁动起来,她将小宝宝换了个位置,"我们需要你。"

"需要我做什么?"他显得有些紧张。莉齐再一次感觉到自信流过全身,她能够让一个顽固者紧张起来。

"两件事。我们需要你帮我们调查那两个顽固者候选人的情况,苏珊娜·威尔斯·利文斯顿和唐纳德·托马斯·塞拉诺,以及他们两个的选票分配情况。"

维姬说道:"因为,假设其中一个候选人得到 100% 的选票的话,莉齐就得争取更多的选民;而如果他们两人选票旗鼓相当,或者其中一个候选人碰巧像哈罗德·韦兰那样一命呜呼的话,那么她就会更有信心了。"

阿拉诺医生从他的座位上转过身来面对着她,"你说这些都不是认真的,对吧?"

"恰恰相反,"维姬说道,"这正是我认真说事时的口气。如果我是开玩笑随便说说,那么我会夸夸其谈,武断自负。比如:谈谈对历史上的一些重大事件的看法,探索某个特定环境下的人性特点。理论上说,拿破仑、希特勒、爱因斯坦和巴莱利①能对世界产生如此大的影响,可能与他们坎坷不幸的童年有关。"

"拿破仑是谁?"莉齐问道,"还有……你说的那个什么名字,巴莱利?"

"你不知道巴莱利是谁?"

"不知道。"

"刘易斯·巴莱利?上个世纪的?"

"不知道!我才不管他是谁呢!"为什么维姬就不能表现得像我们大家一样正常呢?但是如果她……如果她和别人一样,那么她就根本不会和生活者生活在一起了,而她自己也不会得到……莉齐

---

①即后文提到的"上个世纪"的刘易斯·巴莱利,系作者杜撰。

努力驱走这些想法。

维姬对阿拉诺医生说:"我已经证明了我的观点。"

莉齐又将怀中的德克移动了一下,朝阿拉诺医生靠近,"还有一件事情我们需要你的帮助。"

"什么事情?"

她看不出他脸上的表情,他的脸似乎永远是一成不变的样子。她深深吸了一口气,"我们要借用一下你的空中汽车。"

"我的空中汽车?"

"借用一下。我们需要去寻找其他的生活者,但不能通过公共链接网与他们联系,因为链接网可能会被别人监听。我们的计划必须暗中进行,要借助于空中飞行在整个威洛比地区搜寻,在高山低谷中寻找到所有的部落,然后逐个去拜访他们。维姬会驾驶,她知道怎么开车。求你了,我们真的需要它,就借用几个星期。如果比利当选,我们可以用分配到的款项来得到改造针剂和能量锥,这一切都是为了孩子们。"

阿拉诺医生坐在空中汽车里默默无语,外面已经起了风,冰冷的河面上泛起了微波。一只乌鸦落在一块灰白色的岩石上,"呱呱"地叫着。阿拉诺医生终于开了口,他轻轻地说道:"莉齐……你不可能从物资供应仓库里得到改造针剂,所剩无几的针剂是付出任何代价都买不到的。威洛比地区的每一个顽固者团体都一直在想尽一切办法,想与'月之女神'基地的米兰达·沙里夫取得联系,希望能够求得更多的……这些你知不知道?但是'月之女神'基地从未回复。即使比利·华盛顿当选为威洛比地区的行政长官,他也无法改变这一切。"

"那么我们也可以为孩子们争取到那些过时的机器人医疗机。"莉齐说道。她用力抱紧德克,如果他不曾注射过改造针剂会怎么样?她得整天为传染病、不洁的饮用水和各种细菌发愁……莉齐第一次感觉到为人母亲的心情,就像她的母亲对她的心情。她的母亲安妮不也是分分秒秒都在为她担惊受怕,生怕她会出什么事吗?为什么为人父母者的生活会是这样的?莉齐不寒而栗。

阿拉诺医生说道:"我不认为——"

"不,你得这样想。"维姬打断了他。她的声音变了,很久以来,莉齐都没有听到她用这种声音说话。维姬现在对医生讲话的口气,就像对小时候的莉齐讲话那样——那个又弱小又爱生病的莉齐,"事实上,你可能有些多虑了,杰克逊。但是这一次——这一次并不仅仅是一次行动,如果你能为生活者做好这件事,你会感觉更安心的。不要一开始就愁得要死,你不会有什么损失的。"

"不要用这种咄咄逼人的口气和我说话,特纳女士。"

"我没有。我只是想说明我们的情况——莉齐的计划——从各个方面来讲述。你现在也是这个计划的一部分。你没有想介入,但你已经在这个计划中了。你或者说不,或者说是,但你不能脚踏两只船,选择权在于你。我需要努力去做的就是把这一切给你说清楚。"

维姬的眼睛一直盯着阿拉诺医生。莉齐想,不知道维姬是不是打算提起阿拉诺太太——就是维姬口中阿拉诺医生的前妻。听维姬说,那女人仍然认为自己拥有阿拉诺医生。莉齐想不明白,这怎么可能呢——只有你的家人才拥有你,也许还有你的族人,但不会是那个选择离开你部落的人。嗯,这就好比说,因为哈维是德克的父亲,所以他就能影响莉齐的决定!世间的道理不是这样的。提起阿拉诺太太,将会有助于阿拉诺医生选择站在顽固者的对立面,但是莉齐觉得,最好还是将这个留给维姬去说,毕竟,维姬也是个顽固者,尽管部落里已经没有人因为这个对她心存戒备。

维姬以另外一种完全不同的口吻说道:"杰克逊,难道你不曾希望过,不同阶层之间的战争能够以另一种不同的形式表现出来

吗？难道我们双方不曾为此付出过代价吗？"

莉齐觉得她的这些话说得没道理。顽固者付出什么代价了？顽固者是公仆，他们做着管理各种事情的工作，这样生活者就能享受生活——或者，他们曾经这样做过，但是现在他们做的工作越来越少了。难道不是吗？他们不再提供物资仓库、医疗机、食品加工流水生产线，以及其他的一些东西，他们有付出任何代价吗？这省了他们的钱，也省了他们的麻烦。维姬说的话没道理。

阿拉诺医生的眼睛透过车窗，正视着前方。莉齐觉得他不是在看河，不是在看田野，也不是在看冬天的树林。他在看别的什么，在看除了她和维姬以外的其他人。是什么人呢？

"好吧，"阿拉诺医生说，"不过有个条件：不能用这辆车。我不想被人发现跟踪，也不想我的系统里塞满了来自我的被激怒的朋友们的信件。我会给你们从另一个州的某个并不存在的公司里租一辆空中汽车。"

"哦，那就谢谢你了，医生！"莉齐叫道。她弯下身来，在阿拉诺医生的脸颊上亲了一口。她这一动，正好将乳房压在了德克的脸上，梦中的德克开始吮吸起来；但当婴儿发现在他的嘴和妈妈的乳头之间还隔着一层衣服时，便开始哭泣，脸上出现难看的表情。莉齐解开衬衫，将乳头塞给他。

她做到了。她设法说服别人，借到了一辆空中汽车。

她说："请你再帮忙了解一下那两个候选人的情况，可以吗？"

"好的。"他的声音听起来没有莉齐希望的那么乐观。

"振作点，杰克逊。"维姬说道，"承诺的约束力只有在第一道绳索被抽紧时才会感觉到疼痛。"

"你倒像是一个兼任牧师的哲学家，是吗？能不能将停止教训我也作为我们交易的一部分呢？"

"但是你很喜欢这样，想想卡泽埃就知道了。"

"维姬！"莉齐叫道。但是医生微笑了,虽然不是那么甜蜜的笑容,但毕竟也是微笑。无论维姬对他如何尖酸刻薄,他都没有生气。这是为什么呢？莉齐觉得自己永远也不能理解这些顽固者。

但她不必去理解。他已经答应帮助她了。莉齐赢了。

现在她要做的事情就是去说服比利。这事会很容易的——比利从来没有拒绝过她的任何要求,在她的一生中一次也没有过。

"不行。"比利说。

"不行？为什么不行？"

"不,我不会答应的。"

"但是……这是为了德克呀！"

比利没有回答。他和莉齐坐在一根倒下的圆木上。十一月的树林里,下午天气有些转暖,他们的外套扣子都没扣上。比利喜欢这片林子。在"大变革"之前,在整个东奥兰塔地区,他是唯一经常独自一人跑到林子里来的人,他只想单独与树木在一起。如今,到树林里来的人多了起来,但在这样的冬天,独自一人到树林里待上几天,比利仍然是唯一的一个。安妮同意让他在外面待几天,他就待几天;有时,安妮刚开始嘟嘟囔囔地抱怨他老不着家,他就恰好在那个时候赶回来,至少莉齐一直是这样觉得的。他会迈着矫健的步子走进营地——自从经历了"大变革",他的身体就一直很健壮,不像从前那样老态龙钟,步履蹒跚。潮湿的落叶沾在比利的茄克上,嫩枝挂住了他的头发。当比利回家拥抱安妮的时候,她常常会尖叫起来,因为他有很长时间没有刮胡子了。尽管如此,她还是会回抱他,抱得更紧,更用力,然后才开始唠叨他、数落他。

莉齐就知道比利会在树林子里,查看他安下的捕兔陷阱。她跟踪比利在泥地上留下的脚印而来。如果比利想隐藏起来,那就没有人能够跟踪到他,不过,这次他并不想躲藏。来之前,莉齐将德克丢给了安妮;现在她倒觉得把他也带来就好了,也许德克能让比利固

执的老脑筋改变主意。

比利太老了,麻烦就在这儿。虽然经过"大变革",像他这样的老人都很健康强壮,但他们的脑筋仍然是老年人的脑筋,他们想事情的方式也仍是老年人的。莉齐努力让自己平静下来,好好地对比利晓之以理,动之以情。

"为什么你不想竞选地区行政长官呢?你难道不明白,这样将有助于我们得到自己需要的一切吗?比如更多的机器人,为越来越多的孩子争取更多的医疗机等等,这些难道你不明白吗?"

"这我明白,我。"

"这不就结了嘛。那你为什么不想参加竞选呢?会成功的,比利!"

"如果是我,肯定不行。"

莉齐盯着他,老头儿从一棵枯死的枫树上折下一根枝条,戳着地面。

"莉齐,你看见这土地了吧?地上本应该结冰了,已经十一月份了。"

"这有什么相干——"

"等待。地还没封冻,因为我们有一个温暖的秋天。没有人能够预料这一切,但它就是发生了。但是我们事先不知道今年的天气会这样,于是我们大家都在为过一个严冬作准备。我们搜集了能找到的所有毯子和衣服,把部落的房子弄得密不透风,你和维姬还到第十技术公司去给我们弄能量锥。"

莉齐等待他继续说下去。和比利说话时催促他是没有用的,他一向都依她的,但有时候需要耐心。

"我们有所准备,为了我们预见得到的困难,即使以后的事情并不如我们想象的那样发展,但是如果我们不作准备却是愚蠢的。我这样说对吗,亲爱的宝贝儿?"

"没错。"莉齐说道。比利用那根树枝继续戳着地面。

"如果你和维姬真想参加这个顽固者的竞选，你就得尽可能地考虑到有可能会发生的事情，并准备好如何应付它。顽固者们并不愚蠢，而且他们可不像天气那么公平无欺。凡是与生活者有关的，顽固者们永远都表现得非常冷酷。"

莉齐想说，维姬和阿拉诺医生不是这样的，但她没有打断比利。

"如果我参加竞选地区行政长官，我们一定会失败。没有人会投我的票。不光是顽固者——我们部落之外的生活者也不会投我的票，就像他们也不会投你或者安妮的票一样。我们是最早'改变'的人，我们跟踪找到了米兰达·沙里夫的地下实验室，要求她帮助你，那时你病得那么厉害。我们看见了米兰达·沙里夫，并且与她进行了交谈。"

"可这些都是好事啊！"

"是的，但这事不同，完全不同。大多数人不喜欢这么多的不同，这会让他们觉得不自在。你有没有听过威洛比地区的脱口秀频道？"

莉齐没有。她有那么多更重要的事情要做，那么多有意思的数据库要去探索，她没有时间去听当地公共链接网上那些没完没了的新闻：什么部落间飞短流长的传闻，什么当地社区里鸡毛蒜皮的小计划之类的。比如纽约的顽固者频道里说，马里兰州巴尔的摩的某某人发明了动力滑板车道，跑起来飞快……还有，哪位来自格伦瀑布，可曾见过我的表姐帕梅拉·卡恩特尔，她身高5英尺6英寸……我们有一个采集场地，大到可以……

"大家就喜欢谈论一些平常的事情。"比利说道，"即使在'大变革'的时候，人们也不再相信什么理想、规划之类，他们觉得这些和他们一向所习惯的东西太不相同了。也许是因为'大变革'，我们已经有了这么多新变化,而你现在又有了一个新的主意,这也许是个危险的主意,如果像我这样与他们根本不同的人也能做政府公务员的话,会让顽固者恼羞成怒的。唉,他们每一个人都会感到不舒服,他们不会投我们票的。"

"但是——"

"还有,"比利温和的声音继续道,"正是因为我们一家人的缘故,才使米兰达被基因标准事务局抓了起来,即使我们不是有意的,即使他们最后也放了米兰达·沙里夫。不,莉齐,亲爱的宝贝儿,没有一个顽固者会为我,或者为安妮,为你,为维姬投票的,没有一个人会的,他们。"

"那么谁才会?"莉齐叫道,"他们会投谁的票?"

"他们稍微熟悉的人,"比利站了起来,"过去做过市长的人。也许能行。生活者里也有人做过市长,或者在政府里任过职的。"

比利说得没错,莉齐沉思着。生活者城镇的市长——那时生活者还住在固定的城镇里——是和顽固者说得上话的生活者。在"大变革"之前,他们是那些能用通信终端讲话的人,那时每个城镇都只有一部与官方公共信息网链接的通信终端。那时候,生活者的市长大人一直是人们嘲笑和揶揄的对象,因为他们像顽固者一样需要工作,而其他的生活者则只要享受生活就可以了——尽管和现在生活者的生活比较起来,那时市长的工作也并不怎么辛苦。不管怎么说,市长一直被认为是笨蛋,傻瓜才会去做市长,一个真正的贵族生活者不侍候人——他们是被人侍候的,顽固者为他们服务。那时,莉齐所认识的每一个人都是这么认为的。

但市长是经常与顽固者打交道的人,是他们熟悉的人。市长要向他们报告很多事情,比如:什么东西坏了,选民对新当选的公务员有什么要求,有事要找警察、狩猎监督官或者技师等。比利说得对,也许威洛比市的生活者更愿意选那些曾经当过市长的人。但是当过市长的生活者肯参加竞选吗？

"你知道有谁曾经当过市长，比利？我们部落里有没有？"

比利微笑地看着仍然坐在圆木上的莉齐，"没错，我们有。难道你不知道吗？瞧，这都是因为你成天沉迷于探索数据库，而不与人们聊天的缘故。"

莉齐觉得心里暖洋洋的，比利在为她的侵入数据的能力而自豪。比利一向都以她为傲，甚至当她还是一个只会将机器人拆散架的小女孩的时候，就以她为傲。那个时候，尽管没有一个真正的目标，但她就喜欢学习新东西。

"谁是市长，比利？"

"应该说，谁曾经是市长。"

"好吧，那么谁曾经是市长？"

"肖基。"比利说道。莉齐惊讶得大张开嘴巴，形成一个圆圆的"O"形，合不拢了。比利笑了。

"什么人当过市长，就这么让我们惊讶吗？这是'大变革'教会我们的最重要的事情，亲爱的宝贝儿。最重要的事情。但我们甚至从来都没有意识到这点。我们几乎什么都不了解。"

"这根本没有什么好大惊小怪的。"维姬说道，"给，接住德克，他要吃奶了。"

莉齐接过孩子。她用手臂抱住孩子的时候，感觉一股熟悉的暖流传遍全身。她蹲了下来，靠着她那个小卧室的泡沫塑料墙，解开金盏花颜色的衣衫。德克饿了，他的小嘴巴急不可待地紧咬住她的乳头。一种兴奋的快感——半是出自母性，半是出自欲念——传遍她的全身，从乳头直到肚腹，再到胯部。莉齐羞于产生了如此的快感——自己竟会从与自己的小宝宝的接触中产生这种感觉，这似乎是不对的！但是每次都会这样。最后她还是镇定下来：这种感觉

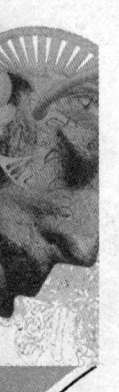

只有她自己知道。维姬正坐在莉齐身旁,坐在莉齐铺着硬毛毡的小床上。维姬一贯表现得似乎什么都知道似的,可维姬没有生过孩子,也没有奶过孩子。

莉齐说:"好吧,我是很惊讶,比利也是。肖基——他哪里像是一个曾经当过市长的人!"

维姬笑了,"那么你认为什么样的人可以从政呢?"

"杰克·萨维克就可以。他热心帮助镇里的人,有时别人拿他寻开心,他也不在乎。而肖基,别人跟他开一点小小的玩笑,他都会大怒。我想,他这种人大概一生中从未想过要帮助别人。"

维姬有些不明白,她说:"难道这就是你大胆的政治冒险背后的动机?因为你有一个强烈的愿望,希望能够帮助威洛比各个部落的人,是吗?"

"当然我——"莉齐开了个头,又不说了。维姬又笑了。

"莉齐,亲爱的,那些从政的人中,99%都绝对和肖基一样。他们想获得个人利益,他们想要权力,他们想要这个世界跟着他们的意愿转。就像你想要物资仓库的东西,想要获得支配税收款的权力——为你,为你部落的人。你们之间唯一的区别就是——"

"但是我要那些不是为我自己!我是为了德克,为了比利,为了妈妈,还有——"

"真的吗?如果比利和安妮明天去南方,如果那个一向慈悲为怀的杰克逊·阿拉诺给你送上你想要的任何东西,并以德克的公民证号设立一个信用账户,你会不会完全放弃这个市长竞选计划呢,嗯?"

莉齐无言以对。

"我想你不会。当然你这么做并没有什么错,莉齐——虽然你也是在为你自己追求利益,但是只要那不是你唯一的目的就行。有个我认识的人曾经告诉我说——"

又要开始长篇大论了,莉齐心想。她移动了一下德克,让他躺得更舒服些,孩子正在贪婪地吸吮着。

"——他说,千变万化的人际关系——如国际条约会议签订的各方,婚姻关系中的双方,警察局内部各部门——都可分为五种情况:第一,建立在同盟关系上的健康发展的谈判;第二,完全超然的关系,互相之间没有协约,也没有重要的利益关系;第三,支配和依附的关系,就像以往生活者与顽固者的关系那样;第四,通过隐蔽的斗争争取支配权,但没有公开的敌对行动;第五,实际发生的战争。只要是在选举法允许的范围内,为你自己的利益进行隐蔽的斗争,这没有错,对于肖基来说也是这样,他会比大多数政客都更加冷酷无情。我敢说,他是这个古老城镇上唯一做过市长的人,不是吗?"

"我不知道。"

"你相信我好了,正如约翰·洛克曾经指出的那样——"

"似乎没有你不知道的事情,你!"

维姬看看她,莉齐低头看着婴儿,然后抬起眼睛,生气地望着维姬。唉,这都是事实。维姬总是告诉她许多事情,似乎什么都知道,而她莉齐充其量只能算是一个数据傻瓜……一个生活者。

"事实上,"维姬平静地说道,"我几乎什么都不知道。这真的让人难以想象,因为仅在几年前,我还以为自己什么都知道。"

"对不起。"莉齐喃喃道。她是真的觉得抱歉吗?她也不清楚。最近维姬总让她觉得困惑。她过去常觉得维姬是一个非常了不起的人……现在一切都不一样了。

"不要说对不起,"维姬站起来,舒展了一下弯曲许久的双腿,"Here's looking at you①,卡尔·马克思。"

"你说什么?"

---

①英文歌曲中的一句歌词,详见下文。

"没什么。午餐时再见。"

"好的。"莉齐咕哝了一声,目送着维姬漫步走出小隔间卧室,消失在那个被颠倒放置的破塑料桌子后面——这个桌子被当作一面墙挡在那里。维姬没有回头。莉齐搂着德克,但愿自己没有说过维姬什么都懂那句话。从莉齐还是小孩子的时候起,维姬一直都对她很好。但是……维姬确实表现得就像她什么都知道似的,她所提出的每一个想法,每一个计划……维姬为什么会这样?就因为她是顽固者?

莉齐的手向上伸去,小心翼翼,不惊动婴儿,直到手指摸到了衣柜最上面的一个抽屉,她拿下了她的终端机。"请在晶体库里搜索。"

"准备就绪。"系统说。

"请查找两句话的意思,各用三个句子来定义。第一,'Here's looking at you',第二,'卡尔·马克思'。"

"'Here's looking at you',是全息时代之前名为《卡萨布兰卡》①的一首歌里一句有名的唱词。据说后来被用作男性领导人向女性领导人敬酒时的祝酒词。二十一世纪九十年代时,这句话又重新流行起来,不过是用作讽刺语,大意是'那场争论我想是你赢了'。"

"'卡尔·马克思'是一位政治理论家,他的著作被二十世纪的许多革命者作为指导理论。他提倡共产主义,包括生产资料归集体所有等。他预见到达成这个目标的办法是通过阶级斗争。"

"系统关闭。"莉齐说。

"系统关闭。"

阶级斗争,那不正是莉齐追求的吗?还有比利、安妮、德克……

一股酸水涌到莉齐的嘴里,她咽了下去,但酸味并没有因此消失。她一直请求维姬和她一起去找肖基,向他解释她的计划。也许

①摩洛哥第一大城市。

现在不必了,也许她会独自一人去找他。

婴儿已经喂饱,又睡着了。莉齐紧紧地抱着他,弯下身闻着婴儿的甜香味,但她嘴里和鼻子里的酸味仍然没有消失。

她看见肖基与莎伦,还有莎伦的小孩卡蕾在一起,卡蕾已经九个月大了。天气暖和,他们正坐在河边钓鱼。莎伦和肖基穿着冬衣,但扣子没扣。莉齐看见莎伦的衬衫扣子也没扣好。

卡蕾坐在河岸边的一个蓝色塑料篮子里,胖乎乎的小手里捏着一个脏兮兮的塑料鸭子,不停地捏呀捏的。她是一个漂亮的小孩,有着与莎伦一样柔软的褐色头发和一双大大的眼睛。她看见莉齐,便皱起眉头哭了起来,拼命地要找妈妈。安妮曾说过,像卡蕾这么大的孩子都是这个样子的,他们怕生,看见陌生人或者不熟悉的事物便会紧张害怕。但安妮说,卡蕾会慢慢长大,长大了就好了,就不会这样了。嗯,莉齐与莎伦待在一起的时间不多,但她也不能完全算是陌生人啊,毕竟她们都是同一个部落的。德克长到卡蕾这么大的时候可别像她这个样子。她走出卡蕾的视线,不让卡蕾看到她。

莎伦和肖基正弯腰看着他们的垂钓线,莎伦咯咯地笑着,将肖基的手从钓鱼竿上引到她敞开的衬衫那里。

"你们好!"莉齐大声招呼。

"嗨,莉兹①。"肖基说着直起身来,"要是我们钓到鱼,大家就一起来分享真正的食物,换换花样,怎么样?"

虽然可以通过身体进食,但部落里的人也常常用嘴吃东西,吃些浆果、硬壳果、烤野兔、野生苹果之类的食物。有时,莉齐会想象嘴里咬着野洋葱时,那股辛辣味道带来的惬意感觉。"改造"只意味着没有人再为吃饭而操心,并不意味着他们不能再用嘴吃东西了。肖基提议吃鱼的建议没有什么不对劲,怪的是他说话的样子——

①莉齐的昵称。

他的眼睛大胆地盯着莉齐,咧开嘴,似乎是在微笑,又像在嘲笑,但他的手仍然停留在莎伦裸露的胸部上。男女之间的赤裸相对与他们在采集场里"进食"时的赤裸是不同的,现在的他们应该避人耳目才是。

莉齐说道:"好啊,如果你们能钓到什么的话,就一起分享吧。不过,我来这里不是为了这个,我来跟你谈件事。"

肖基笑得更欢了,他的黑眼睛慢慢地眨着。莉齐单刀直入:"比利告诉我,说你在什么市镇上当过市长。"

肖基的微笑消失了,"是啊,那又怎样?总得有人当市长。"

"没有怎样。"莉齐说道。她不动声色地看着肖基的脸,"是得有人当这个市长。"

莎伦说:"我们不是不再需要市长了吗?"

"但是我们需要一个地区行政长官,哈罗德·温思罗普·韦兰死了。"

莎伦的声调突然高了起来,"可肖基不是顽固者,莉齐·弗朗思,难道你忘了吗,你!"

"他当然不是,"莉齐道,"他是一个生活者,他——关键就在这里。"

"什么关键?"莎伦说道,她的嗓音那么高,正在玩橡皮鸭子的卡蕾吓得抬起头来,"生活者不会工作,更不会去干地区行政长官之类的工作!"

"地区行政长官掌管着仓库的物资分配!威洛比市现在没有行政长官,所以仓库里什么也没有。但是,如果我们选出自己人当市长,那么——"

"那么仓库里仍然会一无所有!你的脑筋该换换了,不要老是盯在那些顽固者的网络上!肖基没有什么仓库,也没有任何物资可放进仓库里!"

"不，他可以做到的。"莉齐说道。她突然觉得有些厌倦，不想再和这个蠢女孩说什么了。她与莎伦打小就认识，莎伦总是这么愚不可及，"州里面有一个税收库，那里有着公司企业上缴来的税收，它会被分配到各个市镇，顽固者交的税就在这里面。如果我们生活者登记注册的选民人数足够多，那么我们能让肖基当选，他可以使用威洛比市得到的拨款来补充仓库里的物资。"

"但是如果他——"

"闭嘴，莎伦，让肖基自己说。"莉齐希望这能让肖基动怒——这等于向肖基暗示莎伦在控制他。但是，肖基并没有被激怒，他把手从莎伦身上拿了回来，摸着脸上的络腮胡子。两个女人都看着他。

最后他说："好吧。"

"你竟说'好吧'？"莎伦尖叫起来。

"闭嘴，莎伦，好，我干，莉兹。"突然他弯下腰去，抱起卡蕾高举过头顶，"你觉得怎么样，卡蕾，你要不要看到你的大朋友成为地区的行政长官？"

卡蕾快乐地尖叫着，显然小卡蕾没将肖基视作"陌生人"。莎伦沉下脸来，莉齐看在眼里，但是肖基没有看她们两个，他的眼睛凝视着别处。当他把鱼递给莉齐的时候，脸上仍挂着那种半带嘲弄的微笑。维姬在她那套关于人类关系的宏论中，曾说过什么来着？一种争取统治权的隐蔽斗争，一般不会引发真正的战争……

"莉齐，你只需告诉我先怎么做，我随时恭候，我，我听候你的吩咐。"

8

　　安全警报响起时,特蕾莎正在她新布置的书房里,坐在一架终端机前面工作着。

　　这里原来是女佣的房间,特蕾莎选择了它,是因为这间屋子没有窗户,只在墙上很高的地方有一个小天窗。从这个小窗里只能看见一小块人造天空,别的什么也看不到。她让大楼机器人为她将房间清理出来,把墙壁刷白,她只要将终端机和一个老式的不能转动的椅子搬入就成。除此之外,房间里唯一的东西就是那些图片了。

　　每面墙上都钉有图片,都是她在全息新闻网上挑选出的全彩打印图片。其中一张图片上,三个被抛弃的生活者儿童蜷缩着靠在一起。他们死了,虽然已被冻僵,但脸上还是呈现出细胞清洁机给他们带来的健康肤色。

　　另一张图片里,一个婴儿躺在一位悲痛欲绝的生活者母亲怀里,这位母亲看上去只有十五岁,看得出来她经过了改造。从婴儿的脸色看,他显然是遭受了某种疾病的折磨,皮肤变得杂色斑驳,流着脓水,双眼里布满血丝。镜头捕捉的是母亲双手向上托起的局部,但手心空空如也,没有握着改造针剂。

　　一个从空中拍摄的广角镜头显示出密苏里州奥扎克族印第安人所在的一个美丽山谷,一个闪着微光的 Y 能量防护罩围住了整个山谷。一个非常富有的生活者就住在这里,他原是一名金融家,

"改造"时代来临时,他召开了一个记者招待会,兴高采烈地宣布说,从此以后,他再也没有必要与其他人接触了。从那以后,再没有人见到过他。

较远的墙上贴着一幅不大的图片,图片中是四个瘦弱的成年人,正在一片杂交树林里,手里捧着各自的碗,碗里有不多的一点蘑菇。图片上有几个醒目的大字:**这就是我们每天的粮食**。弯曲如弓的小腿和稀疏的头发是营养不良给他们留下的印记。四个人都对着镜头傻笑着,牙床肿胀。

终端后面的墙上有一张很大的图片,上面是米兰达·沙里夫,脸上蒙着一层蓝色的面纱。这张图片的旁边有一张同样大小的米兰达·沙里夫的全息图片,只是那上面叠印了许多墓碑、棺木、黑色的蜡烛和刑具图案,上面的文字是:**我们什么时候能够长生不老,你这个贱女人**?

还有许许多多其他的图片:两个顽固者孩子赤身躺在地上,对着一只从胸部到尾部被切割开的鹿尸哈哈大笑,他们直接就在这摊血肉之上进行吸食。另一张上是个患病的生活者孩子,在他生活的那个小镇上,已经有四年没有改造针剂了。一张"内啡呔"的广告图,画面色彩艳丽诱人,画面里有三个完美得令人难以置信的顽固者的身体,他们正在静静地进行"采食"。他们的脸上洋溢着幸福,无视他人的存在。显然他们都已经不再彼此需要了。

杰克逊还没有看到过这个房间,特蕾莎总是挑他外出时才到这里来。她曾要求房屋系统琼斯,除了她自己,不要让别人进入这个房间。当然,杰克逊也许知道如何替换掉这个指令,但是即使他能做到,他也不会这样做的。杰克逊不了解她安排这个房间的用意,也许会以为这不过又是她的异想天开。他会认为安排这样一个房间完全没有必要。

特蕾莎面前的终端屏幕上,一条粗黑的线条将其一分为二。上半部分是一条字体呈深蓝色的引语："在陌生的土地上，甚至动物也会迷路，但只有男人和女人才会迷失自我。克里斯托弗·卡恩–艾基，2067年。"线条下面是特蕾莎在有关蕾莎·卡姆登的一书中新近写下的一段文字：

蕾莎有一个朋友，他的名字叫做托尼·英迪维诺。在许多事情上，托尼比蕾莎更冲动。托尼觉得有的人钱太多，而有的人钱太少，这太不公平。蕾莎以前从没思考过这个问题，是托尼提醒了她。蕾莎将托尼对她说的话写了下来："如果你走在一个贫穷的国家里，比如西班牙，看见了一个乞丐，你会怎么做？你会给他一美元吗？如果你看见一百个乞丐，一千个乞丐，而你不像蕾莎·卡姆登那么有钱，你会怎么做？你应该怎么做？"蕾莎不知道如何回答托尼提出的这些问题。

特蕾莎推敲着这段文字，同时对她的私人系统托马斯说道："在'朋友'前面加上'重要的'。"系统照办。特蕾莎再看了一遍这个句子，然后看着线条上面的那句话：在陌生的土地上，甚至动物也会迷路，但是只有男人和女人才会迷失自己。她说道："托马斯，把我列出来的第二条引语找出来。"

托马斯将引语在屏幕上显示出来，并用浑厚的男声大声念着："但是男人啊，骄傲的男人，身穿体现其微末权势的服饰，自以为是却最是无知。他的本质如玻璃般脆弱，像一只愤怒的猿，在高贵的上苍面前玩这种荒谬的把戏，以至于令天使们也为之啜泣。威廉·莎士比亚(1564~1616)。"

"下一条引语。"

"在我看来，人的痛苦总是由自命不凡、好高骛远引起的。由于心里有着无穷的欲望，以他的精明能干，总是不甘心埋没于有限的现实中。托马斯·卡莱尔(1795~1881)。"

特蕾莎又看了一遍她自己写的那一段话，"朋友"前面已经加上了"重要的"三个字。然后,她开始倾听卡莱尔的那段引语的录音。

为什么写一本书会这么难?她心里很清楚,关于蕾莎·卡姆登,她想说些什么。这种感觉是如此真切清晰,她甚至能够一字一句地把这本书的内容讲述出来,并与杰克逊畅快地交流。但是,当她坐在终端机前面,要将这些话写下来时,却感觉无比费劲。为什么蕾莎·卡姆登会如此重要?为什么她为之奉献一生的事业——让睡眠者和无眠者平等——也是那么重要?即使蕾莎终归失败,但她毕竟尝试过了。无论蕾莎如何努力,无眠者还是去了庇护所,令这个国家陷入了长久而可悲的分裂中。詹妮弗·沙里夫被送进了监狱。蕾莎在佐治亚的沼泽地里死于非命。她是被生活者杀害的,这些生活者鄙视无眠者更甚于特蕾莎鄙视自己。特蕾莎觉得,如果自己从未尝试向世人讲述这一切,也许会更好些。

但蕾莎至少尝试过了,她和其他无眠者后来的命运都不同。不,这本关于蕾莎的书,特蕾莎一定要写,她必须这么做。但是要想写出美妙的词句,就像托马斯在引语搜索中为她找来的那些美妙的词句,为什么就那么难呢?

特蕾莎拭去脸颊上的泪水,再次将目光转向周围墙上的那些图片……最是无知……像一只愤怒的猿,在高贵的上苍面前玩这种荒谬的把戏,以至于天使们也为之啜泣。

"服一片镇定药吧。"杰克逊会这样说,"我可以专门给你定制——"

"大楼安全系统被闯入。"房屋系统在特蕾莎的终端上大声地发出警报,"这不是演习,阿拉诺小姐。重复:大楼安全系统被闯入,这不是演习。怎么做,请指示。"

被闯入?大楼安全系统怎么会被闯入呢?有 Y 能量防护罩,还有门锁……她该怎么办?杰克逊不在家,他不知上哪儿找卡泽埃去

了。特蕾莎不知道该对大楼系统说些什么，没有人设想过大楼会被他人闯入。

她说："锁上所有的门！"

"门都是锁着的，阿拉诺小姐。"

当然门都是锁着的，特蕾莎的脑子乱成一团，"给我看闯入的情况！"

那些文章——她的和卡莱尔的——都从屏幕上消失了。现在终端已经转换成全息模式，可以看到整个大厅的情况。那么多人——全是生活者！——正向电梯拥去。电梯对这些人提示道："对不起，该电梯只对住户和客人开放。"一个拿着手提式终端机的男人不知怎么捣鼓了一下，电梯门被打开了。

特蕾莎站了起来，一下子弄翻了椅子，她的心"怦怦"直跳。来了五个生活者，四男一女，都穿着破旧的冬季夹克衫。这些人中有的前额粗短，有的下巴疙疙瘩瘩，有的耳朵上毛茸茸的，有的脖子粗粗的。从脸上的表情看，他们目标一致，志在必得，其中一个人还拿着一部移动电话，他是从哪儿弄来的？是在"大变革"中得到的？但那已经是多年前的事情了……不是吗？现在她应该怎么办呢？

"怎么办……我该怎么办，琼斯？有没有一个驱逐入侵者的标准安全程序呢？"

"驱逐入侵者的标准安全程序存在。现在开始运行吗？还是您要先与未经允许的入侵者对话？"

"不！不……我……他们想要干什么？"

"要不要将大门的视频和声频信息传送给托马斯？"

"不……好的。启动驱逐程序！"

"程序定位在自动模式上？"

"就这样！"

特蕾莎看到了公寓大门外走廊的情形：其中三个人，包括那个女的,手里都拿着枪。特蕾莎只觉喉咙发紧,喘不过气来。不,现在不要,现在不要……这时,那个手拿移动电话的人像在大街上喊话一样地说道:"我们是为我们的孩子来索要更多改造针剂的。我们只有这个要求,不会伤害任何人。我再说一遍,我们只想要更多的改造针剂。我们知道你有,阿拉诺医生,你是一个医生,你——"

"走开!"特蕾莎叫道。但是她的声音哽在了喉咙口,说不出话来。恐惧袭来之际,她却叫不出声。她再次试着喊叫:"你们走吧!这里没有改造针剂!我哥哥没有把它们放在家里!"但这话不是真的。在家里的保险柜里有十六支改造针剂。

"你说什么?你是阿拉诺医生吗?开门!"

"不。"特蕾莎带着哭腔说道,她已经没法呼吸了。

"这么说我们就要闯进来了,我们!"

前门"咔嗒"一声被打开了。安全程序……琼斯为什么没有反应?这些人怎么能对付琼斯……他们是如何做到的?特蕾莎抱着双臂,身体晃动着。琼斯说道:"你们是未经认可的擅闯者,如果你们不立刻离开,系统的生物防卫系统将被激活。"

"等等,埃尔伍德,不要——"

"我要砸了他们的防卫系统,跟我来!"

"但是你——"

"针剂——"

"现在激活。"琼斯说道,顷刻间,全息屏幕上充满了深黄色的气体,不知是从何处冒出来的,立刻扩散到了所有的地方,特蕾莎的书房里也突然充满了这种气体。她喘着气,急切需要呼吸,于是她的肺里也吸入了这种气体——

——她的手脚瘫软下来。

特蕾莎跌倒在地,她看见自己的手和腿躺在身边,和身体分离开了……不,那不是她的,那一定是别人的手臂和腿……是那些闯

入者的吗？但是如果他们的腿在这里,他们又怎能走到楼上来呢?太奇怪了,但这很有意思,真的。不过那些也许并不是闯入者的手和腿。那么,它们又是谁的呢?

她推了推离她最近的腿,真的,地板上怎么会有这些令人恶心的东西? 清洁机器人在哪里? 也许这是折断了的……

特蕾莎用力地推动一条断腿, 突然惊讶地发觉自己的身体猛然抽动了一下。哎,这到底是怎么回事啊? 今天发生的一切事情似乎都不合常理。

特蕾莎抓住一条断臂,用力甩向房间的另一头。她又觉得身体抽动了一下,疼痛感一直穿透肩胛。这没道理的。为什么闯入者的手臂上会穿着特蕾莎的一只花袖子? 这人一定是先到了她的卧室里,换上她的衣服,然后来到这里,却断了手脚。也许他们是蕾莎派来的。是的,这样就说得通了——蕾莎一向都同情生活者,富于同情心,无畏无惧。

"特蕾莎!"有人在叫她,"特丝!"

虽然特蕾莎脑子里一直在胡思乱想,但她已经不再害怕了。真的,她感到非常平静,杰克逊一定会为她骄傲的。她平静下来了,在想着该怎么办。首先,把清洁机器人招来,将地板上多余的手啊脚啊都清理掉;其次,通知小区警察,报告闯入者的情况;再次,想办法弄明白。为什么托马斯·卡莱尔的文句会如此漂亮,那么,她也就能写出同样漂亮的句子来了。也许她的个人系统能够解决这个难题。是的,这样或许行得通——她可以让她的个人系统模仿卡莱尔的文笔,毕竟他们都叫托马斯。

"特丝! 你在哪儿呢——哦,我的天!"

特蕾莎抬起头来,只见卡泽埃站在她面前,低头看着她,身穿带空气过滤装置的Y能量头盔。卡泽埃似乎手脚都齐全,这似乎很有意思……特蕾莎和那些闯入者的手脚都掉了, 为什么卡泽埃的手脚还和身体连在一起呢？她要做的第四件事情就是告诉杰克逊今天发生的一切，也许这又是一个和医学有关的问题。

"听着，深呼吸……不要动。特丝，尽量深呼吸，这些气体需要几分钟时间才能完全从你的身体里消散掉……呼吸……"

她的头部上方似乎有什么东西，大概是和 Y 能量有关的东西。卡泽埃看上去很担心……但是她不必担心，真的不必了。特蕾莎很好，她现在没事了。杰克逊会为她自豪的——在如此紧急的情况下，她还能够保持镇定，还能够正常呼吸，还能够有条不紊地按先后顺序逐条列出该做的事情……只是列出的单子应该通知托马斯，托马斯会为她记录下来，这样她就能够确保记住上面所列的每一样。

她爬向终端机，准备做这件事。"深呼吸。"卡泽埃又说道。特蕾莎还没来得及爬到终端机那里，一切又都陷入了黑暗之中。

她在客厅沙发上苏醒过来，杰克逊和卡泽埃正站在她的跟前。卡泽埃问道："感觉怎样，特丝？"

"我……有生活者来了……"

"现在都走了。不要为此烦恼，特丝，没事了。小区保安把他们都带走了，没有人受伤。这样的事情再不会发生了。"

"但是怎么会……怎么……"

杰克逊坐在她旁边，执起她的手，"他们破译了大楼的进入密码，特蕾莎。没有人知道他们是如何进入小区的。现在所有的系统——包括大楼系统、电梯和琼斯——都已经重新编了程序。卡泽埃也很好，这样的事情不会再发生了。"

他的声音显得底气不足，他对她撒了谎。

卡泽埃说："没有物品被偷。也许他们本来就没有打算偷窃，只想要改造针剂。他们知道杰克逊是医生，其他的一些医疗机构也有

人闯入。这件事情警方会处理的。还好，没有人受伤。"

"但是地板上到处都是断手断脚！"特蕾莎哭喊道。她看见它们了——被折断的、可怕的肢体……她开始发抖，喘不过气来，"还有我的手和脚——"

"放心，特丝，"卡泽埃安慰道，"现在一切都恢复了。地板上根本没有什么手啊脚的，你的手脚也都长得好好的。这只是系统的防卫措施被激活的缘故。你在激活系统时为什么不戴上面罩呢？"

"你不要再烦她了，"杰克逊说道，"她什么也不知道。特丝，现在没事了，我们都在这儿，你不要再去想这件事了。"

"但是……"特蕾莎紧抓着杰克逊的手，然后又放开，"那么你们告诉我……我吸进的是什么东西？求求你告诉我，杰克逊。"

杰克逊不愿意对她说这些，但是拗不过她，于是吐露道："这是一种直接对顶叶皮质产生作用的气体，会诱导产生'感觉缺失①'。顶叶皮质可以控制人体的感知和身体的移动。在感觉缺失的状况下，大脑不能够识别自己的肢体，也不能够辨别任何不合常理的事情是否属实。受这种气体影响的人，会幻想出各种情景。在无能为力的情况下，这也不失为一种很好的自我保护措施，人们不至于因愤怒和惊恐而产生鲁莽轻率、不计后果的行为。这种气体不会给人造成危害。"

"地板上的手脚是你自己的，"卡泽埃说，"生活者根本就没能够穿过门厅。"

杰克逊说："你只是吸入了一些起暂时作用的神经药物。即使没有细胞清洁机，它的影响也不会持续很长时间。你的肢体可能曾有过短时间的麻刺感，但那不会造成什么伤害。"

一种神经药物。她吸入了一种神经药物，然后就变成了一个完

①也称空间定位障碍，原指偏瘫病人由于病症影响，感觉不到自己肢体的一种心理障碍。

全不同的人，一个没有手脚的人，一个看见地板上都是别人的断手断脚的人，一个能够镇定地面对这种情景并冷静有条不紊地计划如何处理的人。这不是特蕾莎，完全就是一个新人。

特蕾莎抬起头来看着杰克逊，她不想让他靠近自己。记忆中，这还是她第一次产生这种念头。"你……你让我变成了另一个人。"

"没有，我没有，是房屋系统——"

"但你总让我服用影响神经系统的药物，让我变成一个不再是我自己的人。"

"特蕾莎，你不能——"他想说什么，但特蕾莎打断了他。

"这不是问题的答案。我不知道答案是什么，但是你说的肯定不会是答案。"她甩掉了杰克逊的手，挣扎着想站起来。

卡泽埃说道："特丝，亲爱的，你这样说，对杰克是不公平的，他只是——"

"我知道他'只是'什么。"特蕾莎说，然后就走开了，把他们两个晾在那儿。杰克逊大为震惊，卡泽埃则沮丧至极。特蕾莎摇摇晃晃地走回自己的房间，说真的，她的步子是如此不稳，手脚都还有些麻刺的感觉，一时之间，她还以为自己的手脚再不听使唤了呢。

但是至少它们都是属于她的。

高高的阿迪朗达克山上有一幢建筑物，特蕾莎的空中汽车就降落在这里，当然是启动了自动飞行模式来到这里的。车停在一片平坦宽阔的场地上——是用纳米技术铺建的。特蕾莎猜想这里是一个停车场，只是并没见到其他车辆。她在寒风中站立了好一会儿，抬头凝视着这座"仁兹天堂女修道院"。

这座修女院不是用泡沫塑料建造的，而是用真正的石头。建筑嵌入山石中，与山石浑然一体。灰色的石头上稀疏地覆盖着枯萎了的藤本植物，与周围陡坡上萎缩萧瑟的冬天景象倒显得很协调。在

特蕾莎的记忆中，这是她第一次见到未设置闪着微光的 Y 能量防护罩的顽固者建筑——即使在新闻网中，她也没有见到过这样的建筑。眼前只有成堆洁净的白雪，一阵微风吹起地面上的沙尘，在她的脚边盘旋。她打了个冷战，向大门走去。

一位中年妇女给她开了门。不是保安系统，也不是机器人，而是一个女人——她是一位修女吗？只见她身穿一件直筒式的棉布灰色长袍，纯棉质地，是可消耗的材料。这位中年妇女的出现，几乎让特蕾莎克服了平日对陌生人的畏惧心理。她把两只手紧紧绞在一起，强迫自己不要退缩。

"我叫……特蕾莎·阿拉诺。我来找……"

"请进来吧，阿拉诺小姐，我是安妮嬷嬷。"她微笑着，可是特蕾莎无法回以微笑，她觉得自己的脸绷得紧紧的，"我就是那个在公共链接通信网上接你电话的人。随我来，我们到里面谈。"

她领特蕾莎穿过一个阴气沉沉、由石头筑成的门厅，然后打开一扇沉重的木门，里面的声音如流水般倾泻而出。

"哦……那是在做什么？"

"修女们在做晚祷告。"

特蕾莎停下脚步，呆呆地站着。她从没听过这样的吟诵。她的电脑系统里从未有过这样充满激情的声音。这里没有任何乐器，只有人声。每个人似乎都是经过基因修改的音乐天才。她听不清她们在吟诵些什么，然而具体是什么词，已无关紧要……重要的是吟诵者所表现出来的激情，以及对某种看不见、摸不着的事物的热忱。但——那是什么呢……

安妮嬷嬷轻声说道："你在公共链接通信网上告诉我，说你不是在信奉天主教的家庭里长大的。你以前听过祷告吗？"

"从来没听过！"

"大多数天主教徒，包括如今那些所谓的信徒都没有听过。请

走这边,我们找个谈话的地方。"

特蕾莎跟着她进了一间墙壁刷成白色的小房间,房间里只有一张桌子、一个终端机,还有三把椅子。木头椅子。特蕾莎突然脱口而出:"你没有被改造过,你们任何人都没有被改造过。"

"是的,没有。"安妮微笑着回答道,"我们必须吃,必须喝,我们依靠自己的努力和上帝的恩赐来维持日常生计。"

"有没有……有没有……"她在发抖,但是她决心说出自己想说的话,因为对于她来说,这太重要了,"——精神生活之类的东西?"

"有。我想,阿拉诺女士,你是不是该告诉我你来这里的目的。"

"我来这里的原因——"特蕾莎看着面前这位修女。特蕾莎曾让托马斯调查了一些她的相关背景资料:安妮嬷嬷,现年五十一岁,十七岁时就进入这个几乎与世隔绝的修女院,是仁兹天堂女修道院里八百四十九个修女中的一员。安妮·格兰维尔·哈特出生在堪萨斯州的威奇托,她从母亲那里继承了三百万美元的遗产——她母亲是一家叫做普鲁斯特·马德琳的面包店创始人之一。三百万美元全部捐给了修道院。至于安妮·格兰维尔·哈特为什么要到这里来,特蕾莎没有问,她只是顺从地尽力回答修女对她提出的每一个问题。

"我来这儿是因为我……我想找一些东西。"然后她等待对方发问:找什么东西?但这是一个无法回答的问题。她想象着,她只能嗑嗑巴巴、词不达意地回答,而安妮嬷嬷的表情先是困惑,然后越来越没耐心。直到后来,特蕾莎也感到完全绝望,陷入无可奈何的沉默之中。

但是安妮嬷嬷却说道:"你找遍了所能想到的各个地方,却没有发现目标。绝望中,你想到这里来试试看,但从一开始,你就说不出自己到底要寻找的是什么,你害怕你要寻找的根本不是天主教

徒所信奉的关于上帝的信念。"

"是的!"特蕾莎大为吃惊,"你⋯⋯你怎么会知道的?"

"你不是第一个来找我们的人,"安妮嬷嬷的神态十分安详,"也不会是最后一个。但我想,你可能和他们大多数人都不一样,阿拉诺小姐,为什么你没有改造?"

"我不能。"

"不能?你的意思是说,你的身体不适宜进行改造?"

"不,不是。我是说我就是⋯⋯不能。"

"你害怕自己成为行尸走肉。你认为精神的追求先于身体的需要,精神是生命的根基和源泉。"

"正是!"特蕾莎惊讶得屏住了气息,"哦,没错!只是⋯⋯"

"只是什么,阿拉诺女士?"安妮嬷嬷的身子在椅子里稍向前倾。这是一张用天然硬木做成的椅子,安妮嬷嬷那未经改造的身体不会一个分子一个分子地将木材消耗掉——将一张坚实的椅子"吃"得只剩一个千疮百孔的骨架。安妮嬷嬷的这张木椅子会永远都是一张木椅子。安妮嬷嬷的表情与杰克逊和卡泽埃的一样温和,但不知哪里有些不同。不同⋯⋯哪里不同呢?安妮嬷嬷脸上的表情不是小心翼翼的,没有怜惜,也没有屈尊俯就。安妮嬷嬷并不认为特蕾莎·阿拉诺是一个弱女子,或者是一个精神有问题的人。

于是特蕾莎开始滔滔不绝地讲述起来。看着眼前这张平静的、善解人意的脸,特蕾莎对陌生人的恐惧感不知怎么就消失无踪了。她心里的话像竹筒倒豆子一般倾泻而出,像海浪一样滔滔涌来,不可阻挡。

"我一直想要某种东西,我一生都在寻找着某种东西⋯⋯只是说不清那到底是什么!我要找的东西似乎没有人需要,甚至其他人都不知道我说的是什么。他们看着我的样子似乎我已经疯了一般⋯⋯事实上,我是疯了。我觉得压抑,我害怕空旷,并且十分容易紧张羞怯。我在家里待了一年多,几乎没出过门——只出去过一次。那一次的经历……我知道没有人会像我这样。我想要生活得……更有意义。某个比我的生命本身更重要的事情,某个值得我生存在这个世界上的事情,让我的生活具有了某种意义的事情……我欺骗了你,你知道的——我附和你,其实我没有改造,是因为我不想生活得那么程式化,'改造'对我来说是一个过于程式化的经历。我有钱,有一个富有爱心的哥哥,他站在我和外面的世界之间。我从不必为什么事情去奋斗——我的日常所需,机器人都会拿来给我。而在这个国家生活的大多数人,他们没有安全防护罩,没有足够的Y能量锥,甚至他们生下来的孩子也得不到改造针剂……我并不认为'改造'是件好事,对于人类的'改造',我十分困惑,我很清楚这一点。我之所以一直与别人不一样,是因为我想追求没有人能够拥有的东西——杰克逊说过,没有人能够拥有它,那是因为它根本不存在。我追求的是真理,真理是真实的,实实在在的,你可以用它来思考人生,你可以用它来思考什么样的生活才算是有意义。哦,我知道我说的这种真理不存在——绝对的真理,想要寻求它是天真而愚蠢的……但是我寻找了,不管怎样,我总要试试。我有托马斯帮着查遍各种资料:基督教、佛教禅宗、谷贝主义、印度教,还有就是'大变革'的有关内容……嬷嬷,我不是很聪明,当我还在试管受精阶段时,可能出了什么差错,因此托马斯帮我带回来的资料有些我可能无法理解。但是我真的去尝试了。我觉得那些信仰似乎互相矛盾,各执一词,所说的完全风马牛不相及。如果是这样,它们又怎么可能都是真理呢?而且每种信仰本身也有矛盾,其教义的各个不同部分也是前后抵触,或者与我所看到的世界也是不相符合。那么它们中的哪个才能算得上是真理呢?都不是!然后我就陷入了一无所得的茫然之中,剩下的只有这种渴望的心情。在我所知道的人中,似乎没有人会有我这种感觉。到后来,我觉得自己是如此的孤独,我想自己就要死了。我曾认真考虑过自杀,但是如果我自杀了,会给杰克逊多大的打击呢?他一直觉得我是他的责任……我不能这么做,我不能,这样做是不对的。只是……只是如果我找不到真理,我又怎么知道什么才是'正确'的呢?于是,我只能这样苟且地活着……过着这种虚无的毫无意义的生活。有时这空虚感是如此宽广无边,如此黑暗深邃,我觉得自己都快要窒息了,或者说完全迷失了,甚至找不到自我……无法找到自我,我的意思是说,我只拥有那个我不想要的自我!我真的太渺小了,除了这个渺小的自我,我什么也没找到。"

特蕾莎一口气说了这么多,现在终于喘着气停了下来。她刚才都说了些什么?对一个陌生人倾吐所有的心里话,而她甚至根本就不认识眼前这个神态安详的女人。特蕾莎觉得自己就像一个嘤嘤哭诉的孩子……

"你的追求没有错,"安妮嬷嬷说,"但你的结论错了。"

嬷嬷的语气很肯定,特蕾莎却觉得困惑。她并没有觉得自己说了什么结论之类的话,她还不能够得出结论——难道问题就在这里?

"我不明白,嬷嬷。"

"你多大啦,阿拉诺小姐?"

"十八。"她回答,同时期待着一个微笑。但是没有。

"你说你对各种信仰都进行了调查——从谷贝主义到禅宗,发现它们互相矛盾。不是本身矛盾重重,就是与你的观察、你的体验不一致,所以你觉得它们都不可能是正确的。你错就错在这里。"

"什么?"特蕾莎叫了起来,"我错在哪里?"

"它们都是真理,你所提到的每一种信仰都是真理。"

特蕾莎张大嘴巴看着她。

"我迷路的孩子,事实上,真理不是这么简单的,它是实实在在的东西。它的力量如此之大,它的光焰如此之亮,足以驱逐开黑暗阴霾——但它不像你所想的那么简单。"

"我还是不明白。"特蕾莎结结巴巴地说道。她突然想象着:卡泽埃正站在粉刷得雪白的墙角看着安妮嬷嬷。她的头微微倾侧,金色的眼睛里闪烁着轻蔑的光芒,微笑地看着她们俩。卡泽埃总爱笑。对了,是讽刺的笑。

"所有正确的东西,都有各自不同的背景环境。男人是好样的,但男人也会犯下罪孽。上帝是全能的,但上帝也不能为每个人做出选择。爱比正义更伟大,但正义比爱更高尚。如其不然,教会在经历了两千年的世事变迁后,怎么会仍然存在呢?有的时候,异教徒会被铲除;但有时,异教徒又占了上风;有的时候,我们自己就是异教徒。所有这些都是对的。但是,人类不能同时目睹所有这些真理,因此在每个时代,我们只看见我们所能看见的。真理也有流行时尚,就像其他事物一样。在时尚的影响下,人们都要随波逐流。"

"但是,嬷嬷……但是,如果所有一切都是正确的话……"

"那么探索者的任务就是要放下以自我为中心的观念,每个人都要尽其所能发现更多。"

"以自我为中心的观念",特蕾莎努力地思考着这句话的含义,"你的意思是……我们不能同时看到这所有的一切,因此必须相信其他真理的存在?"

"这只是其一,事实上涉及甚广。我们必须完全将我们狭窄的认识放在一边——我们的视野是有限的——来观察呈现在我们面前但我们尚视而不见的东西。"

"可是如何去看呢?"特蕾莎接着问道,语气更为平静,"如何看?"

安妮嬷嬷站起身来,走到门边,她打开门,震人心魄的声音又传进这个屋子。三十个,也许是五十个人的声音,同声吟诵,充满热情。特蕾莎合上眼睛,身子向前微倾,似乎这吟唱的声音是一股看得见摸得着的溪流,将她不由自主地裹挟其中。

"就像这样。"安妮嬷嬷说道。

对于沉迷在自我妄想中的人,讽刺总是最好的抵御之术。卡泽埃曾说。

"也是抵御任何感情危机的最好办法。"安妮嬷嬷平静地说道。特蕾莎的眼睛睁得大大的,心跳又开始加速,然后她明白了,原来自己在不知不觉中大声说出了那句卡泽埃曾经说过的话。

特蕾莎站起身来,只是她自己也不知道为什么要这样做。晚祷声在她周围此起彼伏,汇成一片甜美的声之海洋,就像奔涌而来的清流,可以触摸得到,可以感觉得到它的力量。她的心跳又一次加速,不过这一次不会再有发作的危险了,因为她的呼吸平稳而深沉。这就是她要找的,在她的心灵深处有一个声音在说:就是,就是,就是!

安妮嬷嬷仔细地观察着她,"真正属于这里的人少之又少,阿拉诺小姐。"

特蕾莎说道:"我就是属于这里的。"对于她来说,在一生中,她从未对别人如此推心置腹过。一切都结束了——那种无所依傍的不确定感,那种失落感,那种巨大的恐惧感,都消失了。其中最让她难以忍受的,就是恐惧感,但它和陌生感、相异感一样,都结束了。她到家了。

安妮嬷嬷微笑着面对特蕾莎,在激动人心的音乐声中,她的微笑也像是音乐。

"我想也许你能属于这里。那么,你现在愿意先进行一下初步的血检和骨髓检查吗?"

特蕾莎回以微笑,"检查?"

"作为给你定制大脑神经系统药物的依据。"

"我的……什么？"

"当然,我们为每个志愿者都定制这种药物。我们的实验室具有国际先进水平,是与萨拉纳克莱克的天主教耶稣会共同建立的。我们为你定制的这种药物可与波士顿、哥本哈根或者巴西利亚出售的同类药物相比拟。"

特蕾莎呆呆地说道:"我没服用过什么神经药物。"

"我们的这种药物,你当然是没有服用过的。"

"我什么也不要服用。"一股晕眩的感觉向她袭来,代替了美妙的音乐。她伸出双手扶住椅背。

"我知道,"安妮嬷嬷说道,"你没有改造过。但是,特蕾莎,它们与'大变革'不是一回事,这是一种可以让上帝的荣耀发扬光大的神经药物……当我说我们要摒弃以自我为中心的感觉时,你难道还不明白我的意思吗？"

"我也不知道自己是怎么想的。"特蕾莎喃喃道,晕眩的感觉越来越厉害,她紧紧地抓住椅背。

"我们的神经药物对乳头体丘脑的信道,以及与大脑皮层有联系区域的活动进行修改,这种技术与其他时代里通过禁食疗法。或者狂热的祈祷方式等进行的生物化学上的修改没有什么区别。我们在破解神经系统屏障之谜方面已经有了初步突破,比如我们可以提高注意力和认知能力。我们的目的是为了更好地了解上帝,为上帝带来更大的荣耀。"

"我得走了。"特蕾莎喘着气说道。她觉得一阵天旋地转,喉咙发堵,不能呼吸。房间里没有空气……

"怎么了,我的孩子——"

"我要……要走了！对不起。"

她跌跌撞撞地穿过敞开着的房门,晚祷声又在身边响了起来。她盲目地沿着走廊,摇摇晃晃地向前走。音乐声越来越响,气势磅

礴,摄人心魄。特蕾莎猛拉了一下女修道院的大门,门没开。她无法出声命令开门。她喘着气,在门上拼命地砸,直到有人大惑不解地出现在她后面,为她打开了门,她才一下子跌了出去。

门关上了,阻断了里面的晚祷声。

特蕾莎终于喘过气来。她在车里坐了好久,然后空中汽车升起来,向南飞去。

她最先去的那个部落,位于生活者在"大变革"之前居住的一个城镇废墟中,那里是生活者过冬的地方。三幢未被破坏的建筑都粉刷了生活者喜爱的色彩:紫红色、薄荷绿和鲜红色。在那幢紫红色建筑后面,一块被翻动过的土地上方大张着一张巨大的塑料布:那是一个摄取养料的采食场。采食场再往前是一堆破破烂烂的旧机器、一些小型摩托车,还有一些看上去像是水管的东西。从空中汽车向下望去,地面上的人显得那么渺小,那么微不足道。人们都停止活动,往天上看。由于强烈的阳光照射,他们都用手遮挡着眼睛,特蕾莎看不清他们的脸。

她不打算降落在这里,甚至连飞行高度也没有降低一点。她只是降下车窗,将装着改造针剂的包裹投了下去。一共十六支,都是杰克逊留在自家保险柜里的。针剂被包在一堆非自耗的花衣服里面。着陆时也许衣服会破损,但是米兰达·沙里夫的改造针剂不会摔坏。

包裹一着地,生活者们立刻蜂拥而上。特蕾莎一刻没有停留,径直往南飞去,回到曼哈顿东部。她知道自己是个伪君子。她并不相信改造针剂对人们会有什么好处,但是她仍然为生活者的孩子们提供了这些东西。她不相信神经药物是通往有意义的生活的途径,但是"仁兹天堂女修道院"的修女们认为,她们在那里过的就是有意义的生活。而她,特蕾莎,觉得自己的生活简直没有一点意义。她相信承受痛苦是一种幸福,却让机器人侍候她吃饭,过着养尊处优的生活,让杰克逊娇溺着她,让生物武器安全系统保护着她,让她不必担心会有太多的痛苦。

这一路飞来,卡泽埃似乎一直坐在空中汽车的前座上,与她同行,和她说话。

特蕾莎将车窗设置为不透明,不再看向窗外。她将头埋在两只手里,很困惑,不知接下来还有什么可以尝试。

"你做了什么?"杰克逊问道,他的语速非常缓慢,似乎担心话语会自动滑溜掉,因此得紧紧地抓住它们似的。

"我把它们给了生活者部落。"特蕾莎说道。

"你把我所有的改造针剂都给了生活者部落?哪个部落?"

"我不知道,只是随意选择的一个部落。"

"在哪里?"

"我不记得了。"

杰克逊将自己的手指紧紧地绞在一起,"你为什么要这么做?"

"因为他们需要它们,否则他们的孩子就会生病,就会死去。"

"但是,特丝,我也需要它们。我的病人如果生孩子,我也需要它们……难道你不知道那是我最后仅有的针剂吗?"

"知道。"她小声说道。她从来没有看到她的哥哥像今天这个样子——如此沉默。不,这不对劲,杰克逊通常都很冷静,不像今天这副模样。

"特蕾莎,它们是我作为救死扶伤的医生所不可或缺的东西,我需要这些针剂。米兰达·沙里夫再也不会给我们提供针剂了……这你是知道的。这个国家里的每一个医生都缺乏改造针剂,而且再也得不到补充了。如果没有这些针剂,我如何去帮助那些新出生的病人呢?"

"你可以给他们治病啊,杰克逊。"刚到家时她还有些慌张,但

她有足够的时间考虑如何回答这些问题，现在的她变得镇定一些了——只是镇定了一点点而已，"我们这个生活小区的人有你，可是生活者的婴儿呢，他们那里什么也没有。我想——"她停下不说了。

杰克逊强忍着情绪，说道："你想给他们一些东西。"

"我需要给他们送一些东西去！"特蕾莎叫道。

杰克逊转过身，向窗户边走去。他背对着她，看着外面的公园。特蕾莎往前迈了一步，然后停下来。"难道你不明白吗，杰克逊？"

"我明白。"他说。他仍然没有转过身来。

"而且你也能帮助我们小区里的人。"特蕾莎说，"你可以用你在学校里学到的东西去帮助他们，毕竟你是一个医生，不是吗？"

这一次，杰克逊没有回答她。

穿插事件

发送日期：2121 年 1 月。

发送至：月球，"月之女神"基地。

经由：ATT（美国电话电报公司），公共链接通信网 4 号卫星，全息卫星 643-K（中国）。

信息类型：未加密信息。

信息分级：未分级。

原发送者：未确定。

信息正文：

你们给了我们改造针剂，于是我们变得越来越依赖于你们这些非人类。然后你们中断了针剂的来源，于是我们开始挨饿，开始生病。你们这样难道不是想让我们的种族灭绝吗？你们以为没有人知道你们实际上都在干些什么吗？你们想错了，你们这些母狗。美国的许多团体都知道你们真正在做的是什么。你们计划削弱我们、控制我们,随后向我们发起攻击。然而你们的阴谋是不会得逞的,我们中的一些人不会被某些可恶的、自称"我们的政府"的懦夫们所蛊惑。我们等着你们从你们的藏匿之处下来。睡眠者比你们想象的要强大,我们珍惜上天赐予我们的一切,还有宪法赋予我们的自由。在过去的三百五十年里,有太多美国人为了让我们能够以和平的方式争取到自由而死。请记住这一点。

回执:无回复。

9

12月 31 日,杰克逊坐在自己的公寓房里,看着新闻网上的消息。他并不是真的想要看什么。他一直在抗拒着一个想法:到威洛比去——四月份将举行特别选举,为此进行的法定选民登记到今天截止。

"昨天在旧金山海湾小区发生的流血冲突事件持续了不到一个小时。"一个经过基因修改相貌英俊的新闻记者在冲突事件的全息录像前报道,"但是这一事件所产生的影响还在继续。小区警察局局长斯蒂芬·布鲁内尔表达了对此次攻击行动的愤慨和疑惑。据称这次暴乱是为搜寻改造针剂引发的,是由一个自称为'让生活者来控制'的恐怖组织所发起的。警方调查的重点是,Y 能量防护罩和小区安全防卫系统是如何被这个地下组织所突破的——"

当然是通过数据库侵入的啦。杰克逊心想。但是没有人愿意相信这一点,因为这意味着你承认了生活者具有学习操纵高深计算机技术的能力,具有夺取权力的能力。如此说来,顽固者的努力——几十年的努力——根本不能给自己提供什么保障。那些该死的教育软件、慷慨散发的资料、政府出资提供的简单消遣娱乐等,到头来却完全有违初衷。一些人认为,那些生活在底层的人,因为不需要工作,所以实际上他们才是生活在社会最上层的人。杰克逊转换了频道。

"——首都的顽固者生活区的购物商场里正在举行除夕夜庆祝活动。商场里温暖如春,温度控制在华氏72度①,那是为了让人们在这个寒冷的季节里也能身着袒胸露背的晚礼服。在这个尽情挥霍的狂欢节日里,大商场也是一番新气象,加里森总统和夫人将与人们共舞——"杰克逊又换了频道。

"——国际象棋比赛冠军伏拉迪米亚·伏尔特尼克,正在与他的挑战者古拉姆进行第四轮比赛——"他又换了个频道。

"——正在快速向佛罗里达海岸逼近,不幸的是,许多所谓的生活者部落都已经选择在那里过冬。尽管飓风凯特出现得较晚,但风力已经达到了每小时一百三十公里……"

惊慌失措的生活者们在用铁铲、棍子,甚至那些从破旧机器人身上弄下来的金属碎片,挖着安全防护壕沟,许多人都是赤身裸体。有一个狂风刮走孩子的特写镜头,孩子的母亲撕心裂肺地呼喊着。

"杰克逊。"是特蕾莎在说话。她赤着脚,杰克逊没有听见她进房间,他迅速地关掉了新闻网。

"杰克逊,我想问你一些事情。"

"什么事,特蕾莎?"她看上去很憔悴,比原来更瘦了。自从"大变革"时代——用身体直接进食,人的身体会自动知道需要什么营养——以来,神经性食欲缺乏症几乎已经销声匿迹,但杰克逊觉得,没有经过改造的特蕾莎已经临近食欲缺乏症边缘了。他可以看到她细长的胫骨,领口处的锁骨突了出来,头发没有光泽。彻底的身体检查结果让他觉得很失望:骨质密度不够,红白细胞数量也不正常,脑脊髓传递质和新陈代谢过程都存在缺陷——没有什么是正常的;心脏、大脑皮质,甚至荷尔蒙都偏离正常值;还有,她体内的生物胺亦呈病态。

①相当于22摄氏度。

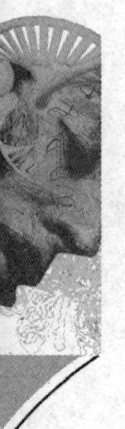

"特丝……你得多吃点。我以前就告诉过你的,你也答应了。"

"我知道。我会的。但是我一直在埋头写书……我想一切都会好起来的。文章里的一些段落说的不仅是蕾莎的感受,也是我心里的感受……对了,你能否给我推荐一些有关亚伯拉罕·林肯的材料——关于他的生活和政治生涯的材料?"

"亚伯拉罕·林肯?"

"蕾莎·卡姆登曾写过一本关于林肯的书,是托马斯告诉我的,可我对于林肯总统的事情几乎一无所知。"

特蕾莎对历史从来不感兴趣——从来不。事实上,她连最基本的历史常识都不甚了了。杰克逊问道:"那你为什么不干脆引用蕾莎书中的原文呢?"

特蕾莎的脸上露出羞愧之色,"我觉得不合适。我让托马斯念给我听过了……噢,我需要更简单明了些的,你能帮助我吗?"

"当然。"他温柔地说,然后他又添了一句,"你的关于蕾莎的书进展得怎样了?"

"哦,你知道的,"她用一只手在空中随意地挥舞了一下,"在脑子里进行构思的书与写在纸页上的书总是有差距的。"

"不妨试试'即查即有'软件,它们是超文本格式的,可以解释很多事情,很不错的。我不记得你需要找的东西的确切题目,但是托马斯可以帮你找到它。"

"谢谢你,杰克逊。"她微笑地看着他。她纤弱的身子看上去就像不停旋转着的玻璃器皿一样,随时都会停下,破碎,"托马斯会找到它的。是叫'即查就有'软件吧?"

"'即查即有'。"

她走出房间的时候,他看到她赤裸的双脚脚踝处几乎没有肉,骨节明显地突了出来。

在一片空白的墙面屏幕前,杰克逊默默地坐了好几分钟。针剂混战,对顽固者居住区的袭击,绝望的生活者,特蕾莎,亚伯拉罕·林肯。他想起了林肯的讲话,它从他有关学生时代的记忆中浮现出来:投票选举的力量更胜于武器弹药。

但是没有人再相信投票选举了。在他认识的人中,没有人再相信这个了。

除了莉齐·弗朗思。

他将空中汽车降落在离部落几百英尺远的地方。记得差不多两个月前,那些邋里邋遢的年轻生活者曾聚集在这里;而现在,那些衣衫褴褛的年轻人中的一个就要成为政府行政长官的候选人了。

有人不急不忙地向他停车的地方走来,是维姬·特纳。杰克逊摇下车窗,冷冽的冬季寒风猛然穿窗而入。

"杰克逊·阿拉诺医生,荣幸之至。我还以为你一定是在什么新年除夕晚会上呢。你是不是想来看看这里发生的一切会不会令你满意?我们已经取得了实质上的进展,不只是因为一时的心血来潮而放弃掉生活者惯常的生活方式。"

杰克逊不由得蹙眉,"我来这里是想看看那个计划进行得怎么样了。"

"如此不置可否的答语,你在医学院的心理学教授会以你为荣的。事实上,我们正在花更多的时间对那些尚未登记而且显然冥顽不灵的家伙做最后一次的努力呢,也许你能带给我们一点鼓舞。"

"特纳女士,我查了你的信用等级,很差。可能是因为你曾经被基因标准事务局逮捕过,以及后来发生的……一些不愉快事情所致吧。但是要说你在其他地方没有用其他名字开户的秘密账户,这点我根本不相信。为什么你……你不为你所在的这个部落购买一辆空中汽车呢?"

"你错了,杰克逊。我没有藏匿在别处的钱。我的钱财全花光了。"

"干什么用了？"

她没回答，只是似笑非笑地看着他。突然间，杰克逊明白了，那是在"大变革"中发生的事了，他想起了维姬·特纳在那场战争中所起的作用。她竭力劝说美国人相信改造针剂不是无眠者用来奴役生活者的阴谋；并且劝说美国人不要为了人类在生物学上的巨大改变而自相残杀，同时劝说美国人停止向华盛顿发起攻击。维姬所做的这一切花光了她所有的积蓄，但她并不为此后悔。

他突然脱口而出："你让我感到自愧不如。"

在这一瞬间，她的神情变得温柔起来。透过这张易变的人面面具，他看到了一些什么呢——一种渴望，还有一丝落寞。然后，她又微笑如往昔，"那么你如何来赎回你的这份羞愧之感呢？私下里给那些犹豫不决的投票者来一点鼓励吗？"

杰克逊没有回答。她让他再一次想起了卡泽埃，他也再一次觉得自己像一个装模作样的傻瓜。

莉齐和肖基也向空中汽车走来。莉齐抱着德克，天气太冷，她将孩子裹得紧紧的。肖基身穿黄色夹克，外加一件灰不拉叽的外套，耳朵上挂着那种用古董汽水罐做成的装饰物。他的右肩上有一块奇怪的东西，走近后，杰克逊才看清，原来是一个红白蓝三色的花朵。

维姬低声咕哝着："……他们甚至从来没有听说过雅各宾党人[1]。"但是，她看着莉齐时那种慈爱的眼神是真实的。

肖基说道："医生，你来啦！最后的关键时刻和我们在一起，你也可以学到一些东西。"

"没错，医生。"维姬说道，"毕竟，这是政治史上一个令人惊讶的新创举——这是下层民众对上层民主政体展开的一项运动。"

---

[1]法国大革命时代的激进民主主义者。

莉齐兴奋至极，几乎是蹦跳着过来的，"如果我们能说服这些人同意今晚登记注册，阿拉诺医生，参加投票的生活者就达到 93% 了，冬季里生活者投票的人数将达到 4411 人。按你说的，苏珊娜·威尔斯·利文斯顿并不是真正的候选人，只是与唐纳德·托马斯·塞拉诺一起参加竞选，聊作陪衬，那么塞拉诺几乎有可能得到每个顽固者选民的选票——那将是 4082 张选票。因此，即使我们不能说服这个部落参加选举，我们仍然能赢。"

"我仍然能够获胜。"肖基说道。

"没错，你仍然能赢。"莉齐说道，杰克逊见她已得意忘形，都顾不上像平时那样与肖基斗嘴了，"我们就要赢了！"

杰克逊看了一眼维姬，她点点头。

"莉齐……"杰克逊刚开了个头，却又停下不说了。他真的不想打击莉齐的信心，很长时间里他都没有见过这样的热情了——为了有意义的事情而表现出来的真正的热情，"莉齐，即使你的登记投票的人数占了多数，也不一定能够保证你赢。离四月份的正式初选还有三个月时间。在这三个月里，唐纳德·塞拉诺会尽他所能，说服你们的生活者投他的票。而每一个顽固者政客都将会帮助他，包括他所谓的竞争对手苏珊娜·利文斯顿。因为如果你们赢了，就会为选举外人进入政府机关开启一个具有潜在破坏力的局面。"

"我们不是外人，我们！"肖基的眼里闪着光。

"对于顽固者的政府机构来说，你们是外人。他们不想你和你们的人做出影响他们的决策，即使是地区行政长官做的一些微小的、无足轻重的决策也不行。他们想让你们继续充当局外人，他们会用金钱收买在威洛比登记注册的每一个选民。他们有 Y 能量锥，有音响系统，有医疗机，有食品和小型摩托车，以及其他各种可供享用的物资——这些他们都可以立即提供。"

莉齐脸色难看地低头看着熟睡的婴儿，"你认为我们会输

吗——如果我们也像他们那样买选票的话？"

杰克逊平静地说道："如果你想像他们那样买选票的话，那你得等上一百年。"

"但是我们不必等了！我们现在与往日不同了，我们！自从'大变革'以来，我们不再需要你们了！"

"这正是现在我们需要你带我们一程的原因。"维姬说，"杰克逊，我们找你找对了。莉齐，肖基，上车。"

他们上了车，维姬叮嘱了他们几句，一行四人不发一语地在起伏不平的丘陵上空飞行了几分钟。地面上，高低不平的丘陵地上一派冬天的萧索景象，到处是被风刮倒的树枝、枯萎的灌木丛、黏湿的枯枝败叶、积雪深深的幽谷。最后，杰克逊说道："你们想要我在他们的……营帐边上降落吗？是不是不要让他们看到在生活者中有一个顽固者参与进来呢？"

"不必，"莉齐说，杰克逊觉得很惊讶，"你也来。这些人——他们就是应该见见你。"

和许多地方的生活者一样，这个部落在一个废弃的食品加工厂里过冬。杰克逊猜想这里原本是一个加工苹果的地方，四周的丘陵地区曾覆盖着一片片果园，但如今都荒芜了。没有人出来迎接他们，莉齐怀抱着熟睡的德克，在前面带路。他们绕到建筑物后面，那里有一个塑料篷布覆盖着的进食场地，午餐正在进行当中。

六七十个生活者在采食场上或躺或坐，赤身裸体地围在被翻起土地上，吸收着养料和阳光。一时间，杰克逊脑海中闪现过卡泽埃带他去的那个特里·艾默里的派对，但这两者之间是不同的，不可混为一谈。这些生活者——唉，杰克逊不愿意承认这一点，因为这让他想起了人性中最丑陋、最糟糕的一面——就像埃莉·莱斯特那种人。这些生活者真的很令人厌恶。

他们有着多毛的后背、下垂的乳房、松弛的大腿和腹部；他们

身体比例毫无匀称美可言，脸部五官不是挤成一堆，就是分得太开，或者比例不当；尽管每个人都因为有了细胞清洁机，皮肤显得健康光滑，没有瑕疵，但这也是枉然。医师实习期届满以来，杰克逊曾目睹过最为完美的、做过基因修改的身体，现在他才想到，相形之下，大多数人类都是非常丑陋的。

维姬坐在他的车里喃喃道："即使对于像你这样的一个医生来说，看到此情此景，是不是也很吃惊？"

莉齐说话了，她没有什么开场白，一上来就直奔主题："我们又来了，我们。和你们再说说这次选举的事情，珍妮特、艾莉、比尔、法尔拉——你们都听好了。"

"我们还有别的选择吗？我们。"一个皮肤松弛、身体赤裸着的中年妇女咧开嘴笑着，她肥大的臀部就像被吹得鼓鼓囊囊的气球，"莉齐，把你的小宝贝递给我。"

莉齐将德克递过去，随后脱下自己的衣服，肖基和维姬也都很自然地跟着做了。维姬对着杰克逊咧嘴一笑，"入乡随……"

他不想让她——也不想让他们中的任何一人——来催促他，于是他也脱下夹克衫，然后脱下衬衫。

"喔，太棒了！"那个中年妇女叫道，一面对着尴尬的杰克逊大笑起来，"可是，莉齐，你告诉我，为什么你要带上这一对顽固者过来呢，还有你那所谓的候选人？"

"我可不是什么'所谓的候选人'，法尔拉，"肖基好脾气地说道，"我是威洛比的下一任行政长官，我。"

法尔拉咧嘴大笑。

杰克逊陷入了困窘之中。他站在那里慢慢地解着裤子……尽可能地拖延时间。生活者已经习惯了这种在公共场合裸露身体进食的方式；顽固者也是这样——但是顽固者类似的采食行动是在专设的隐秘房间里进行的，那里灯光柔和，清香阵阵。在这里，像肖基这样的年轻人虽然裸着身子，却是神情自如，平静如水；而杰克逊，却不知为何有一种想要勃起的冲动。

"来吧，杰克逊，"维姬轻轻地说道，"公开你家族的基因修改特征吧。"

他生气地向她转过脸去——为什么她总是将事情搞得更糟？——果不其然，事情马上就开始变得糟糕起来了。她裸露的身体美得炫目，乳房虽然没有卡泽埃的大，却更加坚挺；窄腰，细臀，修长的腿……阴毛是红金色的，周围的绒毛色泽略浅，像一层面纱般覆盖着……

"哦，我的天哪！"维姬叫道，"你的家人为你花的钱真是值得。"然后，停顿了片刻，她又换上另一种不同的腔调，"来吧，杰克，笑一笑啊。"

他空洞地笑着，努力想自我解嘲，但他知道自己做不到。

莉齐继续推销她那一套说词："你们要照我说的去做，在今天晚上 11:15 至 11:50 之间登记注册，这样等他们发现、想让更多的顽固者再行登记注册时，就来不及了。我们人多，一定能赢。如果我们赢了，我们就能得到拨款，就能将物资仓库堆满，就能得到我们所需要的一切。你们说，到了那时，还有什么你们需要的东西是得不到的呢？"

"这是当然。"一个看上去愁眉不展的小个子老头说道，"去他的，我投你一票，肖基，你当过市长，还有，我记得那个时候也并非所有的候选人都是顽固者。那是很久以前的事了，你们这些小孩子还都没有出生呢。但我想知道的是，如果选了我们中的一个，那些顽固者会让我们付出什么样的代价呢？"

肖基说："没有什么代价需要我们付出。"

"哦，孩子，总有代价的，他们一向善于开价，他们。"

肖基被激怒了，"举例说说看，马克斯，顽固者会对我们怎么样,啊,他们？"

"他们有什么事做不出来的,他们？ 他们有武器,有警察,他们可以改变他妈的气候, 我听说过的——至少能对天气产生一点影响。我们现在这样的日子已经比过去好多了。我们真正需要的东西都有了,那些不值得我们关心的事情是无法吸引我们的。"

"但是如果这样,事情永远都不会有所改变!"莉齐叫道,"我们永远也不能做成什么事情!"

老头子说道:"那还不是一样,你老将眼睛盯着天上,保准在岩石上翻个大筋斗。"

"但是——"

"但是他们和顽固者在一起," 另一个男人突然插进来说道,"不仅仅是生活者,要绊倒的话,他们要我们大家一起绊倒。"

莉齐说:"维姬和阿拉诺医生不是——"但维姬打断了她,维姬直视着那个男人。

"没错。他们有顽固者和他们在一起。我是维多利亚·特纳,原来在基因标准事务局工作,这位是杰克逊·阿拉诺博士,一位医生,第十技术公司的业主,一个大企业的业主。莉齐不是孤军奋战。如果顽固者那方有任何想在选举中击败他们的举动,阿拉诺医生和我会动用一切力量进行反击。"

杰克逊注视着这场唇枪舌剑,那个男人冒失地问道:"为什么——为什么你会站在莉齐一边,你？"

"是我的一边。"肖基不高兴地说道。

"因为,"维姬说,"我相信这个国家。"她伸出手去抓起肖基丢在那儿的衣服,从夹克肩膀处将那个红白蓝三色的花朵饰物一把拽下,并将它递给了那个男子。

那个男子哼哼着,但还是接过了这个饰物。那个叫马克斯的老头子咧嘴笑了。法尔拉突然说道:"好吧,肖基,告诉我们,如果我们选了你,你会为我们做什么?"

人群里有人咯咯地笑起来,"对,肖基,给我们来个就职演说,你。"

"好的,我会的。现在,生活者们都听着,大家都听好了!"

"让武器屈服于宽外袍①。"维姬低声呢喃道,"杰克逊,放轻松吧,有人要讲话了。"

他们离开法尔拉的部落时,天已经黑了。辩论进行了一个下午,又持续到傍晚时分。人们互相叫喊,互相辱骂,甚至互相威胁恐吓着。进食完毕后,他们各自回到昏暗但却温暖的小窝里。用各种物品分隔开的小卧室里面,有被砸扁了的椅子、一些手工制作的工艺品,还有一些瘦得皮包骨的兔子,以及一个昂贵的终端机,上面有第十技术公司子公司的标签。是偷来的吗?Y能量锥给这个阴冷的大空间带来了温暖——这是杰克逊从第十技术公司拿来送给莉齐的那批能量锥中的一个吗?也许是肖基弄来的,他懂得讨好选民的重要性。

太阳落山的时候,德克开始闹腾起来。"他该回家了。"莉齐说道,"安妮外婆要担心了。阿拉诺医生,请开车送我们回家吧。"

杰克逊想,莉齐这样对他指手画脚,别人可都看在眼里了。他竟然成了竞选活动的一枚棋子,另外还要奉上公共交通工具——没有他的空中汽车,他们就要在寒冷的冬日里跋涉在长长的山路上。不对……没有他的空中汽车,他们就不会待到这么晚,也不会争论得如此激烈。维姬看着他,咧嘴笑了。

"我太激动了。"莉齐此刻坐在车里,"只有几个小时了!德克,安静。乖宝宝,小心肝儿,不要吵。再过几个小时,我们就有4411个选民了——至少也有这个数!威洛比的生活者将全部同时注册登

① 代指参议员的职位。

记！"

肖基说："你能肯定那些乡下人知道网上登记注册的程序吗？"

"山姆·巴特莱和塔莎·赫伯特已经给所有的部落讲过两次了。每个人都知道如何去做。一定能行的。"

令杰克逊略感惊讶的是，事情果然不出莉齐所料。晚上 11 时整，除了那些已经睡下的小孩子，所有人都围拢在莉齐的终端机前。莉齐制作了一个标牌，标题是：**威洛比县选民**，下面分成两列，分别是**生活者**和**顽固者**。"顽固者"下面的数字一直保持不变。每增加一百个选民，一面美国国旗图标就闪动一下，并伴有音乐响起，一个小人就会按一下投票按钮。整个程序演示完毕后，开始发送色彩缤纷的全息图像，并以全息焰火图结束。站在杰克逊左边的维姬说道："这有些像新年的庆祝活动、小型摩托车明星赛，或是在坦慕尼大厅里举行的活动之类的。"

"大家准备好！"肖基说道，"现在是 11 点 48 分！"

杰克逊看着屏幕，只见"生活者"的人数突然向上猛蹿，很快便超过了"顽固者"的人数。国旗频频闪动，人们欢呼雀跃，声音响彻了这个"曾经伟大的国家"。安妮·弗朗思说道："哦，我的天！"数字还在继续往上跳跃，后来速度快得简直像活了起来。全息烟火发出噼噼啪啪的声响，杰克逊医生周围的生活者们喊叫着，互相拥抱着，高兴得上蹿下跳。

午夜到了。"生活者"选民：4450，"顽固者"选民：4082。

"我们成功了，我们！"肖基大叫起来。

"威洛比县新一届行政长官万岁！"

"肖——基！肖——基！"肖基突然双脚倒立，用两只手撑在地上绕着圈走——这大概是生活者们庆祝胜利的一种仪式，杰克逊猜测。突然间，他觉得疲倦极了，这时，他的移动电话响了起来。

"杰克逊，回答我，立刻。"

是卡泽埃。真该死,她是如何这么快就得到消息的?现在不过十二点零六分,难道她正好也在屏幕上目睹这场选民登记活动吗?还是她用了什么标记程序,提醒自己注意到这场不同寻常的政治风波?杰克逊突然有了想和她谈谈的冲动,他很想找个人谈谈。于是,他走到一个相对安静点的角落,面对墙站着,遮挡住手机的小屏幕,这样卡泽埃就看不到这个房间里的情况了。

"卡泽埃,你这么早起来是要干什么呢?"

"你在哪里,杰克逊?"

"和朋友在一起。怎么啦?"

"宾夕法尼亚的威洛比县刚才又登记了4450个选民,就在登记期限截止之前。他们都是生活者。还有,刚收到一份请愿书,第三位候选人要求参加地区长官的竞选,以填补埃莉·莱斯特死去的曾祖父的空缺。"

杰克逊说:"你是指哈罗德·温思罗普·韦兰的那个位置吗?"

"韦兰年纪太大了,政府办公室的工作一直都由他的曾孙女负责打理。还有,我补充一点,选举这件事对第十技术公司相当有利。你知道的,地区行政长官要做的不仅仅是将物资仓库堆满,在幕后,政府机关的控制权——算了,跟你说这些你也不明白。但是,杰克逊,这次我跟你说真的,有的人早就预料到会有什么事情发生,这就是为什么我会立刻得知此事的原因。让生活者掌管政府机关,去他妈的!"

"投票登记是合法的,不是吗?"

卡泽埃用手拢着头上的黑色鬈发,"问题就在这里,它确实是合法的。让更多的顽固者也来登记注册为时已晚——而且我们不能明目张胆地在选举程序上做文章,所有的媒体都在看着啊,因为这是一个有着轰动效应的新闻题材。我已经打电话给苏珊娜·利文斯顿和唐纳德·塞拉诺以及他们的竞选程序师。即使只为担心第十技术公司可能受到的潜在影响,我想你也应该出席我们的会议。你知道我们在投资上和这个县和这个州的的关系有多深吗?这还只是整个形势对我们有所影响的一个方面,还有其他的……"

"不去,"杰克逊慢条斯理地说道,"我不去了。"

"好吧,那我就为你做个会议摘要。一般情况下,我不会让你卷进与政治有关的事件中,但是这一次——杰克逊,你还是一直不明白政治形势对我们有着怎样重要的影响,第十技术公司与政治是分不开的!"

"在我看来,第十技术公司只是一个企业,一个生产必需品的制造工厂。"

卡泽埃叹了口气,"好吧,随你。不管怎样,会议明早九点召开。在我那里召开。"

杰克逊不发一言。在他身后,狂热的庆祝气氛已经渐渐平息。他觉得有人正盯着他看,他转过身,只见维姬站在三米开外,满不在乎地听他说话。

"杰克?"卡泽埃的影像出现在手机的小屏幕上。

维姬轻声说道:"如果你不告诉她你在帮助我们,她大概永远也不会知道。"

"杰克?你还在听吗?"

维姬说道:"你可以只管回去,再为他们那一边工作,保护好第十技术公司的政治触须,失去……什么?你认为你会失去什么吗,杰克逊?"

"杰克!"

杰克逊将手机举高,并调整了一下镜头的角度,让卡泽埃可以看到部落的房屋,然后是维姬,然后是他本人。"我在这儿,卡泽埃,在威洛比。还有,是的,明天上午我会参加你的那个会议,解除第十技术公司与投票结果之间的利益关系,但这并不表示我会否决投

票结果。"

卡泽埃惊得张大了嘴。她还没来得及说什么,杰克逊就挂断了电话,并给手机发了一条指令:在未来六个小时内,什么电话也不接。他转身面向维姬,"我想要你知道,我不是你们投票活动的一个破坏者,也不是一个政治改革家。我只是医生。"

她说:"但现在这种局势需要的不是一个医生。"

"那么你总是见风使舵?你没有自己的选择吗?"

"你说得对,我的大脑只是一连串的化学物质,它能够对刺激作出反应。"

杰克逊说:"可你并不相信这些。"

"是的,我是不相信。但是你呢,你相信吗?"她说着便走开了。

他注意到,她是说完最后一个字才走的。生活者们这会儿正零零散散地坐在椅子上,莉齐、肖基和比利·华盛顿在大声地计划着什么,其他人则不停地打断他们。杰克逊扫视了一眼这群懒散的人——身体比例不协调,毫无优雅可言,没有受过教育,爱争吵,行为粗鲁,穿着嘛——只是勉强遮体而已,毫无品位,又过分花哨,都是些免费发放的塑料制品,或者编织机器人编织的粗糙衣物。

他离开了这场政治聚会,回家去了。

第二卷

2121年3月～4月

"联盟需要有个界定,如果'我们'承担着任何的义务,那么这个'我们'必须定义在某种基础上,一旦有一个'我们',就一定有一个'他们'。"

——詹姆斯·Q·威尔森《论道德观念》,1993年

10

詹妮弗坐在庇护所内她的书桌前，用一支黑色的书法笔画着什么。令人惊讶的是,她竟然有空闲埋头于这些琐碎的事情上面。她没有使用画图程序,而是用真正的墨,在真正的纸上作画。她每天都用二十分钟时间作画,想到什么就画什么。是为了让你能更加集中注意力吗?庇护所的通信总监卡罗琳·瑞雷曾这样问过。詹妮弗的注意力根本不需要集中, 作画只是让她得以从没完没了的需要集中注意力的事务中解脱出来,放松片刻。问这话,只说明卡罗琳对詹妮弗了解太少了。

圆柱形的轨道庇护所里, 她的办公室位于"南"端,与庇护所会议厅共在一个圆顶天穹下。而"北面"则是农庄、居住区、实验室和公园,那里景色宜人,井然有序。詹妮弗的书桌面对着太空。

年轻的时候, 她一直不喜欢将她的控制台面对着茫茫太空的那片黑暗。无论是在办公室,还是在会议室,詹妮弗总是面对着庇护所,以及它柔和的人造太阳。在地球漫长的监禁生活中,她开始明白,这是一个不可原谅的弱点。现在她将椅子的位置重新摆放,这样她就能永远面对太空。有的时候,她面对着一片虚空,只见恒星如此遥远,即使无眠者的技术也是鞭长莫及,永远无法达到;有的时候,她面对着地球,地球的影子覆盖住了整扇窗户,她会感受到一股沉重的压力, 这让她想起了往事——为什么她和她的人要

逃亡至此。无论是望向太空，还是望向地球，詹妮弗都会陷入沉思默想中，为了自律，为了提醒自己。

她无法带领她的人逃得更远，远离她的敌人。去月球上，这是个不错的主意，但米兰达已经先她一步去了那里，带着她的那些叛徒。那些经历了基因改造的下一代无眠者，本应该能够继续发展他们优于睡眠者的优势，然而他们不但没有如此，还背叛了他们的创造者，背叛了他们慈爱的长辈，并将自己的长辈以叛国罪的罪名送进了监狱。

火星上已经有了好几个国家的殖民地，乱得很，无眠者在那里已经挨了好几颗从背后射来的子弹。

提坦星属于日本人，他们的势力正在向太阳系中的其他卫星扩展。经过一两代人，甚至三代人的时间，他们就有可能将目标对准土星轨道庇护所，或者木星轨道庇护所，就像美国曾经将目标对准了最早的地球轨道庇护所那样。到那时，恐怕詹妮弗的曾曾孙辈们又得浴血奋战了。

没地方可去，她的人没有别的地方可去，除了这个地球轨道上的庇护所。然而这个在纳米技术出现之前就存在了的、由钛和钢铁建造起来的天堂，是那么的不堪一击，她无法直接与地球抗衡。她试过，但她失败了，并为此在监狱里待了整整二十七年的时间。当你面对这样的对手——他们追逐、诽谤、杀害你的人，而你面对这样的敌人，既不能打，又不能逃，那你只能转入地下活动。使用阴谋诡计，采取秘密行动，利用敌人的弱点来对付他们，巧作安排，让他们永远也不知道，是什么夺去了他们的力量。这样做虽然不能得到公开的胜利，但是詹妮弗已经学会了一点——即使她不能争取到辉煌的荣誉，这样的成果也可以将就了；只要她能够争取到她最想要的东西：她的人的安全。这是她的责任。

责任，自制力，义务。还有道德观，没有道德观，什么成就也谈不上，也就无所谓伟大。地球上的人已经忘记了那些道德观念。那个斯特科夫，典型的唯利是图者，每次为了钱而制造病原体病毒时，都在背叛他自己的良心。美国的顽固者们让庇护所在法律上和经济上都纳入美国的势力范围之内，这当然是为了轨道庇护所的巨额税款。他们也背弃了自己的道德观；在 Y 能量防护罩保护着的顽固者小区里追求着空虚的快乐。

留下的只有太空。

只有轨道上的庇护所。那是她要尽到自己责任的最后堡垒。世界上其他地方已经忘记了，"公共社区"既有一个社会的基础，也有一个生物学的基础。一个人不仅仅属于他所选择的那个社会团体，而且还属于他所诞生的那个群体，无论是从职业分工，还是从地理分布上来看，都是这样。他的第一职责就是忠实于曾经养育过他的那个社会，否则世代生生不息的整个链环就会折断。而这种忠诚必定是一种选择，而不是无所用心、人云亦云的教条。这样，他才能成为真正意义上的人类。人，可以选择他出生的那个群体，也可以不选择，但任何选择都必须是符合道德规范的。

睡眠者为眼花缭乱的技术所迷惑，已忘却了这种道德观。技术本应成为人类的奴仆，而不应成为人类的主人。睡眠者已经走得太远，他们这样会毁了自己。詹妮弗的任务就是要确定：睡眠者没有首先毁灭庇护所的能力。

她终于完成了这幅用墨作的画。她画的是一个复杂的几何图形，线条和角度都极其精确，就像是用量角器画出来似的。她一向喜欢画几何图形。预定的画图时间还有四分钟，她开始在纸的下部画上另一个图形。

"詹妮弗吗？发生了一些事情，你应该去看看。"是保罗·阿利昂的声音，他是沙里夫企业集团的财务副总监，现在正站在门口。像卡罗琳·瑞雷一样，保罗是迫使合众国同意庇护所分离出去的十二个无眠者之一。他的孙子也背叛了他,于是,他被判入狱,在艾伦代尔联邦监狱里待了十年。他是完全可以信任的。詹妮弗转动了一下转椅,微笑着将整个脸对着他。

"你看。"保罗递给她一沓打印出的材料。他有着基因修改后的英俊容貌,行动轻快敏捷,有如年轻人,但此时的他已经七十岁了。"这是卡罗琳的标记程序在地球上的各频道里摘要出来的,标记的主题词是'比利·华盛顿'。他是一个生活者,他——"

"我记得他是谁。"詹妮弗说道。庇护所一直在监视着基因标准事务局的数据库,当然还包括其他大部分政府部门的数据资料。比利·华盛顿,他的妻子安妮·弗朗思,还有安妮的孩子,都是米兰达生物实验的第一批实验品。另外,顽固者基因标准事务局的那个特工隐藏得那么深,即使是庇护所也无法弄清他或者她是谁。

保罗说道:"程序还标记出了'莉齐·弗朗思',华盛顿的继女,今年十七岁。她和她部落里的人正在推选一个候选人,准备进入政府机关。"

"一个生活者候选人?"詹妮弗浏览着打印资料。虽然这些材料反映了睡眠者惯常喜欢追求轰动效应的作风,但她还是能够在夸大的言辞中分辨出事实真相来。宾夕法尼亚州威洛比县的生活者们已经登记注册,准备参加投票——这曾经是生活者忠实不渝地去做的事情,但是自从米兰达·沙里夫将百分之八十的公民进行了改造,让他们退回到游牧生活状态之后,生活者们对投票选举早已不感兴趣了。他们的游牧生活既不需打猎,也不需放牧,只要有阳光就行了。这些宾夕法尼亚的投票者打算在四月一日举行的一次特别竞选活动中,选出他们自己的候选人—— 一个生活者候选人。

詹妮弗坐着一动不动,沉思着。保罗说:"从我们的利益出发,可以从两个方面来看待这件事。其一,睡眠者中将会有更多的纷争,他们的注意力将更集中在相互之间的争斗上,而没有多余精力来顾及我们这里——无论我们作何选择,他们都无暇顾及;其二,不利于我们的一面,那就是生活者一旦掌权,将产生我们必须加以防备的第二个政治实体,与顽固者相比,他们是我们更不了解、也更难以预料的一股力量,这是对我们不利的一面。他们的新闻频道确实认为生活者掌权的可能性很大,甚至流露出那些近乎歇斯底里的夸张之词。"

詹妮弗再一次扫视着打印资料的大字标题:

现任政府面临威胁。"呼吁按照生活者的方式进行改革。"地区行政长官候选人如是说

让孩子们来管理孤儿院,废除修正案第十四条

合法的寡头统治集团是一个行将寿终正寝的政府吗?

中立派委员会开始着手调查令人震惊的竞选活动始末

"让人民做主"——不合时宜的场面话,掩饰政府的困境

多数派领导人班尼特称:重新审议《选举投票登记法》时机已到

保罗说道:"我曾运行了一个叫做艾斯勒价值推测的程序,来估计这种可能性究竟有多大。如果生活者候选人赢得了这场选举,它的影响将远不止一个县,类似事件的发生率为 4.71。如果一个生活者在这场竞选中获胜,那么他将有 87% 的可能性成为整个政治体系中起根本性作用的核心力量。"

"他能获胜吗?"詹妮弗说。

"不能。"

"是因为钱吗?"

"当然。顽固者竞选候选人将会用钱来购买选票。"

"那么我们所关注的是……"

"一个测试场所。"保罗用手拢拢头发,一头浓密的、闪着光泽的褐发。庇护所的男人们都留着短发,发式也相当简单,庇护所的

女人也是这样,詹妮弗长垂的黑发则是一个例外。她将长发盘成一个髻,低低地垂在脑后。威尔说,她这样打扮,看起来像个罗马贵妇。这是近来威尔说的少有几句让她高兴的话之一。

保罗继续往下讲:"我知道我们计划在某个顽固者小区里测试斯特科夫开发的病毒,毕竟顽固者才是我们的目标人群。但是,如果用生活者部落来做实验,可能会更好些。我们与这场选举毫无瓜葛,不用承担责任,不会有人向我们提出责难,没有人认为我们会卷入此事。"

"但是生活者选民在冬天的时候不是都住得很分散吗?在他们中间传播这些病毒会很困难。"

"事实并非如此。"保罗说道,"威洛比县都是高山和丘陵,那里的冬天冗长而沉闷。这个县只有二十一个生活者营区,他们所有人都是在塑料帐篷里进行地面采集进食,小型遥控飞行器很容易渗透到他们内部去——他们没有任何雷达装置,而这在顽固者小区里是显然不会缺少的东西。这是最新印制出来的地图。"

詹妮弗研究着地图,点点头,"好吧,我明白了,如果生活者输了这场选举,对我们整个计划的影响自然也会消失,是吗?"

"一切都会与原来一样。然后,我们就可以继续向顽固者小区开展行动。"

"好吧,就这么做。这也算是一个很有意思的小测试,同时我们也可以避免对计划进行大规模的变动。"

保罗点头表示赞同,"在这场大战役中,我们希望变数越少越好。我会给罗伯特提出建议,关于病毒传播的谈判是他在主持进行。他会在这个周末将报告递交给你。"

"涉及此事的不能是俄罗斯人、法国人,包括任何曾经与斯特科夫共过事的人,无论是多久以前的事。"

"和我们打交道的是秘鲁人。"

"很好。是拉古拉·德迪奥斯吗？"

"不是，是一些记者。"

"那么斯特科夫同意与他们合作吗？"

"同意。但只同意按他的程序进行，地点和安全小组都由他来安排。"

"这是自然。"詹妮弗说。

"安排一下，和罗伯特一起开个会。"

"你、我，还有卡罗琳？"

"还有芭芭拉、雷蒙德、查尔斯和艾琳。我要让每个人都知道其他人在干什么。"

保罗点点头，快快地走了。他不会明白的，詹妮弗想。保罗希望按每个人所起的作用和影响来分配知情权，好像分配钱财一般。为什么有些人——保罗，甚至是威尔——要让他们了解道德上的一些原则就那么难呢？庇护所是一个社会团体，这个团体的领导层的一切行为必须出自责任感、使命感和忠诚度，没有一个人的忠诚度和责任感可以比其他人少三分之一。因此，为庇护所不再受到美国威胁而努力的十二个人，在承担风险、制订计划以及获得信息方面都应该享有平等的权利，任何有违此原则的做法，都不是建立在道德基础上的，而是出于对权力的欲望。那是睡眠者的作风，不道德之人的作风。

詹妮弗将转椅又转回到原来的方向，面对着办公室的窗户。窗外繁星密布：这是参宿七，那是毕宿五，还有那颗是昴宿星。忽然间，她想起了自己曾对米兰达说过的话，那是很久以前的事了，那时米丽①还只是一个小女孩。在庇护所的会议室里，詹妮弗抱着她走到窗前，一颗流星正好一闪而过。米丽大笑起来，伸出肥嘟嘟的小手，想去抓住天空中那道美丽的光线。"太远了，你的手够不到

①米兰达的昵称。

的,米丽。但是你的心可以接触到,米兰达,你一定要记住这一点。"

米兰达并没有记住她的话。她是用了心,但不是将手向上伸向外太空,相反,她利用自己快速攫取知识的能力——这些都是詹妮弗·沙里夫赋予她的——沉溺于睡眠者生物学研究的泥淖中。

"我的敌人的朋友同样也是我的敌人。"詹妮弗大声诵读道。从窗户望出去,转动着的地球进入了视线。地球轨道上的庇护所现在正处于非洲上空,又一个被睡眠者毁掉的地方。

她面前的屏幕亮了起来,又是卡罗琳,不过这次位通信总监看上去有些震惊,"詹妮弗?"

"是我,卡罗琳。"

"我们又获得了一些……新资料。"

"是吗?继续说下去。"

"不能在通信网上说,"卡罗琳说,"我来找你,马上过来。"

詹妮弗不希望她表现得如此惊慌失措,"随你便。你能先说一下是关于哪方面的资料吗?"

"与月之女神有关。"

屏幕上一片空白。在等待卡罗琳的这段时间里,詹妮弗仔细擦拭着笔尖。预定的二十分钟时间早已过了。她低头看,发现在回想米兰达的时候,她的手一直在画着什么,只是她并没有意识到自己画了些什么——在这张厚厚的白纸上,她将人类大脑的额叶、颞叶和顶叶部分勾画了出来。

穿插事件

发送日期:2121 年 2 月 12 日。

发送至:月球,"月之女神"基地。

经由:地球站里昂,人造卫星 E-398(法国),地球人造卫星 62

（美国）。

信息类型：未加密信息。

信息分级：未应用分级，国外发送。

原发送者：法国斯特简妮，发送者不详。

信息正文：

我们是法国一个名叫斯特简妮的小城镇的居民。我们这里的改造针剂已经所剩无几了。目前没有改造过的孩子还不是很多，但是明天我们该怎么办？沙里夫女士，请求你给我们送来更多的改造针剂。我们要怎样求你才行呢？我们很穷，但是我们知道感恩。我们是穷人，但我们和那些有钱人一样，都爱我们的孩子，我们担心孩子们的未来。

我们请求你，不要忘记我们。

回执：无回复。

11

"你们不能这样。"莉齐对着脸色阴沉的生活者们说道。杰克逊站在 75 码外的一棵橡树下,地上铺满了去年的残枝败叶。杰克逊戴着变焦镜和只有一粒豌豆大小的接收器,他看着莉齐的脸,她正在微笑,她现在的笑容是他所见过的最虚假的笑容。

一个男人发话了,他的声音甚至显得更为阴沉:"肖基说过的,我可以这么做。"

"肖基说你可以这么做?"

"是的。"

"稍等。"莉齐说。她从这个男人身旁走开,之前他们就站在部落的采食场——就是那种常见的铺展开的塑料帐篷——外面。帐篷里面有二十个赤身裸体的生活者,他们正在进食午餐。杰克逊觉得,似乎每次他来到莉齐的部落,总是能看见赤裸着的生活者在进餐。不过这一次,有三个带着摄像机的顽固者记者站在围栏外面,他们都穿戴整齐,正在录制生活者的进食过程。更多的自动摄像机在转动着。这个部落里的生活者与威洛比其他地方的生活者有所不同,现在可是"名声"在外。杰克逊注意到有两个妇女头上戴着金发夹,然后,他突然又从变焦透镜里注意到另一个女人戴的项链上似乎有一颗钻石。事情变得麻烦起来了。

莉齐走到已经乔装成一个生活者的杰克逊面前。在过去的三个星期里,他已经蓄起了一脸乱糟糟的胡子。他身穿一件松垮垮的蓝色夹克,一项旧帽子压得低低的,盖住了前额,还穿了一双他一生中所穿过的最沉重的靴子。地上一片泥泞,连着下了两天雨,看来每年三月末的大雨季节又要来临了。杰克逊的靴子上沾满了泥浆,他与莉齐一同步行翻越一座山头,来到了这个部落。生活者不使用空中汽车,他得乔装成一个生活者。到这会儿为止,那些蜂拥而至的记者还没有注意到他。

莉齐非常失望地走到他的身边,小声说道:"他说是肖基说的,说他们接受那些小型摩托车没什么不对!"

"你认为肖基真的会那么说吗?"杰克逊反问道,但他在心里认为肖基是会那么说的。肖基似乎并没有弄懂莉齐的意思,如果生活者准备在 4 月 1 日选出他们自己的候选人,那么在 3 月 25 日那天,他们就不应该接受另外两个候选人送来的任何物资或者信用卡。肖基管它们叫做"赔偿",他是从哪儿学来的这个词汇?"是贿赂。"莉齐说,她说的才是正确的。

莉齐咬着下嘴唇,"哈瑞·杰纳说是肖基让他们接受礼物的。"

用金钱物资来贿赂选民的做法,顽固者已经施行了几十年,杰克逊把这些都告诉莉齐了。

"但那是不对的。"她说。杰克逊突然觉得有些烦躁起来。他感到不耐烦的是,三月的树木还不能为他提供多少荫蔽,站在如此的树荫下,穿着不透气的合成材料夹克,身上感觉奇痒难耐,而且衣服外面涂满了泥浆——他得忍受这一切。

"最重要的是,"他说,"哈瑞和他的部落在接受了这些小型摩托车、五颜六色的衣服、香皂、钻石项链之后,是否还会投肖基的票?或是会为送东西给他们的候选人投上一票呢?"

"钻石项链?"莉齐茫然地问道。

"离塑料帐篷最近的那个女孩,褐色长发那个,她就戴着一条钻石项链。蒂法尼牌的,我想一定是的。"

"哦,我的天。"

杰克逊微笑起来。这会儿,压力之下的莉齐说起话来与她那个令人生畏的母亲安妮太像了,如果她自己知道了这一点,一定会很烦恼,因此杰克逊没有告诉她。在过去的三个月里,杰克逊一直都在为这个竞选活动四处奔走,在这个过程中,他渐渐喜欢起莉齐来。她是坚韧和脆弱特质的奇怪结合体。有时,她甚至让他想起了特蕾莎。

"你看,莉齐,还有六天就要正式选举了。你还不得不相信哈瑞·杰纳和其他人会选肖基——在接受了那些……礼物之后。"礼物。贿赂。赔偿。

"你认为他们会投肖基的票吗?"她的一双黑眼睛诚恳地看着他。

"事实上,"他慢吞吞地说道,"我认为会的。我想'大变革'存遗下来的仇恨要远胜过生活者的贪欲。"

"维姬也是这么说的。"莉齐说道。

杰克逊不想讨论维姬。她留在了"竞选总部"维持秩序,她早已被认为是肖基部落的一分子,因此完全不必像他这样站在泥浆地里,也不必像他这样假扮成别的什么人。她曾对杰克逊说,我们不需要你变成另外一个不同的人,而你也没有必要让你自己成为另一个不同的你。是的,她说得完全正确。

"好吧,"莉齐说,"我不会让他们退回那些小型摩托车和其他东西,但是我必须告诉他们,他们还得投肖基的票!"

"好吧,现在就去吧。那些记者们又开始对你产生兴趣了。还有我。"

"那么在营地再见。"

"好。"杰克逊说着转身向树林走去。

走了几里路,他热得先是敞开了夹克,接着干脆脱掉它。帽子他倒是一直戴在头上。没有其他热点新闻可报道的记者们纷纷开着空中汽车,带着摄像机,来记录这次竞选活动的情况。然后就看新闻网会如何报道了——比如,这是一场有违常理的暴行,是对现有公民秩序的一种威胁,将在政治史上留下一个无足轻重的脚注,或者这只是一个天大的笑话而已。有的时候,所有这些说法会一起出现在媒体上。

即使作为当事人的苏珊娜·威尔斯·利文斯顿和唐纳德·托马斯·塞拉诺,他们也是这么看的。上个星期,杰克逊——敌方阵营的间谍——参加了为唐纳德·塞拉诺举办的一个资金筹措会,他才得知这位顽固者候选人并不十分担心。"我已经在我的选区里'广施恩泽'。"塞拉诺告诉他说,"什么时候听说过用钱买不到生活者投你一票?"杰克逊只有点头的分。在莉齐·弗朗思出现在工厂那八英尺高的墙上,从此闯入他的生活之前,他不也一直这样认为的吗?

然而,这次选举对于卡泽埃来说,却绝不是一个宇宙级笑话。为了避开她,杰克逊不得不暂时从自己那套公寓里搬出来,用了另一个名字住进匹兹堡小区的一家旅馆里。那家旅馆算不上豪华,主要是为一些技师服务。这些技师都是些生活在社会边缘的顽固者,他们的父母支付的钱只能给他们做有限的基因修改,通常只是容貌上的改变。这些技师努力工作谋生,但从来不参加什么竞选活动。杰克逊住进这里,很快就悄无声息地消融在他们中间。他每天都通过他自认为是绝对屏蔽的通讯链接网与特蕾莎通话,而她是唯一知道他住在哪里的人。卡泽埃找不到他,这让杰克逊有一种奇怪的满足感。

步行要三个小时才能回到莉齐的部落。傍晚的太阳光斜斜地照在山顶上,深绿色的是松树,白色的是流连枝头的积雪。另一个"选民调查组"在山里调查了其他选民的忠诚度后,可能还滞留在

原地。

那么，他又是为了什么卷入到所有这一切事件里的呢？只是因为卡泽埃讨厌他与生活者来往吗？这理由不够充分，几乎都算不上什么理由。

是因为他厌恶自己的生活、他所在的阶级和他毫无意义的日常活动吗？这个理由也不够充分。

是因为全国各地的婴儿们得不到改造针剂而正奄奄待毙吗？

选举活动也无法帮助那些受折磨的婴儿。即使生活者赢得了那个该死的选举，即使在未来的六年里，那些没有经过基因修改的新政客，通过选举掌管了从总统到狩猎监督官的每一个政府办公室，住在令他们惊叹的都市里，他们也无法制造出更多的改造针剂来。只有米兰达·沙里夫和超级无眠者才能做到，但是他们不做。发送到"月之女神"的所有信息，他们都不予答复——"月之女神"是他们流亡到月球以后建立的城市。

杰克逊走到一棵散发着阵阵幽香的巨松的荫蔽下，停了下来，擦去额头上的汗水。他打起精神，又向着那个"竞选总部"走去。

离营地还有四分之一英里时，他看见了那个候选人。

"你到底是什么人？"女孩说。她从肖基身上抬起头来，后者很有风度地选择躺在下面，一块颜色鲜艳的橘黄色毯子将他的身体和地上的泥土隔离开来。女孩从腰部到长统靴处都赤裸着，正跨骑在肖基身上。当杰克逊跟跟跄跄地攀上树丛间一个微突的高处时，那女孩还没有从肖基身上下来。

杰克逊低下头，不是想将目光避开，而是恰恰相反。

他已经看见了她。女孩大概十七岁，做过基因修改，碧眼黑发，头发很长，是个顽固者女孩，贫民区里的人。杰克逊这会儿装作是一个生活者——作为一个生活者，他应该有怎样的反应呢？杰克逊拖着脚步走路，装出困窘不安的样子，眼睛一直盯着她的靴子。那是一双小牛皮高筒靴,意大利皮革,显然经过了纳米涂层的处理,这样她的腿就不会将它们消耗掉了,靴子上沾满了泥。女孩丰满的大腿上起了鸡皮疙瘩,三月里的山间空气真够冷的。

女孩狡黠地问道:"你是记者?"

显然,她的智商没有进行过基因修改。杰克逊含糊地回答道:"不,我不是,我。"

肖基认出他来了,于是拉着女孩说:"他只是个傻子。来吧,亚历山德拉,别傻看了,看着我。"

女孩咯咯地笑了。"是吗?"她吻了他一下。肖基一直大睁着眼睛,看着杰克逊离去。

杰克逊心里琢磨着,这个亚历山德拉究竟是一个爱寻求刺激的人、一个政治狂热者、一个专业贿赂者,还是一个意图制造丑闻的人?杰克逊没见有任何自动摄像机。不过……难道维姬·特纳没有警告过肖基吗——他的一些选民不会愿意看见这样一幕:期望能够消除顽固者政府腐败现象的生活者候选人,却和一个像亚历山德拉这样的顽固者滚在地上,一身泥巴地沉迷于情欲。

杰克逊转过身去,双手拢在嘴边,叫道:"肖基!有人来了,莎伦和孩子都来了!"也许这一招会管用。

营地里,只有两个记者在那里转悠,一个正在采访斯科特·莫里森,肖基的伙伴。"我们一定会赢得这次竞选,我们。明年我们还要参加那个该死的什么总统竞选!"

"我看见你戴着一条金项链,"记者平静地说道,"是送给投塞拉诺票的选民的吧,是这样吗?"

"是我家的传家之宝,"莫里森正色道,"是我的曾祖母留给我的,她曾是一位电视演员。"

"那么你身后的那台小型摩托车呢?"自动摄像机"呼呼"地转着,记者已经不耐烦了。

"也是我的曾祖母留下的。"

维姬那里又发生了什么事情呢？

一群杰克逊以前从未见过的生活者正聚集在覆盖着塑料篷布的采食场周围，他们精神涣散，神色阴郁，满脸尘土，显得肮脏不堪。部落里每周都会来几批这样的人，他们都是在新闻网上看到这里有事发生就过来的。他们有的隔岸观火，准备看看再说；有的对生活者涉足于顽固者的政治泥淖而心存蔑视；有的则是刚听到关于小型摩托车、珠宝和葡萄酒的消息后便闻风赶来。已经有一台小型摩托车被偷了，这也是为什么部落里所有人都聚集在一起，集中在采食场的原因，他们都进入了摄像镜头的拍摄范围之内。除了那个生活者的候选人，此刻他正躺在树林里的地上，仰面朝天。

真该死，那个维姬到底跑哪儿去了呢？

安妮从旧厂房里匆匆跑了出来，怀里抱着德克。她认识杰克逊，于是朝他怒目而视。然后她想起来，她应该装作不认识他，于是立即转过头去，眼神轻蔑，那神态就像挑剔的女公爵对死鱼不屑一顾似的。她的目光落在另一队人马中间，那是一群贫穷的顽固者少年，他们正在一辆空中汽车的阴影里讪笑着。其中两个带着吸入器，一个记者正在采访他们。幸好杰克逊离得远，听不见他们的谈话。

接下来，又有一辆空中汽车降落了，卡泽埃从车里大步跃出，和她一起来的还有第十技术公司的新任总工程师。

杰克逊有意想避开她，于是转过身去，大步向着旧厂房走去，跑到里面躲了起来。

她来这里做什么？杰克逊对于政治上的事情只是一知半解，于是便让他的个人系统卡罗琳为他做了一些调查工作。第十技术公司有着各类生产经营业务，但是即使拥有杰克逊的访问密码，其中大部分的数据库卡罗琳也不能合法进入。杰克逊对第十技术公司从来就不十分在意。以前工厂一直是由他父亲管理的,直到他父亲逝世。杰克逊在医学院读书的时候,工厂里的大部分事情由律师在监管,他与卡泽埃结了婚以后,卡泽埃渐渐将工厂的业务接管了下来,而杰克逊也乐得放手让她去做这些。第十技术公司的资金运转情况如何?第十技术公司在纽约组建公司后,它与宾夕法尼亚州的政界又怎么会扯上了关系的?——这些他都不甚了了。卡泽埃似乎在宾夕法尼亚的一些企业和政府部门里都有许多私交。最后,杰克逊在没有告诉卡泽埃的情况下,另外雇用了一名独立会计师,会计师还没来得及向他汇报什么——也许卡泽埃觉察到了会计师正在进行的调查工作。

也许她来这儿只是为了找他。

他将门拉开一条缝,从光线朦胧的屋内看向阳光明媚的外面,卡泽埃站在那里,正和莉齐的继父比利·华盛顿说话。还好是比利,他是部落里最精明、最有头脑的人。卡泽埃不可能跟着杰克逊进入营地。维姬一再坚持,在目前形势下,不要让外人进来。她安装了一个简单的扫描系统,任何没有携带专门的激活芯片的人想跨过这道门,报警器就会鸣响。这只是一个非常简单的系统,有可能被人蒙混过关,但是迄今为止还没有人花心思在这上面搞名堂。杰克逊用手指拨弄着自己口袋里的芯片。

卡泽埃深色的鬈发在春天的阳光里闪着光泽。她穿着高筒白色靴子,一身朴素的黑西装,给人一种清新整洁的感觉。她挥动着手臂给比利做手势,胸部一起一伏地颤动着。

她来这里干什么?透过门的缝隙,杰克逊看见肖基正从树林子里荡悠出来,那个顽固者美女没有和他在一起。怒容满面的莎伦隔着枯萎的草坪对着肖基大发雷霆,安妮则朝一个记者大吼大叫。比利离开卡泽埃,向安妮走去,一个满脸嘲弄神色的贫穷的顽固者少年大胆地从车子的阴影处探出身来,将手中的呼吸器戳到了比利

的鼻子下，比利向后缩了一下。斯科特·莫里森对着那个顽固者少年大吼一声，扭住了他。所有的自动摄像机都将镜头对准了这个打斗镜头。那位候选人扑向另一个顽固者少年，莎伦尖叫起来。安妮怀抱德克，冲向正在傻傻地微笑着的比利。德克开始哭泣，莎伦则继续尖叫。卡泽埃猛地回头，哈哈大笑，她难听的笑声竟然盖住了其他的喧嚣声。她对着第十技术公司的那位工程师说了句什么，杰克逊从她的口型变化中读出了她说的话——"以美国人的方式开始行动"。

他关上了这扇破破烂烂的门。

这些人都是傻瓜。杰克逊有点惊讶，竟然有这么多的生活者会如此坚决地投肖基的票，即便他们从另一方接受了贿赂。显然肖基会竞选成功。肖基会赢得选举，不是因为生活者处于绝对优势地位，而是因为顽固者并不怎么将这次竞选活动当回事。他们用的是胡萝卜，而不是大棒——他们广施恩泽，认为这样就能把问题解决了。可是，如果到了选举的那一天，他们发现事情并不如所想，他们就会撤走胡萝卜。生活者的营地都是没有任何防护措施的，没有高科技的武器。如果再有下一次，竞选任何政府职位的生活者候选人都会落选。杰克逊正在协助的竞选，将是历史上侥幸成功的唯一例外，但这种事情绝不可能再次发生。冒着失去身份地位的风险卷入其中，这让他觉得自己才是天底下最愚蠢的大傻瓜。

这幢房子里不知什么地方有人在嘤嘤哭泣。

他在昏暗中摸索着向前走去，经过破旧的公用家具，穿过迷宫一样的临时隔墙——那都是用木板、旧沙发、破败的架子以及简陋的布帘凑合搭建起来的。哭声越来越大，他又绕过部落里的一个编织机器人——人们将各种物品扔到料斗里，而机器永远不会失去耐心，它吐出一码又一码难看的褐色布匹，同时发出嗡嗡声——这些东西后面，在最远处靠墙的那排摇摇欲坠的小隔间里，杰克逊找到了他们。

一个半大小伙子背对着杰克逊，弯腰曲背，整个身子几乎都蜷曲起来。他的背影显得很单薄，透过衣服上的破洞，可以看到他的身上有些颜色很深的斑点。维姬正站在他的身后，一只手臂拢住他瘦弱的肩膀，差不多可以说是在环抱着他。当他俩转过身时，杰克逊看见这个小伙子怀里还搂着一个小婴儿。

维姬神色阴郁地说："我们正在找你。"

杰克逊伸出手去想抱抱孩子，但他立刻发现婴儿已经奄奄一息，也许是什么变异微生物破坏了他的免疫系统，念珠菌已经将婴儿的嘴巴感染得杂色斑驳。由于皮下血肿，婴儿的皮肤同样也是斑斑点点的，消瘦的小脸颊已是皮包骨头。杰克逊听见婴儿的肺部发出杂音——他现在呼吸困难。婴儿的颈部贴着两块膏药状的东西，一块蓝的，一块黄的，那是广谱抗生素和抗滤过性病原体药物。维姬总是随身带着这些东西，但是这些都帮不了这个孩子，已经太迟了。

这个小伙子气喘吁吁地问道："你是医生吗？这是我的女儿，你能给她一支改造针剂吗？我们部落里一支也没有了……其他地方也没有……我听说这里……"

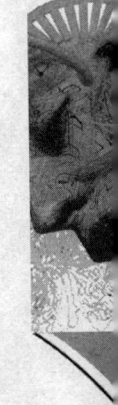

"没有，"杰克逊说，"我再也没有针剂了。"维姬一脸惊讶地看着他，显然她期待的是一个完全不同的答案，她当然不知道特蕾莎已经将杰克逊仅有的几支备用针剂倾囊送出了。

小伙子说："你也没有针剂了，是真的吗？"

"真的。"杰克逊说。

"可你不是一个医生……一个顽固者医生吗？"

杰克逊没有回答，在场的其他人也都没有说话。大家静默了很长时间。最后，杰克逊神情悲哀地点点头，又摇摇头。他无法正视这位年轻父亲的眼睛。

小伙子没有争辩,也没有发火,甚至不再哭泣。他瘦弱的肩膀塌陷下去,杰克逊看出他已经绝望了——他并不奢望能够得到什么实际的帮助,而现在他确切地知道自己永远也得不到帮助了。他找到这里来是因为除此之外,他再也没有什么其他的地方可去。

维姬追问道:"你能尽你的力量救救这个孩子吗,杰克逊?"

她已经从部落的那堆杂物堆里取来了他的医疗包,杰克逊明知无益,也只得勉为其难地忙碌了一阵。忙完之后,这位小父亲说道:"谢谢你,医生。"杰克逊的羞愧之情此刻达到了顶点。

"跟我来。"维姬说,于是杰克逊跟着她走了。终于能够离开这里,他有种如释重负的感觉,至于去哪里就无所谓了——虽然他自己也觉得这种想法有些卑鄙。生活者已经陆续从外面进来,现在正坐在公用的椅子上热烈地讨论着。维姬带着他在迷宫一般的小隔间之间绕来绕去,穿过一道隔在墙壁和颠倒放着的长桌之间的布帘。

"这里不会有人来的,杰克逊。"

"那个婴儿的母亲呢?"

维姬耸耸肩,"你知道他们这里的情况,她们很容易怀孕,她们的孩子都是部落里的人一起抚养的。生下孩子不想照管,就可以不管。"

"这是不对的,这都是那个'大变革'带来的——这是完全不正确的。"

"我知道。"

"你知道?这一切都是米兰达·沙里夫带给这个世界的,我还以为你会赞成和拥护这一切呢!"

"我最赞成的是要改变和调整这种状况。只是迄今为止,我们还没有着手去做这件事情。"

他还从来没有见过她像现在这个样子:神情忧郁,说话直截了当,不再用那种玩世不恭的态度来掩饰自己。他不喜欢她的变化莫测,但她就是一个让人捉摸不定的人,就像现在这样。为了避开她的目光,他环视着这个小卧室,突然明白这里一定是她的卧室。这个小隔间与部落里其他成员的小卧室没有什么两样:一张铺着硬毛毡毯的小床,千疮百孔的柜子里乱七八糟地塞着一些手工制作的饰物。没有什么值钱的东西。然而,这个小空间怎么看也像是一个顽固者居住的地方,而不属于一个生活者——他是从屋内色彩搭配的和谐和物品的摆放的风格得出如此结论的:一根柳枝插在一个黑色陶瓷瓶中,显得格外优雅、简洁。

她说:"你抱着那个婴儿的时候哭了,你知道吗?"

他自己并没有觉察出。杰克逊擦了擦微湿的双颊,他不喜欢让她看见自己这个样子,同时也感激她——没让大声谈笑的生活者看到他流泪的样子。

他说话了,因为有些话他必须要说:"他们在受苦。不光是在这里,在这个部落里,在其他同样得不到物资供应的地方,他们生活得是如此——"

"穷人一向与富人生活在不同的国度,任何时代都是一样。"

"请你不要给我上课——"

"你看这个,杰克逊。"她打开衣柜最上层的抽屉,拿出一个全息录像仪,对它说道:"播放 3 号录像。"然后递给他。

小屏幕上开始播放一则新闻广播,是从顽固者的新闻频道上录下来的。这段新闻广播持续了不到两分钟时间,是对得克萨斯的几名医生进行的采访。这几位医生在奥斯汀的顽固者小区开设了一个有 Y 能量防护网的诊所,专门为没有改造的生活者孩子看病。"这是很有必要的。"一个神情疲惫的医生说道,他的头发看上去需要修剪一下了,"他们生活在痛苦中,这都是米兰达·沙里夫种下的恶果。"接下来,小屏幕上一片空白。

维姬哼了一声,"'都是米兰达的错',我们仍然不需负任何责任。"

"'我们'是谁?"他打断了她的话,"有时候你用'我们'代表生活者,有时候你的'我们'指的又是顽固者。"

"那又怎么啦?杰克逊,没有改造的孩子越来越多,他们需要医生。"

他仿佛又看见了全息录像里那位医生疲倦的面容,以及诊所周围环绕着的Y能量防护网;他还想起了特蕾莎一人在家时遭生活者袭击的事情。尽管他对莉齐有一种无法抑制的喜爱之情,他还是不愿意在生活者中间开诊所,这与他所受的教育是格格不入的。

"热情比实践要来得容易,你说呢?"维姬说,"但是从长远来看,却不能像实际行动一样让人满意。相信我,我了解这一点。"

他冷冷地说道:"我还从没听你说过什么事情是你力所不及的。"

她大笑,"你说对了。"她倚靠过来,亲吻了他一下。

杰克逊吃了一惊:她这是在做什么?当然不会是因为他为那个生活者的婴儿流了泪而吻他……她会吗?她似乎不——突然所有的思绪都离他远去。她的嘴唇是如此柔软,比卡泽埃的嘴唇还要薄,她的身材更高挑,也不像卡泽埃那样圆鼓鼓的。她的吻是如此短促,一触即止。杰克逊将她拉回自己身边,震颤的感觉传遍全身,从他的嘴唇传到胸部,他感到一种愉悦至极的冲动。他用双臂紧紧环抱着她。

维姬把他推开了。"考虑一下开诊所的事吧。"她说,"当然你还有其他烦恼的事情,这也算一件吧。她来了。"

杰克逊这才意识到,他的麻烦事来了。然后他就听到了卡泽埃的吼叫声:"杰克逊!我知道你在这儿,你一定藏在这里的什么地方!杰克,你他妈的,我得和你好好谈谈!"

　　维姬笑了,她故意将帘子掀起,然后叫道:"在这儿哪,卡泽埃,我们在这儿哪!"

　　卡泽埃大踏步穿过那些用破烂家具围起来的迷宫,一下子什么都看到了:杰克逊站在维姬的小床边,维姬站在那里,一只手优雅地拉着帘子,杰克逊的脸刷地红了,维姬却是一脸诡异。卡泽埃站着,一言不发。

　　"我们今天就到这里吧。"维姬轻声说,"再见,杰克逊。"她对着他挤了一下眼。

　　他却不敢正视卡泽埃的眼睛。

　　4月1日,选举日到了,这是个雨天。杰克逊在威洛比生活者部落沉闷的小隔间里醒来时,听见屋顶上传来哗啦哗啦的雨声。

　　他本没打算住在这儿的,但他昨天散步时遇见了那群记者,其中两个记者将他逼退到旧厂房的墙边,想要弄明白他的身份。他们离他是如此之近,完全可以看出他的眼睛经过了基因修改,他只得挥手把他们赶开,逃到屋里去。莉齐说,如果他不想被他们认出来,晚上可以住在这里。维姬已经去了另一个部落,于是杰克逊也就很乐意地留了下来。

　　他躺在非自耗纤维织成的硬硬的毛毡上,在昏暗的灯光中看着两面泡沫塑料的墙壁,而另外两面"墙壁"——一面用废弃的金属板和破椅子挡着,还有一面则是手工编织的褐色帘子。那面金属墙上挂着一个染成深红色的手工饰物,是用熏衣草编织的,上面写着:欢迎来客。他由此推断出——他正置身于这个部落的客房里。

　　他站起来,舒展了一下身子,然后穿上裤子,循着喧闹声来到这幢巨穴般的建筑物的中心位置。

　　"早上好!"莉齐招呼道,黑眼睛熠熠生辉。德克被放在一个青绿色的塑料盒子里,挥舞着胖乎乎的小拳头,努力想抓住自己的脚

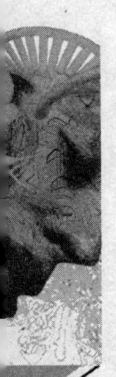

趾。"今天到日子啦！"

"肖基在哪里？"杰克逊问道。他真想喝上一杯咖啡，可在这里是不可能喝到咖啡的。

"在进食场进食早餐。那些想一边裸餐一边看新闻的人几乎都在那里。你饿了吗？"

"不饿。"杰克逊没说真话。

"那就好。今天是一个好日子，在记者到来之前，你可不要走开。大多数记者都回家过夜去了，还有一些在采食场上。投票从九点开始，一直持续到中午十二点。我准备折返回去，在你的车里等维姬，然后我们一起去维斯维尔部落，看看那里的情况。你也一起来吗？"

"如果你们在我的车里会面，我想我就和你们同行一程吧。你吃过早餐了吗，莉齐？"

"我不想吃。我太激动了。噢，妈妈，德克在这儿，我已经喂过他了。"

安妮从卧室里出来，怀里抱着外孙，蹙眉看着杰克逊，不过并不像当真生气的样子。安妮看到顽固者总觉得不自在，不过当觉察出杰克逊并不喜欢维姬时，她对他的态度温和了些。杰克逊真的不喜欢维姬吗？自从上个星期他吻了她以后，就一直再没看见过她。他不想看见她，也不想看见卡泽埃，甚至也不想看见莉齐。他想找回自己的车，然后飞回家，喝上一杯咖啡。

但他知道这是在自我欺骗。

"早上好，安妮。"杰克逊招呼道，"你是要去吃早餐吗？"

"那些摄像机就在那儿，我才不想去呢。"她对他的提议嗤之以鼻，"比利出去了，他要给我们带一些有营养的好土回来。现在我们要吃饭了，但我们不想有外人在场，谢谢你了。"

莉齐在一旁窃笑，她拽住杰克逊的手，带他走到一扇小门前，那些自动摄像机还没发现这个地方。这扇门掩映在建筑物后面的杂草和灌木中，小门极矮，莉齐和杰克逊必须四肢着地才能爬过去。要在坚固的泡沫塑料墙体上开扇门可不是那么容易。门是比利凿开的。

"莉齐，比利是从哪儿搞到可调谐激光锯凿开这扇门的？"

莉齐回头咧嘴一笑，"是我想办法侵入数据库搞到的，就在上个月。但具体是如何搞到的，我可不会告诉你。"

他们溜到外面，走进雨中，雨已经小了些，变成了毛毛细雨。即便如此，当他们走到空中汽车那儿时，杰克逊也还是觉得浑身又冷又湿。车被掩蔽得很好，并且被罩在一个半透明的 Y 能量防护罩下。维姬就坐在那个防护罩上，夹克上到处都是泥点。

"早上好，莉齐、杰克逊！"

"维姬！马克斯和法尔拉的营地那里情况怎样？"

"很好，大家都起来了。他们都穿上了最好的衣服，佩戴了最漂亮的珠宝，聚集在终端机前，准备迎接这一即将名垂青史的重大时刻。"她微笑看着杰克逊，后者只淡淡地笑了一下。

"离投票开始还有十五分钟，"莉齐说，"我想我还是到威斯维尔去投票吧。"

维姬说："我们就在这里投。"

"就在这里？怎么投？"

"我相信杰克逊的车里一定有公共通信链接装置，可以进入政府的官方频道。是不是，杰克逊？我们可以就坐在这儿，在一辆顽固者的车里，选举几十年来的第一个生活者政治家。"

莉齐大笑，"那我们现在就开始！"

维姬问道："杰克逊，你觉得怎样？"

杰克逊看着他们三人身上沾满泥浆、被雨水淋得透湿的衣服，"好啊，为什么不呢？"

"哦,我太激动了!"莉齐絮叨个不停。

杰克逊解除了汽车的防护罩,然后大家都上了车。接着他激活了公共通信链接,请求链接政府的官方频道,并进入投票程序。九点整了,他看着莉齐。

莉齐神情庄重地向前靠了靠,说道:"莉齐·弗朗思,公民身份证号 CLM-03-9645957,要求在宾夕法尼亚威洛比县的地区行政长官特别选举中参加投票。"

"公民身份证号验证有效。请将您的左眼贴在视网膜扫描图标上。"莉齐照办了。

"视网膜验证有效。登记注册参加威洛比县地区行政长官竞选活动的三位候选人分别是:苏珊娜·威尔斯·利文斯顿、唐纳德·托马斯·塞拉诺和肖基·托尔。您准备投票选举哪一位?"

莉齐清清楚楚地说道:"我选肖基·托尔。"

"肖基·托尔一票。正式记录完毕。"

"我投票成功了!"莉齐喘着气说道,"维姬,该你了。"

维姬也投了。杰克逊没有在威洛比县登记注册,他现在觉得胸口一阵发紧。莉齐会争取到她的胜利,但这会是生活者唯一能取得的胜利。当统治阶层察觉到权力遭受了严重威胁后,他们将会给生活者施加多大的压力,这点他是想象不到的。杰克逊看着窗外,树林在雨中显得异常沉闷,一只全身污泥的金花鼠"呼"地一下穿过。

"快!"莉齐叫道,"看看计数是多少!"

"莉齐,现在才九点零三分!"

"好吧,看一下新闻频道。"

维姬转到了新闻频道,14频道正在转播这次选举活动。杰克逊看着自动摄像机拍摄到的部落里的采食场,不过现在那里已经空无一人。所有人都到屋里投票去了。

一个拿腔拿调的声音报道着:"宾夕法尼亚威洛比县的特别选

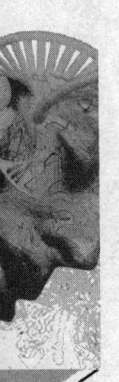

举日终于来到了,公民们正在为这场不同寻常的选举投票。其中一位候选人是个新人——他能否胜任还是个未知数。这次选举活动在全国范围内引发了激烈的争论,争论的焦点是:谁更适合担任此职;投票人将如何登记注册;如何采取有效措施预防政治上的投机行为,保障广大民众的政治权利。我们的摄像镜头第一次被允许在这个⋯⋯'社区'⋯⋯的上空密切关注选民们排队投票的情况。"

自动摄像机的镜头缓缓摇向那个旧工厂的大门,里面光线太暗,摄像机作了调整。一个广角镜头对准了部落里那块很大的公用空地。空地一头摆放着一张桌子,上面覆盖着红白蓝三色的桌布,桌上放着一台终端机;空地的另一头,人们正排着队慢慢向前移动,一次一位,依次投票选举。一百六十二名生活者拖着脚步慢慢向前移动着,有的抱着孩子,有的互相拉着手。

"那是妈妈,她抱着德克!"莉齐尖声叫了起来,"那是比利。还有莎伦,她正抱着卡蕾。肖基一定已经投过票了,他很想第一个投票的。"停了一会儿,她又说,"他们为什么看上去都和平时不一样呢?"

杰克逊将身子凑近屏幕。

莉齐说道:"他们为什么看起来那么⋯⋯奇怪?"

摄像镜头开始移动,莎伦·纽金特、弗兰克林·卡特林、诺尔玛·克鲁尔、斯科特·莫里森——每张脸看上去都那么紧张,那么没有自信。他们看着摄像镜头,眉头深锁,眼角下垂,呼吸也变得急促起来。莎伦紧紧地挨着她年迈的母亲,只见萨姆·韦伯斯特正向她俩靠过去。

"发生了什么事?"莉齐叫道,"肖基在哪里?"

摄像镜头终于捕捉到了躲在阴暗角落里的肖基,他正蜷缩在一把破旧的草坪椅上。肖基的双手紧紧抱住自己的膝盖,当他抬头看着那些投票者时,他的脸扭曲成了一团。杰克逊发誓,肖基一定

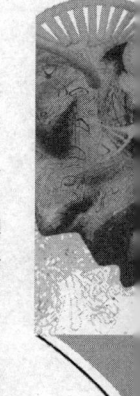

在颤抖。

有人从里面"咣当"一声将旧厂房大门关上了。

"生活者违反了选举前的协定,他们现在已经不在我们的摄像镜头内了。"新闻广播员的声音极其不悦。

"现在我们转换到威洛比的另一个投票现场看看……这里的大门似乎也关闭了。"

维姬说道:"转换到选票计数频道。"

现在是9:17,杰克逊看见屏幕上是政府频道的一个图表,一个没有任何装饰图案、非常简洁的图表:

威洛比县地区行政长官特别选举计数统计——

苏珊娜·威尔斯·利文斯顿:3 票

唐纳德·托马斯·塞拉诺:192 票

肖基:2 票

就在他们看着统计数字的时候,唐纳德·托马斯·塞拉诺的票数又增加了两张。

"他们在作弊!"莉齐嚷道,"我们看见大家都在投肖基的票!"

"我们的确看见大家在投票,"维姬说,"但我们并没有真正看清他们都在投谁的票。"

"这里面一定有鬼!"

杰克逊的脑子飞快地转动着。这个结果没有道理的。但是维姬的话也许是对的,不可能有人在投票系统上作弊,没有人敢这么做。如果投票系统出现了问题,新闻网一定会聘请高级数据专家来处理的。不对,一定是发生了什么事情。

那是什么事情?又是为什么呢?

"赶快飞回家,"莉齐说,"要快!"

杰克逊与维姬交换了一下眼色,空中汽车升到天空,然后往回飞。在这短短的旅途中,他们看见唐纳德·托马斯·塞拉诺几乎获得

了每一张选票。杰克逊将空中汽车停在那些记者的车辆旁边,没有人注意到他们,直到莉齐出现。她对所有的提问和议论都不予理睬,径直向大门走去。杰克逊和维姬跟在后面,脸色铁青。

门被锁着。

莉齐说出密码,然后一阵风似的冲了进去。

"莉齐。"是安妮。

"你跑什么呀,你?发生什么事了?"安妮紧紧抓着德克,婴儿开始哭泣起来。

"发生什么事情了?"莉齐哭叫道,"肖基落选了!没有人投他的票。"

安妮向后退了一步,低头看着地上。安妮……她一向不屈服于那些高高在上的人,不是蹙眉以对,就是不予正眼。她将德克举起来,放到肩上。婴儿看见母亲和维姬,安静了下来,但当看见杰克逊后,他又大哭,将小脑袋埋在安妮的臂弯里。

维姬平静地说:"安妮,你投票了吗?"

安妮退后一步,嗫嚅道:"投了。"

"你投了肖基?"

安妮沮丧地摇摇头,表示没有。

莉齐叫道:"你为什么不投他?"德克不时将头从外婆肩头抬起来,但只要一看见杰克逊,他就放声大哭。

安妮将婴儿抱得更紧,"我没投……肖基……对不起,亲爱的,只是这太……我们的生活已经过得不错了——因为那些人,因为他们所做的一切。"

杰克逊站着一动不动。安妮的话让他想起了一些事,只是他的头脑搅成了一团乱麻,无法集中思想理出个头绪来。过一会儿,也许他就会想起来。在那片宽敞的公用场地上,现在已经没有人投票了,比利·华盛顿出现在他和安妮的小卧室里,这个神情庄严的老

人犹豫不决地向前走动了几步，看看安妮，又向前走了几步，然后低下头来。杰克逊看见他的手在颤抖，看见他极力强迫着自己向前移动。

特蕾莎。他想起来了，他们都是一样的——比利、安妮，甚至德克——他们的行为都像极了特蕾莎。

甚至肖基也一样。今天他蜷缩在草坪椅上，紧张，恐惧，而就在昨天，他还狂妄自大地做些无知堕落的事情，比如与那个贫民区的顽固者女孩在草丛里……

那个嗅着吸入器的顽固者女孩。

"出去。"他突然对维姬和莉齐说道，"现在立刻离开这所房子，维姬，带上安妮。"

维姬吃了一惊，但没有表示抗议，也许他一向说话的口气就是如此。维姬抓住安妮的手臂就往门外拖。"不，不！"安妮叫道，"不，请不要这样。我不想离开这里。请不……"

"走吧。"杰克逊说，同时抓住安妮的另一条手臂，一起将她拖着往外走。

莉齐感到不解，"干什么呢？这是干什么？"但她还是跟在了后面。

到了外面，德克在安妮的肩头看见工厂的大门，哭得更响了。莉齐一把将他抱过来。杰克逊让大家保持安静。安妮穿得很少，他们穿过雨帘，向杰克逊的车走去。自动摄像机都撤下来了，记者们正在他们的车里仰着头，查看竞选结果。杰克逊将安妮推进车里，空中汽车立即升了起来。

"好了，"维姬说，"你该说说这是怎么回事了吧？"

"我目前还不能确定，"杰克逊说，"我想，可能是一种神经药物。不过……"不过，安妮身体里的细胞清洁机现在工作的时间已经足够了，只要她不再继续吸入那种药物分子，应该就能将身体里的毒素清除干净。但是,安妮还在继续瑟缩颤抖,德克还在继续哭叫,非常依赖他的母亲。如果说这种神经药物存在于厂房里面,他和维姬还有莉齐都会吸入的,但莉齐的表情只是愤怒,维姬则是一脸警觉,而杰克逊自己也没有颤抖或者焦虑的感觉。如果不在建筑物里……

他将车降落下来,转过身看着后座上的安妮,"安妮,你在采食场上用过早餐吗?"

安妮摇摇头,双手紧紧地绞在一起。她左顾右盼,不知所措,胸口急速地上下起伏着。

"比利也在采食场用的早餐,对吗?"

"他……他在那里,他,他给我们带来了一些新鲜的泥土……"

"但是,你今天早上一直没有到过采食场。"

安妮深吸了一口气,"我……后来去了。那时记者已经不在那儿,其他人也都进屋了,他们……出了点太阳……德克需要阳光,他。我们只是坐在那儿,衣服穿得好好的……我们没有……"她的声音渐渐减弱。她看着窗外,美丽的脸上满是恐惧,"求你了,医生,带我……带我回家……"

太像特雷莎了。杰克逊说:"呼吸放平稳些,安妮,在这儿贴上这块药膏。"

"不,我不……这是什么?"安妮摇摇头。

杰克逊说:"维姬,给她贴上。"

他注意观察着安妮。

安妮没有挣扎,她畏缩着靠在车窗上,无力地抬起一只手,做了一个抵挡的姿势。维姬睁大眼睛,不理会安妮的反抗,将那块药膏"啪"地一下贴在她的脖子上。安妮呜呜地哼哼起来。

过了几分钟,她坐了起来,身板挺直了一些,但是她的双手仍然紧握在一起,她还是显得很紧张,"现在我们可以回家了吗?这里

发生了什么事情,医生?请……请带我回家!"

杰克逊闭上了眼睛。这种药膏是他特意为特蕾莎准备的,但她从来也不肯用。这种药膏能够触发生物胺的释放,促使身体产生十种不同的神经传递素。这些神经传递素可使将外界刺激视为威胁而引起的焦虑情绪得到平息,使大脑因受到威胁产生的抑制作用得到缓解。这贴药膏可以稍稍缓和一下安妮的症状——但不能将其完全消除。

杰克逊说:"维姬,给德克也贴上一块。不,等等——不要。"德克如果在营地里吸入了什么,现在也应该缓过劲了,可他现在仍像个特别害羞、特别怕生的孩子,显得焦躁不安。德克平时并不怕见生人,为什么这种神经药物的影响到现在还不消失呢?

维姬说道:"难道说问题就出在那个采食场上?莉齐,你今天早晨去过那里没有?"

莉齐问道:"你为什么这么说?难道有人对德克做了什么不成?"

维姬说:"我今天太激动了,所以在其他部落里也没有去过采食场进食。为什么细胞清洁机在德克身上没有发挥作用呢?"

"我不知道。"杰克逊说道。说到这里,莉齐哭了起来,"我的孩子怎么了?"安妮颤抖着将手伸过来,拍了拍杰克逊的肩头,"如果有人伤害了这个孩子,那么……"

维姬不再理会他们,打开了终端。

威洛比县地区行政长官特别选举计数统计——

苏珊娜·威尔斯·利文斯顿:104 票

唐纳德·托马斯·塞拉诺:1681 票

肖基:32 票

"这个唐纳德·塞拉诺,"维姬说道,"他一定是找到了赢得这次选举的什么办法,大家只想到他在到处散发物品贿赂选民,而没有想到别的什么。"

"不对,"杰克逊回答道,"我们还做不到——"

"做不到什么?"莉齐问道。

杰克逊抬高了声音回答道:"这涉及到如何制造出一种不会立刻被细胞清洁机清除掉的神经药物。根据医学杂志上所说的,我的一些医学院的同行正在进行这方面的研究……每个人都在寻找这种东西。可以获得专利申请的迷幻剂,或者合成内啡呔,或者其他能给人带来快感的药物。这种药物不必每隔几分钟就吸入一次……看在上帝的分上,我们得到汽车外面去,维姬,我都没法思考了。"

杰克逊和维姬从车里走出来,杰克逊关上车门。他站立在蒙蒙细雨中,雨水从他的后脖颈儿处往下滴。

他努力想理清自己的思绪,"但是,医学院那边没有任何人在这方面有所突破。而且,如果他们真的研制出了这种药物,也不会用在这个微不足道的选举上,这种研究的费用可能会高达十亿美元。"

"那么会是谁呢?"维姬问,"米兰达·沙里夫?"

"但她的动机是什么?超级无眠者为什么要这么做呢?"

"我不知道。"

汽车震动起来,杰克逊往车窗里看去,只见莉齐正愤怒地敲打着车窗;再看安妮,她此刻稍微安静了一些;再看看婴儿,他俨然一个小特蕾莎——他像特蕾莎一样胆怯,像特蕾莎一样对任何新鲜的、危险的。或者不熟悉的事物都感觉恐惧害怕。

维姬问道:"是什么人,杰克逊?什么人有这个能力,而且在几个地点同时进行?他们是如何做到的?"

"我不知道。"杰克逊说。只有米兰达能够做得到,没有任何人拥有这样先进的神经生物学技术……但又不可能是米兰达,她不

会让人变得越来越无能！

她会吗？

只有米兰达，但又不可能是米兰达。

"我不……知道。"

12

莉齐把德克抱得紧紧的,以掩饰内心的不安:她从没见过这样的地方。阿拉诺医生把他们带到了曼哈顿东部的顽固者小区,空中汽车径直穿过 Y 能量防护罩,似乎防护罩根本不存在似的,然后降落在公寓的屋顶上。这里不像莉齐小时候生活过的那个东奥兰塔生活者城镇,也不像她曾经去过的其他地方,那些地方她一眼就能辨识出来。这里的屋顶一点也不像一个屋顶。

这是个极其美丽的地方。经过基因改造的草丛苍翠欲滴,花圃里盛开的花朵千娇百媚,还有长椅子和一些奇怪的雕塑以及一些新奇的机器人,莉齐手痒痒地直想把它们都拆开来看看。但是她不能把它们给拆了,她甚至都不能去触碰它们。她不够聪明,她只是一个傻里傻气的生活者,她把什么事情都搞得一团糟:竞选失败,辜负了她的部落,甚至给她的宝宝带来了她根本无法理解的灾祸。

"走这边。"阿拉诺医生带着他们穿过这个已经不仅仅是屋顶的屋顶。现在的气候很温暖,天空万里无云。

"真是难得,这里的天气像是六月天一样。"维姬说道。这话没道理的,因为现在还只是四月。维姬脸上没有笑容,但她看上去并不像莉齐那样困惑,毕竟她也曾在这样的环境下生活过。她怎么会离开这样的生活而到东奥兰塔去呢——莉齐隐隐感觉到羞愧,她从没想到维姬是放弃了这样的生活,去和他们在一起。莉齐想起有时候她还常给维姬讲世界上发生的事情，这些回忆让莉齐的心里翻腾着。她能知道多少，竟然给顽固者上起课来了？她根本什么也不懂。

但是今天，她知道了许多事情。刚才阿拉诺医生带安妮回了营地。现在他带着莉齐、德克和维姬走进电梯。电梯说："您好，阿拉诺医生。"

"你好。到我的房间。我妹妹在家吗？"

"是的，"电梯说，"阿拉诺小姐在家。"电梯停了下来，电梯门打开，一个令人惊讶的房间出现在眼前。莉齐平生第一次见到这样的处所：房间长而窄，光滑的白色墙壁，银灰色的闪亮的大理石地板，有几处铺缀着地毯，一张精致的小桌上放着玫瑰花——不过它们和真正的玫瑰并不一样，它们的叶子是奇怪的银灰色，散发出沁人心脾的花香；还有一幅画，有灯光将它照亮，但不知道光亮来自何处，莉齐看不明白这画是用什么材料做成的。画面上两个裸露着的女子躺在草地上，一定是在进食吧，两个男子穿着那种过时的硬邦邦的非自耗布料衣服。

"这是马奈①的真迹。"阿拉诺医生继续大步往前走，大家跟在后面。莉齐这才恍然大悟，刚才那个放有玫瑰花的美妙房间只是一条过道而已。

里面还有一条过道，然后才是真正的房间。莉齐惊讶极了，一面墙是透明的 Y 能量防护罩的檐壁，在这里可以看到楼下绿意葱茏的园林。其他几面墙闪着灰色或者白色的微光，那都是编了程序的屏幕，一定是的。公园也是按程序编制出来的吗？椅子是白色的，非常柔软。桌子锃亮，桌子下面摆放着一些奇花异草……一个女孩坐在木椅上，正在用口进食。一个头顶扁平的机器人正在侍候她。

①马奈(1832~1883年)：法国画家，代表作品有《双亲的肖像》、《草地上的午餐》等。

这个机器人看上去也像一张锃亮的桌子。

"特蕾莎。"阿拉诺医生说道。莉齐一面打量着周围的环境,一面倾听医生的声音。医生说话小心翼翼的,显得温柔亲切。

"特蕾莎,别害怕,我只是带几个人来家里开个业务会议。"

女孩在椅子上缩了缩身子。她和莉齐差不多大,看上去很是害怕,很不自在……是因为莉齐和维姬吗?没道理啊。女孩有着一头金色的头发,身子非常单薄,穿着一件样式古怪的宽松花布衫。莉齐确信,衣衫是用那种可被身体消耗的布料做成的,但这怎么可能呢——裙子上并没有破洞啊。

"这是维姬·特纳,"阿拉诺医生介绍道,"这是莉齐·弗朗思,还有莉齐的儿子德克。这是我的妹妹,特蕾莎·阿拉诺。"

特蕾莎没有应声。莉齐觉得她在颤抖,呼吸也很急促。她是一个顽固者,但她和维姬不一样,和那些记者也不一样,也不像那个在肖基还是候选人的时候和他胡搞的顽固者女孩。

维姬和阿拉诺医生交换了一下神色,莉齐不明白他们是什么意思。维姬轻声说道:"阿拉诺小姐,你想看看小宝宝吗?"

特蕾莎那种奇怪的恐惧感似乎消退了一点,"哦,一个宝宝……好啊,看看……"

阿拉诺医生从莉齐手中接过德克——好在他这会儿已经睡着了——然后放在特蕾莎的怀里。特蕾莎高兴地看着他,但接下来的一幕却让莉齐大为吃惊——宝宝竟然哭了起来。是那种无声的哭泣,泪水从他白皙的双颊上滚落下来。

"我可不可以……杰克逊,可不可以……你们开会的时候我来抱着他?"

"当然可以。"维姬说。莉齐一时有些不高兴:德克是她的孩子,而这个顽固者女孩特蕾莎,她生活在一个要什么有什么的环境里,现在竟然想要莉齐的孩子——特蕾莎甚至没有征询莉齐本人她是

否可以抱着这个孩子；而且从外表看来，特蕾莎是个懦弱之人，换作她去像莉齐那样用智慧获取数据资料，给全部落的人弄来需要的东西，可能连三分钟也坚持不到。

"我们就在餐厅那边，特蕾莎。"杰克逊说，然后拉着维姬和莉齐的手走了。

这间餐室不是什么采食场地，里面有一张桌子、十二张高背椅，还有一些一动不动的服务机器人，当然还少不了奇异的植物，这些植物一定也是经过基因修改的。一面墙上有一道水帘潺潺流下——不是程序编制的全息图像，而是真正的水。光亮的桌子上空无一物，莉齐的肚子突然咕咕地响了起来。

她不知从哪儿上来的一股气，竟然质问道："你们怎么连一个采食场地都没有？"

"是没有，"阿拉诺医生心不在焉地回答道，"但是我们最好……你是不是饿了？约翰，请准备三份早餐。和特蕾莎的一样。"

"遵命，阿拉诺医生。"房间系统应道。

"卡罗琳，请打开。"

莉齐没有看见任何终端，只听得另一个不同的声音说道："是，阿拉诺医生。"

维姬说："你已经拥有卡罗琳 VIII 版本的个人系统了，真让我羡慕。"

"卡罗琳，呼叫凯尔文-卡斯特纳公司的瑟蒙德·罗杰斯，告诉他这是一个优先级电话。"

"是，阿拉诺医生。"

他转过身来面对着维姬："瑟蒙德是我的老朋友。我们一起从医学院毕业的，他是凯尔文-卡斯特纳制药公司的研究人员，他从事的是一个很了不起的研究领域，他会帮助我们的。"

"帮助我们什么？"维姬问道，但莉齐没有听到回答。另一个房间里,德克开始哭了起来,莉齐冲进去看他。特蕾莎怀抱德克,感觉手足无措。她摇啊哼啊,可德克因为惧怕,只是一个劲地哭,想从她怀里挣脱出来。

莉齐接过他,突然间,她对特蕾莎产生了好感。德克将脸埋在母亲的臂弯里,紧紧抓住她不放。莉齐说:"不要难过,他只是不认识你。"

"难道他……他也怕见……陌生人吗?"

"今天早晨之前还不是这样的!"

两个女孩对望着,莉齐突然发现她们俩在外貌上是如此的不同:特蕾莎经过了基因修改,穿着一身漂亮的衣裙,显得美丽而优雅;但莉齐自己呢,肮脏的夹克上、头发里,都沾满了泥浆和潮湿的叶子,脏东西还糊了宝宝一脸。莉齐将德克头发里的一根嫩枝拿掉。

"今天早上发生了一些事情。"莉齐不假思索地对特蕾莎说道,"阿拉诺医生说,可能有人在我们的采食场里投放了一种神经药物,它使得每个人对所有新鲜事物都感到害怕,即使是投票选肖基当地区行政长官这样的事情他们也会害怕!我们花了那么大力气!真他妈该死!"

特蕾莎怯怯地往后退缩着,但她还是问:"害怕所有新鲜事物?你的意思是,像……像我一样?"

这么说来,这个女孩也有这样的问题?她吸进了某种对神经有害的毒物吗——就像安妮、比利和德克一样?但是……阿拉诺医生说过,他并不知道这种神经药物是什么,它不是睡眠者能够发明出来的,那么特蕾莎怎么会……

"我得过去了,"她突然说道,"阿拉诺医生正在联系一个研究机构。"她抱着德克回到了餐室。

桌上摆满了一盘盘用口进食的食物,但是莉齐并没有看见机

器人从这里走过。草莓大而多汁,面包上嵌着水果粒和果仁,还有松软蓬松的炒鸡蛋。去年夏天以来,莉齐就再没吃过一个鸡蛋,她觉得口水都要流出来了。但是很快,她就顾不得去想这些食物了。

编了程序的墙壁有一部分开始向里凹陷进去,渐渐变成一个凹进去的全息终端——莉齐从没见识过如此先进的技术——全息终端上出现了一个男人的影像,他的年龄和阿拉诺医生差不多,面容俊美,栗棕色的头发很有光泽。他说道:"听起来让人难以置信,杰克逊。"

"我知道,瑟蒙德,我知道。但请你相信我,我之前就认识这些人,他们的行为很激进——"

"你怎会如此了解生活者?他们不是病人,对吗?"

"是的。我对他们了解多少这无关紧要,但我要告诉你的是,这种药物在停止吸入后,它的作用也不会消失,而且它也并不伴以胃肠道的不适或者晕厥等状况。你想要看看吗,瑟蒙德,我想要你来看一看。"

全息图像里的那人用手指在桌上敲击着,"好吧, 这事我与公司谈谈。带两个实验样本来,一个婴儿样本,一个成人样本。"

样本?

"什么时候要?"阿拉诺医生问。

"这个嘛,我还不……哦,好吧,就今天下午。杰克逊,你能确定吸入停止后, 它对行为举止的影响还是不能消除吗?如果不是这样,那就不值得花时间在这——"

"我可以肯定。这对你的研究来说也是很有价值的,瑟蒙德。"

"你需要草拟一个关于百分比的合同吗——如果这项研究可能会有商业回报的话?我们通常的分成方法是——"

"那个问题以后再说。我们在几个小时之内就会到达你那儿,通知一下你的警卫系统。我和三个生活者——"

"三个？"

"婴儿的母亲必须要来，但她没有吸入神经药物，因此要来两个成人。"

"好吧，先让他们都洗个澡。"

杰克逊斜着眼睛瞄了一下维姬，瑟蒙德·罗杰斯——这个愚蠢混帐的顽固者竟然认为生活者从不洗澡——语气尖锐地说道："杰克逊，他们这会儿和你在一起吗？是在你家里吗？"

维姬走到全息终端前面，姿势优美地拿起一颗草莓，她的夹克和莉齐的一样脏，但比莉齐的更破旧。她那经过基因修改的紫罗兰色的眼睛闪耀着光辉，"是的，瑟蒙德，我们现在就在这里。我们都很好，正在捉虱子呢。"

瑟蒙德说："你是谁？"

维姬甜甜地笑了，她轻轻地咬着手中的草莓，"你不记得我了吗，瑟蒙德？在卡泽埃·桑德斯举行的游园会上？是去年的事了，还记得吗？"

"杰克逊——到底怎么回事？她是一个顽固者，为什么——"

"到凯尔文-卡斯特纳来的将会是一行五人。"维姬说道，"我是婴儿的保姆。再见，瑟蒙德。"说完，她便走开了。

瑟蒙德道："杰克逊……"

"就这样，中午见。"阿拉诺医生急匆匆地说道，"谢谢你，瑟蒙德。卡罗琳，到此结束。"

全息终端的屏幕暗了下来。莉齐看着阿拉诺医生，阿拉诺和维姬对望着。莉齐将德克换到另一个肩头抱着，他越来越沉了。莉齐想象维姬会对阿拉诺医生大叫——瑟蒙德·罗杰斯管他们叫做什么"样本"，而阿拉诺竟然会听之任之；或者阿拉诺医生会对维姬发脾气，因为她干扰了他与瑟蒙德的通话。但出乎她意料的是，阿拉诺医生只是说："你见过瑟蒙德·罗杰斯和卡泽埃在一起？"

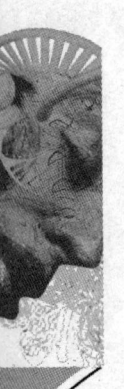
"没有，"维姬说道，"我从没见过这个人。只是现在他得搜肠刮肚地去想：这个游园会究竟是在哪儿举行的？"

"我想还不至于吧。"

"我不这么认为。"维姬说，"你真的不知道这事该怎么着手进行么，杰克逊？"

"我认为我们还没有着手进行什么。"

"我说的当然不是那个什么神经毒药的事。我问你，谁是我们的那个'成人样本'？莉齐，不要只是站在那里瞪眼流口水，如果你饿了，就先吃些草莓吧，转基因的，味道好极了。"

莉齐想说不——为什么维姬仍然对所有人都颐指气使的，即使在阿拉诺医生的家里也是如此？但她实在太饿了，于是她板着脸坐在一张漂亮的雕花椅上，任由德克依偎在她的肩膀上，一面吃着桌子上她伸手可以够得到的一切食物。

阿拉诺医生说："我们要飞回营地，将肖基接来。"

"为什么是肖基？"维姬问，"比利也吸进了神经毒药，他能配合得更默契。或者安妮也行。"

"不，比利太老了；而我已经给安妮贴了一张药膏，她有所恢复。瑟蒙德不会认为他们是理想的测试者。还有，肖基的行为改变似乎最为明显……已经影响到了大脑扁桃体。"

"影响什么？"莉齐问道，她这是在提醒他们——这里还有她呢。德克有些焦躁不安，她将他换到膝盖上坐着，准备喂他一颗草莓。

阿拉诺医生说："那是大脑中的一个会对恐惧和焦虑有所感应的部位——德克怎么啦？"

德克在莉齐的膝上尖声哭喊着，他的小脚丫踢蹬着，圆圆的手臂不停地乱舞，面孔扭曲。他在莉齐的怀里翻腾着，想要下来，似乎不顾一切地想要逃脱什么。他的哀号纯属出自本能的恐惧，莉齐向他递过来的是他从未见识过的新东西，他以前从未见过它—— 一颗熟透的红红的草莓。

"他睡着了。"维姬说，"跟我来，莉齐。"

"去哪儿?"她不愿意离开德克。德克正躺在阿拉诺医生的起居室一条柔软的彩色毯子上，维姬将一个白色沙发搬开，腾出了这块地方。德克叫喊踢蹬得如此厉害，阿拉诺最后只得在他的脖子上贴了一块小小的药膏，说这样可以让德克安睡。莉齐坐在沙发上，沙发的设计与身形非常吻合，坐在里面感觉很舒适。她愁容满面地看着维姬，心里胡思乱想着。阿拉诺医生本不想独自一人去接肖基的，莉齐不知道维姬对他说了什么，他最后同意维姬留下；她也不知道维姬为什么想要留下来；她还在想，在她以后的人生中，带着一个连一颗草莓都会害怕的孩子，她该怎么办，她觉得自己已经筋疲力尽了。

"我想和特蕾莎谈谈。"维姬说，"你不是想要进入这里的计算机系统吗? 阿拉诺有一个卡罗琳 VIII 版本的个人系统。"

卡罗琳 VIII，莉齐只是耳闻过这个系统，她现在突然很想进入这个系统，比一生中其他任何愿望都来得更为强烈。她有能力侵入这个系统，她懂得这个系统。她生活中的一切都在顷刻间发生了天翻地覆的变化，让她手足无措——只有这件事情没有变化。

"德克很好，那张药膏可以维持几个小时。来吧，莉齐，我们建立一个登录据点。"

莉齐不知道什么是登录据点，也没有问。她跟着维姬一直走到餐室，德克如果有什么动静，这里也能够听得到。那些可以用嘴进食的真正的食物仍然摆放在桌上。

"杰克逊的系统是需要声音提示的。"维姬说。莉齐哈哈大笑着，将手伸向一个盘子。

"你真的以为这就会难住我吗？"

"当然不能。一会儿见。我要去找特蕾莎了。"

莉齐狼吞虎咽地吃着，所有食物都太好吃了！甚至那些盘子也都是那么好看，它们是用一些质地很细腻的材料做成的，还镶着金边，还有那些玻璃制品和银制器皿也很漂亮。莉齐一直吃到再也吃不下，然后鬼鬼祟祟地四下张望着，接着飞快地将一个银茶匙放进她的夹克口袋里。

然后她就开始向杰克逊的房屋系统琼斯发起进攻。正如她所预想的，房屋系统用的是那种直接而可笑的访问权限加密法，这太业余了，她很容易就进入了杰克逊的个人系统，关于杰克逊的一切都尽在莉齐的掌握之中。

还有关于特蕾莎的一切。

莉齐的眼睛闪着光亮，即使维姬没有能够找到特蕾莎，或者没法让她开口，莉齐也可以从特蕾莎的个人系统中知道关于她的一切。如果维姬下次再说她做不到的话，那么莉齐就可以装作漫不经心，将这些资料抛出来给她看，让她知道事实上她比维姬知道的还要多得多。

特蕾莎的那个名为托马斯的个人系统里面有日历文档、医疗文档、（难道说特蕾莎从小就一直在服用药物吗？那么她服用的是哪些药物呢？）信用账户（莉齐记下了账户的号码，以及进入这些账户的方法）。

她难道没有日记文档吗？没有，但是有一本她以口述方式创作的书籍。

莉齐哼了一声，顽固者的网络上总是书满为患。

对于她来说，这个系统的所有东西中，书似乎是最无趣的。书里除了永远也不会发生的虚构的故事，就是发生在很久以前、早已成为历史上翻过去的一页的故事，谁愿意去听这些东西呢？现在要

学的东西已经多得无法吸收了。

莉齐快速地翻看着这些文档，直到有几个字突然跃入她的眼帘，引起了她的注意——**改造针剂**。

她停止了浏览，"托马斯，给我读这一段。"

托马斯读道："蕾莎·卡姆登从没见到过米兰达研制的改造针剂。蕾莎早已死了。每个人都以为如果蕾莎活着，一定会喜欢改造针剂，因为她曾对托尼·英迪维诺说过，她会给西班牙的贫苦乞丐很多钱。每个人都以为蕾莎会喜欢给予乞丐——像生活者那样的人——任何东西，但我认为蕾莎不会喜欢改造针剂，因为她明白人们不仅需要食物，更需要另外的东西，这就是生活的意义。"

乞丐？像生活者那样的人？莉齐一生从未乞讨过任何东西！她只喜欢在网络上进进出出。

"托马斯，将文档内容概述一下。"

"此文档是特蕾莎·阿拉诺口述的一部著作。此文档创建于2118年8月19日，是一本关于蕾莎·卡姆登（2008~2114年）的生平，以及美国的二十一个经过基因改造的无眠者的书。此书追述了蕾莎·卡姆登的一生，从她在伊利诺斯州的芝加哥出生，到——"

"够了，有文档链接吗？"

"有一个。新闻网链接文件65。此文档为受限访问文档。"

受限访问文档？一个新闻网链接文会被限制？可是新闻不就是公开的吗？"限制范围？"

"只限于特蕾莎·阿拉诺的书房内——"莉齐花了整整三分钟时间才破除了这层限制，"请在离我最近的屏幕上显示出来。"

餐室墙壁上出现了一些画面，每幅画下面都有文字说明。这些画依次在屏幕上显现了三十秒后才消失，接着出现下一幅。莉齐读不懂下面的文字，但是她能看懂这些画。她从没有在一个地方看到过这么多图片。

婴儿们的肚子鼓得大大的,皮肤上布满了斑点。婴儿们的眼睛里渗着血丝。婴儿们静静地躺着,眼睛茫然地大睁着,骨瘦如柴的手臂无力地耷拉着。婴儿们就像一个个干枯的苹果,从他们张开的嘴里可以看见肿胀的、没有牙齿的牙龈。这些都是没有经过改造的孩子,他们失去了对疾病和饥饿的抵抗能力……这么多没有经过改造的婴儿。

莉齐跌跌撞撞地回到了起居室。德克在色彩亮丽的地毯上睡着了。莉齐这会儿才注意到,他原本胖乎乎的小腿已经开始消瘦下去,粉嘟嘟的小嘴在梦中还在做着吸吮的动作。

她又回到餐室里,浏览更多的图片:没有经过改造的婴儿生病了,没有经过改造的婴儿奄奄一息,没有经过改造的婴儿濒临死亡……都是生活者婴儿。莉齐合上眼睛。在美国有多少没有经过改造的婴儿呢? 如果她没有为德克争取到一支改造针剂的话……为什么没有人为改变这种状况做点什么呢?

为什么特蕾莎·阿拉诺——这个富有的、经过基因改造的、生活安定的人——会来关心这些生活者婴儿呢?

莉齐有些明白了,这是因为特蕾莎对于任何新鲜事物都感到害怕。她几乎没有朋友,她用嘴进食。原来特蕾莎自己也是没有经过"改造"的。

可是这怎么可能呢? 特蕾莎是一个顽固者,她的年龄与莉齐相仿。仅在两年前,改造针剂还多得不得了。顽固者手里是不是还有很多呢? 也许什么地方还有。莉齐还是不太明白,所有这些都有些不合常理。

系统响起了琼斯呆板的声音:"阿拉诺小姐,阿拉诺医生在电梯里。"与此同时,莉齐听到维姬回到餐室的声响。

莉齐立即关掉了系统——她自己也不知道为什么要这样做。虽然维姬是她在这个世界上最好的朋友,而且她的一切都是维姬带来的,但她还是不能让维姬看到这些画面。不过维姬一直坚持看新闻,她可能早已知道这些事情,只是瞒着不告诉她罢了。但是维姬仍然是一个顽固者,莉齐不想让她看见这些未经改造的生活者婴儿可怕的惨状,特别是在这么有钱的顽固者家里。

"我找不到特蕾莎,"维姬气急败坏地说道,"我觉得她就躲在楼上的一间屋子里,但我打不开锁。你为什么不和我一起去呢?刚才那么吵,是什么声音呀?"

"阿拉诺医生回来了。"

"就他一个人么?肖基呢?你破解访问密码了吗?"

"是的。"

"那么我们到那个布置华丽的楼顶上去迎接他们吧。"

"稍等,"莉齐说,"我只想……我只想再吃一点面包。"

"你倒是真能吃。"维姬说着便离开了房间。

"托马斯。"莉齐轻声唤道,"特蕾莎的个人信件模式。紧急。"

"请讲。"

"我看了生活者婴儿的图像,你得想办法找到米兰达·沙里夫,让她给我们更多的改造针剂。你是一个顽固者,你有那么多的钱,你会有办法找到米兰达,你。你们有很多我们所没有的办法,我们……"莉齐拖长了声音。她为什么要写下这些?为什么要写?见鬼了,她在做什么,向一个顽固者女孩乞求帮助,而这个女孩甚至胆小到都不敢离开自己的家门?

"托马斯,删除个人信件。"

"请提供个人信件删除密码。"

没有时间了,杰克逊和维姬正向门口走来。

"托马斯,关闭。"墙上的屏幕消失了。

"我们走吧,莉齐。"阿拉诺医生疲倦地说道,"我保证不会有什么害处的,只是做一些行为方面的记录,进行一下脑扫描,然后让

你们睡一会儿,提取一些组织样本。不会对你们造成什么伤害的。"

"肖基在哪里?"

"在汽车里。他不肯离开汽车,即使给他贴了镇静药膏也不行。抱上孩子,我们走。"

"比利和我母亲都好吗?"

"好——不怎么好。他们还是你看见他们时的那个样子。"

维姬说:"你是怎么把肖基给弄来的?"

"不太容易,他一直大哭大叫。"

莉齐想象着肖基哭闹的样子——个子高大,外形粗犷,长着一对大眼睛的肖基。

"没有任何人来劝阻他吗?"

"有,比利算是劝了几句,还有几个人也来帮了忙。但我发现他们的表现都非常古怪,他们甚至更害怕,一直向后退缩。我抓住肖基,安慰他,拖着他走,但他一直不停地哭叫。"阿拉诺医生用手捋了捋头发。莉齐从不知道一个顽固者也会看起来如此疲惫,如此心烦。

维姬发话了,她的声音显得很温柔,莉齐从未听到她与任何人用这种口吻说过话:"你应该睡上一觉,杰克逊。"

他只是微微一笑,"哦,没错,睡一觉就什么事都没有了。走吧,莉齐,瑟蒙德·罗杰斯正等着呢。"

莉齐不假思索地说道:"我洗完澡再去,德克也需要洗澡。"

"你不能——"

"哦,我能。我要洗澡,我。"

维姬看着她微笑,莉齐愣了好一会儿才明白过来:维姬以为她要去洗澡,是为了能让阿拉诺医生睡一会儿,他需要休息;见鬼,她想洗个澡——这样才能去面对瑟蒙德·罗杰斯和他那个瞧不起人的公司。

她和德克都要洗澡。

维姬可以就现在这个邋遢样子出现在人前,但那是不一样的,维姬是一个顽固者。

莉齐以前从没想过这么多。

"好吧,就这样,"阿拉诺医生说,"洗个澡吧,不过要快些。"

"我会很快的。"莉齐应道。

她会很快的。她比任何人都更担心安妮和比利。她和德克会尽快洗好的。

也许她在浴室里还可以进入某个在线系统——如果那里面有的话。

穿插事件

发送日期:2121 年 4 月 3 日。

发送至:月球,"月之女神"基地。

经由:地球 2 号站芝加哥,地球人造卫星 342(美国)。

信息类型:未加密信息。

信息分级:D 级,公共服务访问,依照 2118 年 5 月《国会法》案 4892-18。

原发送者:美国医学协会。

信息正文:

致米兰达·沙里夫的一封公开信——

我们是美国医学协会的医生,我们再一次集体向你发出请求。作为一个人道主义行动,你们向全世界人民提供了你们的医学专利研究成果——细胞清洁机;但作为医生,我们每星期都在目睹这种药物突然中断给人们带来的痛苦和由此造成的社会不稳定。这无异于一场悲剧,它将给我们的国家,同时也给你们带来长期的后

果——其后果可能极其严重。

请考虑一下，然后做出你们的决定——如何来挽救这场大劫难。

美国医药协会主席：玛格丽特·露斯·斯坦贝尔(手书签名)

美国医药协会副主席：赖安·亚瑟·安德森(手书签名)

美国医药协会秘书：特多尔·乔治·米尔盖特(手书签名)

以及美国医药协会114822名会员

回执：无回复。

世界科幻大师丛书

乞丐的愿望

13

　　微型遥控飞行器在树林上空低低地飞行着,飞得很慢,和鸟儿的速度差不多,一点也不引人注意。安装在飞行器前面的微型摄像机从容不迫地拍摄着下方顽固者的住宅区,镜头越拉越近,景物越来越大。詹妮弗·沙里夫此刻正独自待在庇护所中她自己的办公室里,对着屏幕微倾身子。

　　她已经将办公室面对太空的那面墙设置成不透明。此时此刻,她不想考虑来自太空的挑战,就像她不需要别人的陪伴一样,即便是她的丈夫威尔,她也不欢迎。实际上,此刻她最不希望待在自己身边的人就是威尔了。项目小组里的其他人正在观察沙里夫实验室里的实验。对詹妮弗来说,她似乎已经在这场由她掀起的恣意妄为的行动中得到了想要的东西。

　　加利弗尼亚顽固者小区越来越近了。到目前为止,已经在十六个生活者营地投放了神经药物,但这些只是试验而已。眼下这个位于加利弗尼亚的小区将是用斯特科夫的病毒进行渗透的第一个顽固者小区, 也是用更为先进的遥控飞行器进行病毒传播的第一次测试,这种遥控飞行器是由詹妮弗在秘鲁的承包商制造的。要想让生活者受到感染,只要穿透那层塑料帐篷就可以了,但是要对付顽固者生活区的Y能量场防护罩可就困难得多了。不过首先对付的这个加利弗尼亚的顽固者小区还算比较容易。

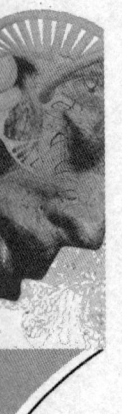

"十五分钟。"房间角落里传来另一台终端呆板的声音。詹妮弗头也没有回。

位于加利弗尼亚北部的这个顽固者小区面积很小，最初只是太平洋沿岸的一个度假村，Y能量防护罩下住着四百七十个顽固者。防护罩向着海面延伸了四分之一英里，然后一直深入到海底。在防护罩的透明穹顶下，是郁郁葱葱的基因改造园圃、一片人造海滩，以及造型奇异、气派豪华用纳米材料搭建的建筑。在"大变革"中，这里的保安工作有所加强，但还说不上有什么实际防御力量。不过，在这么一个多数居民都是退休老人的小小度假休闲场所，还用得着担心会遭到什么重型武器的攻击吗？小偷和窃贼是无法穿越Y能量防护罩的，过多的防御也是多余。

这个顽固者小区里的人都爱鸟，不论是海鸥、秃鹰、啄木鸟、燕子，还是其他经过基因改造的奇异海鸟，在此都深得宠爱。人们没有理由惧怕鸟——生活者不具备发动生物战的科技力量，他们也没有能力从顽固者那里窃取技术，即便有办法窃取到，他们对这类技术也无法搞得透彻明白。每个人都知道这一点。防护罩离地面六十英尺高的地方，鸟类是可以自由进出、自由飞翔的。

遥控飞行器在防护罩上方慢悠悠地移动着，看上去就像一只正在自在地飞翔着的鸟儿，居民们没有一个人注意到它。飞行器慢慢下降，摄像机镜头拍摄到越来越多的细节。它最后拍摄到的画面是一个紫色调的庭园，游泳池里的水呈紫罗兰色，大片大片的紫色花——甚至连花茎和叶子也都呈现深浅不一的紫色，一只基因改造过的深紫色兔子转动着紫罗兰色的眼睛望向天空。飞行器的摄像机镜头上最后出现的是兔子眼睛里的深紫色瞳孔，好似一滴墨迹。

微型遥控飞行器无声无息地爆裂开了，病毒像薄雾一样遮蔽了一大片地区，其覆盖范围之大令人难以置信。与此同时，飞行器的残骸消失了,没有留下一丝痕迹。小区内的人造微风与洋面上吹来的自然风联起手来,将这片病毒构成的细雾扩散得更远。这个小区里的温度一直保持在华氏 72 度,气候四季如春,豪华住宅的窗户敞开着,迎向散发着花香的天空。詹妮弗右边的一个显示屏响了起来。

"沙里夫女士,斯特科夫博士来电。"

詹妮弗将头转向屏幕,她还没来得及决定是否接入,斯特科夫的全息影像就已经出现在屏幕上。话未出口,斯特科夫已表露出那种目空一切的优越感。詹妮弗不动声色。

"早上好,沙里夫女士,有关病毒散播的情况,想必你已经看到了。"

"没错。"

"天衣无缝,不是吗?我想给我的报酬已经转到新加坡了吧?"

"是的。"

"太好了,太好了!散播计划还是不变?"

"是的。"要在更多的顽固者小区、军事要地和政府部门所在地进行试验。当然,病毒的渗透会越发困难。如果斯特科夫能够将病毒传播到布鲁克黑文、科尔德港、贝塞斯达和纽约的顽固者小区,以及加利福尼亚、科罗拉多、得克萨斯和佛罗里达的军事基地,那么他的病毒就能无孔不入,渗透到任何地方。

通向办公室的门打开又关上了。来人是威尔,他对着斯特科夫的全息影像说道:"迄今为止,进展良好。当然,还没有证据表明你研制的这种类型的病毒是有效的。"詹妮弗显然不赞成他这么说。

她从来也没有能够教会威尔——要保持战术上的优势,就不能轻易表露出敌意。

斯特科夫说道:"可它是有效的,它会有效的。"他微笑着,露出一口完美的牙齿,"或许你们会怀疑投放设备的效率,可这事不由

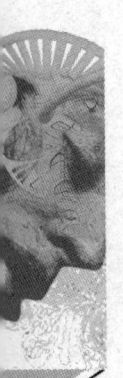

我负责,应该怪罪你们的秘鲁工程师。这方面的技术问题,或许你应该和你那位才气过人的孙女米兰达·沙里夫商讨商讨?"

詹妮弗说:"好了,就说到这里,斯特科夫博士。"

"好急躁的女士。"

"我不信任他。"公共通信链接网关闭后,威尔说道。

"没有理由不相信他。"詹妮弗平静地说。现在,威尔·桑达罗斯作为她的合作伙伴和丈夫是否称职,她得重新考虑一下了,如果他不能克制自己的喜好和妒忌的话……

"他仍然不能将病毒样本送往沙里夫实验室进行分析,而我们的遗传学者也无法构想出一个适当的模式来。生物化学的研究难道就不能他妈的直接……"

"我们要求的就是间接效果。"詹妮弗说,然后她对着屏幕说道,"新闻格栅模式。164频道。"这是顽固者最可靠的一个频道,是纽约的一个新闻频道。

"我就是不能相信他。"威尔反复地说。

"五十分钟。"屋角的那个终端说。

"——爱荷华州的生活者发生打斗事件。"新闻网报道说,"安全部门向各新闻频道保证,皮奥里亚小区,以及有Y能量防护罩的伊利诺斯农业区域不会有危险,自动摄像机一直严密关注着事态的发展。拍摄到的镜头显示有好几个生活者部落都卷入到了这场战斗中,有可能他们是互相结盟的。争斗的起因似乎与其他地区一样,是这些不幸的生活者营区里缺少改造针剂所致——"

詹妮弗全神贯注地看着新闻图片,这些图片都未经剪辑就直接传了过来。无数自动摄像机在现场快速旋转着取景。光天化日下的攻击行为——昨天发生的事吗?——是由三四十个生活者在他们肮脏不堪的小小"营地"里发起的。住在那里的生活者们赤裸着身子坐在透明防水塑料棚下,那是他们的采食场地。为什么他们没有像其他许多人那样,去南方过冬呢? 不过这无关紧要。另一组生活者,穿着政府发放的合成材料衣服——已经很旧了——以及各类手工制作的可消耗的衣服,模样又怪异又难看。他们都蜂拥而上,互相开起火来。人们尖叫着,红色的血液喷涌出来,溅在塑料篷布的下部。一个婴儿被子弹击中,发出一声惨叫。

詹妮弗将图像定格,仔细地研究着。攻击者手中拿着的武器是AL-72S型的,是一种军用攻击性武器,这说明他们或者与顽固者结盟,或者他们有能力侵入联邦或者州政府某处武器库的数据系统。后者的可能性更大些。这些侵入者的胆子越来越大,当他们得到了更多的知识,拥有了更多的武器,就会构成更大的潜在危险——不仅仅威胁到顽固者,也威胁到庇护所在美国的财产,当然,也就会威胁到庇护所本身。

"——另一个人道主义援助医疗小组已奔赴以上三个地区,他们是从——"

"四十分钟。"墙角的终端说道。

詹妮弗有条不紊地转换着新闻网频道,很有规律,两分钟换一次。当然,标记程序会每隔一小时就为她编辑一个新闻摘要。但是,亲自获取信息也很重要,播音员的声音和语气中的微妙差别,从编辑后的新闻摘要里是无法了解到的。

一个生活者正在突袭迈阿密的一个顽固者小区,他共偷到了三十支改造针剂,死了十五个人。更多的图片是关于得克萨斯州没有改造的婴儿的,由于某种不知名的病毒或者毒素侵害,他们正濒临死亡。加里森总统宣布进入紧急状态,然而那些几乎已经各自为政的顽固者小区哪管这些。更多的广播是针对"月之女神"的,向米兰达呼吁提供更多的改造针剂。弗吉尼亚出现了一股奇怪的宗教崇拜热潮,他们相信耶稣已经准备让猎户星云上的天使们降临地球。

詹妮弗从容地看着,不露声色。米兰达现在在做什么?米兰达曾将改造针剂给了敌人……为什么她现在改变初衷了呢?

朝三暮四的人是最危险的。你无法预见,也就不知道如何去影响他们的行动。

"三十分钟。"墙角的终端说道。

"詹妮弗,第二次渗透行动的时间到了。"威尔说道,他的声音高亢又急促。詹妮弗从新闻网上转过身来。

这次的攻击目标是一个不太富裕的顽固者小区,它坐落在明尼苏达州圣保罗城区的主防护罩之外。住在这里的顽固者多数是技术人员,是他们让这个城市里的各种高科技机器都能持续运转,也是他们编制各种程序。这些技师具备专业技术,经过了基因改造,是组成顽固者经济基础的一部分,但他们从来都不是决策者。遥控飞行器上的微型摄像镜头显示出一排排小而整齐的房屋,它们都被罩在Y能量防护罩的圆顶下,被罩在里面的还有基因改造的草坪和花卉、一个操场、一个教堂及一个公共活动中心。这里的Y能量防护罩鸟儿是进不去的,因为技师们对鸟类没有多大兴趣。

然而,这第二架遥控飞行器还是穿过了防护罩,就像第一次穿过太平洋沿岸那个富裕的顽固者小区的Y能量防护罩一样容易。遥控飞行器无声无息地化为乌有,同样无声无息地,大片病毒形成的细雾飘飘荡荡地落在房屋和操场上。

这些技师为生活而工作,如果将他们变得像生活者那样胆怯懦弱的话,他们就会拒绝离开小区,也就无法去工作了。斯特科夫对十六个生活者营地进行了初步试验后,已经将他的产品作了改进,这一次的病毒变得更加狡猾。

要想通过生物化学分析来发现它是十分困难的,即使是沙里夫实验室也做不到。病毒启动了大脑里天然生物胺的制造和释放过程,然后引起连锁反应,制造和释放出更多的生物胺,它会影响到多个神经受体区域，并进一步引起电化学反应……这是一连串长而复杂的大脑活动。最后，这些技术人员在不知不觉中，就会只愿意接触熟悉的人和事物，包括他们业已熟悉的日常工作，每天都会看见的熟识的脸，以及过去经常做的工作、他们过去的朋友、现任政界人物。对于他们来说，任何创新、学习或者改变都会让他们不安和困惑。

这样，詹妮弗·沙里夫和她的那些无眠者就都安全了。面对一个你已有所了解的魔鬼，要比面对一个你不了解的魔鬼好得多。

说到安全，真的会安全吗？当初在艾伦代尔联邦监狱的时候，詹妮弗对于再次获得安全，或者让她的人得到安全，一度感到绝望。她先前保护无眠者的努力都是非常粗浅而幼稚的。庇护所虽然离开了地球，却不堪一击，就像所有的轨道基地一样。财力是必要的，却不足以用于防卫。最后，他们试图通过采取恐怖行动，从那个腐败的政府里分离出去，但代价巨大，他们成了众矢之的，失败也就成了必然。

这一次肯定会不一样。不用以细菌战相威胁，也不用为自由而呐喊。全世界的媒体没办法去找出一个根本看不见的敌人。没有人能够。这一次的做法是：先采取秘密行动，然后静观事态变化，让全世界进入生化武器的控制之中。她做得是如此巧妙，他们永远也发现不了。威尔是对的——他们永远也不会知道打击来自何方。

除了那二十七个人。那二十七个人，如果他们能够有所选择的话，一定会选择阻止她，就像他们曾经做过的那样。他们目前还没有进行干涉，这也许说明他们自己那些复杂曲折的目标在某个方面可能与她的不谋而合……会是这样吗？米兰达在做什么呢？

不管米兰达正在做什么，詹妮弗绝不会让她破坏自己的计划。绝不会。

这是一个最为痛苦的抉择。詹妮弗无法真正做出选择。米兰达是她的孙女,尼克斯和克里斯蒂娜是她老朋友的孙儿、孙女,特里·姆瓦卡贝是她的侄外孙,她不可能毫无痛苦地抛弃他们。睡眠者正是这样的:当亲情的纽带被破坏,人类社会本身被摧毁,却不会感到任何遗憾。那种行尸走肉般的自我正是詹妮弗要与之对抗的。

不过——还是无法选择。即使她想让自己的人得到安全,她还是无法取舍。

她感觉到威尔的手搭在她的肩上。"詹妮,时间到了。"他说,她怎么觉得他先前已经说过这句话了,可是突然她又想不起来。她没有听见角落里那个终端的声音。一时间,她觉得房间里的一切都模糊起来,她闭上了眼睛。

"三十秒。"屋角的终端说。詹妮弗强迫自己睁开眼睛。她的屏幕亮了起来。这次没有安装在微型飞行器上面的摄像机,隐蔽着的监视器在一英里之外,显示出来的只有空荡荒凉的旷野,通过移动摄像机镜头,可以看见一个 Y 能量罩发出的微光。不,那不是一个Y 能量防护罩,完全是另外的东西,一个天才的设计,任何地方的任何人都没有能力把它复制出来,它是微型飞行器无法穿透的。

"二十秒。"

威尔的手紧紧揽着她的双肩。她想挣脱这双手, 但她无法移动,也无法思考。她的大脑,那个精确无比的工具,塞满了乱麻,满脑子都是卡罗琳·瑞雷刚给她送来的关于"月之女神"的数据资料,那里是那个叛徒米兰达·沙里夫躲避世界的地方。

她的孙女米兰达,理查德的女儿。理查德,她的儿子,也选择了站在叛逆米兰达的一边,来反对自己的母亲。理查德现在也在那里,和米兰达在一起。

"十秒。"她已经想不起理查德婴儿时的样子了,那时候她是那么年轻,全身心地创建着庇护所,还没有养成记住所有事情的习惯。她能想起来的倒是米兰达的婴儿时期。米兰达长着黑黑的眼睛，一头桀骜不驯的黑头发，就是在这个房间里，詹妮弗抱着她走到窗前，她看着星星笑得好欢。米兰达。

米丽。

"不！"詹妮弗叫道，她的叫声盖过了角落里那个终端的声音。

"结束了，詹妮。"威尔轻轻地说，"结束了。"但詹妮弗是带着哭声说出来的，她抽咽得如此厉害，以至于系统接下来说的话她也几乎没有听到。"新墨西哥行动结束。"在以后的日子里，她会痛恨自己竟然如此哭泣，痛恨这一幕被威尔看在眼里。她一向是个很有自控力的人，这让她觉得很丢脸。但这会儿，她哭得像个两岁的孩子，因为事情不应该是这个样子的，她的选择不应该如此残酷，战争的选择——这太可怕了。

"米丽——"

威尔扶着她，好像她是一个吓坏了的孩子。在她的哭泣中，在她的愤懑中，在她这种不可宽恕的软弱中，她知道只要他——尽管她蔑视他的仁慈——仍然能为她做这些，她还是准备将威尔·桑达罗斯一直留在身边。

14

灯光照在脸上，惊醒了特蕾莎，她不由得大叫起来。

过了一会儿，她记起了自己身在何处：原来她正蜷缩在楼上过道尽头窗下的一个座椅里。从昨天晚上起她就一直在这里吗？整个晚上？她原本只想在这儿坐一小会儿，看看下面的公园，从她的书房里脱身出来，放松一小会儿。

在狭窄的座位上待了这么久，全身都感觉难受：她的背在痛，脖子变得僵硬，嘴里发苦。从昨天晚上到现在，她睡了多长时间？有多长时间没吃东西了？她已失去了生活的轨迹，杰克逊有几天没回家了？特蕾莎一直是一个人待在家里，将自己锁在书房里，看新闻网，下载图片。那些濒临死亡、未经改造的婴儿的图片，那些为根本不存在的改造针剂野蛮地互相打斗的成年人的图片，他们发动袭击，掠夺 Y 能量锥、家具、终端，他们侵入顽固者的生活小区、俄勒冈、新泽西、华盛顿……这些新闻特蕾莎都看到了。

我来到这里，是来见证这个被破坏的世界。托马斯给她找来了这段引语。特蕾莎一直盯着这段话看，直到眼前变得模糊；然后，她又看了一会儿新闻网上的消息；接下来，又看了看她的个人系统上的一段文字，她记得这里原本没有如下这一段文字的：

"我看了生活者婴儿的图像，你得想办法找到米兰达·沙里夫，让她给我们更多的改造针剂。你是一个顽固者，你有那么多的钱，你会有办法找到米兰达，你。你们有很多我们没有的办法，我们……"

这段话当然是口述的，但特蕾莎让托马斯写了下来。杰克逊不在家的这几天，特蕾莎就一直不眠不休地看着它。开始的时候，她竭力让自己相信，这只是一个误发的信息，一个意外事件，是全国各地的人们向"月之女神"发出的数千封求援信中的一封，它是由于网络发生故障，而被误发到了特蕾莎的个人系统上来。虽然一直在自我安慰事情就是这样，但特蕾莎知道，自己还没有疯狂到去相信这样一个解释的地步。

太糟糕了。

这段话是杰克逊带回家来的那个女孩口述的。那个生活者女孩带着一个婴儿，婴儿由于神经药物的影响对外界充满恐惧，这段话很明显是针对特蕾莎说的。杰克逊总希望她能够面对事实，这些就是事实：这段话是留给她的。

当然，这并不意味着她一定得做些什么。

她盯着这段话看了一会儿，然后转过脸去，继续看着书房墙上那些濒临死亡的婴儿的全息图片，再转过脸去……就这样过了两天，或许是三天。直到昨天晚上，她突然觉得，如果她一直待在这个房间里，她会疯的。比现在更疯。于是，她跌跌撞撞地跑到窗户旁边，往下看着点缀着灯光的公园，又往上看看星光下小区防护罩的圆顶，然后开始哭泣，无法停止地哭——不为什么，根本就没有什么理由……

服用一片镇定药，杰克逊的声音在她心里响起，特丝，这只是一种生物化学作用，你不必这样的……

"滚蛋！"特蕾莎生平第一次如此大声地说话，然后她又哭开了。

不，够了。她必须振作起精神，洗个澡，吃点东西……她得回到

书房去。婴儿们正在死亡,各种可怕的疾病将这些孩子折磨得伤痕累累,不成人形。无数的母亲都像那个叫莉齐的女孩一样,怀抱着在痛苦中挣扎的婴儿……为什么她不能让自己忘掉这些?别人能做得到,她为什么做不到!只要将这些念头都从大脑里驱逐出去,将它们挡在愚蠢的书房外面……

服用一片镇定药,特丝。

"阿拉诺小姐,"琼斯说道,"您有一个一级优先电话。"

"告诉他们我死了。"

"阿拉诺小姐?"

只能是杰克逊的电话。她不必为他烦心。她不必……她不应……她不能……

"阿拉诺小姐?"

"说我就来,琼斯。"

特蕾莎从座位上下来,她的头在发晕,她靠着墙,直到视力清晰为止。她觉得自己的膝盖摇摇晃晃,只能勉强稳住自己的脚步,在浴室里接听了电话,在那里她可以不必将自己的影像发过去。不是杰克逊。

"特丝吗,怎么我看不到你的图像呢?"是卡泽埃,她身穿一件严肃的黑西装,看上去干练而严厉。

"我刚洗过澡。"卡泽埃知道特蕾莎不喜欢自己的身体暴露在别人面前。

"哦,对不起,听我说,杰克逊在哪里?"

"他没和你在一起吗?"特蕾莎说。

"你很清楚他没和我在一起,我从你的声音里就可以听出来。别敷衍我了,特丝,他把那些生活者带到哪里去了?"

"我不知……什么生活者?"

卡泽埃的脸色变了。特蕾莎想,她和杰克逊吵架时的那张脸大概就是这个样子的：高而尖的颧骨在细嫩柔滑的皮肤上突显出来，眼神就像特蕾莎赤裸的脚下那大理石地板一般冰冷。特蕾莎不由得往后退缩，靠在水池边上。

"告—诉—我—特蕾莎，杰克逊—在—哪—里。"

特蕾莎紧紧地闭上眼睛，"你不告诉我，好吧，我现在就上你那儿去。"

"不要来！我……我正准备出去！"

"哦，好啊。你上次外出是在什么时候？我十分钟后过来，特丝。"屏幕上一片空白。

恐惧攫住了特蕾莎。卡泽埃会从她这里逼问出实情的，卡泽埃会从她这里得到她想要的任何东西，她会说出杰克逊带着莉齐和其他人到波士顿的凯尔文–卡斯特纳公司去的事……杰克逊关照过她不要对任何人说起此事，对任何人，特别是不要对卡泽埃说；但是卡泽埃已经要来这里了……特蕾莎得命令琼斯不要让她进来。

可是，卡泽埃知道如何取消琼斯的指令，她对这套公寓房，对这幢大楼，还有对特蕾莎的内心都了如指掌。

好吧，那么——只有离开，卡泽埃来的时候，她不能在这里。

这念头一出现，特蕾莎就知道这是个正确的决策。她要在卡泽埃到来之前离开。还有，她需要按照系统对她说的那段话去做——联系上米兰达·沙里夫，让她发放更多的改造针剂。你是一个顽固者，你有那么多的钱，你有办法找到米兰达，你。你们有很多我们没有的办法。特蕾莎发现，她用了两天（还是三天？）时间，努力想将她必须要做什么的想法赶出大脑，可是她做不到——她永远也做不到。无视这些通向痛苦的召唤，只会使痛苦更甚。这种召唤是上天的赐予，而她却莫名其妙地忽略了它，没有按照它来行动，反倒让它成为她疯狂的缘由。

更疯狂。

不过不是现在。

快！她一个箭步从盥洗室里跑出来，敏捷得连自己都吃惊。现在没有时间再冲澡了。但是鞋呢——出门需要鞋。还有外套。现在是四月天，小区外面——四月里还冷吗？她抓起一双鞋和一件外套。"去屋顶。"她告诉电梯。

她感到变得灵活的不仅仅是她的肌肉，她的内心也是一样。她心里已经有了一个打算，感到胸有成竹令她自己也觉得吃惊。要想找到米兰达·沙里夫，特蕾莎必须从米兰达在地球上最后出现的地方——就是三人一组结合在一起的那个生活者营区开始，在那里，帕蒂、乔希和迈克永远也不能独自行动，他们不得不始终待在一起。米兰达曾在那里出现过，并留下了一盘全息录像带，解释了那种红色液体的新针剂。要使用那种新的针剂，你首先得经过改造。乔希是这样对她说的。这就是说，米兰达可能在那里留下了改造针剂，而且应该比其他任何地方都要多。或许，她还会再到那里去，或许会派别人去，为针剂而发生的战斗爆发后，他们可能会带上更多的针剂过来。如果将人们结合在一起是米兰达最新的计划，那么她肯定会对这个地方(还是多个地方？)进行监视。对于科学实验的进行过程，特蕾莎也略知一二。

屋顶上，明媚而温暖的阳光让她睁不开眼来。她的心跳越来越快，又喘不过气来了。到了小区外面，想起上一次外出时昏厥过去的体验，那种可怕的恐惧感又来了，一阵接着一阵……

可是卡泽埃就要来了，如果特蕾莎不离开这里，她就会与卡泽埃碰面。

特蕾莎闭上眼睛，蹲下身来，将头埋在两膝之间，深吸了一口气。过了几分钟，惊慌恐惧的感觉渐渐缓解了，因为即使面对一个挤满了狂热地结合在一起的生活者的营地，也没有面对一个狂怒

之中的卡泽埃·桑德斯那么可怕。

也许人们在面对危险事物时就是这么做的——逃离那些更危险的东西。

在明媚的阳光中,她穿过屋顶花园,走向空中汽车。特蕾莎低声抽泣着,然后进到车里,脑子里搜索着那个生活者营地的坐标——那里的人们在生理上被结合在了一起。她努力使呼吸平稳,努力深呼吸,努力使自己不屈服于大脑中的那种化学作用。

那些生活者没有迁徙,还在原地。特蕾莎本来担心他们会不会离开,到别的什么地方去了——生活者通常是居无定所的,但她在空中就看到了地面上三个一组晃动着的小人影。他们互相之间离开多远就会死去呢?特蕾莎已经记不得确切的距离了。

她将空中飞车降落下来,然后深深地平稳地呼吸着,但是这一次,没有人向汽车跑来;相反,所有的部落居民全都立刻消失了,他们进到了建筑物里面,并且关上了大门。

她鼓起勇气出了汽车,向着建筑物走去,然后绕到建筑物后面。只见采食场的塑料防水篷布下坐着三个赤身裸体的人,他们没有注意到空中汽车的到来。那是两个女的和一个男的,他们看见特蕾莎时,脸上的表情先是僵住了,接下来,特蕾莎看到的是她通常在镜子中看到的自己的样子。

他们在害怕。怕她。就像莉齐的孩子当时看见她就害怕一样。这个生活者营区也像莉齐他们那里似的受到了病毒的感染。

"你们好,乔希在这儿吗?"乔希先前对她比较友善。

这三个人站着,紧紧地依偎在一起,互相拉着手,一步一步地向塑料篷布的边缘处走去——那里算是采集场的出口吧。特蕾莎站在门口想往里面进,他们三个停住了。"我想找乔希说话,还有帕蒂和迈克。"

这几个熟悉的名字让三人组里的一人稍稍安心了些。那是一个年龄稍大的妇女,她向前迈了一步,但她的手仍然握着另外两个同伴的手,她还是有些害怕地说:"你认识乔迈帕吗,你?"

乔迈帕?过了几分钟,特蕾莎才反应过来,原来她指的是乔希-迈克-帕蒂。

"是的,我认识乔希,我来这里见过他,请带我去找他。"

尽管她的胸腔里"怦怦"地跳动着,特蕾莎还是为自己感到惊异,她说话的口气很像卡泽埃。嗯,不,也许还不像,但至少像杰克逊了。

年岁大些的妇女犹豫了一下。她大约三十来岁,个子娇小,肤色白皙,脸上瘦骨嶙峋,留着短发,像特蕾莎那样的淡金发头发。"乔迈帕在里面,我去把他们叫出来。"

"你不必来回跑了,"特蕾莎说,"我和你一起去。"

"不!不要,不要。你就留在这里。"

特蕾莎稍稍往边上退让了一下,三人组就从她身边挤出去了。当他们的裸体从她身边擦身而过时,她不由得起了一身鸡皮疙瘩。特蕾莎看见他们从一个木架上的一堆衣服中拿出了几件夹克。特蕾莎走近那个金发妇女,她往后退缩着。

"不用怕,我不会伤害你,也不会伤害你们任何人。我只是……想见乔希。他会记得我的。"他还会记得吗?"你们叫什么名字?"

"我们叫珀安劳。"声音像蚊子在叫。

珀安劳。珀西-安妮-劳拉,还是珀尔-安迪-劳蒂莎,或者是……无论叫什么都无关紧要。

"珀安劳,我和你们一起去见乔希。"三人组停止了挪动,几乎是停止呼吸了。如果他们发病晕厥过去了——就像特蕾莎在过度惊吓之下产生的症状,那该怎么办?特蕾莎该怎么帮助他们?但是他们没有。过了一会儿,三人挤成一堆从她身旁走过,行动笨拙的三人组向着这个废旧工厂的墙角处走去,特蕾莎跟在他们后面跑。

"开门！我们是珀安劳！开门！"

门开了，珀安劳跌跌撞撞地冲到了里面，特蕾莎也和他们一起挤了进去，特蕾莎为自己的勇敢感到惊讶。

过了一会儿，她的眼睛才渐渐适应了里面昏暗的光线。里面有一百多人，都是三人一组，都在盯着她看。三人组们互相越靠越紧，看上去很不安，但没有人看上去像是被吓坏了，甚至珀安劳似乎也没有刚才在外面时那么害怕了。这是当然的，特蕾莎在家时，面对熟悉的家人和周围熟悉的一切时，她也会不那么害怕的。这是一种更安全的感觉。

她的心跳又开始加速，喉咙又开始发紧，"乔希……他在吗？乔希呢？"

"你最好离开这儿。"一个年岁大些的男子说，另外几个人也点点头。

"我找乔希，乔迈帕。"

乔希慢慢向前走了几步，拉上帕蒂和迈克一起上前。迈克脸上露出怒容，但是那个帕蒂，那个特蕾莎印象里令人害怕的疯女人，这会儿正将她的头埋在迈克的肩膀里发抖。见此情形，特蕾莎的呼吸平稳了下来。

在这群人里面，既然连帕蒂都不再令人害怕了，那她根本用不着再害怕什么了。

"乔希，我是特蕾莎·阿拉诺，去年秋天我来过这里，给你们带来了衣服和能量锥。你告诉了我关于三人结合的事情，还有……还有那些红色的针剂。"

乔希点着头，但是没有看她的眼睛。

"还有那个全息录像，乔希。你给我看了米兰达·沙里夫的全息录像。她给你们解释了新的针剂，就是她留给你们，让你们结合在一起的那种东西。"

迈克大声咆哮起来："这些和你有什么关系？"

"我还想再看一遍那个全息录像，乔希，请你帮帮忙。你们都看过许多遍了，不是吗？"

乔希又点点头。帕蒂从迈克的肩上抬起头来。

"那么，这样好了，"特蕾莎以坚决的口吻说，"你们可以再看一遍，就像你们平时那样，我也和你们一起看。"

"好吧。"乔希说。

"大家准备，你们——米兰达时代开始，我们活着，我们有血有肉，我们。"

"我们活着，我们有血有肉，我们。"参差不齐的声音响应着，特蕾莎可以感觉到他们得以解脱的心情。三人组们慢慢地移动着，在那个古旧的全息终端前坐了下来，特蕾莎可以肯定，他们都是按固定的位置坐下的。过了一分钟，她在乔希身旁坐下，那个地方离门口最近。

"开始，"迈克说，"米兰达时代开始。"

全息终端被激活，屏幕上出现了一圈圈旋涡一般、却不表示任何意义的五颜六色的图像。接下来，米兰达·沙里夫的形象出现在屏幕上，只有头部和肩胛部分，背景是一个简陋而昏暗的小录音室，好像是为了掩饰什么。米兰达身穿一件无袖白衫，一条红色的绸带扎住了她那头不听使唤的黑发。

"我是米兰达·沙里夫，我在'月之女神'基地同你们讲话。你们一定想知道这种新的针剂是什么吧，它是一种神奇的新科技成果，是专门为你们设计的。这是一件甚至比当年的改造针剂还要好的礼物。当年的改造针剂从生物学意义上让你们获得解放和自由，但是却给你们造成了互相之间的疏离，你们不再因为食物和生存而互相需要。孤独对于人类来说是非常不好的，因此，这种针剂，这个神奇的礼物——"

这个全息录像似乎有什么地方不对劲。

自从五个月前来过这里后，特蕾莎一直不间断地观看全息新闻，每天晚上她闭上眼睛后，白天观看的全息录像也似乎一直在她面前重复播放着。这个录像总有些不太对劲。声音是米兰达的，这些话语与米兰达嚅动的嘴唇同步，却与她的身体不同步。不，不是这样，她的身体根本就没怎么动——不对劲的地方就在这里。在说到某些词的时候，她的身体僵直，加上她的动作……也是完全不对的。而那些词语的节奏，还有语调也……特蕾莎完全明白了，这个全息录像是伪造出来的，而不是实录。

这就是说，米兰达并没有说过这番话，也没有给过那些红色针剂。

特蕾莎环顾四周，生活者们都全神贯注，如醉如痴，就像在欣赏璐希德梦幻家的音乐会一样。全息录像里一定有一种能对人的潜意识产生影响的东西。她垂下眼帘，继续听下去，但不再去看屏幕上的图像。

如果这种结合针剂不是来自米兰达，那又是来自何处呢？会不会和神经药物是同一伙人散播的呢？人们吸入了这种神经药物，就会变得胆小怯懦，害怕看到任何不熟悉的人和事物。可这是为什么呢？

杰克逊曾经说过，除了那些无眠者，没有任何人能够制造出这种神经药物来。只有米兰达·沙里夫最清楚细胞清洁机，只有她才清楚什么东西才不会被人体内这种"改造"纳米机器人破坏掉。

"——以一种新的方式结合在一起，这种方式可以创造出一个人类的共同体。在生物学上——"

特蕾莎心中充满疑惑，关于生物学，或者社会群体，或者超级无眠者，她都知道些什么呢？她要跟谁去确定这个录像上出现的不是真的米兰达？特蕾莎是一个不太正常、害怕见人、没有经过改造

的人,一个看见任何不熟悉的人和事物都会发病的人,一个只因为她的前任大嫂,同时也是她朋友的人要来找她,就会害怕得要离家出走的人。特蕾莎什么也不知道,什么也不懂。

除了她写下的关于蕾莎·卡姆登生平的每一个细节。

有了这层认识,特蕾莎知道自己该怎么去做了。

录像结束,她也站了起来。在她的周围,三人一组的生活者们迷惘的眼睛两两相望。没有这样的交流,他们就会死去——这太不道德,太邪恶了。这不是结合,这是奴役,是束缚。

"把那个全息录像带给我,乔希。"特蕾莎尽量用不容置疑的口吻说道。没有人比特蕾莎更了解蕾莎的生平,也没有人比特蕾莎更了解她自己。

一百张困惑的脸望着她。

"我要把它带走,我需要它。我会把它还回来的。"蕾莎曾斩钉截铁地对詹妮弗说——庇护所是一个错误。蕾莎也曾对卡尔文·霍克说过,他的反无眠者行动已经结束了。蕾莎平静,坚定,冷静。特蕾莎开始向着全息终端走过去,尽管双膝有些颤抖。

"你不要动我们的米兰达全息录像,你不要动!"有人说。

"对不起,我做不到,我需要它。"特蕾莎将手伸向全息终端。她不是特蕾莎,她是蕾莎,她要成为蕾莎,像她那样去感觉。

这会儿,人们都站了起来,有的三人组紧挨在一起,在原地打着转,有的则开始向她靠近。迈克犹豫了一下,然后拉着乔希和帕蒂一起走过来。迈克的眼睛里充满了恐惧。就在这片刻之间,特蕾莎自己也在颤抖。四个人大睁着眼睛,战战兢兢地对望着,空气中弥漫着惊恐不安的气息。不,不要那么想,不要从他们的样子来想象自己,要想象自己像蕾莎那样。自己就是蕾莎·卡姆登。

"不要阻止我。"特蕾莎的声音颤抖着。迈克突然向前迈了一步,继续向她走了过来。"我说的话你听明白了没有?"

"迈克，"帕蒂嘤嘤地哭泣着，"不要……你不能……"

迈克低声说道："她不能拿走我们的全息录像，她……她不能拿走……"他一把抓住特蕾莎的手臂。

那种晕眩感又来了，大脑里突然一片空白，特蕾莎努力摆脱这种晕眩的感觉——蕾莎是不会晕倒的！——同时推开迈克的手。她做不到。她不是蕾莎，蕾莎平静、坚定、冷静，她永远也不会成为蕾莎，蕾莎的自控能力是她永远望尘莫及的。虽然假想自己是蕾莎可以在短时间里起点作用，但特蕾莎不是蕾莎。

"放开，他妈的混蛋，看我怎么收拾你们！"特蕾莎大吼起来，这些话都是从卡泽埃那里借用来的。

迈克放开她的手，死盯着她看。

"别他妈的拦我的路！"

人群中的一部分人往后退去，其余的人则谨慎地试探着向前围拢来。周围响起"嗡嗡"的低语声：有三人组之间的交谈，也有三人组之外的交流："别让她拿走……""拦住她……""她有什么权利拿走……"

只要再过一分钟，他们就会克服恐惧，拥上来再次抓住她。不，他们要抓的是卡泽埃，她现在是卡泽埃。如今这些人脑子里的化学物质使得他们害怕任何陌生的事物，惧怕任何不曾经历过的事情。

"我要大叫了！"特蕾莎以她能达到的最高的分贝尖叫起来。

"我能把你们的地板给融化掉！我拥有的你们从来没有见识过的纳米技术可以做到这一点，我能做得到！我只要大声唱起来就能做到！"她开始唱起歌来，有些歌是她的奶奶给她唱过的，只是这些歌声太轻柔，显示不出什么力量。于是她开始上蹿下跳，然后又乱转着圈，尖声叫喊着什么词儿，然后又吼着卡泽埃的那些不堪入耳的脏话。每当杰克逊不能顺她心、如她意的时候，卡泽埃就会对着杰克逊这样破口大骂："你这个卑鄙的狗娘养的东西，你只是个坐井观天的家伙,连一线天也看不到,别说对我了解多少了!你这个没有幽默感的该死的杰克逊,你陷入了生活者的地狱中却还不知道,你这个被宠坏了的可怜虫,你以为你是……混蛋给我滚开,别挡住我的路!"

他们让开了一条道。人群向后退缩着,有的孩子开始大哭起来,三人组四下散开。特蕾莎就这样又叫又唱,又跳又骂,还转着圈子,终于到了门口,全息录像带在她的手上。而那百十来个人——也许是九十九个,也许是一百零二个——都用那种焦急而又恐惧的眼神看着她,就像特蕾莎每天在镜中看到的自己。

她终于退到了外面,差一点就全线崩溃了。

不过,她还是趔趔趄趄地走进了空中汽车中。"升空!"她喘着气说,"回家……"然后她就喘不过气来了。她又开始发作了,此时她所能做的就是尽量呼吸。空中汽车飞离了这个生活者的营地,从离地六十英尺的空中看下去,没有人从建筑物里面出来追赶她离去。

快到曼哈顿东区的时候,特蕾莎终于控制住了自己,她在汽车里的座位上往后一靠,努力思考着。

她不能回家,卡泽埃有可能仍然待在那里。她让空中汽车飞到最近的一个空地上,那里原来是一个摩托车赛车场。她在一个可以观察到四周情况的地方降落下来,坐在车内,手里握着那盘米兰达的全息录像带,尽量使自己的呼吸平稳,尽量深呼吸。

刚才都发生了些什么?

她刚才是卡泽埃,虽然只是假装出来的,却能够将心中的恐惧减少一点。如果不假装自己是卡泽埃,她刚才是无论如何也做不出来那样的举动的。可她是怎么做到的呢?当然,全息影视上的那些演员,他们不都是一直在演着别人吗?只有假装成别人,他们演绎的故事里的人物才有真实感……但特蕾莎不是一个全息影视演员，而且她与卡泽埃也没有任何相同之处。她大脑里的化学物质是不同的，是受过损害的，所以她一直在害怕，一直在焦虑，而这些就是杰克逊所说的"在新奇事物面前表现出来的过分的拘谨"……难道说，假装变成另外一个人，就能在事实上改变她大脑中的化学物质，哪怕只改变几分钟？但这又怎么可能呢？

她可以让托马斯为她找出答案。

可是现在，她得决定如果不回家，又能上哪儿去。她只想回家。她不知道这种奇怪的、暂时"借"来的大脑化学物质能够维持多久。她喜欢周围都是她熟悉的东西：她的粉红色的卧室，她钩的有花边的毯子，还有托马斯。但是，如果卡泽埃在那里……

如果卡泽埃在那里，特蕾莎就得变成另外一个人，然后对卡泽埃说，现在不是告诉她的时候。另外的那个人会说："对不起，我累了，我现在需要休息。"即使特蕾莎假装自己是另外一个人的努力只能再坚持一分钟，但也足够了。再坚持一分钟，她当然能够做到……蕾莎·卡姆登。蕾莎永远都是平静的、坚定的。特蕾莎会成为蕾莎·卡姆登。蕾莎·卡姆登平静地与其他律师辩论，为无眠者争取应得的权利，而卡泽埃则会……

卡泽埃比特蕾莎厉害得多，会将她咬成碎片。

特蕾莎无法在卡泽埃面前装成蕾莎·卡姆登，但她也许能在自己面前做一回蕾莎·卡姆登，想象自己有蕾莎的头脑。只要一分钟，在这一分钟里，她可以考虑该去哪里，去干什么。蕾莎，她会迎着问题而上，会用理智去解决问题……

如果蕾莎想知道这盘假冒的米兰达的全息录像是怎么回事，她会到最有可能查清这事的地方去。无论那是什么地方，甚至是"月之女神"基地。不过，"月之女神"一直没有任何回复信息，而且即使特蕾莎有这个胆量去做太空旅行……她也做不到啊。也许她用不着去"月之女神"这么远的地方。

特蕾莎的手紧紧地抓着这盘全息录像带，她真的要做这件事吗？即使她假装自己是蕾莎，飞到一个机场去，自己租一架飞机……不，这太难了。想到这里，她的呼吸又开始不均匀起来。

然后她又想到了回家——那她就得考虑怎样才能不向卡泽埃透露杰克逊的去向。

特蕾莎双手掩面，然后直起身来。她不是特蕾莎·阿拉诺，她是蕾莎·卡姆登。只要这么想，就会觉得与平时不一样，这样她大脑里的化学物质就会暂时改变一点……她是蕾莎·卡姆登。她就是。

"曼哈顿东部机场。自动定位坐标。"她对汽车说。在她饱受惊吓的耳朵听来，自己的声音确实有点细微的不同。

汽车升空后，特蕾莎又有了另一个想法。服一片神经镇定药，杰克逊总是这样对她说的。可特蕾莎从来没有服用过，因为她害怕失去她的特殊天赋——痛苦，而痛苦对她来说是一种引导。她一直害怕服用神经镇定药，因为她害怕自己会成为另外一个不同的人。

特蕾莎不由自主地大笑起来，那是带着哭腔的笑声。

在新墨西哥，她不知道自己能在那里找到谁，自己又能成为别的什么人。

对她来说最难办的事情，首先发生在雇用一个飞行员的时候。

特蕾莎走进位于曼哈顿东区列克星敦大街的机场大楼，那是一座豪华的旧式建筑，建筑四周的墙壁完全是由可移动的金属材料建造的。人流从她身旁匆匆经过，拥向各个登机楼，或者进出于各道门中。一群男女身穿莎笼①，说说笑笑，开着玩笑。一个男的身穿黑色全息服，拿着一个遥控器和一叠印刷品，一个长相和善、年龄稍长的女子独自一人走着。特蕾莎刚鼓起足够的勇气准备和这

---

①马来民族男女所穿的围裙、布裙。

个女人搭话,突然一个圆形的、有人的脑袋那么大的自动摄像机在她的头顶盘旋起来。

"你在这儿站了足有两分钟,女士。有什么需要帮忙的吗?"

"哦,是的。"特蕾莎对着这个飘浮着的机器脱口而出,"我需要……我想要租一架私人飞机。要配有驾驶员的。飞到……飞到新墨西哥去。"

"我们的飞机租赁公司有预约服务,可以在顾客服务终端办理手续,女士。如果还有什么事情需要我——"

"但是我不知道怎么去办!"

"对不起,女士,我要运行一下自我检测程序。"机器人发出轻微的"呼呼"声,"程序显示,传感功能没有错误。您是一个基因改造的成人吗?"

"是的,我是……我是一个成人。但是我仍然不知道如何使用顾客服务终端。"她觉得脸上泛起了红晕。

"您是想要我为您演示一下系统程序吗?"

"哦,是的,请演示一下。"

机器人引着她走到一排终端前, 特蕾莎至少还能认得一个视网膜扫描器。她站在那里乖乖地将眼睛贴着屏幕,直到一个愉悦的声音低低地说道:"欢迎来到曼哈顿东部机场。阿拉诺女士,想要哪次航班?"

机器人说道:"租机服务。"

"好的。"系统说。

终端屏幕上出现了一排排文字。特蕾莎脸上又开始发烧,她看东西太慢,这时机器人又说话了:"您想去哪里,阿拉诺女士?您打算什么时间离开?"

"去新墨西哥。靠近陶斯。我现在就想离开。要……要一个……"如何开口指定一个不会让她感到害怕的飞行员呢?特蕾莎绝望地往后退了一步。

"第三项飞行要求不理解,请重复一遍。"终端说。

"我要一个让我感到安全的飞行员!"

"3-A 安全等级飞行员三名,三十分钟内可提供国内租机服务。快速收费申请,飞行记录显示。你想与这三位飞行员中的哪一位联系呢?"

打印出来的字体很小,但是上面有图片:这是三个基因改造过的漂亮面孔。但是不知何故,他们看起来不太像顽固者。不是,当然不是——他们都是技师。"就要那个女的。可以开始联系了。"

女飞行员立即上线,出现在屏幕上。她看上去三十来岁,没有化妆,坚毅的脸庞不失美丽。她的声音也是坚定严肃的,"阿拉诺女士,你想要一架飞机立刻飞往新墨西哥吗?"

"是。不是。我……不知道。"

飞行员的身体微微前倾,研究着特蕾莎的图像,"你不知道?"

"不是。是的。我的意思是,我知道。但我不去了,我不需要一个飞行员。这是一个误会。"她跌跌撞撞地离开了终端机。这时,一个平静而坚决的声音阻止了她:

"阿拉诺女士,您身边的那个机器人会直接带你到我的飞机上。我们立刻就可以起飞,如果您不舒服,我还可以再为您派一个代步机器人。"

"不用,我……很好,我就来。"

她的眼睛一直盯着这个机器人,只要看着它就好了,其他什么都不要看。它只是一个圆形的灰色球体罢了,没有什么可怕的,只要跟着它就好了,什么也不要想……如果是卡泽埃,她就会这样。

不,卡泽埃不会这样,卡泽埃会自己开着飞机飞往新墨西哥去的。

好吧,不去想卡泽埃,她不会是卡泽埃。但是她要成为别的什么人,因为她特蕾莎无法自己做成这件事,她会不知不觉地滑入恐慌的泥淖中。那么她要成为谁呢?除了蕾莎和卡泽埃……她几乎不认识别的什么人……

还有杰克逊,服一颗神经镇静药,特丝。没错,她是需要依靠神经药物的特蕾莎,是一个需要用化学物质让大脑平静下来的人,是一个相信世界上的一切都有意义、有道理的人……

"你好,阿拉诺女士,我是一级飞行员简·玛莎·奥利维蒂。"

不知不觉中,特蕾莎已经到了,飞机就停在她们身旁。特蕾莎现在知道了,飞机场没有用 Y 能量防护罩屏蔽起来,所以这里也没有人工调节的气候,四月里还是春寒料峭,寒风刺骨。她钻进飞行员奥利维蒂的飞机,全身发抖。

"架子上的盒子里有镇静药膏。"飞行员说道,"内啡呔是红色的,赫鲁乐是黄色的,睡眠易是褐色的。"

特蕾莎眼巴巴地看着那个褐色的盒子。杰克逊曾说过,大多数药膏都是为改造过的身体准备的。他警告她不要服用任何一种,除非是为了调理她未经改造的大脑中的化学物质。

"不,谢谢。我只……只想要一条毯子。"虽然飞机里很暖和,她还是在发抖。

远处群山上某些地方仍然覆盖着白雪,特蕾莎不知不觉就睡着了。当她醒来时,飞行员说道:"阿拉诺小姐,这里就是陶斯。你是想在这里降落,还是去哪个私人机场?"

"你知道拉索拉纳在哪里吗——就是蕾莎·卡姆登曾经住过的地方?"

飞行员奥利维蒂在驾驶座上转过头来盯着特蕾莎,"当然知道,那里一直是记者和旅游者蜂拥而至的地方。近来人们都想与理查德·沙里夫谈谈,想让他给他的女儿传送消息。但是,你去那儿是没有任何作用的——理查德·沙里夫从不出来,你最多也只能得到

一个千篇一律的录音信息。"

特蕾莎闭上眼睛。她一直是怎么想来着？当然她不是第一个试图通过拉索拉纳与米兰达取得联系的人，也许世界上的所有人都已经尝试过了——政界人物，或者其他一些重要人物。如果理查德·沙里夫不肯见他们，那么他也没有理由见特蕾莎·阿拉诺。她真是傻透了。

如果是卡泽埃，她会怎么做呢？

"既然我们已经来到了这里，"她对飞行员说，"那我们就去拉索拉纳。"

飞行员奥利维蒂耸耸肩，给飞机下了指令。

还在老远的地方，特蕾莎就看见了，那是沙漠中一幢半圆形的淡蓝色建筑物。它就像一只知更鸟的鸟蛋，看似朴实无华，却又完美无缺，矗立在沙漠中。它是米兰达·沙里夫手下最有才华的应用物理学家特里·姆瓦卡贝为蕾莎设计的防护罩，地球上没有任何建筑物能与之媲美，除了那个已被废弃的"绿蛋"。就是在那里，米兰达和她的手下研制出了改造针剂。

这里的防护罩用的不是 Y 能量，而是其他什么东西——特蕾莎不知道是什么。它向地底下扩展，也向空中延伸。任何人、任何生物都无法通过这个防护罩，无论是鸟类、虫子，或者微生物，除非与保存在安全数据库里的 DNA 相符；任何东西也不能带进里面，无论是机器人、导弹，还是岩石，除非有与安全数据库里的 DNA 相符的人将它们带进去。除了原子弹，没有任何东西能够摧毁它。

特蕾莎从飞机上下来，走向这个半隐半现的知更鸟蛋形的建筑。沙漠的阳光照在她毫无遮挡的头上。一阵微风吹过，闪亮的蓝色防护罩上面，一堆瓦砾样的东西动了起来，真有点令人难以置信——原来那是一堆全息录像带。上面还有一个小孩子玩的洋娃娃、一面破损的美国国旗、一些塑料花、沾血的手绢、一个白森森的动物头骨——不知是什么动物的、一些破破烂烂的工具,都弯曲或者折断了;一个密封的小棺材。特蕾莎的喉咙里有什么东西在往上涌——这棺材是不是一种象征,里面是否放着谁家未经改造的婴儿的尸体,而这婴孩是因为没有得到改造针剂病死的呢?

一面蓝色的墙壁开始闪着光亮,然后变成了一个巨大的十英尺见方的屏幕,上面出现了一个男人的影像,看上去大约四十来岁,但是,特蕾莎知道他实际上已经七十七岁了。他那浓密的黑色胡须上面,一对黑色的眼睛看上去很是疲倦。

"我是理查德·沙里夫,米兰达·沙里夫的父亲。任何情况下,拉索拉纳都不允许随便进入。如果需要给米兰达·沙里夫留言,可以进行录音,所有发给米兰达的信息都会被传送到'月之女神'上面。您留在这个围墙外面的任何实物我们都不会去拿,也不会去检查。谢谢。"图像消失了。

果真如女飞行员所说,特蕾莎将双手紧握着,"开始录音吧。"

"录音开始。"

"我叫特蕾莎·阿拉诺。您不认识我,我……我只是一个无名小卒。但是,到处都有婴儿由于没能得到改造针剂而死亡——"

她停下不说了。理查德和米兰达·沙里夫已经知道这些了,那么她该说些什么才能引起他们的兴趣,才能说服他们呢……该说什么呢?说人们需要帮助?她以为自己是谁,又能够帮得了谁呢?有的时候,她连早上起床都很困难。

但是,今天不会这样,她必须再尝试一下。

"我只是个普通人,甚至没有经过改造。我想……我需要保持我的本性,对于一个顽固者来说,我和我的同胞不一样,但是如果我失去了本性,那么我也就失去了自我,就不再是特蕾莎了。我会失去……我所应该过的那种生活方式,我将无法找到……我所要找的东西。"

她的内心在发生变化，她曾经是卡泽埃时的那种力量又回来了，但这次并不是因为她是别的什么人，而是呈现出一个最为真实的特蕾莎。她在"仁慈天堂女修道院"里对安妮嬷嬷说过的那些话，现在又都源源不绝地涌了出来。

"我可以接受改造，也许这并不重要。我知道像我这样的人花销很大。我得吃真正的食物，得住在一幢没有细菌的屋子里，得饮用干净的水。这些都要花钱。如果我没有那么多的钱，如果我的哥哥不是一个医生，那么对于我来说，不改造就是一个罪过，因为我对其他任何人来说都是一个负担。但是，我确实有钱，我确实有杰克逊哥哥，对我而言，一切都为我安排得好好的，让我免于受到伤害。但这样是不对的，我必须承受伤痛，每个人都有必要承受某种程度的伤痛，否则就会变得……脆弱。不，这个词用得不恰当。米兰达——"

她是在与米兰达直接对话，可米兰达甚至都不在地球上。不过这也没关系，特蕾莎继续滔滔不绝地倾吐着心里话。

"米兰达，我不知道人们感觉伤痛、感受孤独时会用什么词语来表达，但在他们身上一定发生了什么。当他们一直服用神经药物时，他们就不再能感觉到自我；接下来，要不了多久，他们也不再能感觉到别人。他们会变得像卡泽埃的朋友一样，也许是卡泽埃自己……我不知道怎么说才好。卡泽埃善于掩饰，她吸入那么多的药物，就是要掩饰自己的伤痛。过不了多久，她就会看不到杰克逊的伤痛；然后再过不了多久，她的眼里就根本没有什么杰克逊了。他只是她生活中的一件家具，或者说他只是一个机器人。

"人们必须承受伤痛，必须让自己感受到这种伤痛。他们必须让自己站起来，而不是沉溺在内啡呔等神经药物中，沉溺在男欢女爱中，沉溺在对金钱的追求中，醉生梦死……感受人生之痛是我们能够做出成绩的唯一途径。也就是说，我们要一直寻找在我们的内心中、在每个人内心中更坚强的东西……你不能绕过痛苦，你必须穿透它，到达灵魂所在的彼岸……哦，我不知道，我的智慧不足以解析这些！当我还处于基因改造的胚胎期时，不知哪里出了差错，我并不像杰克逊或者卡泽埃那么聪明……但是，我确实知道你得给我们更多的改造针剂，这样孩子们才能够长大，才好感受他们自己的伤痛，并从伤痛中学会生活。也许你从一开始就不应该给我们那些改造针剂，但是你已经给了，而现在生活者没有它们就已经不能生存下去了，我们顽固者手中的改造针剂也已所剩无几——这些资源原来都是由我们顽固者掌握着的。所以，你要给我们更多的改造针剂，才能让那些孩子活下来，渐渐长大，来探索人生的一些重大问题。

"还有一件事情也很不对劲。在纽约有一个生活者部落，我说的是纽约州，不是纽约城——那里出现了一种新的改造针剂——红色的那种，注射了这种针剂的生活者发生了变化。他们受到信息素或者其他什么东西的控制，三人一组被结合在了一起。如果不紧密地待在一起，他们就会死去，是那种真正的死亡。和针剂一起收到的还有一盒全息录像带，上面有你的影像，录像里的你说，这种针剂是米兰达·沙里夫送给他们的又一件礼物。生活者们都相信了。但是这里面有问题，这盘全息录像带是伪造的。这种新的针剂只能让人们更难感受到自我的伤痛，也看不到别人的伤痛，三人一组糊里糊涂地结合在一起，他们已经不能算是真正的人类了。他们不再感到孤独，他们安于现状……"

"什么新的针剂？"理查德·沙里夫问。

特蕾莎眨巴着眼睛。闪光的蓝色墙面上的影像是实时转播的，理查德·沙里夫忧郁的眼睛一眨不眨地盯着她看，等待着她的回答。

"这种……新针剂是有人留在了……纽约州山区里面的一个

营地里，在……在……"她记不起准确的地理位置了，"红色的针剂，还有米兰达的全息录像，不过那不是真的米兰达……"

理查德·沙里夫转过头来，皱起眉头说道："不——"屏幕突然缩小了，最后，特蕾莎发现屏幕只剩不到三英寸见方。在这个小屏幕上，一个相貌平平的女人形象取代了理查德·沙里夫，她的一头黑发用红丝带扎着。

"特蕾莎，我是米兰达·沙里夫。"

特蕾莎兴奋得喘不上气来，"你是……你的图像是从'月之女神'传送过来的吗？"

"请将你知道的关于那个生活者部落的一切都告诉我，留在那里的新针剂和那个全息录像带，从头说起，慢慢讲，不要遗漏任何东西，这很重要。"

第二个三英寸大的人像——理查德·沙里夫又出现了，他的神情十分严肃——他说："你应该知道，我们已经对你进行了扫描，包括你的飞机，以及任何可能会有录音设备的地方。你的飞行员在那里什么也看不到，而且这么远、这么小的图像，即使睡眠者拥有的最大功率的变焦镜也无法看到。如果你对任何人说起我们的这次谈话，别人相信你的几率也是非常低的。你的病史记录表明——"

"不必了，父亲。"米兰达说，现在她的眉头也皱起来了。理查德·沙里夫小小的图像消失了。

特蕾莎冲口而出："你不在'月之女神'上，是吗？你在这里……"

"告诉我关于新针剂的一切，特蕾莎。从你如何出现在生活者的营地开始说起。不用害怕，我不会出来。深呼吸，看着这个屏幕，特蕾莎，看着它——"

她照做了。恐慌一阵阵袭来，她眼前发黑，几乎喘不过气来。屏幕上闪耀着奇妙的色彩，她感觉平静多了……这是一种潜意识的

影响,特蕾莎又能正常呼吸了。

"那种……那种感觉就像置身于德鲁·阿伦的音乐会上一样!"

一丝痛苦的表情掠过米兰达的脸庞,那是一种复杂难解、深不可测的痛苦感受,"告诉我新针剂的事情。"

特蕾莎一五一十地道来,越往下说,她就越平静。米兰达静静地听着,她的黑眼睛甚至都没有眨一下。和她父亲一样的黑眼睛,那么黑,绝不是卡泽埃的……但是,特蕾莎现在并没有假装自己是卡泽埃,她甚至也没有假装自己是蕾莎·卡姆登。她是特蕾莎·阿拉诺。

"米兰达……关闭那个对潜意识产生影响的东西吧。请关上,我能行,我能思考。"

第一次,也是最后一次,特蕾莎看见了米兰达·沙里夫的笑容。

说完了这一切后,特蕾莎问道:"但是,如果不是你制造出这种新的针剂,那么又会是谁呢?杰克逊说,我们顽固者不具备如此尖端的生物技术——"

"你听好了,照我说的去做,特蕾莎,仔细听好了。我要你立刻回家,不要告诉任何人你来过这里,也不要对任何人说起新针剂的事情,甚至对杰克逊也不要说。还有——非常重要的一点——不要对任何终端机说起这件事。甚至你认为是完全独立的终端也不行。"

特蕾莎伸出手,在快要接触到屏幕上的影像时停了下来。她的手悬空着,沙漠的热风吹起风化的碎石落在她的脚边。

"米兰达——为什么你要中止改造针剂呢?"

"我们犯了一个错误,但我们不是故意的。我们的目的是要让生活者脱离顽固者的控制,让他们能够完全自治。我们不知道他们……你们……会如此快地退化成这样——像婴儿一样需要依靠别人。现在我们都不知道下一步应该怎么办,因为我们无法找到能够

精确预测结果的办法。我们这里的所有人都在冥想苦思……"全息图像抖动了一下,米兰达抬起双手,又无助地放了下来,"一个巨大的错误。当我看到新闻网上婴儿们在死亡,未经改造的孩子们在受苦,当那些呼吁请求发送到'月之女神'基地,又返回这里时……我们本以为我们可以为你们控制这一切!就像你们的'上帝'一样。我们以为……但我们忘记了……"

特蕾莎说了她未说完的话:"你们忘记了如何深入探索你们自己的内心世界。"

"不,"米兰达低声叹道,"我们没忘,但我们造成了混乱。"

"但你们的初衷只是想要——"

"现在,我们正在竭尽全力地想要找出一种摆脱这种混乱的方法,研制一种你们可以自行合成的溶液,不需要通过我们……一种你们可以自己控制的溶液,不会产生异常作用的溶液。但是,特蕾莎,我们不能像你那样思考,不能像你那样行动,也不能像你那样去感受。"

这是一种祈求。特蕾莎看见米兰达——米兰达·沙里夫——被深深的痛苦折磨着,这是特蕾莎难以想象的。她稳住自己的呼吸,两个女人互相对视,她们之间似乎在交流着什么。特蕾莎觉得,她的一生中似乎从未与任何人分享过这种感觉,即使与杰克逊也没有过。

她轻声说道:"不,你能,你能像我一样地去感受。"

米兰达没有再微笑。

"也许吧。你走吧,特蕾莎,我们会关注那个新针剂的事情——"

闪光的屏幕已是一片空白。

特蕾莎头晕眼花地回到飞机上。飞行员等着她,正在看新闻网。特蕾莎进飞机后,她就关掉了屏幕。当特蕾莎终于开口说话时,拉索拉纳已经从视线里消失了。

"你知道信息发送到月亮上再返回需要多少时间吗？最快要多长时间？"

飞行员奇怪地看着她，"你的意思是说，你将信息传送到月神城，而他们也立即回复的话？"

"是的。人们互相通话时有没有……一种滞后现象？至少有几秒钟吧？"

"是的。"

"谢谢你。"当然，这只是人类的技术。杰克逊说，超级无眠者有着普通人类所不拥有的各种技术。我们不像你那样思考，不像你那样反应……

"哦，天哪！"飞行员奥利维蒂说道。

"怎么啦，发生什么事了？"

飞机猛然加速，向前冲去，特蕾莎的身体向后倒在座位上。只见天空中亮起一片耀眼的光芒。飞行员大叫出声。

天空中的光芒渐渐褪去，过了一会儿，飞机又开始颤抖起来，似乎要被扯成碎片似的。

特蕾莎只觉得呼啸声震耳欲聋。飞机晃动着，平衡了一下，继续往前飞去。

炫目的光芒被抛在了后面。太阳在正前方，她们是向着东南方向飞行……后面那片光焰如果不是太阳的光芒，又会是什么呢？特蕾莎转过头去，从后窗望出去，看见了地平线上升起的蘑菇云的顶端。

"我们受到了 240 拉德①的辐射。"飞行员奥利维蒂气喘吁吁地看着她，说道，"阿拉诺女士……我们有大麻烦了。"

"但是……发生了什么事情呢？"

---

①辐射强度计量单位。

"有人炸掉了拉索拉纳,用的是核武器。如果早几分钟,我们就都死了。"

"可……那是为什么?"

"我怎么知道?我的天,如果'月之女神'采取报复行动……"她转身看着新闻网。

特蕾莎将头埋在双手间。"月之女神"不可能采取报复行动,那上面已经没有人了。米兰达·沙里夫和所有的超级无眠者都在拉索拉纳——我们都在苦思冥想,要找出一种溶液来——而现在他们都已经死了。他们永远也不能送出更多的改造针剂来挽救那些濒死的孩子,不能为如此依赖于改造针剂的人类找出某种溶液来,也不能阻止某些人将人类变得像乔迈帕那样依赖而胆怯了。有人炸掉拉索拉纳,杀死了米兰达·沙里夫,毁掉了米兰达的老家;或者是出于某种原因想要吸引人们的注意力。但不管怎么说,所有的超级无眠者都已经死了。

而特蕾莎是世界上唯一知道这件事情的人。

穿插事件

发送日期:2121年4月4日。

发送至:月球,"月之女神"基地。

经由:地球站拉伯克小区,人造卫星S-65(以色列)。

信息类型:未加密信息。

信息分级:D级,公共服务访问,依照2118年5月《国会法案》4892-18。

原发送者:得克萨斯州,"卡特部落"。

信息正文:

致米兰达·沙里夫:

得克萨斯西部的卡特家族农场已经存在了二百五十年，我们家族的人一直生活在一起。虽然现在已经不再经营什么农场了，但是我们家族的人仍然住在一起。我叫莫利·卡特，我有六个儿女，十七个孙子孙女，二十七个曾孙，还有更多的孩子即将出生，但是我新出生的曾孙们都无法得到改造针剂。我请求你们，一定再给我们送一些来。

我的儿子雷·朱尼特正带着这卷录像带去拉伯克的无线电发射中心，将这些信息发给太空中的你们。

回执：无回复。

15

没有一件事情如你所料，杰克逊心想。

当他带着肖基、莉齐、德克和维姬来到凯尔文-卡斯特纳制药公司的时候，他认为，当这些生活者置身于一个完全陌生的环境中，即使是在他们吸入了那些让他们变得对陌生的人和事物产生焦虑和恐惧的神经药物之前，他们也会产生恐惧感。他想象着在提取肖基组织样本的时候，他会如何拼命挣扎，在给德克提取样本的时候，莉齐会如何歇斯底里地大声抗议。他原本指望维姬来帮助他对付这些想象中的麻烦。然后，他想，他和瑟蒙德·罗杰斯会进行紧张的长谈，他们将讨论不在细胞清洁机清除范围内的神经病毒意味着什么。组织分析将是罗杰斯首先要做的事情，分析报告很快就会出来。

但是，所有这些都没有发生。

事情与他想象的完全不同。他的空中汽车刚一到达波士顿海滨小区内的凯尔文-卡斯特纳公司的屋顶，就被两个高级保安机器人挡住了。这两个机器人一下子抓住了除杰克逊之外的所有人，并给他们都戴上了呼吸面罩，他们立刻昏厥过去，甚至维姬也不例外。不顾杰克逊的强烈抗议，机器人将四个不省人事的人放在活动担架上，送入电梯，然后送进实验室。实验室里有更多的机器人，他们忙着将肖基、莉齐和婴儿身上的衣服全部扒光，开始提取样本：

唾液、脑脊髓液、血液、尿液、粪便，并从每一种器官上提取一点细胞样本。他们在提取样本时用的是一种纳米技术制造的长长的针，针管壁只有几个原子那么厚，是最先进的活组织切片检查技术。接下来进行扫描，记录各种刺激下的身体变化，从皮肤导电率到大脑成像，自始至终都是机器人在工作，没有一个真正的人出现过。杰克逊很清楚，检查过程已经正式开始了。

凯尔文–卡斯特纳制药公司在生活者不能或者不会反抗的情况下，对实验对象实施绑架式研究这一做法有多久了？

杰克逊对此提出抗议："瑟蒙德，我想和你谈谈！"但杰克逊得到的只是一个预先录制好的态度冷漠的全息图像，"嗨，杰克，很抱歉我不能亲自来见你，我有事缠身，无法离开。在提取样本期间，你如果想吃点什么喝点什么，只需向房屋管理系统索要就是了。如果有什么需要向你报告的，我会打电话给你。向你妹妹问好。"

"瑟蒙德，真混帐……房间系统开启！"

"房间系统开启。"房间说。那些细得几乎看不见的取样针同时插入肖基、莉齐和德克裸露的肚腹上。维姬的衣服仍然穿得好好的，躺在那个活动担架上，还用那个面罩呼吸着。

"给我接瑟蒙德·罗杰斯，优先级！"

"对不起——该系统只提供录音功能和定餐功能。"

"那么给我接大楼系统。"

"对不起——该系统只提供录音功能和定餐功能。"

"医学上的紧急事件，请接应急系统。"

"对不起——该系统——"

"系统关闭！"

他可以录下一段言辞激烈的录音给罗杰斯，他可以拿掉维姬的呼吸面罩，看她能不能侵入系统，但侵入系统的事只有莉齐能得到，而不是维姬。此刻，一根细细的柔性探针正插在莉齐的咽喉

处，从她的支气管里提取细胞样本，所以，杰克逊除了生闷气，在地板上踱来踱去了一个小时外，什么也不能做；出于生气和自责，他甚至一直不愿意在房间里那把舒适的椅子上坐下来。

当凯尔文–卡斯特纳公司提取了所需的人体样本后，保安机器人便将肖基、莉齐、维姬和婴儿都带回到屋顶上，并将他们塞进杰克逊的车里，同时拿下他们的呼吸面罩。做完这一切后，机器人就走了。一分钟后，他们的肺就都恢复了正常呼吸，苏醒了。

"喂，"莉齐说，"我们还在这里等什么呢？我们为什么不进到里面去？"德克害怕地依偎在母亲的脖颈儿处，哽咽着。在这样的环境里，除了母亲之外，没有事物是他熟悉的。

杰克逊立即飞回营地，只见三个生活者迅速地跑进屋去，消失得无影无踪。维姬说："这件事让我很不开心，杰克逊，你应该把我弄醒的。我也有问题要问，你知道的。"

"你不会得到任何回答的。"

"胡说。"她生气地看着他，"答应我，没有我在，你不要再回到凯尔文–卡斯特纳去，甚至都不要理那个罗杰斯了，莉齐的系统完全能够帮助我们建立多种通信链接。"

"我不认为——"

"我认为就是这样，答应我。"

不知是由于太过劳累，还是心灰意冷，抑或是出于某种考虑——总之，杰克逊答应了她。

在那以后，没有什么新的事情发生。四天过去了，瑟蒙德既没有与杰克逊联系，也不回他的电话。特蕾莎整天都在楼上的书房里，甚至吃饭的时候也见不到人，杰克逊也不大清楚她的情况；隔一段时间，她会给杰克逊留个条子，说她一切都好。杰克逊来回踱着步，心烦意乱，寝食不安，直到他的身体开始"造反"。然后，他赤裸身体地躺在采食室里，让身体自行吸收需要的营养，很快便睡着了。

　　第四天一大清早,卡泽埃就找来了。杰克逊不想理她。他在卧室的床上翻了个身,背对着墙上的屏幕,让系统自动录音。

　　"杰克逊,到链接网上来,我知道你在。"

　　突然间,杰克逊被惹恼了,为什么她总是自以为知道他的一切事情?

　　"听着,"卡泽埃说,"我们需要谈一谈。我刚从一个老朋友那里得到了一个秘密消息, 是关于凯尔文-卡斯特纳的亚历山大·卡斯特纳的, 我记得在一个什么派对上给你介绍过他——你还记得这个人吗?"

　　杰克逊在床上慢慢地转过身来,看着屏幕。在屏幕的右下角,就在卡泽埃的脸孔下方,一个加密信号在闪烁着。她正在用高度屏蔽的链接网络和他通话。

　　"亚历克斯[1]正在与几个大投资者接触, 显得非常诡密。凯尔文-卡斯特纳要有一个大动作, 他们正在迅速开发一种什么东西……亚历克斯认为他的公司将会领先于他人, 开发出一个可以申请专利的全新的药物传递系统[2]。如果他们成功的话,这种药物将不会被细胞清洁机清除掉,而可以产生永久性的药效。仅在娱乐市场上的市场前景就将会是非常惊人的,有了它,人们就可以完全不用吸入器了!

　　"但是亚历克斯不知道还有什么人也在研究这个项目,或者距离专利申请还有多远,所以他要尽量加快开发进度。他需要大量资本、人才和计算机的应用时间。杰克,第十技术公司应该加入,应该尽早下定决心。这是一个机遇,它能让我们进入国际50强。当然,

---

　　①亚历山大的昵称。
　　②也叫给药系统。就是在适当的时间,将必需之药量送至需要的疾病部位,此种适时、适量及适位的治疗法是未来疾病治疗的发展方向。

我已经为你——也为特蕾莎——考虑了初步的投资数额。不过我们需要尽快投入进去,可能的话,就在今天——该死,杰克逊,回话呀!"

杰克逊慢慢从床上爬起来,穿上昨天脱下的衣服。

"好吧,"卡泽埃说,"也许你真的不在家,但是你在哪里呢?我已经给你那个宝贝生活者营地里的怪女人打过电话了,叫维姬什么的,她说你不在那里。如果你正与别的什么人一起过夜,在你查收信件时,请用第十技术公司的屏蔽通信网与我联系。如果你没有——"

"追到天边你也要找到我的。"杰克逊接过她的话。

"我就是要找到你,亲爱的。这是一桩大买卖,不能放过。"

杰克逊离开了公寓楼。东方,太阳刚将天空染成粉红色,是真正的实实在在的太阳。此刻,曼哈顿东部的 Y 能量防护罩的圆顶已经清晰可见。他穿过在晨光中展现着无限魅力的屋顶花园,走过喇叭形的百合花,大步走向他的空中汽车。记忆中,他一生都没有这么愤怒过。

维姬在部落建筑物外面等他。早春凛冽寒风中的一个孤独身影。

"那位迷人的卡泽埃已经打过电话了。"她一边说,一边进到他的车里,"我想肯定发生了什么事情。我想你一定还记得答应带我一起去凯尔文-卡斯特纳的。"

"你怎么知道有事发生?"杰克逊冷冷地说。

"因为我知道在你内心深处的某个地方,你是能够像现在这样看问题的。能告诉我事情现在怎么样了吗?"

"凯尔文-卡斯特纳正在开发一种可以申请专利的给药系统,他们是从肖基和德克的大脑扫描和组织样本分析中得到启发的。他们感兴趣的不是找出一种能够抑制焦虑的解毒药物,而是在于商业上的利益，为娱乐市场提供一种不会被细胞清洁机清除掉的药物。他们已经邀请第十技术公司参加投资。"

"天哪。"维姬说，几乎是带着赞赏的口吻，"你的前妻准是听到了风声，对吗？她倒有点像大侦探犬那样嗅觉灵敏，是吗？"

"你觉得我们要带上莉齐吗？"杰克逊问，"如果他们不让我们进去，你和我都没有办法解开数据密码。"

"在机器人保安将她击晕之前的半秒钟内，她也无法做什么。杰克逊，要现实点儿，她不是一个超级无眠者。"

杰克逊的汽车升到了空中，维姬说："你想不想知道，卡泽埃的电话打到这里来的时候，我是怎么跟她说的吗？"

"你怎么说的？"

"我对她知无不言。我告诉她，说你和那个从监狱出来的詹妮弗·沙里夫胡搞去了，詹妮弗正好和她是一路货色。"

杰克逊不由得笑了。

空中汽车降落在凯尔文-卡斯特纳的屋顶上，没有受到任何阻碍。令杰克逊惊讶的是，甚至没有人阻止他和维姬从电梯里下来，他们很顺利地就到了凯尔文-卡斯特纳的顶楼大厅里。大厅呈盘旋的双螺旋形——巴洛克建筑风格的变异。线条过于精致，反而显得俗气，这让杰克逊想起了埃莉·莱斯特。

一位女秘书的全息图像闪烁着出现在离他们一码远的地方。这是一个中年金发女人，皮肤是咖啡色，风姿绰约，却不失端庄，给人一种可靠的感觉。"欢迎来到凯尔文·卡斯特纳，有什么需要帮助的吗？"

杰克逊说道："我是杰克逊·阿拉诺，想见瑟蒙德·罗杰斯。"

"罗杰斯医生今天不在，你们要录音留言吗？"

"那么我们就找亚历山大·卡斯特纳谈谈吧。"

"你们预约了吗？"

"没有。"

"恐怕卡斯特纳先生无法安排非预约的会面。你们要录音留言吗？"

杰克逊告诉维姬："我们本应带莉齐一起来的。"

"那也不见得有用。在她能够进入任何系统的前一秒钟内，保安系统就会用毒气将我们大家都弄倒。这是一家神经药物制造公司，不是吗？"

当然是的，杰克逊没想到这么多。他得多加小心。

维姬以愉悦的声音对女秘书的全息图像说道："我想给卡斯特纳先生留言，也许他更愿意实时倾听这段留言。请告诉卡斯特纳先生，这位是第十技术公司的杰克逊·阿拉诺，也就是卡泽埃·桑德斯的公司。'阿拉诺'、'第十技术公司'、'桑德斯'——我可以肯定你们昨天的优先级标记程序标了其中的一个名字。告诉卡斯特纳先生，对于组织样本的事情，阿拉诺先生保留所有法律赋予他的提起诉讼的权利，包括从公民肖基·图特和德克·弗朗思身上提取组织样本，并根据这些样本进行研究，进而获取各项专利的权利。律师已经接受了关于此事的所有书面陈述。从联邦陪审团那里获得一纸让凯-卡公司停止研制的禁令也不是不可能的。这项禁令将引起业内对此事的高度关注，如果那样的话，卡斯特纳先生可能会发现自己未免有些行事草率，操之过急。另外，还请告诉卡斯特纳先生，阿拉诺先生和他的妹妹掌握着第十技术公司的股份，没有他们两位的合作，第十技术公司的投资意向就不可能成立。我说的和你们标记出来的优先事项是不是不谋而合呢？"

女秘书的全息影像转向了维姬，"是的，我的优先标记已经处理妥当，并发送出去了。您想来点咖啡吗？"

"不，谢谢。我们就在这里等卡斯特纳先生回答，或者是罗杰斯博士也行。"

"罗杰斯博士今天不在这里。"女秘书说,她的全息图像仍在闪烁着。

"他当然在。"维姬说。她在一个印有双螺旋花纹图案的沙发上坐下,同时用手拍了拍她一旁的座位,"坐下吧,杰克逊。我们得给他们一点时间,让他们董事内部去争论吧。究竟是哪个混蛋去和卡泽埃接触的?"

杰克逊说:"我们也许正被监听着呢。"

"我正希望他们听见。"

杰克逊坐下来,轻声说道:"你是从哪儿学来这一套的?"

维姬脸上突然显出疲惫的神色,"你不会想知道的。"

"不,我想知道。"

"下次再说吧。"

墙壁上的一个屏幕亮了起来,瑟蒙德·罗杰斯的影像出现在上面,脸上的笑容显得很僵硬,"杰克逊,你好!我刚回来,大楼管理系统通知我你们来了,由于多种原因,没有及时与你们联系。抱歉。"

维姬喃喃道:"哦,又是计算机出了什么故障。"

"我本来今天早晨要打电话给你的,"罗杰斯继续说着,他穿着实验室的白大褂,下巴上的肥肉不停地颤动着,"对于你们送来的检查对象的大脑变化,我们已经有了一个初步报告。"

杰克逊说:"那就请拿来给我们吧。你亲自来,我是不会袭击你的,瑟蒙德。"

屏幕上的人很不自在地大笑起来,"你当然不会,但我暂时还不能过来。"

杰克逊平静地说道:"那我们来找你好了。"

"我先告诉你们,我们对你们送来的那几个检查对象做了哪几项测试,以及测试的结果。我们发现……这些都有必要说出来吗?"

维姬从她的夹克口袋里拿出一个录音机，对准了罗杰斯的图像。她说："肯定有这个必要。让录音机记录下来，罗杰斯博士将自己关在凯–卡公司的那个有危险的生物实验室里，是因为他发现了和这种新的神经药物有关的一些惊人的事实，但他却不用惧怕这种药物会进入他自己那个受过良好教育的大脑中。我说得对吗，罗杰斯博士？"

罗杰斯厌恶地看着她，"正如我开始时所说的，我们正在竭尽全力地对测试对象的扫描结果和组织样本进行分析。杰克逊，我们得到的只是一些初步的结果，但背后的事实不同寻常。测试对象吸入的是经过基因改造的、由空气传播的病毒。已经无法对这种病毒本身进行分析，因为它们到达大脑后就分解了。我们只能跟踪病毒传播的路径，根据残留物的成分做出粗略的猜测。"

罗杰斯深吸了一口气，似乎这样能让他平静些，只是他下巴上的那块肥肉仍然在颤动。杰克逊想——不知他在办公室的空气里混入了什么成分。"这种病毒，不管它是什么，显然它是想实现对多个大脑神经区域起到兴奋和压抑的双重目的，它的目标是——"

维姬打断道："对于律师们来说，这些概念应该是用英语中容易理解的句子表达出来，这些术语可理解为……"

"杰克逊，有这个必要吗？"

"当然有必要。"杰克逊说。

罗杰斯冷冷地盯着维姬，"一种'兴奋因子'，指的是激活某种神经受体，使其产生生物化学变化。一种'抑制因子'，指的是阻断其他受体亚型。"

"谢谢。"维姬笑容可掬地说道。杰克逊突然有种感觉——她早已知道了，只是弄了个圈套让罗杰斯去钻而已。

罗杰斯继续道："这种分子对于受体或者准确地说是杏仁体组织内的受体似乎具有很强的亲和力。扫描结果显示，在大脑皮层的边缘区域和右侧太阳穴区域，最近有过频繁的供血活动。显然，这种分子引起了一系列非常复杂的反应，这种连锁反应会释放出某种生物胺，而这种生物胺的产生又会触发释放其他化学物质，如此一直循环下去。我们已经确认了在这些大脑褶皱区里的十二种缩氨酸的变化，而这可能仅仅是开始，还会引起神经系统的其他变化。"

杰克逊说："你说的改变是指 NMDA 受体永久性的改变吗？"

"我想恐怕是这样。这种变化似乎包括胺的产生方式的改变，包括只在病理状态下才出现的胺类，受体组成成分的变化，神经传递素在神经元突触里的处理过程，甚至包括内部细胞对此做出的反应，尽管这些细节上的发现都只是非常初步的。还有大量细胞死亡的现象，有点像精神创伤或长期压力下的神经系统映射图。"

杰克逊站了起来，不自觉地踱起步来，"有没有与神经系统映射图相符合的数据资料？"

"这个嘛，正在进行之中。受试者显示出较高且无变化的心率，即使是在睡眠中。较高的皮肤导电率。脑脊髓液、尿液、唾液、血液——都显示了神经传递素持续被破坏的结果。神经系统映射图显示出大脑皮层边缘被激活阈值较低，长期应激阈值较高，强烈的压抑感来自于扁桃体的主要神经传输信道的永久性变化。"

维姬又开口了："请说明白一点。"

杰克逊回答道："这种神经药物——不管它是什么——对肖基和德克体内生来就有的生物化学物质产生了严重的抑制作用，所以，他们害怕任何新鲜事物，害怕与熟悉的人分开，不愿意改变现有的生活规律，因为这些都会让他们产生异常痛苦的焦虑感。"

维姬说道："莎伦的小孩……那个小卡蕾……"

"是的，对陌生人产生焦虑，或者不愿意见到新奇的事物，这对于六个月至九个月的小孩来说是很正常的。在孩子长大成熟的过程中,复杂的大脑功能会取代一些最为原始的本能,他们对于陌生事物的焦虑感会渐渐减弱,直至消失。但是,他们目前……却衰退到了幼儿时的状态。这是一种永久性的变化,并不需要改变DNA,也不需要依靠外来化学物质的影响,因为无论是DNA被篡改,还是外来的化学物质,都会被细胞清洁机摧毁。这是一种自然的、显著的、对任何新鲜事物或者与平时不同事物的恐惧感。"

就像特蕾莎。杰克逊这样想着,但没有说出来。一个全部都是特蕾莎的部落。如果有更多的部落被感染,会不会产生一个全体国民都是特蕾莎的国家呢?

"但是为什么呢?"维姬说道。

罗杰斯看着她,"神经系统的任务是产生行为,显然有人在进行这类行为实验。"

"这不能算是答案。"

"那么我没有答案。"罗杰斯说,"四天来,你希望得到的答案是什么呢?大脑中的每一个神经元与其他神经元都有着成千上万次的接触。除了大脑之外,身体的其他器官也有各种受体。神经系统结构有着巨大的个体差异,对于药物的反应也各不相同,还有——"

"行了,行了。"维姬说道,"真正的问题是,你能够做什么?你能够开发出逆转这种效果的神经药物来吗?"

"杰克逊,"罗杰斯说,"告诉你的朋友,破坏生物有机体要比对破坏的结果进行逆转容易得多。告诉她——"

"——说你可以毫无困难地利用这种所谓的破坏作用,"维姬插进来说,"研究神经系统如何被永久性地改变,研究出不被细胞清洁机清除的药物,然后将其应用到有利可图的神经兴奋药物上去。你对卡泽埃·桑德斯不就是这么说的吗,嗯?在一直被认为不可改变的人体生物化学结构中,你至少看到了一种可以在其中找到

突破口的可能性。"

杰克逊说："她说得对。瑟蒙德,这件事情你心知肚明。凯尔文-卡斯特纳公司应该采取措施阻止这种做法。"

"我们当然会。"罗杰斯说,"但是顽固者小区都具有防备生化导弹的能力。单独的建筑物可以自行进行空气循环,戴氧气面罩也行。在采取对策方面,我们不想轻举妄动,操之过急,这也是为了全体市民的整体利益考虑。"

这番话让杰克逊大为吃惊。罗杰斯的意思是说,只要小心点,顽固者可能就不会受到这种起抑制作用的神经药物的影响;受到影响的只有生活者。神经系统被压抑的生活者害怕一切新奇的东西,害怕与熟悉的事物分开——生活者可能构成的威胁将随之大大减低。他们不会因为想要改造针剂而来袭击顽固者的小区——他们根本就不会袭击小区,他们会一直在安静的绝望之中、在大脑被压抑的状态下恐惧地生活着,让顽固者们眼不见心不烦,直到下一代未经改造的生活者成为疾病的易感人群,而被疾病消除掉一大半的人口。

维姬轻轻地说道:"你这个狗杂种。"

罗杰斯的脸色变得很难看。"当然,"他说道,"我不能代表凯尔文-卡斯特纳公司发言,我没有那个权限。"

维姬继续以温柔但坚定的声音说道:"我和那个凯尔文-卡斯特纳公司一样肯定——"

"等等,"杰克逊说,"等一下。"杰克逊努力想理出个头绪来。

"真正的问题是:谁制造出了这种神经药物,还有,为什么要制造它?"

"答案应该很明显,"罗杰斯说,"这是一种极其微妙、极其先进的生物化学技术,最可能的制造者就是超级无眠者。米兰达·沙里夫已经重塑了人类的身体,现在她又在向人类的头脑进发了。"

"为了什么？"

罗杰斯生气地说："我怎么知道，他们已经不是人类了。"

杰克逊不去理会他这句话，"等等，你说这种生物化学技术非常先进——它先进到非超级无眠者不能达到吗？或者说，这种先进程度是所有现有科学研究机构难以企及，但并非绝对超越正常人类的能力范围？"

全息人像沉默不语。

"请谨慎回答这个问题，它至关重要。"

罗杰斯勉强地回答道："就我们现在对大脑的了解，要做到这一点并非绝对超越正常人类的能力，但它是方方面面因素相结合的结果，这些因素包括天赋、机遇，以及巨大的人力财力。最简单的答案就是：米兰达·沙里夫。奥科姆剃刀原理①。"

"——剃须不一定非得用奥科姆的剃刀。"维姬说，"好吧，基本的问题你已经摊开来说了，现在将你的实际数据打印一份给我们。"

罗杰斯说："这些数据属凯尔文-卡斯特纳公司私有。"

"如果我们——"

杰克逊打断她："不用说了，这事不说也罢。瑟蒙德，我们不需要你的数据，我们可以从莉齐部落里的任何人那里检测得到。或者就现在来说，其他部落也都可以。"

整个部落的特蕾莎。在吸入了这种神经药物后，他们开始害怕不熟悉的人和事物，不愿和陌生人打交道，不愿做以前未曾做过的事情。他们不愿有所改变。那么谁最希望这种神经药物存在呢？任何掌权的顽固者组织，包括政府的或者私人的，为了他们的既得利益，想要维持现状。这意味着几乎任何有权势的顽固者组织都有可

①十四世纪，奥科姆提出了简单性原理，或者称为奥科姆剃刀原理。主要内容就是，如果有一组理论都能解释同一件事，则最可取的总是最简单的那个。意思是让事情保持简单，复杂的事情往往可以从最简单的途径解决。

能牵涉其中。莉齐的部落是最早受到感染的，因为他们公开、不顾一切地想要赢得选举，其他生活者也会效仿之。

瑟蒙德·罗杰斯用犀利的眼神看着杰克逊，"当然，你说对了，杰克逊，任何人都可以和我们一样获得数据。这就是为什么我们需要动作快，要尽快研究出一种可申请专利的分子药物来的原因。卡泽埃八点半的时候已经见过了亚历克斯·卡斯特纳，还有几个大投资者也有可能加入这个项目。我可以给你提供一个干净点的套房，并给你准备好一套西装，放在你的……"

"好的，谢谢。"杰克逊说道，维姬仍然静静地站在他身旁。杰克逊拉起她的手，"也要为我的……朋友准备一下，她也要待在套房里。"

"这是当然。"罗杰斯说。他看上去心情好多了，因为他终于解决了维姬的问题。杰克逊几乎能够猜到罗杰斯心里在想什么：她不是我喜欢的那种人，但她确实很美。杰克逊总是喜欢这种尖酸刻薄的女人，所以他才会与卡泽埃结婚，不是吗？维姬总算嘴下留情，没有再说什么。女秘书的全息图像引着他们到了一个不显眼的会议室，在一个同样不显眼的门后面，有一间素雅的卧室和一间浴室。

"这地方不是罗杰斯所在的区域。"维姬说道，同时漫不经心地打开壁橱，里面有职业工作服，也有浴袍，"我敢打赌，罗杰斯只在全息屏幕上参加会议，你说呢？"

"大概是吧。"

"这个套房确实不错。"她靠在杰克逊的肩头，将气息直接吹入他的耳中。她的声音如此之低，没有任何声音监听装置能够听得到，"你打算怎么办？"

他能不能发现监听器都无关紧要，因为他知道房间里一定有。他用手臂环绕着她，同样低声说道："让卡泽埃加入这个公司的投资项目。"

"为什么？"

"这是查明真相的唯一办法。"

她伏在他的肩上点点头。将她搂在怀里让人有些心猿意马，她给人的感觉不像卡泽埃，她个子更高，身体不像卡泽埃那么浑圆。她的皮肤给人的感觉有些冰凉，气味也不同。杰克逊觉得有股冲动。

他放开维姬，转过身去，假装忙着检查壁橱里的衣物。当他转过身来时，满以为又会看到她嘲讽地微笑，还会说一些尖酸的话，但她没有。她只是静静地站在屋子中间，似乎有些落寞。她脸上的表情变得十分温柔，如果这种表情出现在任何别的人身上，他一定会认定那是一种渴望之情。

"维姬……"

"噢，杰克逊？"她抬眼看着他。

"维姬……我……"

他的手机里传出一个声音："月震来自特蕾莎·阿拉诺。重复，月震来自特蕾莎·阿拉诺。"

"月震"是他和特蕾莎约定的专用暗语，专在紧急呼叫时使用，但特蕾莎以前从来没有用过。杰克逊打开手机，特蕾莎的影像已经在上面，好像在一个小舱室里……看起来像是一架飞机。但那怎么可能呢，特蕾莎不可能乘上一架飞机的。

"杰——杰克逊！"她气喘吁吁地说道，"他们都死了！"

"谁？谁死了，特蕾莎？"

"拉索拉纳的所有人都死了！理查德·沙里夫！"特蕾莎的情绪突然镇定下来，"理查德·沙里夫，他住在拉索拉纳的建筑里，至少他录下来的全息影像在那里……拉索拉纳——"

在他身后的维姬急切地说道："打开终端！新闻网！35 频道！"一面墙上的屏幕亮了起来。

"——墨西哥拉索拉纳的一幢高度屏蔽的建筑物发生核爆炸，那里是米兰达·沙里夫的父亲理查德·凯勒·沙里夫的住所。没有任何组织声称为这次爆炸事件负责。这一事件显然违反了有关禁止使用核武器的国际条例，白宫已经发表声明表达愤慨和谴责，五角大楼也随之行动，派出了国防机器人，对放射性残骸进行分析，以寻找有关线索，并探明核弹成分、来源及引爆方式等。拉索拉纳 Y 能量防护罩的开发是由——"

特蕾莎说："我正在往家飞，杰克逊。"

"特丝，等等，别挂，你的声音听起来怪怪的。怎么回事，听起来都不像你自己——"

"我没什么奇怪的呀！"特蕾莎说。她的眼睛睁得大大的，此刻的她甚至还微笑起来。在这让人难以捉摸的一天里，这是最让杰克逊不安的事情。

特蕾莎还以一种完全不像她自己的声音补充道："飞行员说我们受到了 240 拉德的辐射。"接下来屏幕一片空白。

"天哪。"维姬轻轻地说，"她会不会……那剂量会不会足以致命？"

"也许不会，但她会受到很大影响。我得走了。"

"卡泽埃的事情怎么办？"

"让她去死吧。"杰克逊说，他看见维姬在微笑，他知道——维姬也知道——他说这话并不是认真的，至少现在还不是，但是也许有一天他真的会这么想。还有，没有他或者特蕾莎的同意，卡泽埃无法真的将大笔资金进行投资。不过，就让她在那里应付一下也好，聊胜于无。

尽管不能与他自己全力以赴相比。

16

莉齐醒来时，维姬还没有回来。如今谁在营地、谁没在营地是很容易查清楚的。每个人都在固定的时间去防水布采食棚下进食早餐，每个人又都在固定的地方或躺或睡。有的人——比如诺尔玛·克鲁尔、赛福特奶奶、萨姆·韦伯斯特——他们甚至连睡觉的姿势也是一成不变，就这样日复一日。部落里的人在吃饭时都是轻声地交谈，当他们离开采食场时，也总是按着不变的顺序。他们每天重复做着同样的事：取回新鲜的泥土，因为新鲜泥土里面含有较多的营养物质；打扫周围环境，照顾小孩；而孩子们也总是在同一个地方，手里拿着同样的玩具，玩着和以前一样的游戏；人们用木头或者布料做些什么东西，从树林里获得木材，从编织机器人那里得到布料——就这样日复一日地生活着。

午饭也在固定的时间，固定的地方。

孩子们白天午睡、做手工艺品、看全息录像、提水、玩牌、锻炼，所有这些都在防水塑料篷布下固定的地方进行。四月里反常的寒夜将每个人都赶到了屋子里，然后他们就开始讲述同样的故事。到了七、八月酷暑季节的夜晚，他们应该就不会这样留在屋子里了。

"我真受不了啦。"莉齐曾对母亲这么说。安妮回答说："你总是这么没耐心。好好享受生活，莉齐，现在的生活安全又宁静。难道你不喜欢安宁的生活吗？即便如此，你也该为你的孩子想想啊！"

　　"我要的不是这样的宁静！"莉齐大声叫道,但安妮只是摇头,回到了墙帷那儿,摆弄着那些机器人织出来的布、小卵石,还有枯萎的花朵。和母亲争辩完后,莉齐在绝望中想到,母亲已经完全变成了另外一个人。晚上十点,安妮和比利就上床休息,因为十点是他们的就寝时间。他们每周会在固定的时间做爱,每星期二和星期六的晚上,还有星期天的下午,就在莉齐的小卧室隔壁。肖基和莎伦当然也是这样。

　　当维姬回到营地的时候,她至少还可以有个人说说话。维姬总是情绪紧张,躁动不安,沮丧失望,喜怒无常,但像维姬这样的反应才是真实的。她在林中小径上来回踱步,靴子上沾满了泥,向莉齐倾吐着她的担忧和希冀。

　　"我们得去找杰克逊。"维姬说道,"可我又讨厌去找他,还有他那个令人讨厌的研究员朋友,瑟蒙德·罗杰斯。但这是我们弄清楚事情真相的唯一办法。莉齐,这是一个医学上的问题,用医学上的方法去反击它是最好的办法。不知什么原因,大脑中的化学物质被篡改了,而我们——"

　　"我们要等,"莉齐说道,"等待。"

　　维姬看着她。

　　"可这又不仅仅只是一个医学问题,它。"她听到自己竟然模仿起生活者的说话方式来了,她讨厌这样,难道她也学会了这样说话吗?"它也是一个政治问题。一定是什么人干的,他们！这事绝不会自己发生！"

　　"是的,肯定是这样,你说得对。但是,我们不能再采取竞选时的那种做法了,对吗？我们要讲究一些策略。我们能做的就是对可能产生的各种后果加以控制。好吧,找杰克逊……打电话！"

　　显然维姬现在已经找到了杰克逊,然而,她是去了杰克逊在曼哈顿东区那个美妙无比的家呢,还是去了波士顿的凯尔文-卡斯特纳公司,莉齐不得而知。

德克的情况则越来越糟。

"看,德克,一只花栗鼠!"

那天下午,莉齐抱着德克到了附近的树林子里。那是初春,德克还穿着暖和的冬装,鲜红的兜帽下,一缕黑发落在他的前额上。一路走来,德克一直将头埋在莉齐的肩上,不肯抬起头来。她轻轻地抬起德克的头。

"看那个花栗鼠!看它跑啊跑啊!"

那只小动物在二十英尺外停住了,好奇地看着他们,用后腿支撑着坐在地上,毛茸茸的大尾巴向上竖起。它拾起一颗硬壳果放到嘴里啃咬,一个小脑袋快速地晃动着。德克看着,害怕地尖叫起来。

"不哭不哭!怎么搞的?"莉齐也开始大叫起来,很是惊恐。她在做什么?德克受不了这个!她抱紧德克,转身向营地跑去。安妮从墙帷处抬头张望着。

"莉齐!你把孩子带到哪儿去了,他?"

"散步!"她没好气地回答,怒气一下子又上来了。德克现在回到了他熟悉的环境中,已经不哭了。他看见地板上比利为他做的积木——德克总是在下午的时候玩这些积木——便踢蹬着莉齐,要下地来。

安妮说:"注意你的语言,不要骂粗话。来,到奶奶这里来,德克,我们玩积木的时间到了,对吗?来,到奶奶这里来。"

孩子不哭了,快乐地玩起积木来。他把积木一个又一个地摞起来。安妮坐在椅子上,看着他,露出微笑。

一阵绝望感攫住了莉齐的心。

"你现在上哪儿去,孩子?"安妮问,"你坐下,我们谈谈。"

"我到外面去。"

安妮的黑眼睛里满是恐惧,"不行,你就待在这里,莉齐,坐在这里,跟德克和我……"

莉齐冲出房门。

太阳已经从灰色的云层后面露出脸来,她漫无目的地走着,无论去哪里都行,只要离开这里,将这种永远平静无波、安全却乏味的生活抛在后面。这样的日子会日复一日地继续下去,直至每一个人都死去为止。

她走过小径,上到山顶,用脚踢着被冬季的寒风刮落到地上的树枝。如果散步不再是日常生活的一部分,那么,在这些小径上行走的人是不是会越来越少呢?这场神经药物带来的灾祸会不会继续扩散呢?如果这个灾祸再次降临,也许她——莉齐——也会被感染。到那时,她甚至可能都无法思考,那将是最糟糕的。

莉齐停了下来,用手击打着一棵白桦树苗。不,她才只有十八岁,不能就此放弃。她一生中从未放弃过。她一定会想出办法来的,一定会有办法的。

但是,办法在哪里呢?

她没有办法找到这种神经药物的逆转药物,她无法再发起另一次选举活动——以大家目前的状态,想要投票选举生活者进入政府机关,更是希望渺茫。而那个顽固者候选人在这次选举中却是一帆风顺,毫无阻碍。

为什么会这样呢?难道这一切都是唐纳德·托马斯·塞拉诺为了在选举中稳操胜券、让顽固者获胜而一手安排的?但杰克逊曾说过,这是细胞清洁机无法清除的一种新的神经药物,这种药物会永久性地改变人体中的某些天然蛋白质。没有人会将一种新的神经药物浪费在为获取威洛比地区行政长官这样一个小小的选举活动上。

除非他们是在进行药物效果的测试!那么会是谁操纵的呢?

这更让她摸不着头脑了。她太笨了,实在想不出来。她以为自

己是谁,米兰达·沙里夫吗?

她是莉齐·弗朗思,她就是她。在威洛比,她是最出色的数据侵入者,也许在世界上也是数一数二的!

好吧,她嘲笑自己,如果她真是一个出色的数据侵入者,那她为什么不行动呢?为什么她要站在这里,在四月的树林里用拳头去砸一棵小树苗,而不去做她能够做的事情呢?首先,她应该先找一个远离部落的地方住下,以保护自己免遭神经毒物的再次侵害。山岭里面有各种废弃的小屋,其他部落的人要在几个月后,当天气转暖了才会从南方回到这里来,她会很安全的。她可以带上一个多余的 Y 能量锥和她的终端机,每天花上十八个小时在网上搜索,寻找答案。

不带上德克吗?

莉齐的步伐踉跄起来。她不能带上他。如果带上他,在一个崭新的环境里,他会因为害怕而不停地哭闹,她得花上所有的时间去照料他,去哄他。当她怀上孩子时,没有人告诉她照管一个孩子几乎会花掉所有的时间,特别是照看这样一个还只会爬来爬去、什么东西都往嘴里放的小婴孩。她不能带上德克,她得把他留给安妮,留在部落里,他得一直待在部落里,直到她想到办法找出答案,能够治愈他为止。

她会找到的,因为她是莉齐·弗朗思。他们——不管他们是谁——都不能击败她!

她转过头,急急忙忙地向营地跑去。

在离营地约两英里的地方,她发现了一个泡沫塑料材质的小屋,看上去像是有一个生活者家庭曾在这里住过。他们都是相当固执的人,在"大变革"中,他们孤独地生活在山里,而不是住在政府资助的城镇上。当他们离开时,小屋里的一切不是随身带走了,就是已经被烧掉取暖了。屋里没有家具,没有水管,莉齐也并不需要这些。门和窗户都关着,完好无损。树林里还有一条小溪。

她赶走了住在屋子角落里的一些野生动物:一只浣熊、一条蛇和一些蜘蛛。她搬来一个 Y 能量锥、一床褥子,还有一个塑料水杯。然后她就盘腿坐在床褥上,背靠着简陋的泡沫塑料墙体,面对终端开始行动。

事情总得有个开头,那么就先从唐纳德·塞拉诺开始吧。这位新上任的威洛比地区行政长官管理办公室的方法完全沿袭自他的前任——已经死去的哈罗德·温思罗普·韦兰。莉齐仔细地搜索着,但无论是从塞拉诺的公司资料,还是从他的一些个人资料来看,都没有发现什么药物公司,连一些间接联系的痕迹都没有。如果塞拉诺真的与药物公司有所牵连的话,那么他一定隐藏得十分巧妙,连莉齐都无法窥探得到——但她认为这种可能性并不存在。

下一个目标就是所有大型生物技术公司。这类搜索需要更多的技巧,她不想让别人反跟踪她的终端。她花了好几个星期的时间,费了好大的劲儿,才突破了所有的安全密码,进入了他们的资料数据库。她使用幻影搜索法在别人的系统中进行随机查找,而其他的搜索者也会精心编制一些程序来侵入她的系统,比如用什么克隆程序、蠕虫程序、密码程序、死胡同程序之类的。莉齐将自己的文件隐藏起来,秘密进入了另一个随机选择的系统。通过幻影程序进入系统,她得非常非常小心。

但当获取了信息时,另一个问题又出现了。她没有受过专业教育,不知道自己正在查看的是些什么东西。不过,她知道自己要找什么,这对她很有帮助。有少数几家公司正在研制能在人体内停留较长时间而不会被细胞清洁机清除的兴奋剂,但是据莉齐判断,没有一家有希望获得成功。

她特别留意凯尔文-卡斯特纳公司,他们的数据库里有许多份德克和肖基的组织样本分析报告,看上去艰涩难懂,似乎每天都在增加更多的研究人员,每天都在花费更多的钱购买设备,每天都有更多的报告归档,每天能读到的图表和说明资料也更多。那些博士正在凯尔文–卡斯特纳公司里忙活着重大研究项目,其规模在迅速地膨胀扩大。第十技术公司也在里面注入了一些资金。但是,凯–卡公司仅仅是在进行兴奋药物研究, 还是在试图找出一种能够与让人恐惧害怕的神经药物相抗衡的药物呢——莉齐无法判断,她不具备相关的医学知识。

每天她都要翻山越岭去看德克,但只待几分钟。营地的终端上一直没有阿拉诺医生发来的信息,她不知道那边进行得怎样了。

可他为什么要告诉她呢?她算什么人呢?

下一步,她开始侵入其他生活者营地的终端,这说起来容易做起来难。怎么说呢,生活者的营地经常都在迁移,而且每个部落里通常只有一两个年轻人会摆弄终端机。有的年轻人有本事侵入到别的终端,而有的只能浏览一下别的营地在网上张贴的资料,那上面几乎没有什么有价值的信息;另一方面,他们中几乎所有人都不知道如何掩盖自己在电子世界中的痕迹,数据库庞大而紊乱,资料粗略也无加密措施。

她编写了各种黑客程序侵入他们的终端,分析了十来种不同的数据资料,寻找着……寻找什么呢?她怎么能利用网络来发现与害怕情绪相关的新动态呢?如果人们害怕探索新的领域,他们干脆就不会进入。你如何能在整个网络上寻找一些根本就不上网的人呢?

不过,她编制的随机查询程序渐渐让她发现了一些模式。

爱荷华州的朱迪斯瀑布附近有一个生活者营区,那里有人每天在固定的时间进入附近顽固者大仓库的计算机系统里,并在里面停留相同的时间——四月份之前从未出现过这种固定的模式。

一个得克萨斯州的游牧部落,那里的人从4月3日开始,每星期都有几天向远方的亲戚发送问候信息,用的是大致相同的措辞。

俄勒冈州北部有个城镇——显然在"大变革"之前就已经存在——至今住的还是原来那些人。他们只在每星期四下午进行数据侵入。有的侵入者——莉齐不无赞赏地注意到,他们的侵入技术还真不错——老是反复地进入固定的几个生物技术数据库里。莉齐紧紧地跟踪着这位侵入者的踪迹,他/她在查找着各种库存清单,查找是否有改造针剂,但是从未找到过。

莉齐盘腿坐在床铺上,用手拢着头发。小屋的门一直开着。虽然现在还只是五月,但春天却已早早退出,夏天突然间就到来了。温暖的微风中飘荡着野花的香气, 鸟儿们忙着在枝叶繁茂的树木间筑巢、鸣唱。莉齐对这一切都视而不见。

如果说这些生活者感染的病毒与莉齐部落里的人感染的相同,如果这就是他们不断重复例行活动的原因的话,那么,知道这些对她有什么用处呢?莉齐不可能大老远跑到爱荷华州,或者得克萨斯州,或者俄勒冈州去,对这些营地进行调查。而且即使她能够做得到,那又能怎样呢?她也许会发现其他的生活者也是一批实验鼠,就像她的德克,但知道这些并不能改变什么。

坐得太久,她的颈部和背部开始发痛,左脚也开始发麻。

她得再想些别的法子来尝试。好吧,先不去管被感染的生活者,也不去管那些有可能制造这种药物的制药公司。关注谁呢?谁想让一切都维持原状呢?顽固者政客们,没错,肖基的落选证明了这一点。但是,如何找出有能力制造出这种生物武器的政客呢?没有监视程序和标记程序,没有利兰·华纳决策算法程序,也没有概率等式来产生出一些有意义的结果,现在她要怎么办呢?

跟踪资金的去向,这是维姬常说的。她已经试过了,她浏览了制药公司的投资清单,但仍然是一头雾水,或者说她根本就看不

懂。她现在该怎么做——不从神经药物开始去跟踪资金的去向,而是从资金开始,顺藤摸瓜找到神经药物的踪迹?

但这是不可能的。莉齐有能力侵入世界各大银行的数据库——至少也能攻克其中的大部分——但是她无法跟踪具体的交易。她缺乏金融方面的知识。

她也不能跟踪到药物的开发进程,不能跟踪资金去向。好吧,那就再作尝试。如果爱荷华州、得克萨斯州和俄勒冈州的那些营地真的就是这种开发神经药物之人的试验场地,那么试验者一定想要知道结果。他们会密切观察,或许还会派出自动摄像机。或许还有低轨道卫星。

这意味着他们也会观察她自己的部落。

一阵战栗感掠过莉齐全身,那些隐蔽的探头会不会伪装成 Y 能量锥,观察着她在山里面的这个"隐蔽之地"?他们会观察到她每天来来回回地去看德克吗?如果他们想要莉齐也感染上,她能够那么轻易地就逃脱吗?更糟糕的是——她这样没日没夜地盗取数据资料,尽管非常小心,还是有可能会被人追踪到她的电子踪迹。

她站起身来,跺了跺麻木的双脚,走到小屋门口。她抬起头,望着湛蓝的天空。当然,天上没有什么可看的。薄荷植物的清香气息让她想起,她已经好几天没有洗澡,也没有洗头了。

她回到屋里,坐在她那个脏兮兮的床铺上,瞪眼看着终端机。

它没有雷达跟踪功能,但是她可以探测到源自地面的数据流。如果有人在营地里安装了发送装置,她只要将她的终端在树林里的各个点来回移动搜索,就能发现这些装置。当然,除非这个假设存在的隐藏着的探测器先发现她,然后停止发送。

第三天晚上,她发现了情况。那是一串持续稳定发送的数据流,经过了严格加密。发送源头是在离部落四十码远的一棵粗大的松树里,从那里可以清楚地扫描到他们的采食场地。莉齐不能确定这些数据的具体内容,她无法破译,但数据流本身的存在已足以引起她的恐慌。

即使她不能破译密码——她已试过了!——她至少可以确定该数据流会发往何方。数据流是向上发射的,毫无疑问上面一定有一个轨道上的中继卫星,然后再从那里发往目的地。从理论上讲,汇集到卫星上的数据错综复杂,根本无法搞清楚这串数据流的去向,但这难不住莉齐,处理中转数据对她来说早已是驾轻就熟。

一整个上午,她都在谋划着攻克这个难题。带着暖意的雨水拍打着屋顶,她的心因牵挂德克而隐隐作痛。最后,正如她相信自己能做到的那样,她侵入了传送的数据流中。

她大口地喘着气,惊慌地环顾四周。当然没有人会看见。突然间,她的心跳得十分厉害。她盘腿坐下,眼神空洞地注视着前方。她努力思索着,想知道这到底意味着什么,但是她想不出来。

对她的部落进行观察的资料确实是传送到轨道上去的。传到轨道上的庇护所。

"我要找到阿拉诺医生。"莉齐对比利·华盛顿说道。她总得告诉什么人。她在比利常去的地方找到了比利,下午他总是在溪边钓鱼。

"你最好还是待在这里,你。"比利说,但他的口气要比安妮温和得多。每个人的生物化学物质都是有区别的,阿拉诺曾这样说过,人们对任何药物的反应都有所不同,有时甚至会截然相反。

"我不能再留在这里了,比利。我一定得找到阿拉诺医生和维姬。"

"说大声点儿,你,我听不清你在说什么。"

"不,我不想说得更大声,比利。"监视装置远在四分之一英里之外,但莉齐不想冒任何风险,"我怎样才能到曼哈顿东区的顽固者小区?"

"曼哈顿？你不能去那里，你。你知道的。"

"我不信我去不了。你知道很多事，比你能够说出来的要多得多，比利。在我们到这儿过冬之前，你与很多陌生人交谈过。"提到陌生人，她看见比利的眼睛里闪过一丝惊慌的神色，"我查过了，引力火车已经停开了，但是还有其他办法可以去！"

渔线被什么东西拉扯了一下，比利将渔线从溪水里拉出来，但是上面空空如也，钓饵也没有了。他在钩子上又放了一条蚯蚓。"你现在有小孩要照管，莉齐。你又没什么大事，干吗大老远地跑到危险的地方去？你还得照顾德克。"

"怎么才可以去曼哈顿东区？"

"你不能去，你。"

即使在被神经药物感染之前，比利的性格也是比较固执的。莉齐不发一语。最后，比利说道："你如果想要和阿拉诺医生说话，你可以用终端联系他。"

"我不能。"

"为什么不能？"

因为从她的终端传出去的任何信息都会被庇护所监测到。但她不能说出来。受神经药物影响的比利听了，会心脏病发作的。"我就是不能，比利。别问我这些问题。"

比利又露出惊慌失措的神情。尽管这次渔线并没有动，他也猛地拉起渔线。他看了看上面的蚯蚓，又将渔线放回水里。

"比利，我知道你了解怎样才能到曼哈顿东区去。"

"你又没什么事——"

"怎么去？"

比利的脸颊上布满了一层亮晶晶的汗珠。莉齐努力压制着自己内心的焦躁。如果是安妮，这会儿怕是已经恐慌得不行了；肖基——那个曾几何时狂妄自大又大言不惭的人——也是一样。

比利终于说道："去年秋天,有个男的告诉过我,他说河东面的那条引力火车的铁轨线直接通往曼哈顿东区。但是你无法通过顽固者小区的Y能量防护罩,莉齐,你知道的,你。"

"哪条河,在哪儿?"

"哪条河? 我们只有一条河,就是这条小溪流入的那条河。"

只有一条河。

"要走几天?"莉齐问。

现在他真的开始着慌了,他将一只颤抖的手放在她的手臂上,"莉齐,你不能去,你! 太危险了,一个女孩子,单独一个人。再说,你还有德克……"

他的呼吸加速,突然,莉齐想起小的时候,那还是"大变革"之前的事情,那时比利心肌梗塞发作,人变得极其虚弱,头晕目眩,喘不过气来,就像现在这样。她觉得百感交集,"好了,比利,好了。"

"答应我,你……答应我你不会……独自一人去!"

"我答应。"莉齐说。是的,她不会独自一人去的,她要带上她的终端,还有维姬留给她的个人防护罩。

"那就好。"比利说。他的呼吸也缓和了下来,他一向都相信她说的话。过了几分钟,他的全部注意力又都集中到垂钓上去了。

莉齐看着他,比利的黑眼睛显得很警觉,他正全神贯注地观察着水面。他摘下了头上的帽子,露出几乎谢顶的脑袋——只在耳朵边上还留有几缕灰色的鬓发。他光着脑袋吸收柔和的阳光,帽子挂在一根树杈上。每天的这个时候,他都要做一个决定:是戴着帽子呢,还是把它给摘下来;每天他都会把那个放鱼的塑料桶放在草地上的同一个地方;每天他都会挖相同数目的蚯蚓,然后有条不紊地把蚯蚓放到渔钩上,直到蚯蚓都用完为止。每天都是这样。

詹妮弗·沙里夫在做什么?

莉齐不得而知。她的数据侵入本领可以与这个国家里的任何

人相媲美，但与其他人不同，詹妮弗·沙里夫是一个无眠者。虽然不是米兰达那样的超级无眠者，但毕竟是无眠者，而且她还是世界上最富有的人。她改变了莉齐所爱的人，把他们困在一个地方，困在某种一成不变的生活状态中，让他们变得就像被编了程序的机器人。詹妮弗·沙里夫曾经以美国的五个城市作为要挟，迫使美国政府作出让步，让庇护所正式脱离美国，否则就释放一种可怕的病毒。这种病毒会使这五座城市里的人无一幸免。最后，詹妮弗·沙里夫没有成功，并且因此进了牢房，她坐牢的时间比莉齐存在的时间还要长。莉齐知道什么事情是自己做不到的，她有自知之明，她需要帮助。

终于承认了这一点后，她觉得如释重负。

那天晚上她就动身离开了。为了避开那个隐藏着的传送装置，她沿着山脚绕了一个大圈。她避开那些损坏的旧路面——庇护所的人一定以为人们都会走那条路，他们一定会在那里埋设下监视仪器，难道不是这样吗？在黑暗中穿过树林，还要留意着不能偏离那条小河，这很不容易。背包里装着终端机，她走得很慢。如果没有挂在天上的明晃晃的满月，还有那无数的星星，她可能根本看不清路。莉齐艰难地跋涉在灌木丛中，尽量在树下行走，以避开庇护所的高分辨率空中摄像设备。

过一会儿，她就可以穿戴上维姬的个人防护罩，把自己包裹在一个透明的、起保护作用的能量场里，这样她就不会被有刺灌木挂伤，不会被昆虫叮咬，也不用害怕树丛里的各种声音。但不是现在，要在离营地较远的地方才行，个人防护罩是一个容易被人发现的能量场。

庇护所不可能对整个州都进行监视，难道不是这样吗？

到天亮时，她已经到了小溪汇入河流的地方。她累坏了，于是趴下来,用一堆被风刮落的树枝将身体遮挡住,从上面看不到人,但是清晨的阳光仍然可以斜斜地照射进来。莉齐脱下衣服,开始用身体进食。然后,她套上个人防护罩。她对维姬送的这个东西心存感激,幸亏有它,她才可以安心地睡上一整天。

当她在暮色中醒来时,发现在这荒郊野地,自己已经不再是孤独一人了。时值入夏,到温暖南方过冬的生活者们正在慢慢返回。这个部落看上去人不多,但这些人的声音听起来有点耳熟。莉齐听见了几个婴儿的哭声——这些婴儿是否注射过改造针剂呢?她没有从藏匿的地方爬出来查看:她面临的最大威胁不是饥饿,也不是疾病或者意外,而是和她一样的生活者。不是所有人她都信得过。

到了晚上,她又出发了。戴上个人防护罩要容易多了,比利曾教给她许多在树林里藏身,以及如何从树林里走出去的办法,这些对她都很有帮助。

她担心的是到了曼哈顿东区以后的事情。

穿插事件

发送日期:2121 年 4 月 20 日。

发送至:月球,"月之女神"基地。

经由:地球站玛尔小区,地球人造卫星 C-1494(美国)。

信息类型:未加密信息。

信息分级:A 级,联邦政府发送。

原发送者:(美)国内收入署。

信息正文:

沙里夫女士:

美国国内收入署已收悉您的"2120 年联邦个人纳税申报单",是用电子文本从"月之女神"发出的,然而该申报单没有签名。根据

联邦法律规定，电子形式的申报表必须有用数字笔或者类似工具签署的手写签名。为此，特附上 I987A 号电子表格，请您签名。如蒙您关照此事，将不胜感激。

马德琳·伊丽莎白·米勒(手写签名)

回执：无回复。

17

詹妮弗·沙里夫跟在查德·曼宁身后，进到庇护所沙里夫实验室的会议室。会议室里有一张巨大的 U 形桌子,还有十八张椅子,桌子中央是一个固定在轨道庇护所地面上的塑料仪表盘，除了核爆炸之外,没有什么能够摧毁它。当庇护所绕轨道而行的时候,地板下面的视景从繁星闪烁的黑暗太空渐渐变成了巨大的、蓝白相间的地球。投射进来的太阳光线太过强烈的时候,墙壁面板会自动调节成不透明模式。面板边缘是阿拉伯风格的花纹图案,经过编程以后,它可以变换颜色,显得更为美妙。从这里看出去,庇护所脚下的太阳系就像一张色彩斑斓的地毯。

"关门。"曼宁博士说。空荡荡的大房间里,他的声音产生了轻微的回音,"坐下吧,詹妮弗。"

"我还是站着好了,谢谢。你打算给我看什么？"

查德从口袋里摸出一叠文件, 光看这些就知道这事的意义非比寻常。这是他的资料信息。不出所料,这个查德·曼宁是那种特别多疑的人——詹妮弗对查德·帕克·曼宁博士了如指掌。

他是沙里夫实验室的首席科学家, 在目前的这个研究项目小组里,他是唯一没有因参与那个为庇护所争取独立的行动,而和詹妮弗一道被送入监狱的人。以叛国罪被判刑的遗传学家在监狱里浪费了太多的岁月, 而遗传基因学却是一个每隔几年就会有重大革新的领域。计划必须从沙里夫实验室开始。在詹妮弗将她的财产的巨大份额投入到对付睡眠者的计划之前，实验室的设备可以对斯特科夫研制开发出来的病毒及其效果进行详尽的检验和分析。而秘密研究小组不可能不将实验室的首席科学家包括在内。

罗伯特·丹，庇护所的业务经理，是庇护所里又一个坐过牢的英雄人物，他在无眠者科学家中选择了曼宁。罗伯特比詹妮弗早十年出狱，他有足够的时间进行充分的调查，慢慢筛选；他非常有把握地认定，曼宁博士不是像瑟奇·斯特科夫那样的科学天才——一个时代只能产生一个这样的天才——但是作为一名科学家，查德确实办事稳妥、细心，完全能够跟在斯特科夫脚步后面亦步亦趋——即使查德永远不会有勇气最先探索那同一条道路；但重要的是，凡是维护庇护所安全的必要措施，他都会忠实地去施行。詹妮弗信任他。

"我已经对斯特科夫的病毒做了一些实验，"查德说，"模拟实验。有了一些发现。"

"是吗？发现了什么？为什么不叫我们看看你的模拟实验呢？"

"我已经将它们摧毁了，这里就是打印出来的有关资料。当然，如果你真的想要亲自检验一下，我也可以重复这个模拟实验。"

他打开了这叠文件资料。查德·曼宁的父母曾给他的容貌做过基因修改，使他变得相貌英俊，仪表堂堂，现在的他面容清瘦，颧骨微突，皮肤白皙，还有一双小提琴演奏家那样修长灵活的手。他将文件资料递给詹妮弗的时候，手指微微颤抖着。

"第一页是生物化学上的一些等式和模型……如果你需要的话，过会儿我可以给你逐一解释。现在看最后一页。"

詹妮弗看着最后一页。两幅一模一样的蛋白质折叠图①，图的

①蛋白质是由多种氨基酸链构成的，当它们折叠成复杂的球状结构时才能正常发挥功能。

下面是一个概率等式,各种变量用手写标注在上面。

"区别微乎其微。"查德说。她听出他的声音有一丝紧张,"看这儿——左边最边上的那一部分,染色体的差别只是几个氨基酸的不同。"

现在詹妮弗看出来了,这两张图并不是完全一样的。一小部分的蛋白质折叠图与另一幅图有些区别。

"最为重要的是,要发现这一点,你就得完全遵循一条看似不可能的途径去做。"查德说道,他的不安情绪越来越明显,"我差一点被它搞糊涂了。这不是一种普通的突变,而是斯特科夫的那些蛋白质中你根本想不到的那一种……不过,詹妮弗,你看这些等式。"

关于蛋白质折叠,詹妮弗听得似懂非懂——她不是一个微生物学家。但数学等式却是一个标准的概率等式,按照查德提供的病毒复制率和感染率的变数,在一年的时间里,蛋白质折叠形式自行发生突变的几率是 38.72%.

她镇定地说道:"对于病毒来说,这种蛋白质折叠会产生什么样的影响?"

"它使得病毒可以在体外存活,因此病毒将会变得可以传播。

"换言之,病毒不再是以吸入的形式感染人群,病毒在被细胞清洁机摧毁之前,就开始引起人体中自然存在的胺的连锁反应——

"病毒传播将不再是通过吸入感染这一途径,而是通过接触传播。它可以在皮肤上、衣服上、头发里,以及身体的其他部位存活——"

"能存活多长时间?"詹妮弗问道。

"还不知道。但存活几天肯定没问题。它可以通过皮肤进入人体……被感染的人可以再传染给别人,至少在几天的时间里具有感染性。而先前的蛋白质折叠是不会发生这种事情的,病毒在初次

释放出来后,如果未被人体吸入,几分钟后就会死亡;或者说,即使被吸入人体内,也会很快被细胞清洁机清除。"

詹妮弗的困惑没有表现在脸上, 她不会允许自己这么做, "但是,查德,这不正是我们一直想要做的吗? 斯特科夫准备给我们提供的第二种传播方式也正是这样的:通过人体接触传染。为什么你会觉得这是一个问题呢? "

"因为如果在斯特科夫准备按他的传播方式释放病毒之前,病毒就自行产生突变,那他就无法控制它。"

詹妮弗踌躇不语, 她仍然不大明白查德不安的缘由, 但她什么也没说——永远不要泄露你的无知,即便对你的盟友。她等待着他的下文。

查德说:"有两个问题,不,三个问题。第一,如果在我们准备好之前,病毒就开始产生突变,我们将无法控制它的传播。遥控微型飞行器传播计划——正如你所知道的——是经过周密策划的,以便在尽可能长的时间里避免引起科学界和军界的注意。否则事情就不在我们的控制之中了。"

"事情已经失控了,"詹妮弗说,"凯尔文-卡斯特纳制药公司偶然发现了一个生活者的试验场地。这件事你也知道的。"

"没错。但至少目前还没有被CDC①或者布鲁克黑文的实验室发现。第二,一旦病毒可以在体外存活,这就意味着像凯尔文-卡斯特纳这样的公司有能力对最初的蛋白质进行研究, 而不是只能分析它对大脑的影响。这样他们就有可能在研制疫苗方面向前跃出一大步,甚至找到逆转方法。"

"但是,你说过要研制疫苗或者找到逆转方法是很难的,即使在病毒可以通过直接的方式传播以后——"

"是很难。但我们不想让那些睡眠者有机会占到任何优势。第

---

①(美国)疾病管制局。

三,如果病毒能够以这种方式产生变异,并且是以 38.72% 的几率突变,而我只是偶然发现了这种突变……在其他情况下会如何呢?斯特科夫知道这些吗?"

"不要告诉他,"詹妮弗很快地说道,"也不要问他,我们无法确定他是否会讲真话。"

查德点点头。詹妮弗看着她脚下的那个透明面板,沉思着。群星冰冷,遥远,清晰……互相挤挤挨挨地靠在一起。她提醒自己,它们是如此混乱的集合体,随时都会发生猛烈的碰撞。

"我要小组的其他成员也知道这件事,查德。不过你在这件事情上做得很对——先向我汇报,并毁掉了模拟病毒。"庇护所也有自己的年轻一代网络高手,一般说来,詹妮弗会很高兴听闻此事的,"我们要策划一个新的病毒投放扩散计划,一个快速投放计划。"

"秘鲁人的投放设备的制造速度还能加快些吗?"

"我不知道。真正的困难就在这里。"但詹妮弗觉得,关于计划的任何变动,斯特科夫都会有办法的,"我让罗伯特和卡哈利德来处理这事。"

"好吧。"查德说。詹妮弗看见他已经平静下来了,应该说是她的平静感染了他。

查德为她开着会议室的门, 但是詹妮弗摇摇头,"我想在这里再待一会儿。"

查德点点头,关上门走了。

詹妮弗凝视着地面上的那个面板,地球正缓缓进入她的视线中。太平洋上空覆盖着云层。如此美丽非凡的地球,它的弊病却如此严重。但它毕竟很美。

一股冲动突然涌上心头,她很想再去看看纽约阿勒格尼群山间托尼·英迪维诺的坟墓。托尼·英迪维诺是她少女时代的初恋情

人,从那以后,她再没有真正爱过什么人。托尼是被那些睡眠者杀死的,那时庇护所还仅仅是个雏形,一个能给所有无眠者带来安全的天堂……詹妮弗努力驱赶着这联翩的思绪。托尼死了,死者逝矣,永不复生。不能让死者来控制生者,即使只在须臾之间也不行。

托尼死了,凡是死了的人与詹妮弗都不再有任何关系。

任何人。

"我想你应该看一下报告,"威尔说,"至少看一次也好。"

"不看,"詹妮弗说,她在床上移动了一下,与他分开了一些,"请你不要再提这件事了,好吗?"

"我知道你的意思。"威尔平静地说道。

"那么就请你尊重我的请求。"

威尔将手肘支起来,看着她,"你搞这个神经药物工程,詹妮弗,意味着你应该考虑到各方面因素。拉索拉纳事件的后续影响也是一个因素。正如我们所预料的,FBI-CIA①联合调查小组根据核弹发射的弹道,已经确定它是由落基山基地发射出来的。他们对事发现场的每一种分子都进行了分析。你至少应该对我们通过入侵系统获得的那些材料——"

詹妮弗从床上爬起来,迅速披上一件素雅的浅色长袍,离开了卧室。

"詹妮弗!"威尔在后面叫道,她听出了他声音里的愤怒,正是这种令人可叹的愤怒情绪破坏了威尔在她心目中的形象——无论是作为项目组成员之一,抑或作为盟友,或是作为一个男人的形象,"詹妮弗,你不能继续装作拉索拉纳事件不是真的了!它确实已经发生了!"

是的,它真的发生了,詹妮弗想。她关上卧室门,也将威尔的声

---

①FBI,美国联邦调查局;CIA,美国中央情报局。

音关在里面。事情已经过去了,成为过去式了,没有理由再去想它。过去了的事情和从来没有发生过的事情一样,都不再真实。两者之间没有区别。

他们小小的起居室——庇护所里的私人处所都是很小的——一片漆黑。"开灯。"詹妮弗说道。近来她并不太在意黑暗,有时候,她感觉自己瞥见屋子黑暗的角落里有个人影,矮墩墩的身材,一头桀骜不驯的黑发乱蓬蓬的,用一根红丝带扎着。当然,这个人影不是真的,它根本不存在。

它从来也没有存在过。

18

特蕾莎病得很厉害，如果她曾经接受过改造，或许会病得更厉害。这真是讽刺，杰克逊却无法欣赏这种讽刺。

特蕾莎受到了 240 拉德的辐射。杰克逊从凯尔文–卡斯特纳赶回家，他没有送她去医院——现在顽固者的小区里已经没有什么名副其实的医院了，因为它早已没有存在的必要。

杰克逊用紧急通信网订购了一些他需要的医疗设备。办好订购事宜，他也到了家。特蕾莎已处于近乎歇斯底里的状态中。

"安静，特丝，一切都会好起来的。忍耐一下，宝贝儿，会好的，你要尽量配合我们。"

"死了！"特蕾莎哭喊着，一遍又一遍，"死了……死了……死了……"

"不，你不会死的，安静，特丝，嘘……"但他无法让她安静下来。

"用镇静剂。"维姬一边说着，一边用力按住特蕾莎在空中胡乱扑打的手臂，"杰克逊……那也许会有点用。"

他终于设法让她安静了下来，然后，他和维姬在特蕾莎瘫软的身体上忙碌着。杰克逊将她胃里的东西都吸出来，又将各种专门的自动清洗管插进她的食道和气管中，管子一直伸到直肠里、鼻孔里、耳朵里、阴道里。他和维姬用一种化学合剂清洗了特蕾莎身上的每一寸皮肤,维姬还剪掉了特蕾莎的长发,连短短的发茬也都刮得干干净净。维姬忙碌的时候,杰克逊离开房间,站在走道里,用拳头在墙上猛砸。

他回到房间,维姬很体谅他的心情,不去看他的脸。

他向特蕾莎的气管里插了一根专门的管子,她的气管壁会脱皮、会肿胀,需要用机械装置来帮助呼吸;然后,他又给她打了一针,让她发汗,汗出得越多越好;接着,他又给她注射了一支含有营养物质和电解液的针剂。做完这一切,杰克逊和维姬站在床边,俯视着躺在床上的特蕾莎。她身上覆盖着一条棉布床单,各种监视装置将信息馈入一个中央终端里,她的皮肤上贴着一些绿色的药膏。杰克逊绝望地想着,她这个样子看起来就像一只拔光了毛、身上斑斑点点的小麻雀。

维姬说:"我留下,杰克逊。现在这个样子,你无法一个人照顾你的妹妹。"

"我已经定购了一个看护机器人,还有辐射检测软件。很快就会到了,得从亚特兰大运过来。"

"什么东西也代替不了人。"

"你对辐射病症了解多少?"他说,声音严厉得出乎他自己的意料。

"你在教训我。"

"但是莉齐和德克——"

"——他们不需要我,"她接着说道,"莉齐自己能行,至少营区里暂时没有什么新的事情发生。"

杰克逊没有微笑,他几乎都没有听清她在说什么,"如果特蕾莎注射过改造针剂——"

"我猜她没有。"维姬说。

"如果她注射了改造针剂,现在的情况可能会更糟。米兰达·沙

里夫设计细胞清洁机的时候,根本没有将辐射病考虑进来。是的,她不可能面面俱到。细胞清洁机能够发现异常细胞并予以清除,所以它能够发现早期肿瘤。但是特蕾莎……"他说不下去了。

维姬替他把话说完:"特蕾莎的整个身体里将会出现大量的突变细胞,杰克逊,我真担心。那个飞行员上哪儿去了?"

"我想她自己回家了。"

"那样的话,但愿她能立即去看医生。"

他恼怒地看着维姬,"我不是什么人道主义者,见鬼!那个飞行员又不是我的病人。"

维姬没有回答,她轻轻碰了碰他的肩膀,说:"我想去睡一小会儿。你先看着她,过几个小时我来换你。"

"让房屋管理系统叫醒你,系统名叫琼斯,密码是'米开朗琪罗'。"

"我知道。"维姬说,杰克逊也没有想到问问她是怎么知道的。

一个小时后,他给曼哈顿东区的飞机场打了个电话,给那个为特蕾莎·阿拉诺驾驶飞机的飞行员留了信息,并附了一份关于治疗辐射病的资料。

然后,他搬了一把椅子,坐在妹妹的床边,看着她睡梦中的脸。这张脸至今仍然完好无损。

半夜时分,维姬蹑手蹑脚地走进房间,轻轻地说道:"我来陪她吧。"

杰克逊一直处于半梦半醒的状态中,断断续续地做着梦。巨大的气泡向他袭来,试图将他吞没……他明白它们都是特蕾莎的 T 细胞,现在它们都发动起来,向她的身体发起攻击。他在椅子上直起身,摇摇晃晃地说:"不……我留在这里。"

"杰克逊,你看你都成什么样儿了。你去睡吧,天亮之前不会有什么变化的。"

但是特蕾莎已经开始变化了，辐射产生的灼伤在她苍白的皮肤上蔓延，她的嘴和舌头都开始溃烂了。

"杰克逊——"

"我留在这儿。"

维姬拉过一把椅子，在杰克逊身旁坐下。不知过了几分钟——或是几个小时——当他后来清醒过来的时候，发现自己正摇摇晃晃地向卧室走去，而维姬正费劲地拖着他。他不记得刚才发生的事情。她将他和衣放倒在床上，他再次进入了梦境中。

当他又醒来时，卡泽埃正摇晃着他的肩膀，站在他的面前，模样凶巴巴的。

"杰克逊！我从凯-卡公司给你发了十几次最高优先级的短信。你这是怎么了，难道不明白这笔生意有多重要吗？即使你不明白这一点，即使你心情不好，但出于礼貌，在这三十六个小时里，你至少也应该给我回一次消息吧？天哪，我真难以相信，你——"

"我希望你最好不要打扰杰克逊。"维姬站在杰克逊的卧室门口，以悦耳的声音说道。

卡泽埃慢慢地转过身，她的肤色变得苍白起来，使她的眼睛显得更绿。

"杰克逊需要睡眠，"维姬继续以她悦耳的声音说道，"如果你现在能离开就更好了。"

卡泽埃回过神来，她一向都不是好惹的，"我可不这么认为……我该叫你戴安娜呢，还是叫你维多利亚？没错，杰克逊看上去是累坏了，肯定是拜你所赐。但我们现在有要紧事情要谈，我想房屋系统可以帮你叫个代步机器人来。杰克，如果你愿意，我在你的书房里等你，你去洗个澡。"

维姬只是微笑。

突然间，杰克逊对她们两个都厌烦透了，他一骨碌从床上爬起来，"别在这儿犯傻了，卡泽埃。特蕾莎病了，在她脱离危险之前，我没有时间去考虑什么凯尔文-卡斯特纳的事情。"

卡泽埃的脸色倏地变了，"病了？严不严重？什么病？杰克逊，那支改造针剂——"

"这次用不着改造针剂，是辐射病。"他推开她，大步向特蕾莎的房间走去，卡泽埃紧跟在他后面。

他的妹妹静静地躺在那里，已经睡着了，监视屏上的各种读数没有变化。卡泽埃见到特蕾莎这个样子，大吃一惊，"这是怎么了……杰克逊！"

"拉索拉纳发生核爆炸的时候，她正在辐射范围之内。"这会儿，这事想必已经上了所有的新闻网了，而卡泽埃是经常看新闻网的。

"特丝？她到新墨西哥去了？这不可能！"

"我也希望这事不是真的。"

"哦，天哪，杰克……我得留在这里帮你照顾她。"

这是卡泽埃最真诚、最可爱的一面，她关切地看着特蕾莎。杰克逊说道："维姬照顾她也是一样的。"话刚出口，他立即意识到自己这样狠心地对待卡泽埃，未免有些太过恶劣了。

"好吧。"卡泽埃好脾气地答应道，她将一只手小心地搭在特蕾莎的床沿上。

杰克逊闭上眼睛，"告诉我，关于凯尔文-卡斯特纳公司的事情，你打算怎么做？"

"这事不能再等了。"卡泽埃低声说道。

"是的，是不能再等了。反正这会儿我也不能为特蕾莎做些什么，就告诉我吧。"

"如果你……好吧。我打算先投资五千万，等那个悬而未决的计划正式运转起来后,我们再投入更多的资金。我会把目标企划书给你送来的。仅在这个项目上,我们的总利润就达15%,除去估计的标准负债率和风险率——"

"不,我要知道的不是这些,不要和我谈论这些问题。我想知道凯-卡公司准备做什么?"

"以生活者的组织样本和大脑变化图表为依据,尽快研制出具有市场投放潜力的分子药物。计算机模式已经开始运行,需要对数百种,甚至上千种可能性——进行测试。如果我们能够获得有可能申请专利的模式,我们就可以以它为基础,开发出许许多多能够对抗细胞清洁机的药物来。初步应用研究小组已经开始进入集体论证阶段。"

杰克逊看了一眼特蕾莎的一些身体检测数据,然后带着卡泽埃离开了特蕾莎的房间。看护机器人靠近床边守护着。

到了走廊上,杰克逊说道:"我可以投票同意投资,另外在目前这种情况下,我也代表特蕾莎投一票。研究工作的第一步,卡泽埃,是关于人才和资源的大致分配,目标是研制出一种能够让生活者大脑里的生物化学物质恢复原来功能的逆转性药物,让他们不再因为看到陌生人和新鲜事物就产生焦虑和恐惧情绪,你同意我的意见吗?"

卡泽埃只犹豫了片刻,"同意。"

"你有办法让亚历克斯·卡斯特纳同意吗?"

"没问题。"她的声音听起来充满自信。杰克逊突然怀疑起来:她是否已经和卡斯特纳上过床,还是和瑟蒙德·罗杰斯有过亲密接触了?

他说:"签个合同,然后送来给我。记得附上逆转药物的研制进展报告,还有实验室的记录。"

"没问题。"

"要在合同上标明，项目的任何微小的或者重大的突破，都要在第一时间通知我。"

"就按你说的办。明天一早，合同就会出现在你的公寓里。但是，杰克——"她的声音有些发颤，"特丝病得有多重？她会不会……会不会……"

"她不会死的。"杰克逊看着卡泽埃，她比杰克逊矮一些，她抬起头来看着他，顷刻之间眼里就盈满了泪水，"特丝会好起来的，这需要时间，但她一定会好起来的。"

"需要很长时间吗？"

"是要很长时间。要给她打改造针剂，这是防止她最终出现癌变的唯一办法。"

"但是再也没有什么针剂了呀，除非你——"

"当然我给特蕾莎留了一支，在我父亲的私人保险柜里。我总要为特蕾莎留下一支的。"

卡泽埃的脸上流露出一种不解的神情。作为一个医生，在这公众健康危机日甚一日的情况下，眼睁睁看着那些婴儿濒死垂危，而他知道留下的那一支针剂至少可以多救活一个孩子的局面下，他要付出多大代价才能做到这一点。她向前跨出一步，用两只手臂拢住他，他也任由她这样环抱着自己。她柔软的胸部贴在他的胸前，她的头顶着他的下巴。他太疲倦了。

他从眼角的余光中看见维姬消失在走廊的尽头。

特蕾莎的头顶、脸部和身体上都出现溃烂，并向外渗着脓水；她的身体组织开始肿胀，如果不是因为用了大量的止痛药物，柔软的床褥都会让她觉得痛楚难当的。原本坚挺的乳房已经变成了两只破损的袋子，乳头上渗出血丝来。

她不能说话，她的嘴、舌头和牙龈都像她那被辐射灼伤的身体一样,在一大块一大块地溃烂。有时,在短暂的清醒时间里,气管内插着管子的她会喃喃地说着什么。她用肿胀的眼睛焦急地看着杰克逊,"嗯……死……"他一直在给她服用镇静药物,不忍心看着妹妹这个样子。

"病人的恢复情况正常。"看护机器人每天都用悦耳的声音重复几次,"您需要详细的报告吗?"

"看在上帝的分上,杰克逊,去睡一会儿吧。"维姬说,她一天总要这么催促几次,"你看上去那么萎靡不振。"

"我……死……死……"特蕾莎努力想说什么。他增加了镇静药的剂量。

根据合同上的条款,凯尔文·卡斯特纳实验室的记录每天两次被送到这里。原始数据量极其庞大,杰克逊只能了解个大概。他听着录制下来的瑟蒙德·罗杰斯慌慌张张的声音,"杰克,在最有可能的受体反应区域里,我们已经研究出了病毒一开始时的蛋白质折叠方式的计算机模拟形式,遗憾的是,可能的折叠形式有六百四十三种,因此试验需要时间,我们认为——"

"够了,卡罗琳,"杰克逊对他的个人系统命令道,"将报告整理归档,按日期、发言者以及……的顺序,反正只要检索起来方便就行。"让我一个人安静一下。

"是,阿拉诺医生。"卡罗琳说。

"杰克,特丝怎么样了?"卡泽埃的全息图像每天都会出现,有时还不止一次——他不知道她每天出现几次。有一次,他听见另一个房间里传来卡泽埃和维姬说话的声音,她们是在争吵,还是在决斗呢?但他没有进去。

特蕾莎身上的肉越来越少了,她身上本来就没有多少肉,现在已经瘦得皮包骨了,手臂和腿细得像挂衣服的架子,膝盖和手肘处的骨节突了出来,身上的溃烂处还在流脓渗水。

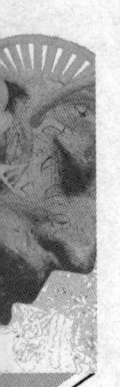

　　凯尔文-卡斯特纳公司每天送来由瑟蒙德·罗杰斯亲自口述的报告,似乎也没有什么进展,预想的计算机模式尝试失败了,用于调查的运算法则没有实际应用价值。只有一种可能性,一种假设,但动物实验不能令人满意,于是这种假设也被否定了。需要有一个突破口,瑟蒙德·罗杰斯在他发来的信息中解释道,杰克逊看了摘要后才查看了这些解释。罗杰斯说,这种突破性进展一定会到来的。但不管怎么说,现在它尚未到来。"毕竟我们不是米兰达·沙里夫,或是乔纳森·马克威茨。"罗杰斯心情烦躁地补充道。

　　"病人恢复情况正常。"看护机器人说道。

　　"睡一会儿吧,一直不睡是无法保持头脑清醒的,你知道这一点。"维姬说道。

　　"可能是一种缩氨酸——"

　　"死……死了……"

　　"她怎么了,杰克?你还好吗?回答我,真见鬼——"

　　一个月后,特蕾莎的脸部和身体上仍然有辐射引起的灼伤,她的肌肉在萎缩退化,不过伤口已经不再渗水流脓了。杰克逊想让她吃点什么,她已经好几个星期什么也不想吃,只有在镇静剂的作用消除后她才能吃点东西。

　　杰克逊和维姬帮特蕾莎靠着枕头坐好。维姬在她的床边放了一束基因改造过的花束,花的颜色有粉红、鹅黄和深橙色,然后小心地离开了房间。看护机器人准备了一份富含蛋白质的流质,散发出一股黑莓的味道,黑莓一向是特蕾莎喜欢的。

　　"杰克……逊。"

　　"如果伤口痛的话,就不要说话,特丝。你一直在生病,但你会好的,我就在这儿。"

　　她困惑地看着他。她的头上已经没有一根头发了,头皮上都是灼伤的伤口,看上去疙疙瘩瘩的。不过,她那淡蓝色的眼睛开始渐渐变得清澈起来。

"米——米——米兰……"

"我说过不要说话的,宝贝。"

"米——米兰……"

杰克逊只好作出让步,"我来帮你说完,你想说'米兰达·沙里夫',对吗?你想到拉索拉纳去,你想做些关于蕾莎·卡姆登的书的调查研究,我说得对吗?你想和米兰达的父亲谈话,因为他过去认识蕾莎,是吗?"

特蕾莎犹豫了一下,没有头发的脑袋轻轻点了点,光秃秃的头皮碰触到柔软的枕头,她不由得瑟缩了一下。

"死……死了。"

"理查德·沙里夫死了。有人在拉索拉纳投放了核弹,他已经灰飞烟灭了。"杰克逊看见她眼中的疑惑,"不,官方不知道是什么人引爆的核弹,只知道是从新墨西哥山里的一个飞行基地里发射出来的。没有任何组织声称对此事件负责,没有人被捕。即使联邦调查局发现了什么线索,他们也不会公布于众的。'月之女神'基地没有采取报复行动,甚至没有做出任何公开的回应。"

"不……在……'月之女神'。"

"什么不在'月之女神'?特丝,宝贝儿,不要再说什么了,我看得出来,你现在说话是很痛苦的,等你好了再——"

"死了,米兰达。"

杰克逊轻轻地握住特蕾莎的手,"米兰达·沙里夫死了?你不可能知道这个的,宝贝。"

"和她……说话,我,看见……她。"

"你看见了米兰达·沙里夫?"他瞄了一眼监视器,特蕾莎的体温、皮肤电导率,以及脑扫描数据都属正常。她没有产生幻觉,"亲爱的,你不可能看见她的。米兰达在'月之女神',在月亮上。"

"不在！"

"她不在月亮上？她在拉索拉纳？特丝——那怎么可能呢？"

特蕾莎目不转睛地看着他，变了形的难看的脑袋上，一双蓝眼睛盈满了泪水，接着眼泪开始滚落下来。杰克逊看见咸咸的眼泪一碰触到皮肤，她就瑟缩一下。"死了！都死了！"

"特丝，哦，别这样——"

"她见过米兰达，并且看见米兰达死去，她说的很可能是真的。"维姬在他身后说道，"她很清楚自己看到的是什么。为什么拉索拉纳被炸后，没有任何反应——这是唯一能够说得通的解释。"

特蕾莎的目光越过杰克逊，落在站在门边的维姬身上，然后她用力地点了一下头，闭上眼睛睡着了。

杰克逊猛地将头转向维姬，"你知道自己在说什么吗？"

"也许比你说的更接近事实。"维姬的脸扭曲着，她离开了房间。

杰克逊没有去追她。他凝视着特蕾莎，她靠在垫高了的枕头上，嘴半张着。杰克逊轻轻地将她平放在床上。

他走出房间，穿过 Y 能量防护罩，来到露台上。暮色悄然降临，但杰克逊已经没有了时间概念。下面公园里的花圃生机盎然，呈现一片盛夏景象，基因改造的花朵姹紫嫣红，竞相盛开。他想现在应该已经进入五月了。

特蕾莎说米兰达·沙里夫已经死了。

其余的超级无眠者也死了吗？很有可能。他们通常都待在一起的，他们是一个集体，一个整体。他们待在一起，他们躲藏起来，然后利用他们所拥有的高超技术，让全世界的人都以为他们在别的什么地方。

但是如果特蕾莎说的是真的，那么他们所有的努力都付诸东流了，他们的仇人终于还是除掉了他们。

下面，树梢在微风中轻轻地晃动，站在露台上的杰克逊可以听到树叶发出的沙沙声，嗅到树叶潮湿的气息。东南方的天空中，就在月亮下面，一颗明亮的星星闪烁着光芒。那可能是木星，也许只是木星的全息图像，是顽固者小区的气象委员会投票作出的决定——他们说，这个月就让我们的防护罩穹顶上的全息图像再增加一颗行星，便于孩子们学习使用天空软件。

杰克逊仿佛又看见了特蕾莎书房墙上那些未经改造的生活者孩子的图片。他们的身体浮肿溃烂，生命危在旦夕；他们缺少必要的卫生条件，因为经过改造的人们早已没有疾病困扰之虞了；他们得不到改造针剂，他们缺医少药。

而现在改造针剂再也得不到了。普通老百姓、公共团体，以及政府机构已经向"月之女神"发送过不计其数的信息，甚至还向"月之女神"派出了探险队，但所有这些现在都没有任何意义了。

杰克逊将双手都放在露台栏杆上，侧身向外看去。楼下的街道上传来一个女人的笑声和一个男人的说话声。杰克逊没有看那个女的一眼，也没有看那个男的。空气中混合着薄荷、青草和玫瑰的香气。

伊甸园，特蕾莎在她笃信宗教的那段日子里，曾给了中央花园如此的评价。那时她十二岁，一心想成为一名修女。

伊甸园。能维持多久？

也许在各个顽固者小区里，家家户户都藏有改造针剂——这里一支，那里两支，有的地方可能还有更多。在被外人知悉之前，或者在针剂被盗走之前，他们会秘密地给新生儿注射改造针剂。可是当这些藏匿起来的针剂用完以后，人口出生率将会比现在更低。改造过的父母们无须为饥饿和疾病担忧，只是他们不得不考虑无法注射改造针剂的婴儿对于食物和医疗卫生的需要。但最后人们还是会要孩子的，因为人类一直就是这样延续下来的。在Y能量防护罩后面,顽固者们的研究就像以往一样进展顺利。根据需要,这个防护罩每年都会向外延伸,他们需要更多的土地用作农业耕种。在更加严密的安全防护罩下,他们开办起奶牛场,建立起合成大豆工厂,顽固者的科学技术水平足够做到这些——他们不会失去他们在这个地球上的伊甸园。

那么生活者呢?他们身上会发生什么想必不用问也知道了。该发生的都已经在发生:饥饿、死亡、疾病和战争。而最终,他们可能会重新学会生存。或者说,如果神经药物所起的对新鲜事物的抑制作用继续扩大,他们将不再具有学习的能力,只能依赖于重复改造过的身体已适应的日常程序,而新出生的一代却不具备这些优势。与之相对,顽固者们对于“大变革”之痛仍然记忆犹新,他们很清楚,生活者对于经济发展不会有什么贡献,至少在三代人的时间里是这样,因此顽固者会袖手旁观。

全体的怠惰懒散和无所作为将会导致种族灭绝,上帝是不会帮助那些已经不能依靠大脑中的化学物质帮助自己的人。这些人对于所有的变化都心怀恐惧,任何人都无法接近他们,而且他们刚失去了在地球之外能够帮助他们的人。

杰克逊吸了一口清甜的人造空气,闭上了眼睛。

“杰克逊,”维姬在他身后说道,“特蕾莎叫你。”

“马上就来。”

他惊讶地感觉到维姬的双臂从身后悄悄地抱住他的腰。她的脸颊贴在他的背上,他的衬衫渐渐浸湿。他背对着她说道:“你与米兰达·沙里夫见过面。”

“是的,我见过她,见过两次。”

“是什么疯子杀了他们?”

“涉嫌杀害他们的人多得数不清。这世上有很多人不喜欢他们,讨厌他们。”

"是的,各类失败者,他们都对成功者心怀不满。"

"我无法肯定米兰达是否曾经是一个成功者,"维姬说,"至少现在无法肯定。但是,她和她的人毕竟以激进的方式,进行了一次进化史上的改革尝试。只有庇护所能够创造出他们来,但庇护所永远不会再这样做了。"

说到这里,杰克逊一下全明白了。他用手紧紧地抓着栏杆,似乎在空气里嗅到了有害的气体,"詹妮弗·沙里夫杀死了他们,为了报复三十年前他们将她和她的同谋者送进监狱的那件事。"

"是的,"维姬说道,"有这个可能。但是司法部门将永远无法证实。"

她放开杰克逊,从他身边走开了,"就指望你了,杰克逊。"

他转过脸看着她,"指望我?你到底在说些什么呢?"

"你不会真的认为凯尔文-卡斯特纳制药公司是在研究对付神经毒药的治疗方法吧,对吗?他们认为这种药物不会渗入到顽固者的小区里来,因为他们相信这种东西是其他顽固者组织首先制造出来的,这些组织是为了避免生活者再对他们构成政治上和身体上的威胁,而不是出于要将生活者全部赶尽杀绝的卑鄙目的。除非你有办法让凯-卡公司完全按照你的合同办事,否则他们就会只管大张旗鼓地研制自己的产品,而你与他们签订的合同上要研制的逆转药物,他们会一拖再拖。"

"那么实验室的每日记录——"

"你都仔细核查过了吗?全是胡扯。你根本没有好好看过它们。"

他沉默无语,努力想理清思绪。

"我看过了,"维姬说,"说真的,还真把我给难住了。我没有受过这方面的训练,对于我来说,它们只是一排排的图表、令人眼花缭乱的一些等式,还有无法理解的模式。杰克逊,如果你真的关心

这种病毒逆转药剂的研制,那么你就得去和凯尔文-卡斯特纳的上层人物待在一起。"

"特蕾莎——"

"她正在恢复,而德克、比利和肖基却毫无起色。毕竟——"她伸出两只手,手心朝上,做出一种谦卑的恳求姿势;杰克逊从未见过她这个样子,也从没想到过她会有这种姿态,"毕竟,你是一个医学研究人员,不是吗?"

"我不是什么医学研究人员!"

"你现在就是了。"维姬说。她突然笑了起来,让人大吃一惊。

各种报告已经堆积了好几个星期。研究人员的数目每天都在增加,开始的时候是十七人,现在猛增到二百四十一人,分散在全国十个不同的地方。每个人弄出来的一叠叠报告都被送到杰克逊这里,包括每一份会议记录、每一个实验程序、每一个设想、每一个电子版本;吸收率变量、生物利用度、蛋白质结合形态、受体亚型机制、传出神经等式、梅尔德伦模式①、核糖体蛋白质合成、细胞清洁机的交互作用——没有一个人能够处理完所有这些材料。当杰克逊试图看完所有这些东西时,他开始怀疑问题就出在这里。

他怀疑送到这里的部分材料是伪造的,但是他没有时间,没有相关的专门技术,也没有耐心来确认这一点。

坐在书房的终端前,浏览着这些打印出来的东西,他开始明白,唯一能够看完所有这些资料的方法就是编写一个按特定的模式、特定的研究内容,或者可能的研究内容,甚至是可能的研究方向来搜索的程序。但是没有这样的专门程序。杰克逊不是一个软件专家,无法写出这样的程序来,更别说侵入到凯尔文-卡斯特纳公

---

①梅尔德伦与拉夫顿从血红蛋白里分出碳酸酐酶,这种酶可以使肺内含重碳酸盐的血迅速地放出二氧化碳。

司的数据系统里查询他所怀疑的数据资料了。

"把莉齐找来。"他对维姬说道,一脸的疲倦。

"莉齐?她可是对大脑化学物质的研究一无所知啊。"

"是的,可我也同样不懂,至少懂得不够多。打电话给她,告诉她,我立即派一辆车去接她。我要她帮我写一个软件程序。如果她不能做到这个,至少她能侵入凯-卡公司那些保密的数据资料。天知道她的数据侵入能力是不是够用,但我不想从外面找一个人来做这事,那些人有可能将信息资料转卖。至少现在我还不想找外人。"

维姬的眼睛明亮起来,"好吧,说到信息,琼斯说卡泽埃要来见你,已经在路上了。"

杰克逊从高高的书面资料上抬起头来,这些资料都堆在古色古香的奥布松地毯①上。维姬站在露台的栏杆边,露出不置可否的神情,杰克逊再一次体会到她的双臂从后面搂抱过来,温暖而坚实的感觉。

也许从莉齐那里得到帮助并非唯一的途径,他平静地说道:"卡泽埃经常来这里,不是吗?她来看特蕾莎。"

"这次她是来找你的。"

"你怎么知道?"

维姬酸酸地说道:"我就是知道。"

说话间,卡泽埃就来了。她大步跨进书房,似乎这就是她自己的书房,蓝色的裙装窸窣作响,黑色的鬈发纷乱地飘飞起来。她的出现就像咄咄逼人的火焰,点燃了这个光线昏暗的房间,似乎会将这些非自耗塑料质地的打印资料燃成灰烬。卡泽埃怒容满面,"杰克,什么时候能看见你独自一个……"

维姬低声喃喃道:"在你不带偏见的时候。"说着,离开了房间。

①奥布松为法国中部一城市,以生产地毯而闻名。

杰克逊站着，他比卡泽埃略高一些，占据着优势。

"你好吗，杰克？"

"我很好。"他等着她继续说下去。事情总是这样发展下去的，一向如此。他不知道卡泽埃是否明白这一点。

"特丝怎样了？"

"和预想中的差不多，正在好转。"

卡泽埃的笑容是真诚的，"我太高兴了！我们的特丝……还记得我们没有孩子，但是我们是如何把她当作自己的孩子来看待的吗？"她向着他走近一步，他能够闻到她身上的香水味道，温馨的花的香味。

杰克逊说道："凯尔文-卡斯特纳并没有在开发神经毒素逆转药物，我可以证明这一点。"

这是他唯一能够孤注一掷的招数了。她信任他，即使她总说他不信任她。他是杰克逊，稳重、诚实，为她所迷惑，容易愚弄、容易控制。

他仔细地端详着她。她是无可挑剔的，只要那对碧眼稍微睁大一点，只要那对闪亮的眸子不经意地流转顾盼，就足以传达出万种风情。杰克逊突然觉得肚子上似乎被人猛击了一拳。

卡泽埃平静地说道："不是那样的，杰克，你不是每天都收到实验室的各种报表吗？"

"它们都是伪造的。对那种永久性效果的所有研究都是为了一个基本的目的，就是研究出能让人产生快感的药物。"

"你没有时间做这种分析。即使你有时间，你的看法也是错误的。你可以到凯-卡公司亲自去检查一下，瑟蒙德会让你看——"

"——真正的实验。是的，我对此毫不怀疑。他们会安排几个人来给我做做样子。卡泽埃，你怎么能……你知道最近出现的这种神经药物对维姬所在营地的生活者的影响吗？还有其他地方的生活者,他们该怎么办?没有人能够适应环境,没有人能够改变他们的日常生活模式。当改造针剂都用完了,当孩子们不再能够依靠细胞清洁机来击败他们所接触到的每一种有害的有机物,也不能通过皮肤上的滋养层细管来获取营养时,他们已经无法很快重新学会新的生存本领了!在一代人的时间里——"

"哦,天哪,杰克,你永远都不会改变,是吗?你的视野只局限在你那个小小的专业范围内,你只关注你那些神圣的医学理念,从来也不知道关注宏观形势,哪怕只是看上一眼。要向上看——我是说真的!生活者并非处于自生自灭的境地中,就像荒漠中无助的濒临灭绝的蜥蜴那样!他们有米兰达·沙里夫做他们的守护天使!还有那一大批超级无眠者做他们的六翼天使和小天使①。米兰达会从'月之女神'上下来,她肯定早已有所准备,到时她只要将抗病毒药物送给他们,就什么事都没了。凯-卡公司不必为生活者做什么,我们也没有理由那么做。"

"好啊,那么你答应我的那些小事情呢?"

卡泽埃只是看着他。天哪,她是如此的美艳出众,是他所见过的最迷人的女子。聪明美丽,而且只要她愿意,她也会极尽温柔。他觉得肋骨下有什么东西在剧烈地扭动着,这种身体上的疼痛让他知道他从来没有好好地将她搂在怀里加以疼惜。

"杰克——"

"告诉瑟蒙德·罗杰斯——我的那位大学同学——我要搬到凯尔文-卡斯特纳去,立刻就去。和我一起去的还有一名数据人员和一名律师。我要亲自过目所有的报告,要亲自参观那幢大楼里的每一个实验室。我要找一些专家来,不能让他那么消停。如果——"

"你不能把外人带进凯-卡公司!不能泄露——"

---

①语出《圣经》。六翼天使,九级天使中地位最高者;小天使,九级天使中的第二级。

"——如果我不能找到神经病毒逆转药物的研究正在以科学的方法取得进展的证据,我就要对凯-卡公司提起违约诉讼,以此来阻止亚历克斯那个老家伙得到那个什么专利,让他等到下一个一千年吧,即使这样做会导致第十技术公司破产我也在所不惜。"

卡泽埃瞪大眼睛看着他。杰克逊突然觉得,眼前的卡泽埃站在一个 Y 能量防护罩后面,这道防护罩虽然无形,却不可逾越。这防护罩是属于他,还是属于她?黯然之中,他明白这已经无关紧要了。

她迅速地反应过来——她的反应一向如此敏捷——轻轻地问:"这次你真的这么决绝吗,杰克,不能改变了吗?"

"把我说的话告诉罗杰斯。"

"你变了,你真的想为这个堂·吉诃德式的姿态①断送你的公司吗?你为什么要这么做呢?"

"你不会明白的,这并非故作姿态。"

她并不为之所动,她接着说道:"我从来不会装假,这就是真实的我,杰克。"

他痛苦地说:"是的,你从来不会。"

突然,卡泽埃把头向后一甩,大笑起来,是一种大声的狂笑,却非歇斯底里的。杰克逊突然觉得一种熟悉的恐惧感又来了,但这恐惧感很快就消失无踪,徒留一片空虚惆怅。

她轻轻地说道:"我现在要去看特蕾莎了。"

她走了,他就站在那里,等着。现在该维姬进来了,她会说些讥讽他、刺激他的话。这已经成了惯例了——他和卡泽埃争吵时,维姬就躲在门后偷听;当卡泽埃离开后,她就进来,戳他的伤痛之处。他对此已经习以为常。

但这次与往常不同。过了几分钟,维姬果然进来了,但是没说话。她正往头上套一件厚运动衫,将头发弄得乱糟糟的,她的眼睛

---

①指充满幻想的理想主义者行为。

并没有盯着杰克逊。

"我要用一下你的汽车,杰克,莉齐走了。"

"莉齐? 去哪儿了?"

"安妮不知道。但是,莉齐离开营地已经有一个星期了,至今杳无音信。莉齐走了之后, 很快就有两个基因改造过的陌生人来找她。当然,安妮很害怕他们。"

"一个星期……听着,维姬,我不能跟你一起去,我得到凯尔文–卡斯特纳去——"

最后,杰克逊说道:"但是我会让你带上一支枪,一支拉森–柯尔特式自动激光枪——"

"你拥有的武器都无法与我的相比。"维姬以同样冷静干练的语气说道,然后离开了书房。杰克逊瞪着眼,目送她离开了这个胡乱堆放了许多他根本来不及看完的打印资料的书房。

穿插事件

发送日期:2121 年 5 月 13 日。

发送至:月球,"月之女神"基地。

经由:地球站达拉斯小区,地球人造卫星 C–1867(美国),人造卫星 E–643(巴西)。

信息类型:未加密信息。

信息分级:C 级,私人支付。

原发送者:乔治·罗斯·爱德华兹。

信息正文:

沙里夫女士:

毫无疑问,你一定知道我是谁,我不想隐瞒我的身份来侮辱你的智慧。美国人民选择反对我竞选总统,但这并不意味着我不准备

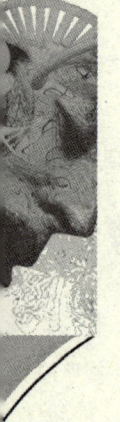

为这个伟大的国家贡献自己的力量。我准备给你十亿美元，是我个人财产的三分之一，我想用它来换取你的改造针剂的科学配方——能够进行商业化复制生产的资料。我会将这些资料无偿地提供给美国的各大制药公司。虽然你已富可敌国，但我相信你也不至于对我的提议不屑一顾。

　　附上我律师的联系地址和联系密码，愿你我都在历史上留下令人值得怀念的一笔。

爱德华兹国际公司

乔治·罗斯·爱德华兹(手书签名)

　　回执:无回复。

第三卷

2121年5月

"像人类这样的生物，不可能对其同类的生死祸福完全漠然视之，并且轻松地宣称什么都不能影响自己的心情。善的本质在于给人带来快乐，恶的本质在于给人带来痛苦。"

——大卫·休谟①《道德原则研究》，1752 年

---

① 大卫休谟(1711~1776)：苏格兰哲学家、经济学家、历史学家；西方哲学史和苏格兰启蒙运动的重要人物之一。

19

莉齐往后瑟缩着,躲到了建筑物的阴影里。过了转角处便是一个部落,不,这不是一个部落——一个部落应该有它的规则,有它的秩序,有它的亲切之感。这只是一个……只是一个……她不知该怎么说。

是地球上的渣滓,他们。她听见自己大脑里的声音如是说,是她母亲的声音。安妮说的是什么人呢?没有人喜欢这些人——无论在东奥兰塔还是威洛比,都没有人喜欢这样的人。莉齐曾记得安妮管这些人叫渣滓,但她已经记不得太多的事情,她太害怕了。

"该我了,我。"一个男人的声音,"脱了她,你!"

"等着吧,我正在……你们都等着吧。"

第三个声音笑着说道:"脱干净点,知道吗,埃德?"

"他妈的,她连呼吸都快没了!"

"那当然。上,卡尔。"

"去你的!"

"你最后,最后才是你。"

莉齐用手指摸了摸腰部,还有那个微微凸起的个人防护罩。她已经套上了防护罩,可以看到头部周围环绕着一圈微光,出现在这里的几个男人即使抓住了她,也伤害不了她。他们充其量也只能在这个防护罩外面敲打一阵子,她躲在里面,就像躲在香肠的外皮

里一样。莉齐想起了香肠,安妮过去常常灌制香肠。香肠……她怎么会想起香肠的呢?躺在那里的女孩是被……莉齐没有办法帮助那个女孩,她甚至无法帮助自己,无法躲进自己藏身处后面的建筑物里去。像其他被废弃的引力火车站一样,这幢建筑物也有Y能量防护罩。她自己的防护罩紧紧地靠着建筑物的防护罩。

女孩发出又一声惨叫。

莉齐闭上了眼睛,但是仍然能够从眼缝中看到那个女孩。她看得清清楚楚:一个全身赤裸的女孩被捆绑着躺在地上,四个男人围在边上,部落里的其他人都远远地站着。女人们对眼前发生的一切无动于衷,因为这个少女是从别的部落偷来的,不是他们部落里的人。孩子们好奇地看着这四个男人……

他们怎么能这样?!他们怎么能这样?!

"你已经够了,"一个男人说,"下来吧,该我们行动了,我们。"

"再给他一分钟,埃德,年纪大的人需要时间,他们。"

一阵哄笑声。

如果那些好奇的小孩子有一个转到建筑物边上来看见莉齐,她该怎么办呢?她可以马上抓住他,在他开口呼叫之前把他击昏。

不,她不能这么做。一个小男孩,就像几年之后的德克……她不能。个人防护罩的保护能力能达到什么程度呢?她穿着维姬的个人防护罩已经有两个星期,但是对这个问题却是真的不得而知。它能够为她遮风挡雨,为她挡住荆棘和树枝,昆虫和浣熊都伤害不了她。就她所知,这件防护罩能够经受住的考验还只有这些。

"来吧,卡尔!"一个男人大声叫道,"我们要走了,我们。"

部落里的人三三两两地从莉齐躲藏之处经过。十七个,二十个,二十五个。他们穿着破破烂烂的夹克,拿着防水布和水壶。她没有看见Y能量锥,也没有看见终端机,有四个肮脏不堪、经过改造的小孩,但是没有婴儿。终于,他们都走出了她的视线,他们的声音也听不见了,莉齐壮起胆子在建筑物周围游荡起来。

那个少女已经死了,她喉咙流出的鲜血浸湿了周围的地面。她的眼睛大张着,脸庞扭曲,那是一张满是恐惧和恳求的脸。她的年龄与莉齐相仿,但身材更娇小,浅色头发,一边耳朵上挂着一个小小的心形耳环。

我无法掩埋她,莉齐想。地面十分坚硬,有一个星期没有下雨了,她也没有任何掘土工具;而且,如果待在这里的时间太长,她会失去过桥的勇气。哦,天哪,如果那些人也要过桥怎么办,如果她在过桥时被他们抓住了又该怎么办?

不,她绝不能让这样的事情发生,她不像这个可怜的女孩般完全无助。此外,即使她有办法将她掩埋,这也不见得是一个好主意,女孩自己的族人也许会出来找她,让他们知道事情的真相也好,否则,他们会永远记挂着她的生死。这是最让人难以忍受的,如果德克……

她赶紧驱赶掉这个可怕的念头。她跪在染血的地上,将女孩的手和脚从粗木桩上解下来,然后将木桩从地里拔出。她能为死者亲属做的就只有这些了。多亏了这个防护罩,她不必直接碰到汩汩流着的鲜血。莉齐抱起女孩的尸体,跟跟跄跄地走到建筑物的阴影里。她将女孩的身体靠着 Y 能量防护罩放好,从背包里拿出一件衬衫盖在她身上。

然后,她开始向桥的方向进发,她要在天黑前赶到,要不然会害怕的。

她对自己所处的方位很肯定。虽然她不敢使用她的终端,也不敢打开任何链接——以防行踪被人跟踪到,但她可以利用晶体库获取信息,那里面有详细的地图资料。这里是新泽西托马斯·詹姆斯·卡贝特参议员属下的引力火车站。当然,引力火车在"大变革"时代就已经停运了,但是这幢装有 Y 能量防护罩的建筑物仍然屹立在这里,里面也许还停放着列车,磁力悬浮列车、铁路本身是任何东西也毁灭不了的。并行的两条铁路线闪着微光,那是用莉齐所不知道的材料铺设而成,它们从威洛比一直延伸到这里,穿过横跨哈得孙河①的大桥,一直进入曼哈顿。根据地图所示,铁路线一直往北到达中央花园,然后直接进入曼哈顿东部小区。

然后怎么办?

还是先到那里再说。

莉齐盯着桥看了看,又看了看天空。离太阳落山还有三个小时,她可以借着暮色的掩护过桥,然后在桥的另一头躲起来。高架桥本身不能为她提供什么遮蔽,桥很窄,只有十英尺宽,看不到有什么突出的地方或者支柱之类的物体,那么,这桥又是靠什么支撑起来的呢?也许和磁悬浮列车是一个原理吧。无论是物理学还是工程学的奥秘,莉齐的兴趣都不大,她痴迷的只有计算机。不过,在过桥之前,她还是应该收集一下这座桥的所有信息。

哈得孙河在阳光下闪着粼粼的波光,河岸边是一道堤防,一片水草地半掩半现。她从河里弄了点水喝,然后关闭了个人防护罩,脱下衣服,躺在草地上进食。每隔几秒钟,她都要抬起头来看看有没有人接近她。太阳照在裸露的皮肤上,感觉真舒服,但她不能让自己尽情享受。当她改造过的身体发出已经饱了的生物化学信号时,她就一跃而起,穿好衣服,激活个人防护罩,然后打开计算机开始工作。到太阳落山时,她对这座高架桥已经有了很深入的了解。

在高架桥的东侧,莉齐躲在建筑物的阴影中,努力倾听周围的动静。一个小时前,她听见有人过桥,但现在一个人影也看不到了,只听到海鸥在天空盘旋鸣叫和河水冲刷河岸的声音。她开始四肢着地爬过桥去,尽量不让自己的身影引起注意。

①美国纽约州东部的河流。

这座桥有 2.369 公里长。

黑夜来临得比莉齐预想的要快。对她来说,黑夜固然是很好的掩护,但在漆黑的桥上爬过,还是有点害怕。不是害怕掉到河里去,是怕……怕什么呢?她只是害怕,什么都怕。

不,她不怕,她是莉齐·弗朗思,是这个国家最优秀的数据侵入者,是生活者中唯一敢向顽固者挑战从而争取权利的人。她不会害怕,只有像她母亲那样的人才会怕这怕那的,他们即使在被神经药物侵害之前也是那样的。

好好待在家里,孩子,家里才是你应该待的地方,你。安妮的声音又响了起来。天哪,如果她再长大些,再也不会在脑海里反复听到母亲的声音就好了。多大年纪呢?也许要到三十岁?

然后她听到了一些别的声音,是人声,从曼哈顿那边过来的人。

莉齐爬得更快了,现在她已经能够看到对岸的光亮了,是一个很亮的 Y 能量火炬,在远处晃动着。有多远呢?风大概是往她这个方向吹的。又传来了几个男人的笑声。

他们很快就会走到她这里……

她在黑暗中摸索着,桥的边缘有一个小小的突起物,一个黑不溜秋的东西。当维修工作需要临时增加桥的宽度时,技师们会激活 Y 能量防护罩,Y 能量防护罩能够承载好几吨重的维修设备,并且可以根据需要以任何角度弯曲。莉齐在晶体库里读到过有关 Y 能量防护罩的许多资料,但并不包括如何激活密码。她也一直不敢打开通信链接网,从磁悬浮重力列车公司的数据库中获取信息。

但现在,她已经没有任何选择了。

“系统开启,”她小声地说道,“哦,上帝保佑——系统开启,最小音量。”

“终端已打开。”计算机的声音小得如同耳语。

她尽可能迅速地操作着,急切而又激动地对着终端咕哝,一面注视着前面的火炬光亮。亮光似乎在前面停住了,间或有声音随风刮向她这里,只是听得不大真切,然后声音渐渐高了起来——他们在争论什么。太好了,让他们去争论吧,打起来才好,让他们把彼此扔到河里去……如果他们把她扔到河里怎么办?她可不会游泳。

好好待在家里,孩子,家里才是你应该待的地方,你。

"路径74,密码J。"莉齐尝试着。这一定是一个简单的密码,也许是一个标准工业代码,为了方便所有的技工都能够记住它们。

她成功了。

火炬又开始向前移动。莉齐用双臂抱住终端和背包,用一只手撑在那块突起的黑东西上,说出密码。无声无息地——感谢上帝,没有发出一点声音——桥自动向着水面延伸开了,一个透明的能量平台隐没在黑暗中。

莉齐有些犹豫,它看起来没有颜色,没有质感,那么虚无飘渺,如果她爬到这上面,会不会立刻掉到下面的河里去呢……但是想来不会。Y能量也许是看不见摸不着的非实体,但它同时也是"大变革"之前的时代留下来的最可靠、最实在的东西。那时的生活一直很安全,很安定。

远处的声音已经可以辨别出来了——快点……那里……不可能……是个女孩……

他们也许不是什么坏人,也许都是些普通人,只是过桥而已,但他们也有可能和那个大院里那些禽兽一样。莉齐再看了一眼那层几乎看不见的防护罩,然后闭上眼睛,滚到上面去。她小声地念着密码,感觉到Y能量防护罩开始弯曲,往下移动,然后载着她在桥下晃荡。

莉齐小心谨慎地睁开眼睛,看见自己在高架桥下一寸一寸地移动着。桥下有许多突出来的东西,还有些控制面板模样的物体,也许那是些控制终端。这是她第一次没有了想进行数据侵入的欲望。她用一只手抓住防护罩的边缘处,支撑着自己的身体,试图摸索到它与桥相连的地方。她感觉到这整个防护罩在桥下优美地晃动着,如果在黑暗中从桥上往下看,只有在注意到这个向外延伸的能量场组成的防护罩时才会发现她。

桥上面,那几个人正在三三两两地走过去。

她又等了几分钟,当桥上最后的震动消失了片刻后,她说了密码,延伸出去的 Y 能量防护罩又荡回原处,与原来的防护罩合拢在一起。

桥的东面,引力火车铁轨向两个方向延伸,一头沿着曼哈顿西部海岸向南而去,另一头则一直向北,绕着顽固者小区延伸,最终到达中央花园。那条路莉齐认识,那里是生活者在纽约留下的废墟。已经没有多少人住在那里了,破烂的泡沫塑料和倒下的石头都不能给人们提供多少食物和营养,而那些留下来的人许多都是危险分子。

但她没有选择,这是到达阿拉诺医生那里的必经之路。莉齐将自己整个儿包在个人能量罩里,在茂密的灌木丛里躲着,她要一直等到天亮。她有很大把握不被人发现,前提是她睡着的时间不能太长。

白天的纽约比她想象中还要糟糕很多。

她从没见过眼前这番景象,但是这话也太过绝对——她在那些全息录像资料里看到过这样的景象:一片片倒塌的废墟,碎石中长出草来,街道都被堵塞了,根本看不出道路曾经的走向;到处是散落一地的金属碎片,像是被什么武器疯狂地扫射过一番,都夷平了似的。那时的她还小,不能选择自己想学习的软件,就是在那时,维姬坚持要她学习一些教育软件。莉齐一直以为那些全息录像全是编造出来的,就像维姬给她看的那些文学故事软件一样,即使不是完全编造出来的,起码也是经过了加工完善的。

但眼前这个破败的城市却是真实的。

她小心地在丑陋不堪的废墟中穿行,倾听。有几次她听到有人在说话,于是立刻躲藏起来,浑身发抖,直到那些男人走过去。她并没有看见他们,这样最好。

一些破败的建筑里还有人居住。她看见一个妇人从河里汲水,一个男人在搓绳子,一个改造过的孩子在追逐一只皮球;还看见一个年约十岁的小女孩,怀抱一个没有改造的婴儿。女孩浑身脏兮兮的,半裸着身体,头发里满是碎屑残渣,但她的皮肤却闪烁着健康的光泽。她顽强地爬到一个碎石堆上,婴儿抓扯着她的胸脯。他——还是她?——大约一岁多,和莎伦的孩子卡蕾差不多大,但是这个孩子的双腿萎缩起皱,虚弱无力,肚子鼓了出来,手臂像柴火棍一样,腿上的伤口往外渗着脓水。小女孩将他放在地上,他像小猫一样呜呜地哼哼着,手臂上举,却又立即无力地垂了下来。

如果米兰达·沙里夫不能制造出更多的改造针剂,如果庇护所继续像这样传播让人产生恐惧感的神经病毒,那么要不了多久,所有的孩子都会像他这样悲惨。

莉齐距离这两个孩子比较远。她得从北面绕着走,以避开人群。南面到处是林立的高楼,一片宽阔的公园地带将曼哈顿分成东西两个区域。摩天大楼在阳光下熠熠生辉,小区里,在 Y 能量防护罩的穹顶下,楼房阳台上基因改造过的花木生机勃发,色彩斑斓。

正午时分,她到了曼哈顿东部小区的北门。

眼前宛若一个被毁的城市里一个被毁的村庄,她想。这些用泡沫塑料搭建而成的房屋中有一半尚完好无损,仍然被围在无法渗透的 Y 能量防护罩里面,但已经无人居住,;另一半已成碎石废墟。在强大的外力作用下,这些房子或是被焚,或是被炸毁,或是被破坏得七零八落。废墟中间,有人用木板、泡沫塑料块、塑料板,甚至损坏了的机器人,搭建了一些小屋住下。是的,不管在哪里,部落民众总是能利用他们所找到的一切将就度日,但是这些临时搭建的小屋也是破败不堪的——这里修修,那里补补,人们就这样凑合着居住。这里就像是爆发了第二次、第三次,甚至第四次的"大变革"。

莉齐没有看见人影,但她知道这里有人居住。一堆熄灭了的篝火,余烬没有被人动过的迹象。一道被踩踏出来的小径,上面寸草不生。一束尚未枯萎的野花,大概是哪个孩子摘来玩的。最让她迷惑的是一幅装在镜框里的照片,一个男子,身着早已过时的衣服,领口处和袖口处都皱皱巴巴的,手里拿着一本装帧精美的书。它是怎么来到这个地方的?她仍然躲藏着,在躲藏处可以看到顽固者小区的门——她要等待时机。

突然响起一声钟声。

立刻,从废墟后面、从临时的小房子里,甚至从地道里,拥出许多人来。是生活者,但他们的穿着与莉齐见过的生活者大不相同。他们穿的是顽固者的衣服——靴子、紧身衬衫、长裤、厚厚的外套——只是已丝丝缕缕,破烂不堪,没有一个人衣着完整。这些人——妇人、孩子,还有几个男人,看上去不像是什么危险人物。他们在小区大门处集合起来。钟声再次响起。

如果莉齐想要知道究竟发生了什么事,她就要和他们站到一起去。她小心地接近这一小群人。他们散发出很臭的气味,没有谁对她特别在意。大概他们不是一个真正的部落,不像部落里的人那样互相认识,并团结在一起。他们只是一群卑微可怜的人。她挤到了人群的前面。

小区的 Y 能量防护罩在十五英尺高度以下呈不透明的灰色,在那以上才是透明的。大概居住在里面的人不想让生活者窥探他们的生活,以免这些人给他们美丽的庭园景色添上不合谐的一笔。

灰色的 Y 能量防护罩上有一圈黑色的轮廓，那是小区的大门，它突然消失了，所有人都一拥而入。

哪有这么容易！

当然没有。里面是又一道密封的能量罩，上面满是……什么？一堆堆的衣服，一盒盒的东西。莉齐看见一个掉了脑袋的洋娃娃、一些不配套的盘碟、一个粗略钉成的木盒子，还有一些毯子。她明白了，这些都是曼哈顿东部小区的顽固者们丢弃不要的旧物。

人们围着这一堆堆东西抓抢着，互相推来操去，但没有真正的打斗发生。莉齐观察着，努力想看清楚一切：丢弃的物品、衣服、图片、玩具、床褥、花盆、家具、塑料等，但是没有电子器件，也没有 Y 能量锥，没有任何能够成为武器的东西。三分钟之内，所有东西都被哄抢一空，生活者带着这些新获得的丢弃物四散而去。

莉齐等在这里，她的心脏在胸腔里慢慢地捶打着。

"现在请离开这里，"一个机器人用严厉的声音说道，"今天的物品已经分发完毕，现在就请离开。"

莉齐站在原地不动，用手抚弄着她的个人防护罩。

"现在请离开这里，今天的物品已经分发完毕，现在就请离开。"

外面有人尖叫，听不清在叫喊些什么。只见生活者们待了片刻，然后开始逃窜。

"请离开防护罩，今天的物品已经分发完毕，现在就请离开。"话音甫落，她已经在防护罩外面了，能量墙无情地将她推了出来，然后很快地关闭，没有防备的莉齐一下子脸朝下跌倒在尘埃中。

生活者们仍然在尖叫，在逃窜，有的很快消失在他们的小屋里，或是地洞里。有的人跑得不够快，遇上了一伙拦路抢劫者，这些人多数都是男人，也有几个女人，突然闯到他们中间来，抢夺他们手中刚得到的东西。抢劫者将他们打倒，大声吼叫着，用他们偷窃来的笨重靴子在生活者的身体和脸上踩踏。

莉齐向后滚去,跌倒在那道刚将她弹出来的能量墙上。现在她明白了生活者的那些小屋为什么屡毁屡建,屡建屡毁了。生活在顽固者小区附近,得到额外的馈赠并非没有代价,别人会用各种非常邪恶的手段从你手中将馈赠抢夺过去。

她摸索着站起身来,准备沿着能量墙根溜之大吉,但这无济于事。她在现场最为引人注目,因为她身上携带的东西最多。两个男人向她包抄过来。

"背包!抢背包,蒂什!"

不,这不是两个男人,而是一男一女。女的身材高大,肩宽体胖,看上去像个男人,浓密的睫毛下是一对深紫色的眼睛——基因改造过的眼睛。

这对美丽的眼睛不怀好意地看着莉齐,她要来抓她,却碰到了她的个人防护罩。"他妈的!她有防护罩,她!"听上去显然是一个生活者的口吻。

蒂什比莉齐起码重上三十磅,她将莉齐打得往一边歪倒过去。莉齐感觉到自己倒在了能量墙上,慢慢向下滑。她向后缩,低声哭泣,努力在靴子里摸索着。蒂什在她身边跪伏下来,开始摇晃莉齐的脖子,就像一条狗玩弄一根骨头一般。

"虽然我不能进到里面,但……但是我仍然可以这样摇着,直到折断你的脖子,然后破除你这个小小的防护罩……"

莉齐从靴子里拔出比利给兔子剥皮用的匕首,举起来,向着这个女人的胸骨处刺去。

这一路走来,每天在白天漫长的时间里,她都把这把刀磨得光光的,即便如此,她还是惊讶地觉得将刀刃刺入活生生的肉体并不是那么容易。她一直向里推着,直到长长的刀刃全部进到肉里,只留下刀柄露在外面。

蒂什美丽的眼睛睁得大大的,她颓然倒在莉齐身上,双臂环绕着莉齐,就像在拥抱。

莉齐将她推开,慌张地看着四周。那个命令蒂什抢夺莉齐背包的男人正越过空地,和还滞留在小区附近的几个没能跑掉的男人打斗着,他似乎占了上风。附近还有另外的抢劫者,马上又会有人向她发起攻击……莉齐没有多少时间了。

她没有犹豫。如果她再考虑下去,恐怕永远也逃脱不了了。蒂什太沉,单凭莉齐的力气,无论如何也无法抬起她来。莉齐无法背动这个大肉团……不过她并不需要整具尸体。

她全身颤抖着,在蒂什身边弯下腰,拿出那把从阿拉诺医生那里偷来的茶匙。上次在曼哈顿东部小区里的时候,她曾有过一个异想天开的主意——她可以拿出这把茶匙,让房屋管理系统琼斯相信,她就是那个屋子里的主人……那似乎不大可能办到。现在的她别无选择。她用拇指和食指将蒂什右边眼睛的眼皮撑开,把小勺插到眼球下面,喘着气,将眼球从眼窝里挖了出来。她从蒂什身上拔出匕首,血立刻奔涌而出,淌到她的能量罩上面。她用小刀切断了将眼球与眼窝连在一起的神经和肌肉。

她转过身来,摸索着小区大门的轮廓。鲜血从小区能量墙和她的能量防护罩上流下来,小区大门的门框上嵌有一个标准的视网膜扫描仪,经过基因修改的视网膜图形被允许进入。这是一种应急措施,如果一个顽固者技师在外面被人追赶,或者一个外出冒险的青少年被困在外面,就可以用这种方法迅速进入小区里面——莉齐是在侵入顽固者系统时了解到这些的。

她将蒂什的眼球紧贴在扫描仪上,小区外面一层大门打开了。接着,门又在她的身后关上了,只差一步,那些抢劫者就会扑过来要了她的命。

莉齐瘫倒在地上喘息。她想吐却吐不出来,她已经几个星期没有吃过用口进食的食物了。现在没有多少时间——这只死者的眼睛能保鲜多长时间以骗过视网膜扫描仪呢？她在数据库里并没有查到此类信息。

她摇摇晃晃地站起来，手里拿着蒂什的经过基因改造的眼睛，走到第二道视网膜扫描仪那里。第二道门也打开了，莉齐蹒跚着跨了进去。

她终于进到了曼哈顿东部小区里面。

具体地说，她进入了一个像是库房的地方，四周绕墙站着一些一动不动的重型机器人。这很好，直到她离开这里为止，她没有看见任何巡逻机器人。这幢房子是被严密屏蔽并锁着的，她可以先在这里休息一会儿。莉齐躺在地板上。

当她终于可以站起身时，她关掉了个人防护罩，蒂什的血流在地板上。莉齐又将防护罩重新激活，这时她才发现自己仍然拿着那个眼球，它没在滴血，所有的血都是她从蒂什身上拔匕首时溅出来的。

蒂什从来不用她的基因修改过的眼睛进入小区，这是为什么呢？她是顽固者，她一定有她的理由。回想起她试图扭断莉齐的脖子、要她的命的时刻，莉齐大概明白蒂什被驱逐的原因了。蒂什的手卡着莉齐的脖子，身体重重地压在莉齐的身上，虽然隔着衣服，莉齐还是能够感觉到一些长得不是地方的硬块：畸形的胸骨，不对称的肋骨。蒂什的骨骼在胚胎时期一定出了什么问题，她没穿衣服时看上去多半像个怪物。莉齐搞不明白，那些顽固者为什么一味地追求身体上的完美。蒂什和生活者们在一起一定有一段时间了，她的语气已经变得和生活者完全一样。维姬曾说过，对自身的憎恨是最为可怕的一种仇恨。莉齐一直没能明白维姬所指何意，现在她有些明白了。

她不禁打了个寒噤，那个紫色的眼球掉在地上，她觉得反胃，

尽管如此，她还是不能将这个东西扔在这里，让执勤机器人发现。她克制着心里的恶心感，从地上捡起眼球，放进自己的口袋。

然后，莉齐开始耐心地破解这个仓库一样的房子内部的安全闭锁装置。

这花去她差不多半个小时时间。弄好之后，她跨出"仓库"，真正进到了曼哈顿东部小区里面。她站在一条极尽完美的街道上，两边都是经过基因改造的形态优美的奇异花卉，它们迎向她。莉齐吓了一大跳，但是这些花温柔平静，对人完全无害。空气里充满了各种好闻的气味，树木和新刈的草坪散发出清香，还有她说不出来的种种香气。曼哈顿的高楼在阳光下闪耀着光辉，楼房外墙通过程序控制的色彩与天空的颜色搭配得十分和谐，不知从什么地方传来鸽子的悲鸣声。

这里的人生活在如此美丽有序的环境中，一生一世生活在这里，他们真的很幸福。莉齐，饱受惊吓的莉齐，精疲力竭的莉齐，这会儿又迷醉在如此美景中的莉齐，突然觉得自己想放声大哭。

可是她不能大哭，保安机器人正向她走过来。她赶紧慌乱地在口袋里翻找着蒂什的那只眼球，它已经变软了，有些湿糊糊的。莉齐的恶心感又升腾起来。她把这个恶心的东西放在自己的右眼上，可是走过来的机器人根本没打算对这个已经开始腐烂的紫色眼睛进行视网膜扫描，不知怎的，它似乎已经知道她不是住在曼哈顿东部小区的人。莉齐看见一团迷雾朝她扑面而来，她尖叫起来，向后倒在基因改造过的花丛中，柔软的花瓣轻柔地裹住了她瘫软的四肢。

20

詹妮弗·沙里夫身穿飘逸的白色长袍,站在沙里夫实验室的会议室里。项目小组的其他成员管这里叫做"指挥中心",但是詹妮弗不喜欢这个名称:他们这个小组是一个集体,而不是军队。地板上的透明控制面板下,群星正在闪耀着。

但是,詹妮弗的目光并没有往下看,她在注视着全息屏幕。这间会议室经过了改建,不再有那个长长的 U 形桌子和那十八张椅子,一排排计算机和控制台充塞了偌大的空间,小组成员在一排排机器间忙碌地走动着,一言不发。詹妮弗一直在原地不动,只有眼睛游移,从一个屏幕移到另一个屏幕上,所有屏幕她都要查看,任何屏幕都不能漏掉。

屏幕一:俄勒冈州的"部落"营地出现在一个秘密频率的监视器上。这是一个充满雾气的下午,生活者们正在太平洋沿岸一片布满岩石的海滩上散步。这里的生活者们一向习惯下午到这片海滩上散步,但是,今天出现在这里的生活者们脸上却显露出迷乱而恐惧的神情。在离汹涌的海浪十英尺远的地方,生活者们紧紧地相拥在一起,他们周围围着许多顽固者记者,正在大声地向他们提出各种问题,自动摄像机也在忙着进行现场录像。

"新闻网终于发现了其中一个试验场吗,"埃里克·赫尔登走到她身边说道,"够慢的了,不是吗?"埃里克是新加入到这个研究小组来的人之一,詹妮弗和威尔在项目的稍后阶段吸收了庇护所里的几个年轻人。詹妮弗微笑起来,但她并没有停止对几个屏幕的来回扫视。埃里克高大强健,与其他无眠者一样完美。更为重要的是,他很冷静,具有那种了解世界并控制世界所不可缺少的冷静态度——比威尔要冷静得多。然而,如果詹妮弗盯着他微笑,他那经过基因改造的蓝眼睛也会变得更加深邃。他比她年轻九十六岁。

所有这些都留待项目结束后再说吧。

屏幕二:来自地球新闻网。屏幕分成两半,左边是美国广播网,是顽固者最可信赖的频道。一位改造得非常漂亮,却有些矫揉造作的播音员说道:"新加坡股票交易市场上的一个大型数据环礁投资出击,使得巴西利亚的斯坦顿轨道有限公司的股票上涨到……"新闻中只字未提神经病毒对生活者行为产生影响的事情。屏幕右侧用标记程序标出的新闻摘要也未提及此事,而该标记程序一直在对世界上的各大新闻网进行不间断的扫描浏览。迄今为止,神经病毒项目的开展仍然是在暗中进行,斯特科夫研制的病毒本身也未发生突变。

"目前,神经病毒的扩散在俄勒冈还只是一种局部现象。"埃里克说道,"那些愚蠢的顽固者根本没料到我们的计划。"

"并非如此,"詹妮弗平静地说道,"他们也在隐蔽地研究。"她用手指向下面的两个屏幕。

屏幕三:詹妮弗的首席科学家查德·曼宁,正在对凯尔文-卡斯特纳公司复制斯特科夫神经病毒的进展进行每天六次的摘要。凯尔文-卡斯特纳已在全面监视之下,以一种愚蠢的睡眠者永远也无法觉察到的方式。查德对接收到的大量数据流进行分析,然后以其他非微生物专家的无眠者能够看懂的方式进行归纳。凯尔文-卡斯特纳公司进度缓慢,而进度太慢了就不会有任何实际意义。

屏幕四:对联邦政府进行的秘密监控。这个就更成问题了。联邦密探的安全保密工作肯定比凯尔文-卡斯特纳这类公司的安全保密工作要严密得多。无论是詹妮弗,还是她的通信总监卡罗琳·瑞雷,对于他们偷盗来的信息是真是假都没有完全的把握。但是就庇护所所能发现的,在贝塞斯达的美国官方实验室里,他们已经让受到"保护性监禁"的生活者感染了斯特科夫的病毒,却未能成功地复制出这种病毒,当然也未能找出对付这种病毒的办法。而关于拉索拉纳核弹爆炸事件,就庇护所所能了解到的,美国联邦调查局也还没有查到足够的证据。

如果米兰达活着,她肯定能找出线索来的。

詹妮弗立刻驱赶掉大脑中的这个念头。这个念头不再存在,也永远没有存在过。她的眼睛在面前的五个屏幕之间来回巡视。

埃里克·赫尔登将一只手放在她的肩头,"我来告诉你,斯特科夫与我们进行了通信链接,他说他想在一个小时内向布鲁克黑文发起行动。你这里都准备好了吗?"

"好的。通知小组全体观看实况。"

"好的,詹妮弗。"她不经意地注意到了他叫她名字时的样子:坚定,冷静——她喜欢这样。

屏幕五:屏幕上一片空白。这条线路是与詹妮弗在地球上的密探进行通信联系时用的。他们都是睡眠者,是睡眠者中的告密者。詹妮弗以高价雇用他们,但她并不信任这些人,詹妮弗需要知道的任何东西都会立刻通过这个屏幕到达这里。

埃里克走开后,屏幕五亮了起来,没有任何图形,只有声频信号,加密代码出现在屏幕下方,是她在美国的一个间谍人员。

"沙里夫女士,我是桑德拉·施奈德,我们已经找到了莉齐·弗朗思。"

"继续。"詹妮弗镇定地说,但她能够感觉到自己的胸膛在起伏。那个小生活者太难找了,在庇护所发现她的电子信号截获了庇护所的数据流时,她已经从宾夕法尼亚的生活者营地里消失了。让人难以置信的是,竟然是睡眠者中最底层的人发现了庇护所的秘密。这个莉齐·弗朗思知道,让她"部落"里的族人受到感染的那种神经病毒一定与庇护所有着某种关联,而且这个小生活者也明白,只要她打开与任何一个卫星中继站或者地面站连接的公共通信链接网,庇护所立刻就能够知道她所在的方位。于是,她从网络世界里消失了,监视设备也发现不了她,她可能躲藏在某个荒蛮偏僻的乡村里。詹妮弗但愿她已经死了。

"莉齐·弗朗思正被关押在曼哈顿东部小区的保安部。"桑德拉·施奈德说,"在她被捕前半个小时,小区的门被一个顽固者的视网膜打开过。小区帕特森保安公司的一个保安机器人发现莉齐·弗朗思很可疑,于是给她喷了镇静剂后抓住了她。我们的网络标记程序从查询记录中查到了她的名字。"

詹妮弗急切地问道:"多久以前发生的事?"

"大约十分钟前。他们很快就会给她服用吐真药。"

"帕特森保安公司里有我们的人吗?"

"很遗憾,没有。"

詹妮弗沉思着。莉齐·弗朗思到曼哈顿东部小区不是去寻找维多利亚·特纳,就是去找杰克逊·阿拉诺,特纳也算是她的半个老师吧。但是,她去找他们做什么呢?去告诉他们她发现庇护所在她受到感染的部落里安装了监视器吗?如果当地警方认为她的话是可信的,他们还会想了解一个生活者是如何进到曼哈顿东部小区里来的——莉齐会告诉他们的。她还会告诉他们关于庇护所的事情。但是,他们会相信她说的话吗?吐真药的缺点是,如果被测试者打心底里将谎话认作事实,那么吐真药也奈何不了他。顽固者会认为莉齐·弗朗思的话是受到了药物的影响吗?

也许不会这么认为。特别是如果杰克逊·阿拉诺支持这个生活者女孩的话。

真该死,还有不到一个小时,斯特科夫最重要的一个试验就要开始了!

詹妮弗僵立着,心中无比惊骇,她从来没有像今天这样恼火过。想不到给她带来麻烦的会是这些毫无防备能力,并且正在日益弱化的生活者。詹妮弗·沙里夫没有发怒,她变得更冷静,因此也更具力量。

刚才一瞬间爆发的愤怒再也不会有了。

"施奈德女士,"她仍然平静地说,"我来处理这件事。在四十五分钟内,将我们所有的密探都从曼哈顿东部小区撤出来,不要引起任何人的注意。让这些人明白,他们必须立即撤离。其余的事情就交给我来处理。"斯特科夫继续在布鲁克黑文进行试验,但是詹妮弗会指示他将第二个目标锁定在曼哈顿东部,这样莉齐·弗朗思的问题就解决了。

"明白。"桑德拉·施奈德说。屏幕五暗了下来,詹妮弗的目光继续在其他四个屏幕间来回移动。

太平洋海滩上的生活者面对记者时,害怕地拥成一团……

UBN新闻网和新闻网标记程序都没提到这种抑制大脑的神经病毒……

凯尔文-卡斯特纳公司数据流的速度太慢,很难有希望解开斯特科夫错综复杂的分子式的奥秘……

美国联邦调查局关于拉索拉纳的调查报告也令人失望……

屏幕五上出现了米兰达冰冷的脸……

詹妮弗一惊,全身痉挛了一下,然后定睛一看,屏幕五上面什么也没有。自从桑德拉·施奈德从屏幕上消失后,屏幕上就一直什么也没有了。米兰达已死,她的形象永远不会再存在于世间。

"你在这里。"威尔·桑达罗斯说,"詹妮,你看这个。"

詹妮弗看向威尔,只见他的脸由于激动而涨得通红。他递给她一个手提终端,上面有一个计算机辅助设计的机器人模型。

"有关秘鲁人设计的无人驾驶病毒投放微型飞行器,那些混蛋终于将详细的设计图给我们了,按照合同,他们应该在几个星期前就给我们的。这也真有点意思,它——"

"我已经看过了,"詹妮弗说,"就在几个星期前。"

"他们给你看的?详细的版本?你怎么没有告诉我呢?"

詹妮弗只是盯着他看。片刻之前,他还因为自己胜过了那些秘鲁人而兴奋得双颊发红,现在,他却觉得她出卖了自己,脸色一下子变得苍白起来。威尔越来越在意这种微妙的权力斗争,并为此心烦意乱,因此影响到他处理问题的客观性和有效性。这个计划中最重要最神圣的部分,他都被完全蒙在鼓里。

"对不起,威尔,我有许多事情要处理。斯特科夫在一小时之内要展开行动。"

"你知道我想要这个病毒投放飞机器的设计图,为了这个,我和那些狗娘养的东西不知费了多少口舌,纠缠了多少时间——"

"一个无眠者不会和他人'纠缠不清'的,威尔。"詹妮弗看见埃里克·赫尔登正在房间的另一头看着他们。

"但是你知道——"

"抱歉,我还有事。"

威尔的手紧紧地按在他的终端上,"好吧,詹妮,但是今天的试验结束之后,你要私底下好好地谈一谈。"

"好的,威尔,试验行动过后。"她仪态优雅地从他面前走过。

小组的其他成员三三两两地来到了会议室,气氛安静而压抑。这事太重要,现在不是欢闹的时候,也不是威尔表现那种不负责任的狂热的时候;此刻将成为詹妮弗一生事业的顶点。

她终于能让无眠者和庇护所得到真正的安全了。

　　一百多年来,他们一直受人鄙视,遭人迫害,被人怨恨,遭受骚扰袭击,甚至被人杀害(她永远永远都记得托尼·英迪维诺)。睡眠者憎恨他们,只是因为无眠者更聪明、更冷静、更成功,总而言之,就是比他们更优秀。他们是人类在进化过程中迈出的一大步,因此,那些对无眠者望尘莫及的人就逼得无眠者在这个世界上几无立足之地。只有詹妮弗·沙里夫和托尼·英迪维诺在这场旷日持久的战争中脱颖而出;而现在,在这场众寡悬殊的斗争中,只剩下詹妮弗来保护她的同胞。

　　当项目组全体成员都到齐后,詹妮弗在他们中间走动着,喃喃地说着感谢、赞扬和鼓励之类的话。他们是坚强能干、头脑冷静的人,这个集体是太阳系中最有效率、最忠诚的集体。

　　詹妮弗不打算作什么演讲,要让事情本身来说话,这样会更为有力。显然,斯特科夫也做了同样的选择。没有什么开场白,安放在秘鲁人微型飞行器上的摄像机自行激活后,墙上的主屏幕亮了起来。

　　在他们脚下,透过庇护所地板上的透明控制面板,地球慢慢转入视线中。

　　微型飞行器在纽约长岛上空悠闲地做着低空飞行。渐渐地,远处的布鲁克黑文小区越来越近,屏幕上出现了勃发的青草、荒废的道路,以及遭到破坏的生活者城镇。微型飞行器的角度上移,现在詹妮弗可以看见小区防护罩里面的情况:简洁而不失优雅的各种建筑:公寓楼、商店、政府大楼,还有布鲁克黑文国家实验室。这些建筑配置合理,排列得井然有序。

　　布鲁克黑文是斯特科夫的病毒对防卫严密的顽固者小区进行首次实验的理想地点,它很小(不像泰勒空军基地那样庞大),很独立(不像五角大楼那样掩藏在诸多建筑之中),也很隐秘(不像华盛顿商业街小区那样引人注目)。此外,布鲁克黑文国家实验室的防

护罩之严密，可与其他任何政府设施相媲美，因此，如果斯特科夫传播病毒的微型飞行器能够攻入布鲁克黑文的Y能量防护罩，那么它也能够攻破其他任何Y能量防护罩。

除非对方具有拉索拉纳那样的Y能量防护罩技术……詹妮弗赶紧驱逐掉这个念头。

微型飞行器飞过布鲁克黑文的三重Y能量防护罩，仿佛这些防护罩根本就不存在。然后，微型飞行器猛然加速，飞到了Y能量防护罩的穹顶内，消失了。

"它进去了，"查德·曼宁屏住呼吸，"我们攻进去了。"

"微型飞行器分解了，"卡罗琳·瑞雷说，"布鲁克黑文当然也配备有生化武器系统，安全系统也会发出信号，进行跟踪和目标锁定……秘鲁人是如何——"

"可能是他们那里的电子信号反应延迟了。"安全控制台的大卫·奥唐奈说。

屏幕又亮了起来，这一次，屏幕上的图像不停地跳跃，扭曲变形，詹妮弗明白，这表示他们已经侵入了布鲁克黑文的计算机系统内部，与布鲁克黑文的监视器以百万分之一秒的时间差，不间断地进行实时共享，非常巧妙，不致被人发现。这一切都是在悄无声息中进行的。屏幕被分割成两半，上半部分显示的是坐在计算机前神情严肃的安全问题专家们，下半部分则显示着顽固者小区计算机里的数据资料。

"他们知道遭到了病毒渗透，"威尔说，他站在她的后面，"他们知道可能是一种生物制剂……他们正在封闭实验室……"

"太晚了，"詹妮弗一边说，一边研究着屏幕下半部分的数据信息，"至少对于那些在病毒侵入时没有来得及进入封闭区的人来说，已经太晚了。"

威尔异常兴奋地说："即使有少数几个人没有受到病毒感染，

对我们也不会有什么影响，他们不大可能查出是什么袭击了他们。"他感觉心情大变。如果此刻她转过头去，就会看到威尔那副激动的样子：他的手臂颤搐着，双眼闪闪发亮——但她没有转过身去。

屏幕下半部的信息被打印出来，内容如下：

目前状况分析摘要——外部渗透，类型 7C

根据对 rf-765 空气样品的分析，5b 程序建议进入医学上的警戒状态，对布鲁克黑文实行机械式密封。

"这些根本起不了什么作用。"威尔咯咯地笑道。

詹妮弗始终不露声色。威尔太低估敌人了。布鲁克黑文有不少优秀人才——睡眠者中的人才虽说比不上那些秘鲁人，但仍然算得上上等——如西德尼·戈德史密斯，玛丽安·汉斯顿，约翰·贝克等。与那些可怜的生活者的试验场不同的是，布鲁克黑文的科学研究小组可以从自动收集的空气样品中轻而易举地找到未被人体吸入的病毒，即使这种病毒的浓度很低，半衰期也很短。他们会给病毒做上放射性标记，然后让实验室动物吸入。吸入的气体进入血液循环系统，在体内循环几分钟后，不是在呼吸过程中消失，就是被细胞清洁机清除掉。

但是在此之前，大脑最活跃的那部分得到的供血量也达到了最大值，他们做的放射性标记会清楚地定位在扁桃腺体处。然后，研究人员会进行脑扫描和细胞测试，他们会锲而不舍地对病毒导致的复杂的大脑活动进行监测分析。

但是，在布鲁克黑文的研究人员揭开这个复杂的大脑变化之谜前，他们可能会不再愿意进行下去。这种新的研究会让他们隐隐觉得不安，这种念头对于他们来说很陌生：每当他们想到这种与以前不同的情况，就会感到焦虑。有时候他们也许会努力克服这种焦虑情绪，但是焦虑情绪很快会再次袭来。布鲁克黑文的研究人

员——最终美国所有顽固者小区里的人都会像他们一样——会选择研究他们已知的东西,而不会再想去破解未知。任何新课题的研究都会给他们带来不安的感觉。

然后,詹妮弗和其他无眠者就会真正安全了。

威尔正在倒香槟酒。詹妮弗从不饮酒——酒精会让她的自控能力不再完美——但是这一次,她要和她的人一起举杯同欢。他们成功了,他们安全了。

她举起酒杯,整个屋子安静了下来。詹妮弗用冷静低沉的声音说道:"感谢在座各位的努力,我们终于胜利了。睡眠者被他们自己开放的生物化学技术处理了。在下一个小时内,病毒投放微型飞行器将飞进五角大楼、华盛顿的各大商场、肯尼迪航天中心以及曼哈顿东部小区。没有睡眠者会死,同时也再没有人会对我们构成新的威胁,除了那些我们早已了解、并有办法对付的威胁。我们已经掌控大局,不会再有新的未知的恶魔被释放出来对付我们。让我们举杯,为了解我们的敌人而干杯。"

众人大笑过后,一饮而尽。接着,斯特科夫的脸出现在主屏幕上。

"沙里夫女士,毫无疑问,此时此刻,你和你的人正在为病毒成功渗透到布鲁克黑文而举杯相庆。而我,也很高兴,因为我很想知道,我们是不是能够最后完成这个任务。但是,我不能允许——"

"天哪!"大卫·奥唐奈在安全控制台那边叫了起来,"发射。密码 16A,重复,发射。"

"——不能允许你们继续将这个计划进行下去。我,当然也是一个睡眠者,虽然我对我的同类不够忠诚,但是我和他们一样,或者说也和你们一样,具有自我保护的本能。所以——"

在他们的脚下,地面上的控制面板和几千英里下方旋转着的地球之间的某个地方,一片炫目的光焰升腾起来。

"庇护所反导弹部署基地被毁,"大卫·奥唐奈说,"后备系统发射。"

"——不再会有秘鲁人微型飞行器的发射行动了。正如我们大家从拉索拉纳事件中了解到的,只有原子弹才具有彻底毁灭一切的能力,因此,恐怕我也不得不动用核武器了。不知你们是否知道法国作家拉罗斯福哥①关于争取优势的一句话:'误入歧途的真正原因在于……'"

安全,詹妮弗想,她已经麻木了,我以为我们终于安全了……

"……总是自以为是。"

"2号反导弹阵列被摧毁。"大卫·奥唐奈的声音几乎哽咽住了。

詹妮弗向前一步,此时此刻,屏幕上斯特科夫的脸已经被米兰达的脸所取代。

在摧毁一切的耀眼光焰中,地球轨道上的庇护所在大爆炸中灰飞烟灭。

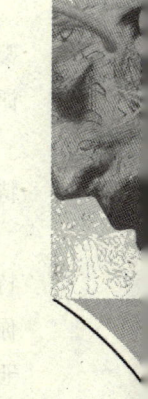

———————————————
①拉罗斯福哥(1613~1680):法国作家,著有《箴言集》和《随笔集》。

21

莉齐在一间空无一物的小房间里醒来，这间屋子最多八英尺长，四英尺宽，三面泡沫塑料墙上都没有窗户。她在床上坐起来，所谓床，其实只是外墙上伸出来的一块东西。她寻找着另一面墙，只见一个女人坐在椅子上，面对着她，在这个身穿蓝色制服的女人身后，一道没有任何特色的走廊朝外延伸出去。

"喂。"女人说道。她经过了基因改造，长得和维姬一样漂亮：黑头发，棕色眼睛，皮肤晶莹如雪。莉齐这会儿明白了，第四面墙是一个 Y 能量防护罩。

"你现在在曼哈顿东区帕特森保安公司的保安部，我是弗斯特警官。莉齐·弗朗思，你因涉嫌强行入侵他人住宅或公共场所罪被抓到这里来。你能告诉我你是怎么进到小区里来的吗？"

莉齐拍拍她的口袋，那个紫色的眼球已经不见了，这表示弗斯特警官已经知道她是怎么进来的了。莉齐默默地看着她。

"弗朗思女士，你似乎不明白，曼哈顿东部小区是私人住地，帕特森保安公司被授权全权处理私自闯入的刑事案件。我们可以将你移交给纽约警察局——如果我们想那么做的话。非法入侵是重罪，谋杀则是死罪。"她举起蒂什的眼球，"法律授权帕特森保安公司——我们也将会——使用吐真药让你讲真话。"

"我没有谋杀任何人！我必须，我，我要见住在这里的人——杰克逊·阿拉诺医生,我有非常重要的事情要告诉他。"

"杰克逊·阿拉诺……"女警官说,然后沉默不语。莉齐猜测她耳朵上的微型耳机正在向她传输着什么信息。过了一会儿,她说:"那你为什么——"

她后面的走廊里有扇门"咣当"一声开了,有人飞奔过来。一个看上去不满十四岁的少年出现在眼前,穿着和女警察一样的制服,领口处有一个"实习"字样的徽章。他满脸的激动与震惊,"弗斯特警官,快来!新闻网——"

"丹尼尔。"女警官漫不经心地说道。

"——新闻网上说——"

"丹尼尔。"

"——有人用原子弹炸掉了庇护所!"

弗斯特警官慢慢地站起来。她跟随男孩到了走廊里,在她走出去之前,莉齐看见了她脸上一连串的表情变化:震惊,沉思,高兴。

炸掉了庇护所。

莉齐从那个睡觉的平台上一跃而起,她的腿不再发抖。不管那个保安机器人曾对她使用什么药物,都没有留下一丝影响。她趴在囚室的第四面墙,也就是那个 Y 能量防护罩上,上面没有任何机械装置,也没有任何出口,她根本没有办法出去。

炸掉了庇护所。是谁?为什么要这么做?所有的无眠者都在里面吗?也许是米兰达·沙里夫与她祖母之间的战争……但为什么是现在?难道与那种让人害怕的神经病毒有关?

所有这些都让人想不明白。

莉齐太累了,不愿去想出个所以然来。步行到纽约来找维姬和阿拉诺医生,这一路的疲倦、愤怒、恐惧,被生活者、顽固者和机器人攻击,被保安抓捕,面临被控谋杀的威胁,甚至还要不断地进行数据入侵。她是一个母亲,她属于自己和孩子所共同拥有的那个

家。只要找到维姬，或者阿拉诺医生，或者能够帮助她脱离这一团混乱困境的任何人，她就要回家。

"嗨！"莉齐试探着叫道，可是没有人应声。弗斯特警官没有回来。

莉齐试着说出标准口授密码，看看囚室的管理系统是否有什么回应。但是，什么反应也没有。

她坐下来等待。

一个小时过去了，为什么再没有人回来审问她？这里还有没有人留下来？那个炸掉了庇护所的人会不会给曼哈顿东区也来一颗原子弹……如果是这样，那么在她死之前，她将永远不会明白这是怎么一回事了。如果有人在这里也传播了那种让人产生恐惧感的神经病毒，那该怎么办？这里的警察会不会回到家里就再也不想出来，并且害怕任何新鲜的事物，就此让莉齐一个人待在这个小屋里自生自灭呢？

这里所有的一切似乎都是用合成材料做成的，没有什么可消化的东西。

但是也应该有机器人送些吃的或者水来，还得有地方方便……她看见地板上有个洞。

又一个小时熬过去了，莉齐得好好地想想，得有个打算。好吧，如果她数到一百……好吧，如果数到两百，还没有人来的话……

时间到了。

"啊呜呜呜……"莉齐尖声喊叫起来。她抓住右鼻孔里的几根鼻毛猛拽。疼痛难忍，鼻子里流出黏液来，心脏也在怦怦乱跳，她感到自己的脸颊变得绯红。她扯下更多的鼻毛，眼睛里流着泪水，鼻子里流出鼻涕来。然后，她一阵阵喘息，直到喘不过气来，躺倒在狭窄的泡沫塑料地板上。

"需要医疗急救。"小囚室说道，"呼吸模式异常，血压骤升，心跳加速,脑扫描显示——"

一个医疗机穿过 Y 能量墙飘进来,她以前从未见过这样的医疗机,即使在生活者城镇里有医疗机的那些日子里也没有见到过。一只小手臂拿着一张药膏向她伸过来。又是镇静药。莉齐跃起来,跳到睡觉用的平台上,抓住医疗机,将它向着自己的方向猛拉。报警信息立即传给了房屋管理系统,但是没有人接。

"打开医疗通信链接网!"她对着医疗机大声喊叫,并说出了阿拉诺医生的 AMA①密码,密码是她侵入了他的个人系统后获知的。可是天哪,他那边得打开才成!这东西是个医疗机,不是吗?它一定是与官方医学网链接在一起的。

"打开官方医疗网,"一个女声平静地说道,"正在记录,请继续,阿拉诺医生。"

"请接我家的系统!"

"该医疗机没有此功能,您只能打开一个官方医疗链接的录音系统。请继续。"

"去你妈的,真该死!"莉齐大喊道。如果医疗机的防御功能被激活怎么办?她开始在大脑里筛选着进入政府系统时用过的办法,希望能打开她想进入的频道。她知道这是有可能的,一定可能的,即使是顽固者的那些官方链接也有后门程序,用于系统设计功能之外的……

"打开链接。"一个女声说道。过了一会儿,一个男声说道:"请讲,是阿拉诺医生吗?"

是琼斯,阿拉诺医生的房屋管理系统。莉齐深吸一口气,让自己平静下来。

"琼斯,请告诉阿拉诺医生,莉齐·弗朗思有紧急电话,要与他联系。"她继续抓着那个医疗机,尽可能让它离自己的身体远一些,

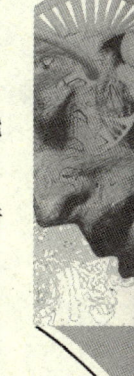

————————————————
①美国医疗学会的缩写。

虽然它现在已经放弃给她贴上那个镇静药膏了。

"莉齐·弗朗思女士。阿拉诺医生现在无法接通,您要录音吗?"

"不!不要……我的意思是说,我急着找他,我!请接他的个人系统!"

"对不起,该系统不能处理来自外部的指令。您要录音吗?"

现在她该怎么办?

"请在十五秒内回答。您要录音吗?"

"不要!"莉齐绝望地说道,"让我和医生的妹妹说话!"

"请稍等。"

然后是一个怯懦的声音,"是谁?"

"阿拉诺小姐!"莉齐突然想不起杰克逊的妹妹叫什么名字了,但她记得她的样子:苗条孱弱,身穿一件花布衫,怀中抱着德克,苍白的脸上满是惊恐。莉齐甚至还能记得杰克逊妹妹个人系统的名字——"托马斯",当然,还有进入系统的密码,但是她就是想不起来她叫什么名字。"阿拉诺小姐,我是莉齐·弗朗思,阿拉诺医生的……朋友,就是那个带婴儿的人。我现在被关在曼哈顿东部小区里!请立刻转告阿拉诺医生和维姬·特纳来找我,情况紧急!"

"在……监牢里,还带着……婴儿?"阿拉诺小姐说道。

那个医疗机突然动了起来,机器人握着那块镇静药膏的手臂向她伸了过来……"告诉医生!告诉维姬!快来救——"

医疗机器人动作极为迅速,药膏很快便贴上了莉齐的手腕,她立刻眼前一黑,甚至都没看清医疗机是如何从她的手中挣脱出来、然后盘旋在她身体上方的。莉齐跌倒在那块平台上,身体一半露在平台外面。

特蕾莎在床上发抖,那个生活者女孩在监狱里,还带着她的宝宝。

她睁着双眼,似乎看见全息新闻网上的生活者婴儿,他们身患

残疾,佝偻萎缩,忍受着饥饿和病痛,奄奄一息,这些图像都清晰地出现在她眼前……

不,她真是可笑,莉齐的婴儿不会奄奄待毙,那个孩子是经过改造的。但那个小家伙是在监狱里,在什么地方的一个囚室里,他的母亲一定是发生了什么事情,才会中断了公共链接通信的。有人会伤害莉齐吗?会伤害到那个婴儿吗?

特蕾莎从没见过监狱是什么样子,但她看过一些相关的全息图像和电影。监狱是个污秽不堪的可怕的地方,散发出难闻的气味,里面关着的都是些会伤害别人的危险分子。但是,现在的监狱肯定已经不会像那个样子了?清洁机器人会保持环境清洁的。至于其他方面……

她坐起来靠着枕头。她手上和身体上的伤口已经结了疤,她可以吃东西,可以说话,甚至还可以起来走动一会儿,当然还得用拐杖支撑着。她本来有个医疗机器人的,但是杰克逊把它收走了,他说依赖机器人不利于她的肌肉恢复。看护机器人每天两次指导特蕾莎进行身体康复训练,但是,起来走动还是很费劲,只要摸到她那没有头发的光头,她就会伤心地哭泣。杰克逊将她房间里的镜子都收走了。多数时间特蕾莎都待在床上,对着托马斯口述笔记——关于蕾莎·卡姆登,关于无眠者,关于米兰达·沙里夫——一连几个小时沉醉于其中。

现在,她正在对着她的个人系统说话:"托马斯,琼斯有没有紧急联系方式能联系到我哥哥,他在凯尔文-卡斯特纳!"

"当然能联系上,特蕾莎。"

但是接电话的是卡泽埃,那个总是怒气冲冲、将事情搞得乱七八糟的卡泽埃,"特丝,发生什么事情了?为什么打紧急电话?"

"我要和杰克逊说话。"

"那你说吧,为了什么事呢?"卡泽埃用手指在特蕾莎看不见的

桌子上敲打着。她的黑发没有好好梳理，眼睛下面有黑眼圈，看上去心烦意乱。特蕾莎往后靠在枕头上，"是……私事。"

"私事？你没什么吧？"

"是的……我……很好，是关于别人的事。"

卡泽埃突然警觉起来，"别的什么人？是给杰克逊的消息？不是关于庇护所的吧，是吗？"

"庇护所？为什么杰克逊要得到庇护所的消息？"

卡泽埃的眼神又变得躲躲闪闪的，"没什么。"

"庇护所怎么了？"

"没什么，特丝，听着，不是我想说你，你病得这么厉害，好好睡你的觉吧，宝贝儿。杰克逊正在这里开一个重要的会议，我不想打断他，但是我会告诉他你找过他。你如果真有什么重要的事情可以告诉我，我可以转达给他。"

特蕾莎看着卡泽埃的眼睛，卡泽埃在说谎，特蕾莎知道。但是怎么办？她不知道。不，她知道怎么办。特蕾莎曾假装过自己是卡泽埃，所以如果卡泽埃在装模作样，她也能看得出来。她的声音会颤动，她的金色眼睛里的眼神会游移……杰克逊根本不在会议室里，这只能说明卡泽埃不想让特蕾莎与杰克逊联系上，也不想让她知道庇护所的事情。而且，卡泽埃一向就不喜欢杰克逊帮助那个叫莉齐的女孩子和她的婴儿……

"没什么。"她支支吾吾地说，"没有什么……重要的事情，只是……布雷特·卡彭特找他，就是和杰克逊打网球的那个人，是有关比赛的事情。"

"可你不说是'急事'吗？"

"我……我只是想找杰克逊说说话，我一个人太寂寞了。"

卡泽埃的脸色缓和下来，"当然，你很孤单，特丝。会议一结束，我就让杰克逊给你回电话。今天晚上我去看你。一定去。"

"好吧,谢谢你。"

"现在你就乖乖地睡吧,不会有事的。"说完链接就断了。

"托马斯,"特蕾莎说,"新闻摘要,二十四小时之内的,关于庇护所的任何事情。"

她并不需要摘要,屏幕上正在播放新闻,特蕾莎看见了庇护所爆炸的全息录像,听到了播音员震惊的声音,看见了模拟的导弹发射路径,听见了加里森总统愤怒谴责核武器恐怖分子的声音。但至今为止,没有人站出来为这一事件负责。

"重复。"特蕾莎对托马斯说,她的声音哽咽,声音小得如同耳语一般,咸咸的眼泪流下来,辐射灼伤的皮肤又疼了。新闻里的全息图像一遍又一遍地重复着。

这么说他们都死了。米兰达·沙里夫死在了拉索拉纳,和所有那些怪异的非人类的超级无眠者一起死了,是他们将人类改变得不成其为人类;詹妮弗·沙里夫死在了庇护所,和她那些才华出众、强大无比的手下一起,他们曾以特蕾莎永远无法理解的方式控制了世界上绝大多数的财富;蕾莎·卡姆登七年前死在了佐治亚州的一个沼泽地里。他们都死了。所有这些经过基因改造、永远不需要睡眠的人,都死了。

但是,莉齐·弗朗思和她的孩子还活着,在曼哈顿东部小区的牢房里。告诉医生! 告诉维姬! 快来救……

可是特蕾莎没法做到。她太软弱,太害怕了。

请立刻转告阿拉诺医生和维姬·特纳来找我,情况紧急!

如果她能成为卡泽埃,她就能做到。

特蕾莎闭上了眼睛,眼泪已经不流了。杰克逊怎么也搞不明白——没有人能够明白——在过去的一个月里,特蕾莎经常会变成卡泽埃。她躺在床上,虽然有止痛药,然而仍然痛苦难忍,但她努力坚持身体康复训练,想着发生在拉索拉纳的爆炸事件,她没有惊

慌害怕,也没有发病。特蕾莎一直练习将自己视作卡泽埃,把自己看作一个无所畏惧的人,一个能够有所决断、有所作为的人。

她现在又是卡泽埃了。

特蕾莎的呼吸渐渐平稳,她的双手不再发抖。更重要的是,她可以感觉到自己的大脑与平时不同,她明白这种变化。

特蕾莎将腿伸到地板上,摸索着她的拐杖,看护机器人飘浮到床边,"需要帮忙吗,阿拉诺小姐?还是要我给你拿个便盆?"

"不用,关掉。"特蕾莎说。她听出了自己声音中的决绝,那是卡泽埃的口气,却是借助特蕾莎仍然嘶哑的嗓子说出来的。

她费了九牛二虎之力脱下了睡衣,换上出门穿的女装。衣服松松垮垮地垂挂在她那单薄至极的身体上,还有鞋子,外套。在大厅的镜子里,她瞥见了自己的样子。

不。哦,天哪,不……那个光头是她吗?凹陷的眼睛,被灼伤后伤痕累累的皮肤覆盖在头骨上……这还是她吗?眼泪又淌了下来。

不,卡泽埃不会哭,卡泽埃会知道这些都只是暂时的,她正在好起来,杰克逊是这样说的……卡泽埃会戴上一顶帽子,特蕾莎拿起一顶杰克逊的帽子,套在头上,一直压到耳朵根上。

"曼哈顿东部小区监狱,查找坐标方位。"她对房屋管理系统为她召来的代步机器人说道。她努力让自己变得像卡泽埃一样怒气冲冲——等待这个代步机器人过来已经耗费了她十五分钟的时间,在此期间,她一直假装自己是卡泽埃。

"是,阿拉诺小姐。"代步机器人说。特蕾莎将代步机的视窗调节成不透明的,然后闭上了眼睛,这样她就不会在视窗玻璃上看到自己的影子了。

代步机器人在小区靠近防护网东墙处的一幢建筑前面停下,她从机器人的座椅上下来后,几个在人行道上匆匆走着的人停下来看她,特蕾莎当作没看见。她把下巴高高扬起,两只手紧紧握在一起。监狱门口空无一人，她对着视网膜扫描仪说道："我是特蕾莎·阿拉诺。我来这里看一个……一个囚犯，莉齐·弗朗思，或者找这里的负责人也行。"

"你不是一个注册登记的律师，阿拉诺女士，"监狱管理系统说道，"也不是犯人的直系亲属。"

"不是，我是……我能和一个真人说话吧？"

"对不起，我们现在正处于紧急状态，所有帕特森保安公司的人员都被安排到别处去了。您不介意等一下吗？"

紧急状态，这是当然。庇护所遭袭……人们害怕下一颗原子弹会落在纽约。如果她没有将代步机器人的视窗变得不透明，那么她就有可能看到人们正在乘坐空中汽车拥出小区。难怪房屋系统用了那么长时间才为她弄来一个代步机器人。也许刚才外面那些人表现得那么震惊，不是因为她的样子古怪，而是出于他们自己内心的恐惧。想到这里，她更有了力量。

"我不想等。"她说，"我想带莉齐·弗朗思离开这里。我怎样才能带她走？"

"你要向公共记录档案发出请求吗？"

"是的。"为什么不呢？

"这里是公共记录档案，"另一个系统说道，"请问您需要什么帮助？"

"我想……我想带莉齐·弗朗思回家，跟我回家。"

"莉齐·弗朗思，公民身份证号：CLM-03-9645-957，"系统陈述道，"被羁押时间为2121年5月18日下午4:45，在96号街东349号处，被曼哈顿东部小区内执行公务的帕特森保安公司系列号为45296的保安机器人逮捕，于下午5:01在帕特森保安部实施拘禁，实施拘禁人为克伦·埃伦·弗斯特警官。拘留依据：强行入侵他人住宅或公共场所罪。当前只限于小区拘禁，尚未通知纽约警察局。目

前拘留状态：暂时监管，无担保律师。"

特蕾莎固执地重复着她的要求，因为她不知道自己还能怎么做，"我想带她回家。"

"被拘留者未正式被纽约警察局逮捕，没有纽约警察局的通知，帕特森保安公司无权延长拘押期限。莉齐·弗朗思，公民身份证号：CLM-03-9645-957，没有关于她的通知到来。但是被捕人没有权利继续留在曼哈顿东部小区，除非有居住在这里的合法居民的担保。"

"她是我的……客人。"这就行了吗？卡泽埃会认为这就足够了，于是特蕾莎更加坚定地说道："我的客人，我的，特蕾莎·阿拉诺。"

"记录如下，在帕特森保安公司没有通知纽约警方提起诉讼的情况下，被羁押人莉齐·弗朗思（公民身份证号：CLM-03-9645-957）在特蕾莎·凯瑟琳·阿拉诺（公民身份证号：CGC-02-8736-341）的担保下被释放。感谢光顾帕特森保安公司。"

特蕾莎突然慌乱起来，"还有孩子！让我把孩子也带回家，莉齐的孩子，我忘记了他的名字了……是一个婴儿！"

系统没有回应。

特蕾莎闭上眼睛，努力控制着自己。卡泽埃不会如此惊慌失措的，卡泽埃会等等，看莉齐是否会抱着孩子走出来，卡泽埃会等待，然后再决定下一步该怎么做……她是卡泽埃。

"阿拉诺小组？"莉齐道，"特蕾莎？"

特蕾莎睁开眼睛，莉齐站在面前，但是没有孩子。莉齐睁大了眼睛，震惊地看着特蕾莎，特蕾莎想起了自己现在的模样，她说："在哪里……孩子在哪里？"

"孩子？你是说我的孩子？在家和我母亲在一起，他。怎么啦？"

"我以为——"

"你怎么啦？"

听到这里,特蕾莎整个儿垮了下来。她不是卡泽埃,现在这里有了另外一个人,一个比她坚强的人……是莉齐让她想起了自己的样子……现在她已经成功救出了莉齐……她不再是卡泽埃了。她是特蕾莎·阿拉诺,她感觉自己的呼吸变得急促起来,她看见自己用骨瘦如柴的臂膀抓住这个衣衫不整的生活者女孩。特蕾莎知道,她和莉齐是仅有的留在这个小区里等着另一颗原子弹落下来的人了,想到这里,特蕾莎呜咽起来。

"不要,不要在这里哭。"莉齐说道,"天哪,你这个样子就像肖基,不是吗？你可从来没有吸进过那种会害怕的神经病毒啊……好了,别掉泪了,靠着我……不,等等,我要把我的终端拿回来——房屋系统！我要我的背包,我的,我进来的时候带来的！"

特蕾莎虚弱的双腿再也站不住了,她的拐杖掉在地板上,她自己也瘫倒在拐杖旁边。后来——过了多长时间呢？——她觉得自己被半拖半架着弄到了外面,被塞进了代步机器人里面,她紧紧地抱住自己的双肩。

"好了,姑娘,没事了,好了,姑娘,"莉齐一遍又一遍地抚慰着她,"不要这样,你,你不能像这个样子,我需要你！"

我需要你。这句话她听进去了。我需要你。就像人们需要卡泽埃,就像人们需要杰克逊……但不是特蕾莎。人们从来不需要特蕾莎,因为她一直扮演着需要别人帮助的角色。

但这一次不是。

她振作起来,她又是卡泽埃了。她的呼吸平稳下来,她又能集中精力看着前面的道路了,手指也不再紧紧地抓着莉齐,大脑又开始"咔嗒咔嗒"忙碌起来。

莉齐盯着她看,"你是怎么把我救出来的？"

"我……说不清楚。"

"好吧,那就不说这些了,我们还有更重要的事情。我们到哪里去找个说话的地方?"

"回家!"

"不能回家,家里可能已被监视。那边的树林里怎样?"

"中央花园?但是我们不能——"

"机器人,"莉齐说,"到中央花园去,找一个隐秘些的地方停下,要有很多树荫的地方,方圆一百码内都不能有人。"

代步机器人"嗖嗖"地穿行在小区的街道间,进入中央花园,在靠近东边绿化带的一棵巨大的枫树下停住了。莉齐用一只手将特蕾莎从代步机器人里面拉出来,再用另一只手抓起那个紫色的背包。她在草地上将背包打开,从里面拿出一个终端。代步机器人"嗖嗖"地离开了。

"我要它在这里等着我们!"莉齐说,"哦,不过也没有关系,我们还可以再叫一个来。我得立刻找到阿拉诺医生,即使要冒风险,我也要与他联系上——"

"杰克逊在凯尔文-卡斯特纳。"特蕾莎说,她的双臂紧紧抱住自己的身体——她虚弱的身体又冷又累,"但是你没法和他联系上,卡泽埃截断了他所有的电话,甚至是紧急电话。她不想让我知道,但是……但是我知道庇护所已经被炸掉了。"

莉齐没有回答,她看上去并不惊讶。然后,她慢慢地说:"你能肯定吗?"

"是的,"特蕾莎觉得眼泪又要掉下来了,"我看了……新闻网。"

"是谁干的?"

特蕾莎只会摇头。

莉齐问道:"你为什么老要哭?庇护所里只有无眠者,是吗?"

"蕾莎……米兰达……"

"米兰达·沙里夫在月亮上,在'月之女神'里。谁是蕾莎?没关系,让我想想。"

莉齐坐在她的还未被激活的终端前,静默着。特蕾莎努力控制自己,她是卡泽埃……她是卡泽埃……不,她不是。她是特蕾莎·阿拉诺,一个病人,一个软弱无用的人,正待在中央公园的空旷地带里。她太想回家了,想回家去睡觉。

莉齐慢慢地说道:"庇护所制造了会让人恐惧害怕的神经病毒,感染了我的孩子、我的母亲、比利,还有……他们所有的人。至少,我想这是庇护所干的。感染发生后,他们一直在监视我们的部落,不断地传送着大量严格加密和屏蔽的数据流,我不知道,如果不是他们干的,他们怎么会知道我们被感染了呢。只是……只是他们全死了,所有的无眠者……天哪,特蕾莎,不要再那么畏缩了,你!"

"我想……我想回家。"

"不,我们不能回去。我要找到阿拉诺医生,如果无法与他联系上,我们就上那儿去找他,我们……听着,我要通过我的终端再叫一个代步机器人来,坚持一下。"

特蕾莎没法再坚持,但她不再惊慌。她太累了,疲惫的感觉一直深入到她虚弱的骨髓里。她想告诉莉齐,代步机器人是无法将她们带到波士顿的凯尔文-卡斯特纳公司去的,因为代步机器人不能离开小区,但是她太累了,无法将这些话完整地说出来。她最后记得的事情就是,她躺倒在中央公园的草地上睡着了,基因改造过的花木芬芳扑鼻,疲倦的她在为那些无眠者垂泪,他们都消失了,永远不会再回来了。

22

杰克逊和他的律师一起坐在凯尔文-卡斯特纳公司中庭的一个白色大理石长凳上，四周环绕着白色的大理石柱子，白色的柱子饰有精致的银白色花纹，一个精心布置过的池塘里满是乳白色的水，水面的平静偶尔会被跃起的银色鱼儿打破了平静。它们都是经过基因改造的鱼类，晶莹闪亮。这个大厅已不再呈现上次杰克逊坐在这里时的双螺旋花纹了，有人将它们重新编了程。

杰克逊的律师身穿严谨的黑色职业装，扣子一直扣到下巴处。第十技术公司出了三倍的律师费请他，为了"即刻的、唯一的、高于一切的服务"。杰克逊是在一个小时前从曼哈顿最好的律师事务所里把律师请来的，对方手中好几个案子都往后顺延了。目前这种情况下，杰克逊不想用第十公司自己的法律顾问，此人有可能早已与卡泽埃沆瀣一气。

"他们不能让我们就这样在外面无限期地等着，是吗？"杰克逊愤慨地说道。

"是的。"锡斯内罗斯-林维尔-温特顿-阿德金律师事务所的埃文·马修·温特顿说道，他经过基因改造的容貌比较符合十八世纪美男子的标准：瘦骨嶙峋的贵族式长脸，锐利而深陷的眼睛，修长有力的手指。温特顿的手指在一个手提终端的键盘上飞快地动作着，终端现在是书写模式，"按照契约，得保证让你本人进入公司内部,以及保证你对相关数据的访问权,但是并不保证你能见到亚历克斯·卡斯特内本人,他并不一定非要见你。"

"但瑟蒙德·罗杰斯可以啊。"

"是的,虽然第5节第4段的措辞有几处地方有些模棱两可……为什么你在起草这个东西的时候不来找我呢?"

"我并不知道会需要像你这样的律师,我当时相信凯尔文公司会履行契约。"

律师只是看着他。

"好吧,我真傻。"杰克逊说,他希望这幢建筑正在对他录音,他要让卡泽埃和罗杰斯知道他已经洞悉了他们的鬼花样,"可我不会继续傻下去了,所以我在雇用你的同时,也雇用了一个系统专家。"

"你可以雇用一个系统专家,"温特顿很有耐心地说,他属于那种百问不厌的人,"系统专家可以帮你编写数据标记、数据组织和数据摘要程序,但你不能雇用一个可以侵入公司机密数据的系统专家,除非你有足够证据得到法庭庭谕,认定凯尔文–卡斯特纳公司违反了合同。我已经解释过了,杰克逊,你没有这方面的证据。"

没有。他所拥有的就是从卡泽埃眼睛里看到的东西。多年的观察使得他的目光灵敏得就像一个大脑扫描仪,让他能够看到真相。

"不过,"温特顿继续以他那种学究式的迂腐口气说下去,杰克逊甚至怀疑他的书生气是否掩盖着一种杀人鲨的本能,"你对对方所提供的数据的专业检查结果,加上系统专家的意见,已足以证明凯尔文–卡斯特纳公司没有遵守和履行契约,那么得到一份要求出庭作证的传票,当然还是有可能的。"

当然,温特顿也希望大楼能够录下他的话,他是在向卡斯特纳发出警告。

墙壁亮了起来,屏幕上出现了瑟蒙德·罗杰斯的全息图像,他温和地微笑着,"杰克逊,我很高兴最终你还是亲自来查看项目的进展情况了！"

"不，我想你不会高兴我来这里的。"杰克逊说，"这是我的律师，埃文·温特顿。还有一位系统专家正在前往纽约的路上，外加两位医学咨询专家。瑟蒙德，我们将仔细地对你的数据资料进行检查，以确定你们是否在按合同条款办事。"

罗杰斯仍然微笑，不动声色，"当然，杰克逊，既然有此得失攸关之虑，我们亦不妨按规矩来，你说呢？非常欢迎光临。"

"那就让我们进去。"

"现在听着，杰克逊，这是一个具有四级生物危险性的实验基地。你知道，这里的空气都是密封的，这里的设施也都是按照美国防污染规程建造的。自这个研究项目开始后，就没有研究人员离开过这幢建筑，一旦进入，你就要一直待在里面。所以，亚历克斯·卡斯特纳已经授权在凯尔文-卡斯特纳不需要密闭的区域里为你安排了一个全套终端设施，那里的房间非常舒适，你只要跟着我的全息图像——"

"不，"杰克逊说，"我的小组人员将会使用你的舒适设施，但我要进去，进到实验室里去。"

瑟蒙德的脸色变得严峻起来，"杰克逊，你这个想法是不可取的，尤其是在你妹妹还在病中的情况下——她有被感染的可能。她没有经过改造，对吗？卡泽埃告诉过我的。虽然目前形态的神经病毒还不具备传染性，但不能保证不会有变异的可能，甚至有人为造成的变异可能，那样的话，就会通过直接接触传染了。"

"我要进去，"杰克逊说，"这是我的合同上明白写着的。"

"既然这样的话，我就不阻止你了。"罗杰斯说。从他没有丝毫犹豫的神态来看，杰克逊知道，在他到这里来之前，他们就已经讨论过这事了。如果他坚持的话，从法律上来讲，我们只能允许他进来。这是有人拍了板的——是卡斯特纳，或者是凯-卡公司的法律

顾问,或者甚至是由司法判断软件做出的决定也未可知。

"不过,当然你得经过消毒净化程序,而且在你离开这里之前,你还得经过检疫程序。你们两个都跟着全息图像走,我可以给你们分别指引——"

全息图像静止不动了。

就在这时,温特顿的公共链接网尖利地响了起来,"密码 1 呼叫,温特顿先生。重复,密码 1 呼叫……"

温特顿说:"继续说,请用有线网。"这时,杰克逊才注意到温特顿的外套领口处有一根细细的绝缘线小心地连接到他的耳朵上。他的法律事务所的 1 号密码想必是经过重重加密的,但是一旦他口袋里的遥控装置将密码译出,数据资料还是有被人拦截的可能。除非信息直接传送到他的大脑,不用任何信号发射方法,而是用那种老式的绝缘电缆。有的时候,杰克逊在冷静的反思中,会觉得传统方式也许是最好的,比如,由他本人亲自去检查凯-卡公司的试验情况。

埃文·温特顿那张贵族式的长脸突然抖动起来,深凹的眼睛睁得老大,接着又闭上。杰克逊知道,他在经历一个巨大的情绪上的冲击。瑟蒙德·罗杰斯凝固的全息图像也突然消失了。"怎么了?"杰克逊问,"发生了什么事情?"

过了一会儿,温特顿才作答,他的声音很刺耳,很难听,"有人炸掉了庇护所。"

"炸掉了庇护所?"

"是用的原子弹,从外面炸的。根据发射弹道判断,是从非洲发射的,总统已经宣布全国处于戒严状态。"温特顿站起来,无目的地向前跨出一步, 然后在他的遥控器上快速敲击着, 同时继续倾听。杰克逊努力想弄明白这件事情究竟意味着什么。庇护所消失了,拉索拉纳也一样。几乎所有的无眠者,或者说是所有的无眠者……只

有特蕾莎和维姬，还有他自己知道真相。全世界的其他人都以为米兰达·沙里夫还安全地待在"月之女神"基地上。

"谁……"

"没什么大不了的。"温特顿说，但杰克逊知道对于他来说，此事绝对非同小可。锡斯内罗斯—林维尔—温特顿—阿德金律师事务所现在一定忙得不可开交，许多直接或间接与庇护所有关系的客户——詹妮弗·沙里夫的那些盘根错节的公司、游说集团、投资者、控股公司，还有环礁数据投资者等，这些人都需要大量的律师资源，无论是无眠者（人们还不明真相）还是睡眠者。世界上的每一种金融机构都会对庇护所遭到的这桩集体大屠杀事件做出反应，这一事件在法律上产生的影响可能要经过几十年的时间才能渐渐显现出来。

而生活者没有这几十年的时间可以等待，特别是在现在神经病毒已经扩散开来的情况下。

"对不起，杰克逊，我得走了，"温特顿说道，"律师事务所有急事。"

"我专门聘请了你！"杰克逊说，"你有义务一直待在这里，直到我们——"

"对不起，但是我不能这么做。"温特顿说，"迄今为止，我们还没有形成什么书面的东西，如果不是我的事务所有着压倒一切的需要……你肯定也看到了，这一事件会改变一切。庇护所被炸毁了。"

律师离开了，杰克逊注意到，即使是像埃文·马修·温特顿这样的律师，也无法掩盖自己声音中的恐惧感。

杰克逊凝视着中庭的池塘中迷蒙的乳白色水体，水中的银鱼不停地在水面跳跃着，它们的新陈代谢一定在基因改造过程中加速了，否则不会这么活跃。他在想：这些鱼儿都吃些什么呢？

庇护所毁掉了，一切都将改变。而按照维姬的说法，就指望你了，杰克逊。

他不想挑起这个担子，他只是孤单的一个人，在这个世界上也没有什么成就。他的专业让他固守着这样的信念：任何个人都不会对世界产生多大影响，进化从来就不关乎个体，它是种族的生死存亡。大脑里的化学物质会影响到个人行为的选择，无论这人如何相信自由意志的力量。即使是最伟大的科学发现或者科学发明，如果不是被那个人发现或者发明的话，早晚也会被别的什么人发现或者发明。当知识一点一滴地积累起来，达到了某个临界点时，世间就有了蒸汽船，就有了相对论，以及 Y 能源。对于具有根本作用的变化来说，个人并不能真正产生举足轻重的影响。也许米兰达·沙里夫是个例外，但米兰达·沙里夫已经不能算是人类，而且像米兰达·沙里夫那样的"人"都已经不再存在了。

再说杰克逊也不想卷入这些事情中，他只想与特蕾莎平平静静地生活；如果有可能的话，再爱上卡泽埃一次；再有就是行医济世，用普通的传统医学给人治病，就是这些无眠者开始改造这个世界之前，他所学过的那些知识。事实上，他的这些愿望不可能全部如愿以偿，但这些毕竟是他所向往的。

或许他其实并不是真的想实现这些愿望？

如果他想按传统的方式行医，他就会加入人类救助医生协会，离开他那个舒适的顽固者小区，到生活者中去行医，为那些缺医少药、挣扎在死亡线上的孩子治病；如果他真的想要卡泽埃回来，那么他就不会反对她的第十技术公司投资凯–卡公司的意见了；如果他想要和特蕾莎平平静静地生活在一起，那么他现在为什么不待在家里的公寓房里，俯瞰着受到严密防护的、如伊甸园般的中央花园呢？

可喜的个人进展。

他站起身来。那些银鱼继续不知疲倦地在乳白色的池塘里疯狂地腾跃，也许是它们那经过基因改造的新陈代谢方式让它们无法消停下来。

"大楼，"杰克逊说，"告诉警卫，我准备好了。可以开始消毒净化，准备进入密闭的实验室了。"

卡泽埃的全息图像出现在他的手肘处；杰克逊刚从消毒区出来，身穿凯尔文-卡斯特纳公司的一次性绿色环保服。这种服装起不了多大保护作用，也许凯-卡公司并不在意他会受到什么感染，也不在意他会带进来什么，也许他还要通过更多的净化消毒手续，才能进到那个正在研究、复制对大脑产生抑制作用的神经病毒的危险性生物实验室——如果真有这样的实验室的话。

卡泽埃的全息图像——是从凯尔文-卡斯特纳公司里面，还是外面投影过来的呢？——说道："你好，杰克逊，不管怎么说，又能见到你本人，真是太好了。"

她的态度无可挑剔，但并不带有诱惑之意，她也许感觉到他现在已经不是那么容易受她的影响了：没有冷漠无情，没有兴师问罪，没有逢迎讨好，没有虚情假意。卡泽埃的态度平静庄重，为事情没有转机而略带一丝歉意，为杰克逊的有所为有所不为略带一分敬意。完美至极。

"你好，卡泽埃。"令他惊讶的是，他觉得自己突然有一种伤痛之感。他对她有一种怜惜之情，除此之外，再没有其他感觉，"我们可以开始了吗？"

"是的，这里有很多你可以参观的东西，一会儿就有人来带你去。不过，你在净化消毒区的时候，你的麻烦也到达这儿了。"

"什么到达？"

"你的朋友维多利亚·特纳，还有那个生活者女孩，那个小组织样本的母亲。特纳女士提出要求：你在哪儿，她也要在哪儿，她要进来。我再补充一句,她要求进来,闹得很厉害。"

卡泽埃的全息图像看着杰克逊,目光意味深长。她的眼睛里突然有了一种与她平时的刚强性格所不同的东西,是故意装出来的,还是真实情感的流露呢?对于卡泽埃,他永远也无法辨别出这一点。现在,这些都不再重要了。

他快速地思考着,"让维姬进入净化消毒区,她能在我的检查工作中助我一臂之力。让莉齐等在外面的房间里,和纽约来的系统专家待在一起——专家们来了没有?"

"还没有。但是我恐怕特纳女士不能那么轻易地进到凯尔文-卡斯特纳的实验室里,因为你的——"

"我可以有一个助理检查人员,合同上写着的。你将合同再念一遍。"

"训练有素的助手,而不是什么业余——"

"维姬曾为基因标准事务局工作过,她还受过侦探训练。趁维姬现在还在净化消毒区,你告诉我怎么与莉齐接通链接电话,马上。"

卡泽埃咬着下嘴唇,咬得很用力,一滴亮晶晶的鲜血滴落下来,然后她冷冷地说道:"从这个走廊走下去,穿过左边最后一道门。"杰克逊明白,卡泽尔已经意识到他们之间关系的变化,全息图像上的那滴血让他知道了这一点,或者那是卡泽埃故意让他知道的?他一直往前走去。

那扇门通向一个壁橱一样的小房间,里面有一个标准的大楼系统终端。杰克逊说:"请叫一下莉齐·弗朗思,她就在这幢大楼里。"

"阿拉诺医生!别担心特蕾莎,她已经回家睡觉了。"

"特蕾莎?回家?你在说什么?"

莉齐咧开嘴开心地笑了。杰克逊只见她满脸兴奋的样子,她看上去又脏又乱,头发里沾着草叶,是那种很绿很绿的基因改造过的

青草,她的脸很脏,黄色夹克皱皱巴巴,不成样子,这种夹克一般不会弄成这个样子。她看上去生气勃勃,充满青春活力,在凯尔文-卡斯特纳这个简单的小工作间里,她就像一个被弄得一塌糊涂的涂片。看着她,杰克逊觉得精神振奋了起来。

"我一直走到曼哈顿东部小区,就是要来见你。我有非常重要的事情要告诉你,但我不能通过公共链接网——"

"那现在也不要在这里说。"

"当然。"莉齐很有些傲气地说道,"不管怎样,我一个人走到曼哈顿东区来了。到了这里后,我被一个保安机器人抓走,关到了牢房里。我骗过那个医疗机,迫使那个医疗机打开你家的电话链接,只是你不在家,所以我只好和特蕾莎说,她到监狱里把我给救了出来——"

"特蕾莎? 她怎么可能——"

"我也不知道,她的大脑似乎发生了一些不可思议的变化。不管怎么说,当特蕾莎觉得害怕了,我就把她送回家,用你的系统联系上了维姬,原来她出去找我了。她把我带来这里,因为她说你需要我。但我最想告诉你的就是,看护机器人说特蕾莎的状况很好,她已经睡着了。德克也好——我和我的母亲通过话了。"

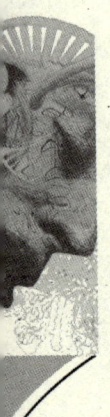

杰克逊觉得犯晕。莉齐,一个生活者,还只是一个孩子,步行两百英里来到纽约,穿过了被认为是绝对不可能擅入的Y能量防护罩;帕特森保安公司的保安机器人对她来说也不在话下;现在坐在那里的她,正急不可待地要和世界上最大的制药公司一决高下……对于剧烈的大变动来说,个人的作用真的无足轻重吗?

"听着,莉齐,我需要你为一批关键词组合写一个标记摘要程序,这个程序要用来搜索凯尔文-卡斯特纳所有的数据资料,并将所有标记的摘要材料拷贝出来,容我过后查看。双重标记要明显标示出来,关键词我会提供给你。"

莉齐看着他，有些困惑不解，他所要求她做的事情是任何一个对计算机系统基本熟悉的人都能做到的。接下来他说话的语速很慢，很小心，他直视着她的眼睛，希望她能明白他的意思。

"这件事很重要，我希望你能尽你最大的努力。"

她懂了，杰克逊从她的笑容中知道她听明白了。她最擅长的就是快速侵入到计算机系统中，然后在经过的地方将自己的电子踪迹搞乱，这样，即使是凯-卡公司中能够跟踪一切的计算机系统专家们跟在她后面，也只能棋差一着。她会很快发现并进入那些有与他的标记关键词组合相匹配的隐密数据资料里，比他们想象的要快得多，然后同样以他们根本无法想象的速度拷贝到她自己的晶体库里去。最让他们想象不到的是，这一切都是一个肮脏的生活者小姑娘做到的。

如果她成功了，杰克逊就有足够的证据让法院给凯-卡公司发出出庭的传票。

"好了，阿拉诺医生。"莉齐欢快地说道，杰克逊可以发誓，她看上去如此天真而又傻乎乎的样子，一点也不像是一个能够揭开凯-卡公司真相的人，而她对这种事情总是乐此不疲。这个小鬼精灵。

杰克逊的心情可没这么轻松。卡泽埃领他进到凯-卡公司的第一间实验室，将他介绍给实验室里一位级别很低的技术人员（这当然是对他身份地位的一种污辱），像他这种后生小辈是专门派来接待一些冒昧来访的外人的。他们准备好让杰克逊听取的是种种不相干的简介，让他看到的是些正在进行的不相干的实验。他不禁怀疑，在那些封闭得严严实实的门后面，真正在进行着的究竟是不是能让小德克对大门外的树木不再害怕的药物呢？

莉齐，努力，抓紧。

午夜时，杰克逊觉得头疼。他在别人的带领下查看了这里的研

究工作,他的思想高度集中,想要搞清楚在那些不让他看到的影影绰绰的轮廓后面到底隐藏着什么。几个小时下来,他一直没吃东西,甚至没有吸收到一点阳光,大脑和身体都无法再承受了。

到这会儿他才想起来,维姬没有和他在一起。

"这种特殊的蛋白质折叠形式最初看起来很有希望。"一个资深研究人员说道,在杰克逊的坚持下,那个实验室的新手终于被换下了,由这个人来带领他参观,"但是正如你在模型上看到的,神经束的电离——"

"维多利亚·特纳在哪里?她是我的助手,几个小时前她就应该出现在这里的。"

基思·惠特菲尔德·克罗森博士——美国最有名望的微生物学家之一——冷冷地看着杰克逊,"我不知道你的人在哪里,医生。"

"噢,对不起。谢谢,谢谢你为我付出的时间,博士,但是我想我们最好明天上午再继续。能否指引一下我的住处的方向……"

"你可以呼叫大楼管理系统,全息图像会为你指路的。"克罗森说道,神情更为冷淡,"晚安,医生。"

大楼管理系统指引他到了房间。屋子呈长方形,说不上来属于哪种设计理念,床、壁橱、衣柜、椅子、终端——配备齐全,舒适,却没有美感。杰克逊用房间里的终端呼叫莉齐。

她仍然坐在几小时前待着的那个房间里,手臂旁的桌子上散放着她吃剩的用口进食的食物。她的头发向各个方向竖起来,然后又乱糟糟地纠结在一起,黑眼睛闪闪发亮。她甚至没有一点疲倦的样子,杰克逊突然觉得自己真的老了。

"莉齐,那个标记程序进行得怎样了?"

"很好。"她咧嘴一笑,"离真正优秀的标记程序已经越来越近了。哦,维姬说要告诉你,她正在通过净化消毒区,很快就会过去和你说话了。"

"什么事让她耽搁这么久？"

"她会自己告诉你的。对不起，杰克逊，我得继续工作了。"

这是莉齐第一次对他直呼其名，杰克逊不由得苦笑起来。莉齐现在觉得他们是平等的了，那么他对此又是如何感觉的呢？

他太累了，对任何事情都没有什么感觉了。

当他沐浴出来，穿上凯尔文－卡斯特纳公司赠送的绿色睡衣时，维姬已经坐在凯－卡公司的绿色椅子上了。

"你好，杰克逊，我不请自入了。"

"我看见了。"他的房间被监控了吧？当然，这毫无疑问。

维姬看上去比杰克逊还要疲倦，这会儿她没有像平时那样穿着生活者的夹克，而是穿着一条长裤和一件束腰外衣，是经过凯－卡公司净化消毒区出来后穿的那种专门的绿色一次性服装。她说："我到你家里去过了，所以才会来得这么晚，不要那么紧张，特蕾莎很好。但是，我有很多事情要告诉你。"

"也许不——"

"——不在这个房间里说。是的，你说得没错，亲爱的。"

她从椅子上站起来，向他走来，没有停步，一直走到他面前，然后一把将他推倒在床上，张开双臂扑在他身上。她用嘴直接对着他的耳朵耳语道："你应该表现得像真的一样，你知道的，我们正被监视着。"

杰克逊用双臂拢住她，她受过各种专门训练，也包括此类事情；但他没有，所以觉得局促不安，荒唐可笑，身心俱疲，还有点意乱情迷。他感觉到在他怀抱中的身体轻盈而颀长，与卡泽埃的娇小性感不同。她身上有净化消毒液的味道，还有女性头发异常洁净的芳香。

她把嘴压在他的耳朵上，"莉齐两个星期前离开部落，是因为她在那里发现了高强度的监视仪器。她跟踪数据流，查清它来自庇护所,庇护所是神经病毒事件的罪魁祸首。不,不要有什么特别的反应,杰克逊,要保持脉脉含情的样子。"

庇护所是神经病毒事件的罪魁祸首,为什么?想阻止权力在不可预知的状态下转到不可预知的生活者手中吗?

"还发生了更多的事情,"维姬继续说着,"在布鲁克黑文国家实验室里发生了奇怪的事情,信息的中止。庇护所被炸后,莉齐觉得数据侵入又可以安全进行了,于是她进入了政府机构的数据库中。据我猜测,庇护所还想将这种神经病毒扩散到各个顽固者小区里,但在他们来得及动手之前,有人炸掉了庇护所。新闻网上认为是'月之女神'基地干的,但如果特蕾莎说的都是真的,'月之女神'已经空无一人,米兰达·沙里夫在庇护所被袭之前就已经死了。所以,炸掉庇护所的一定另有其人。不,不要有任何激动的反应,杰克逊,动作自然些。"

动作自然,怎么个自然法?杰克逊的脑子里一片空白。"月之女神"基地已是个空壳,詹妮弗·沙里夫杀了米兰达,而别的什么人又炸毁了庇护所,他的手臂颤抖起来。为了让手不再发抖,他将维姬抱得更紧,将自己的嘴压在她的脖颈儿处。

"那……那特蕾莎是怎么回事呢?"

"不要担心,杰克逊,这事看上去很复杂,一下子说不清。特蕾莎身上一定发生了什么事情,但我不太明白,或者说我也不知道是怎么发生的。"

穿插事件

发送日期:2121 年 5 月 20 日。

发送至:月球,"月之女神"基地。

经由:地球站丹佛小区,地球人造卫星 C-1663(美国)。

信息类型:未加密信息。

信息分级:D级,公共服务访问,依照2118年5月《国会法案》4892-18。

原发送者:克劳福特·皮尔兹镇。

信息正文:

我们一直都指望着你,米兰达·沙里夫。你应该救我们的,你。可是现在已经太迟了,三个孩子都病了,这都是你的错。

我们现在该指望谁呢?谁能救我们?

回执:无回复。

23

特蕾莎从沉沉的睡梦中醒来，发现自己已经躺在自家的床上了，但她记不起自己是怎么回家的。是莉齐送她回家的吗？或是坐代步机器人回来的？一定就是这样。

而她，特蕾莎·阿拉诺，将莉齐从监狱里救了出来。特蕾莎静静地躺在床上，惊叹不已。她的背还在痛，皮肤痒痒的，光头还有灼烧感，身上所有的肌肉都松软无力，但是她却坚持着走出这幢公寓楼，到了监狱，然后将一个她一生只见过一次的奇怪女孩救了出来。尽管在这过程中，她有过恐惧，有过疑虑，也有过苦恼，这些与过去似乎没有什么不同，她的大脑与过去并没有什么不同，只是，不知怎么的，当她假装自己是卡泽埃·桑德斯的时候，那她就是卡泽埃·桑德斯了。

不要再假装是卡泽埃了，不要成为卡泽埃，有一阵子，她的内心里这样说。

但这是不是意味着，如果她可以在一定程度上改变自己的大脑，那么别人也同样可以？不再需要从无眠者那里得到更多的针剂了，不是吗？不过，再也不存在什么无眠者了。

看护机器人飘浮着来到她的床边，"该是进行康复训练的时间了，阿拉诺小姐，您想吃点什么吗？"

"好，请让我想一想。"

特蕾莎看着机器人。过去的六个星期以来,她一直听见杰克逊和维姬对它发出各种指令,她知道该对它说些什么。

"请做脑扫描,并将结果打印出来。"

机器人开始行动,围绕她的大脑四周进行扫描,动作轻快而敏捷。特蕾莎一动不动地躺着,脑子里想着去年秋天卡泽埃把她的朋友带来时的情景。那两个冷酷的男人让人害怕,他们穿得破破烂烂的,从一个吸入器里吸着什么东西。机器人吐出打印结果,她将它放在她的粉红色印花床单上。

"现在再做脑扫描,时间为五分钟。"

"通常不会在这么短的时间间隔内做两次脑扫描的,结果会——"

"做吧,拜托了,就这一次,可以吗?"

她向一个机器人恳求道,卡泽埃从来不会去求一个机器人的。特蕾莎闭上眼睛,她现在又成了卡泽埃。她大步跨入监狱,她坚持要带莉齐回家……她在曼哈顿东部机场,正在租赁飞机……她面对着卡泽埃——卡泽埃面对卡泽埃!——告诉她要对杰克逊好一些,告诉卡泽埃杰克逊实际上是怎样的一个好人,告诉卡泽埃不要——

机器人呼呼地响着。

特蕾莎闭上眼睛,她又是卡泽埃了。她研究着两次扫描打印出来的结果,将它们进行比较。她不懂得那些图表是什么意思,也看不懂那些数字和符号,对她来说,它们太过艰深,她无法读懂。但是,她能看出来,这两张纸上的东西是不相同的。

这么说,她所猜测的是真的了。

当她觉得自己是卡泽埃的时候,她的大脑的工作方式是不同的,而这种不同是她可以选择的,她可以选择改变大脑的化学和电子的作用,或者能够通过扫描来测量的任何东西。这是真的。

看护机器人以悦耳的声音说道:"现在是进行康复训练的时间

了,阿拉诺小姐,您想吃点什么吗?"

"不用了。请关闭。"

特蕾莎从床上下来,她的腿还有些站立不稳,但她还能挺住。只是不能去冲个澡了——她不想浪费自己的力气,尽管她现在看起来像个肮脏的乞丐……

她踌躇了一下。一个乞丐,一个没有能力去支配什么,没有能力隐藏自己,没有能力去做交易,没有能力让别人害怕的人。

她脱下睡衣,摇摇晃晃地走到杰克逊的房间。她从他的衣橱里拿了一条裤子和一件衬衫,用剪刀这里撕撕,那里剪剪。花盆里种着基因改造过的花卉,开着艳丽的紫色大花,一定是卡泽埃送给他的。特蕾莎从花盆里弄了些泥土,涂在杰克逊的衣服上。这些泥土可能也是经过基因改造的,里面含有多种营养成分。但泥总是泥,涂在裤子和衬衫上总会显得脏兮兮的。衣服穿在特蕾莎身上显得太大,她用绳子将它们系了一下。

当她从镜子里看着自己的时候,她真的想哭。被灼伤的光头、凹陷的面孔、肮脏褴褛的衣服,颤栗发抖,弱不禁风……不,不要哭泣,要高兴。这是上天赐予她的天赋能力,她终于要用到它了。

"跟着我走,好吗?"她对看护机器人说,机器人照办了,她感觉如释重负。

她费了好大劲儿才上了楼顶,进到空中汽车里。她一直飞到哈得孙河营地。她不再假装自己是卡泽埃了,她省了这一道程序了。当空中汽车在生活者营地视线外的地方降落下来后,她深深地吸了一口气。

坐在她旁边座位上的看护机器人说:"该是进行康复训练的时间了,阿拉诺小姐,您想吃点什么吗?"特蕾莎不理睬它。

她是一个乞丐,一个带来了一份特殊礼物的乞丐。她的礼物就是要让这些被吓坏了的人感觉到:她需要他们。她需要吃的,她需

要有人接纳她,她需要他们理解她,接受她。她又饿又虚弱,她需要他们,她带来了拯救他们的礼物:感受需要。

"阿拉诺小姐,真的该——"

她是一个乞丐,一个带来了一份特殊礼物的乞丐,她的礼物就是要让这些被吓坏了的人感觉到,她需要他们。她需要吃的,她需要有人接纳她——

"阿拉诺小姐!"

"在这里待半个小时,然后跟着我。"

她不是特蕾莎,她是一个乞丐,一个带着礼物来的乞丐,她的礼物就是:感受需要——

走近营地时她几乎绝望,营地里看上去是如此荒凉,如此萧瑟,见不到一个人影。但她是乞丐,她知道该怎么做。她蹲伏在外面,蹲在一个从窗户里可以看得到的地方,开始大哭起来,"我饿了,我饿坏了……"她确实饿了,特蕾莎饿了,乞丐总是挨饿。特蕾莎就是乞丐,带来礼物的乞丐。

门终于开了,一个老妇人靠在门上,一脸惊恐地看着她。

"求求你了,太太,我没有经过改造,我没吃饭,我病了,我太饿了,不要把我一个人丢在这里……"

从空气中可以感觉到这个妇女深深的恐惧感——乞丐是能够嗅闻出来的,但她沧桑的脸由于同情却皱得更厉害了。乞丐看得出来这位老妇在漫长的生命旅途中,完全能够体会饥饿、疾病和孤独意味着什么。

老妇人慢慢地、蹑手蹑脚地沿着门边走来,和她一起的,还有另外两个人,她们一定是和她结合在一起的人—— 一个年轻的女孩,还有和这个女孩相貌相似的另外一个老妇人。他们三人,一个拿着一只碗,一个拿着一条毯子,第三个拿着一个塑料杯子,在离乞丐十英尺左右的地方停了下来。她们重重地呼吸着,由于害怕而显

得很紧张。

"求你们了，求你们了，我再也走不动了……"

害怕与记忆在交战。老妇人回想着"大变革"前被饥饿和疾病困扰的那些日子，于是在这短暂的片刻里，她又成为了过去的她。她向特蕾莎走来，这是一个需要帮助的陌生人。

"给你，拿着，你怎么会没有改造呢？吃吧，快吃……看她的手臂，保拉，它们就像柴火棍，它们……"

塑料碗和勺子。黏糊糊的食物看上去有点像麦片粥，但是吃起来却有点像野生的硬壳果，微微有点苦，虽然加了甜甜的枫糖，还是不能完全掩去那种苦味。乞丐狼吞虎咽地吃了下去。

"她饿坏了，她……保拉。她几乎都不能动了，我们不能把她丢在这儿，我们……"

乔希、迈克和帕蒂挤挤挨挨地靠在一起，从那扇沉重的门边悄悄地走了过来。乔迈帕。乞丐虚弱地抬起疤痕累累的光头，他们没有认出她来，"没有改造，她？天哪——"

"开始下雨了，她不能像这样待在露天里……"

迈克扶起她来，她柔弱的身体被拉入他的怀中，乞丐不由得瑟缩了一下。他将她抱起来，其他人跟在后面。

一间昏暗陌生的房间，一些陌生的脸害怕地看着她……她的喉咙开始哽咽，心跳开始加速。但她不是卡泽埃，她是乞丐，带着礼物来的乞丐。他们需要她，因为她需要他们。

那个未经改造的孩子，她以前见过的，他过的是另外一种生活，他从母亲两条腿的缝隙中看着她。他还活着，长大了些。乞丐现在看清了，他已经是一个小男孩了，他的鼻子里流着鼻涕，左手臂有残疾，比右手短，无力地从肩膀上垂下来。

"谢谢你们。"她对围着的那一圈人说道。有几个人往后退缩，但是其余的人点头微笑，"你们帮了我，能允许我给你们一些东西作为回报吗？"

人们立刻惊恐起来，他们害怕平日里不曾见识过的东西，他们害怕新的事物。乞丐的大脑深处某个此刻正属于别的什么人的那部分在猜想：她的话会让他们的大脑扫描图发生怎样的变化呢？

"你们可以接受的。"她说，"这只是一个机器人，你们都见过机器人，它们一直存在。"

建筑物的大门没有关，那个看护机器人根据指令，向着乞丐走来。那个没有经过改造的孩子，由于很长时间没有见过机器人了，他开始大哭起来。

"它是一个医疗机。"乞丐拼命地解释道，如果她以他们的口气来说话，也许……"一个医疗机，就像我们以前用过的那种，我们。它不能改造那个孩子，但它能给你们带来治病的药，比如让他止住鼻涕的药，还可以治疗他的手臂。"她再强调说，"我们可以用它来做这些事情。"

"做什么，我们？"乔希说，他仍然是他们中间最明白事理的，最不害怕的。乞丐于是直接对他说："试着做与往常不同的事情，乔希，你可以做到的，你。如果你要做的是一件好事，而你也真的想做的话，我可以教你怎么做，我。"

她有点操之过急，乔希此刻脸色显得很苍白，他向后退缩着，但她仍然看到他的眼中一闪而过的兴趣，只是由于害怕，他的兴趣很快就消失了。他能够做到的，他可以假装自己是另外一个不同的人，让大脑产生不同的化学物质。也许不是每个人都能做到这一点，但是其中有些人一定可以的，就像乔希。

一个站在看护机器人前面的男子向后退缩着，拉着他的两个伙伴往后退，"不，不，我们很好，我们。把这个东西拿走，你！"

那个残疾孩子的母亲摇摇晃晃地站起身来，特蕾莎伸出手去，用她那件又破又脏的衬衫的衣角给那个孩子擦鼻涕。孩子的母亲并没有表示反对,只是紧紧地抓住小男孩的肩膀,默许了这个乞丐去碰她的孩子,直到特蕾莎的手上沾满了鼻涕。这位母亲理智尚存,她战胜了恐惧。

服一片神经镇静药吧,这属于一个医学上的问题。

想到这里,她觉得自己又是特蕾莎了,作为弱者的特蕾莎,会害怕、会恐惧的特蕾莎,在一个陌生的地方和一群陌生人在一起的特蕾莎。她觉得自己的呼吸又开始不均匀起来。但是她刚才一直是乞丐,她来到这里,变成了特蕾莎……下一次她以乞丐身份自居的时间会更长些。她要教别人也这么做,只不过不是现在。她太虚弱,太害怕了,但是这里的人都理解害怕和恐惧,他们会照顾她的……

在她晕厥过去之前,她还有时间再想一件事,那是特蕾莎的思想,不是乞丐的:杰克逊,你说是属于医学上的问题,只说对了一半。

当特蕾莎清醒过来的时候,她发现自己置身黑暗中,躺在一张陌生的床上。不,那不是床,只是铺在地板上的一堆毯子,毯子下面铺着松枝,她可以闻到松枝的清香,也能感觉到树枝在她身下发出的轻微响声,两旁不规则的墙影若隐若现。

她在生活者的营区里,他们把她放在他们睡觉之处的一张床上。特蕾莎想起了之前发生的一切事情,她立即合上眼睛,努力让自己成为卡泽埃。只有成为卡泽埃,她才不会惊惶失措,而只有成为卡泽埃,她才能安然离开这里。她是卡泽埃,她厉害,她无畏,她是卡泽埃……她的大脑里又响起了那种熟悉的"咔嗒"声。

她在黑暗中快速地爬起来,沿着最近的墙根摸索,在墙的尽头处摸到一条悬挂着的厚重的毯子,这毯子是用来当作屏风的。她将毯子推向一边,毯子那边比较亮些,亮光来自屋子空旷处中央的一个Y能量锥。房间里睡了很多人,散发出一股很久没有洗过澡的味

道。"卡泽埃"很快地从他们中间通过，走到中间时，那个看护机器人飘浮着到了她面前，"阿拉诺小姐，您已经错过了两次康复训练——"

"安静！""卡泽埃"小声呵斥道，"别说话，你就待在这儿。"

看护机器人也小声说道："根据程序，我不能再接受别的任务安排，阿拉诺小姐，我必须和您在一起。"

这个愚蠢的家伙一定要和她死缠在一起，就像乔迈帕彼此之间一样。"卡泽埃"对机器人怒目而视，"那么过半小时你再跟着我吧，就像先前那样。"

她蹒跚着走到门边，轻轻地打开门，一轮满月高悬中天，"卡泽埃"沿着河边的小道走向她的空中汽车。她用尽了所有的力量——有从"卡泽埃"那里"借"来的力量，还有她自己仅剩的一点力气，两者结合起来，她才能驾驭着空中汽车回到家里。

"哦，我的天哪，"一个声音说道，"特蕾莎！"

是维姬·特纳的声音。可维姬在她家公寓楼的屋顶上干什么呢？而且还是在这么寒冷的夜里？空中汽车降落之前，特雷莎在车里已经好好地睡了一觉。她眨着眼睛，往后一缩，靠在椅背上。

"看看你自己，特蕾莎。你上哪儿去了？弄得这么破破烂烂的……你怎么不戴上帽子呢？来，我来扶你……"

"我是卡泽埃，"特蕾莎说，"我还是乞丐。"

"你说什么？进屋去吧，你在发抖。我一直在这里等你回家，因为我不知道该上哪儿去找你，我甚至不敢告诉杰克逊说你不见了。不，特蕾莎，我来扶你，电梯在这边……"

她又睡着了。她开始做梦。她梦见一些长着巨大犬牙的异形在追赶她，而她正在穿过一个基因改造过的花园，里面所有的树木都对她怒目而视，她可以感觉到它们对她的仇恨像波浪一样席卷而

来,她不明白自己做了什么,让它们那么恨自己——

"特蕾莎,快醒来,这只是一个梦,你在梦中叫了起来,你已经睡了几个小时了……"

她全身烧得厉害,那些异形让她身上着了火,她的头好疼,"我觉得……我觉得不太舒服。"

维姬站在床边,一只手准备搭上特蕾莎的肩头。突然她的手停在了半空,特蕾莎转过头,吐了一枕头。

维姬等着,直到她呕吐完毕,"好了,特丝,往这边转过来……不会,你不会掉下来,我扶着你,我们去盥洗室……来,特蕾莎,听好,这很重要。看护机器人呢?"

"我……我把它给丢下了。"她任由维姬用冷毛巾给她擦洗脸颊,好凉啊。她在发烧,那些尖嘴獠牙的异形让她的手和腿都着了火,这会儿,火焰在她的手和脚上跳跃,飞舞,燥热燥热的。

"你把它留在哪儿了?在哪儿,特丝?"

"在……营地里。"

"在营地里?生活者的营地里?你把看护机器人送给了一个生活者的营地?"

"我是……我是乞丐。"她的胃翻腾着,又开始呕吐。

"在营地里,特蕾莎,那里有没经过改造的生活者吗?你有没有接触过那里的病人?"

"一个小孩,他的鼻子……"

"他的鼻子怎么啦?他病得厉害吗?"

但她已经不能回答了,她只觉得整个盥洗室都在晃动,在飞旋,她又开始吐了起来,那些黏糊糊的呕吐物里含有黑色的胆汁。

她被放回到床上,床上已经收拾干净。维姬将一个小盆放在她的嘴边,以备她的胃翻腾起来想吐时用。特蕾莎的脑袋里像是遭受着一下一下的重击,击打得如此厉害,她甚至可以看见捶击时一闪一闪的光影。她看见屋子里乱作一团,墙上出现了许多洞,家具都被推倒了……是维姬干的吗?她为什么要这么做?

"它在哪里,特丝?想一想,亲爱的。这很重要。它在哪里?"

"你说什么?"特蕾莎问,维姬的脸变得这么难看,这么紧张,就像卡泽埃的脸。没有人能够抵挡得住卡泽埃,甚至杰克逊也不能。只是特蕾莎不可能成为卡泽埃,因为她是这么脆弱,烧得这么厉害,痛得这么厉害——

"保险箱在哪里,特蕾莎——你父亲的私人保险箱?我知道他还留有一支,因为我曾听杰克逊说过——快,特丝,保险箱在哪里?"

保险。她是想安全想保险,她一生都想安全保险,但她从没得到这安全保险……服一片镇静药,特丝。但这并不能让她得到安全保险,她一直都知道这一点,她需要比这更有意义的安全——

"你父亲的私人保险箱在哪里?"

"我想想看……在大盥洗室……卫生间的墙后面……"维姬飞奔出去,直到这时,特丝才发现这个被弄得一团糟的房间不是她的,而是杰克逊的。她躺在杰克逊的床上,而不是她自己的床。她父母曾经在这个房间居住过。

从盥洗室那里传来一阵巨大的哗啦声,琼斯立刻说道:"阿拉诺小姐,主人盥洗室的管道出了问题,要不要我叫一个房屋维修机器人来?"

"好的……不要……"

更多的撞击声传来,什么东西重重地击打在别的什么东西上。硬的东西。特蕾莎在杰克逊的床上害怕地缩成一团。维姬又回到房间,浑身是水。

"明白了,看来这是个老式的机械结构,任何电子仪器都无法探查到,得用密码才打得开。密码是什么,特蕾莎?……三个数字的密码……特蕾莎!听我说!"

"不知道……问杰克逊……"

"我没法和他联系上。凯尔文–卡斯特纳切断了他与外部的电子联系，他自己可能还不知道这一点。我也无法与莉齐联系上，我对这个房屋系统不太了解……等等。"

"我……我快……死了吗？"

"只要我能帮得上忙，你就不会死。"维姬严肃地说，"但愿你哥哥如我所想的那样——重感情、重亲情，你也就不会死。琼斯，日历信息！"

特蕾莎吓了一跳。维姬说话的样子像极了卡泽埃，但那怎么可能，特蕾莎才是卡泽埃……琼斯说道："特纳女士，您要什么日期？"

维姬冲进盥洗室，对着琼斯大声吼道："杰克逊的生日，特蕾莎的生日……"

特蕾莎已经奄奄一息，但是她不能死，她还没有和安妮嬷嬷一起做晚祷呢。晚祷和晨祷……然后是什么？是别的什么东西。那个流着鼻涕的未经"改造"的生活者婴儿，也将和她一起做祷告。她答应过他的……

"杰克逊从医学院毕业的日子！"维姬大叫道。

如果特蕾莎死了，那个流鼻涕的小男孩也会死的，你不能，杰克逊，她和他争辩着，杰克逊的幻影站在她的床边，你不能阻止我。我能做给他们看，让他们知道如何……你难道不明白吗？这是天赋，它一直是我唯一的天赋。需要——你需要我，需要我来让你照顾。

维姬站在一旁，手里拿着什么东西。她已经不再大声叫喊了，事实上，特蕾莎几乎听不见她在喊叫。维姬的声音是从很远很远的地方传过来的，不管多远，听起来还是像卡泽埃的声音，"密码是他的结婚纪念日期——他和那个有自恋癖的女妖的结婚纪念日。他真该死，拣了这个没什么大不了的日子作为密码。特蕾莎，听着——"

维姬手里拿着一支改造针剂。

"听着,特丝。杰克逊告诉过我,他专门在他父亲的保险箱里为你保存了一支,为你有一天改变了对改造针剂的看法时使用。你现在已经在生活者营帐里,从那个未经改造的生活者小孩身上感染了一些疾病,有可能是一种快速变异的病毒——如今树林里有各种各样的微生物散布出来,被感染的宿主人群都没有对付这些微生物的疫苗。特丝,我已经从杰克逊的备用药物里给你注射了各种抗过滤性病原体的药物,但没有一种有效。我不懂医学,不知道该怎么做,那个看护机器人也不在了,我又联系不上杰克逊。我别无选择,只能靠这支改造针剂了——"

特蕾莎摇摇头,泪水从眼眶里涌了出来。

"特丝,你早晚都得打这一针的,你在新墨西哥受到了严重的辐射伤害……我准备给你注射,特蕾莎。我必须这么做。"

"天……"她就是说不出那个词来,天赋能力,她的天赋能力。如果她注射了改造针剂,这种能力就会消失。你需得努力争取,才能获得你灵魂的……他们是这么说的……所有伟大的历史学家都是这么说的,那些名人名言都是托马斯为她摘引的……

"对不起,特丝。"维姬抓住特蕾莎的手臂,举起针筒。

"乞丐,"特蕾莎喘着气说,"天赋……"她闭上眼睛,火焰在她身上飞舞,她的灵魂被焚烧着—— 一切都要失去了。

她什么感觉也没有了。当她再次睁开眼睛时,只见维姬仍然举着那支针剂,针筒悬在特蕾莎的手臂上空。

"特丝——"维姬小声道,"你真的情愿死,也不要改造吗?我不能强迫你……是的,我可以给你打这一针,但是我不能……这应该由你自己来选择……去死吧,杰克逊!这都是你的错!"

特丝说:"我的……问题。"

维姬瞪眼看着她，"是的，你的问题，你的选择，你的生命……天哪，特丝，我怎能不……好吧，你的选择。我应该给你注射吗？如果我不这样做，你就有可能死掉——虽然我不能肯定你是不是真的会死。如果我给你注射了，我不知道你的大脑还会不会以某种方式改变……我不知道，我不是医生！"

大脑化学物质的改变。但是特蕾莎已经做到了！她可以成为卡泽埃，她可以成为乞丐，她可以控制自己的大脑……至少能够做到一点。

她是特蕾莎，这已经足够了，即使她的身体被改造了，也没有关系，她已经超越了自己的身体，她是不是一直知道这一点呢？刚才她与想象中的杰克逊争论得那么激烈，是不是就是为着这个呢？

"特丝？你笑得像是……天哪，宝贝，你的额头温度又上来了……我都不知该怎么办才好！"

"给我注射吧。"特蕾莎说道，在针头刺入的那一瞬间，在那热旋风一般的热焰中，特蕾莎想到，维姬与卡泽埃毕竟是完全不同的：卡泽埃从来不会说自己不知道该怎么办。

细细的黑色针管插在她无力的手臂里，里面的液体正一点一点在流逝。

24

当维姬将这一切都说完,最终停下来的时候,杰克逊已经躺在那里沉默了很久。在凯尔文·卡斯特纳客房狭窄的床上,身边维姬的身体已经不再让他意乱情迷,当然他也已经睡意全无。

他相信她,虽然她刚才附在他耳朵边说的那些事情听起来令人难以置信,但他仍然对她毫无怀疑。特蕾莎——他的特蕾莎——将莉齐·弗朗思从监狱里救了出来?然后独自一人跑到生活者的营地里,把那个看护机器人送给了他们?并且愿意注射改造针剂了?

他相信维姬。可是,他不也一直是相信卡泽埃的吗?直到他来到凯尔文-卡斯特纳之前……

"我有些东西要给你看。"维姬说,现在她也有些恹恹欲睡了,声音很是疲倦,"是某种证据。不过等到早上再说吧,我现在特别困倦。莉齐和特蕾莎把我折腾得筋疲力尽,这两个属于未来的孩子……"

"你说什么?"杰克逊说,说话的口气比他自己预想的要严厉得多。他觉得自己是如此迷茫。特蕾莎,选择了接受改造……特蕾莎——她已经改造过了,她还会需要他吗?

"未来时代的孩子,"维姬重复道,几乎是在喃喃自语,"有主见的……"她睡着了。

杰克逊从她蜷曲着的身体下抽身出来,下了床,他肯定是无法睡了。这间房间最多不过十码见方，没有来回踱步的空间。如果他使用房间里的终端，可能会吵醒维姬，他不想让维姬醒来，她在感情上又伤到了他的痛处——就像她以前曾多次做过的那样。

为什么总会有这么多伤脑筋的事情呢？为什么要由他来承受这一切呢？

杰克逊悄无声息地打开卧室的门，走到外面，再关上身后的门，穿着睡衣，光着脚，轻手轻脚地走过这个陌生的走廊。在走廊尽头处，他发现了一个很小的、空无一人的休息室——当然是空无一人的，现在正是半夜时分。休息室里有一个沙发、一张椅子、一张桌子、一个服务机器人，还有一台终端机。

"打开系统。"杰克逊说。

"是。请问您需要什么服务？"一个服务程序，是为暂住在这里的技术人员以及睡不着的无聊客人服务的，毫无疑问能访问的权限很有限，但这就足够了。

"请转新闻网，35 频道。"

"好的。有什么需要敬请吩咐，凯尔文-卡斯特纳公司将竭诚为您服务。"

"——堪萨斯州东部地区，龙卷风袭击了威奇托小区，高级防护罩即刻激活，进入高级戒备状态。在华盛顿，国会将继续就有争议的空运包裹规程展开辩论。参议院的投票定于明天上午进行。法国巴黎，索邦小区首次上演克劳德·纪尧姆·阿诺特庄严激昂的新协奏曲《莱莫德尔》，这位颇受欢迎的作曲家没有——"

"转到国际通信频道！"杰克逊命令道，对于庇护所被炸毁一事，新闻网没有什么新的评述。有关对人的大脑产生抑制作用的神经病毒还算不上是什么重大新闻，它只是一种现象，在落后的生活者地区中的一种奇特现象。

都是些蠢货，顽固者小区里都是些蠢家伙。

"是,还有什么需要帮忙的吗?"程序问道,"您想要与哪个内部部门链接吗?"

"不是和部门链接,我只想与某个个人联系。莉齐·弗朗思。她是这里的客人,在这个大楼里的非生物危险隔离部分。"

"好的。有什么需要敬请吩咐,凯尔文-卡斯特纳公司将竭诚为您服务。"

莉齐的脸出现在屏幕上,她那铁丝似的黑发向着不同的方向伸展着;尽管眼睛下方有着深深的黑眼圈,但她的黑眼睛里却闪耀着激动的光芒,"我正想接通你的房间。"

"我不在房间里。"杰克逊没精打采地说道,"只有维姬在房间里,她刚从我和特蕾莎住的——"

"我知道。"莉齐急切地说道。她用两只手捋着头发向上拉伸,结果向上竖起的头发更多了,"我把她叫醒了。杰克逊,我需要和你本人见面,就是现在。"

"莉齐,这里是生物隔离区,如果你进来,你就不能离开——"

"我知道,我知道!但是我必须进来,我。就是现在。"

杰克逊凑近屏幕看了看,莉齐的眼睛里闪现的不是激动的神采,而是恐惧,她说话的口气又恢复到生活者的样子。

"莉齐,发生了什么——"

"目前还没有什么,我无法进入这个系统,我。太难了,但我不想一个人在这里,我想要和维姬在一起,我想进来,我!"

杰克逊看到,莉齐努力想让她的样子看起来可怜兮兮的。一个十来岁的女孩子,半夜独自一人身处陌生的地方,思念着有如母亲一般的维姬。但她是莉齐·弗朗思,她独自一人徒步来到纽约,闯进了被认为根本无人能够擅入的顽固者小区,侵入到了许多顽固者公司的计算机系统里,有些机构甚至连杰克逊也说不出名字来。她的可怜模样是装出来的。

她眼睛里的害怕不是真的。

他说:"那德克——"

"我知道如果我进来,就得在隔离区待上几个星期,但是我想要维姬,我!再说我进不了这个该死的系统!"泪水一涌而出。

杰克逊有些不知所措,他说:"好吧,我告诉全息图像领你到净化消毒区。瑟蒙德·罗杰斯将密码告诉我了。整个过程大约需要一个小时。但是你不能将你的终端带进来,莉齐。"

"我的日记在上面!还有德克小宝宝的照片!"她开始哭了起来。

"莉齐,听话——"

"我要维姬!"

杰克逊突然产生了同样的感受:他也需要维姬,维姬也许知道如何应付这种突如其来的不稳定情绪。莉齐也像其他人一样,会在母亲面前哭泣、发脾气……可维姬毕竟不是她的母亲,而杰克逊也不相信莉齐无法进入凯尔文-卡斯特纳的系统。

"进来吧,莉齐,"维姬在他身边说着,"留下你的终端。是不是杰克逊让你查信息的事?"

"不!如果我再试试,也许能够攻进去的!"

"那么你就带上你的个人系统——和凯-卡公司的通信链接已经切断了,是吗?当然,你现在带着它到大楼外面,从你身后的门进去,往左转,到走廊尽头,继续往前走,走到消防通道处,有一辆篷车停在那里,里面有七个人,把你的系统给他们,他们会替你保管,然后你就进来找我。"

杰克逊眨眨眼睛,一辆篷车?

就在这时,眼前的屏幕分割成两半,瑟蒙德·罗杰斯出现在另一半屏幕上,"凯尔文-卡斯特纳所拥有的任何数据都不能被带走。弗朗思女士已经对凯-卡公司的数据进行了分析,而且——"

维姬打断了他："篷车里有两位系统屏蔽安全专家，他们有专门的设备可以封住莉齐的系统，除非有她本人、杰克逊，还有当时在场的凯尔文–卡斯特纳公司的两位人员的视网膜扫描信息，其中一人可以是你，瑟蒙德，才能够打开。"

"即使是这样，你们也不能——"

"篷车里还有一位律师。他带有法庭庭谕，可以从凯尔文–卡斯特纳公司安全地带走杰克逊与凯尔文–卡斯特纳公司签订的合法契约中所涉及的相关资料。"

"那只是契约——"

"篷车里还有一位微生物学家。在对莉齐的数据资料封存之前和开封之后，作为法律上有效的专家意见，她准备先对数据进行检查，看是否与阿拉诺医生签订的合同有关。当然，你是不会希望她对数据进行检查的。"

瑟蒙德·罗杰斯恨恨地看着维姬。

"现在就进来吧，莉齐，"维姬说，"距离不远，没有人会阻挡你。在你的夹克领子里夹藏有一个跟踪器，当你走出凯–卡公司监视器的范围外时，篷车里的人会跟踪你。罗杰斯博士会告诉大楼为你开门，让你进来，篷车里的人会派一个证人一直陪伴着你。来吧，亲爱的。"

莉齐的眼睛里仍然闪着光，她拿起终端，还有她那个难看的紫色背包。她将终端紧紧地抱在胸前，走出了监视器的监视范围。维姬深深地吸了一口气，屏住了呼吸，直到一个陌生男子的脸出现在屏幕上。在这夜阑人静的时刻，这个人看上去显得干练、沉着，"莉齐·弗朗思已到了外面，和我们在一起，和科温顿女士在一起，和我们的系统在一起。等凯尔文–卡斯特纳的小组人员一出现，她的系统封存行动就开始，除非凯尔文–卡斯特纳公司愿意让塞德莱博士亲自对数据资料进行检查。"

"罗杰斯,怎么样?"维姬说。

瑟蒙德·罗杰斯脸上恨意未消,但他还是稳定了自己的情绪,"这次不用检查,我会立刻到东面的安全门那里,由凯尔文-卡斯特纳的保安人员陪同。"

"是。"一个衣冠楚楚的男子出现在屏幕上。通用客服系统也为杰克逊转到了新闻网。"弗朗思女士在艾吉恩特·艾狄森的陪同下,正在进入大楼。"屏幕上的两部分图像一起消失了。

杰克逊抬起头来看着维姬,她赤着脚,由于刚睡过觉,头发乱糟糟的,一小束头发披散在左颊上。杰克逊问道:"谁是艾吉恩特·艾狄森?还有篷车里的另外三个都是些什么人?"

"保镖。"

"你怎么知道要——"

"我就是保镖,"维姬说,"或者说我曾经干过那一行。当然,这些人都不是我出钱雇的,是你。"

"怎么会——"

"莉齐早就破解了你的个人账户密码,但她是一个有道德的小家伙,她有她的准则。我发誓她从未动过你的钱。"维姬微笑道,"不过我就不一样了。"

杰克逊将手放在维姬的胳膊上,"莉齐到底查到了什么?"

"我也不知道,除非她告诉我们,或者她的终端被启封。但是,我更感兴趣的是,她为什么一定要进到这个生物危险性的隔离区域里来,还要亲自见你。"

"那个叫什么艾吉恩特——保镖——不管他是什么吧——要和她一起通过净化消毒区吗?"

"他们就像紧密结合在一起的两个原子,"维姬对着空中说道,"这个人带着连续发送装置,还有其他的一些信号增强设备。"

"那么我们就等着,"杰克逊说,"直到莉齐通过净化消毒区。"

“我们等着。”维姬说，“系统，吩咐服务机器人送咖啡来。”

“好的。有什么需要敬请吩咐，凯尔文－卡斯特纳公司将竭诚为您服务。”

维姬只是微笑不语。

过了一个小时，莉齐和那个艾吉恩特·艾狄森才通过了净化消毒区。杰克逊饮了两杯咖啡，想看看维姬是否还有什么惊人之举，不过现在他看出了她的意图。她故意望向屏幕上的新闻网，慢吞吞地喝着咖啡，他说：“你到底在等着什么消息呢？”

“关于布鲁克黑文的消息。”维姬很自然地说，这意味着她不怕被人窃听。她在这个休息室的沙发上动了一下身子，将腿盘起压在身子下面。

“布鲁克黑文国家实验室？他们那里发生了什么事？”

“我不知道，但莉齐的监视程序发现了一些异常情况。她的程序对政府机构发送的一些信息的数量、频率和优先权，以及编码信息等进行了扫描，发现从布鲁克黑文发往其他任何地方的信息都出现了异常。”维姬将腿舒展开来，又盘绕起来。

“出现异常？一些明显的变化。”杰克逊说。

“明显地不发生变化。每天的数据量、频率、优先权，以及编码都完全相同。”

“你的意思是——”

“对大脑产生抑制作用的那种神经病毒已经侵入了一个顽固者小区的防护罩内，而且不是一般的小区，是保证生物技术安全性的国家实验室。”维姬又移动了一下身体重心，“当然，凯尔文－卡斯特纳已经知道了这件事，这我敢肯定。该死，怎么坐也不舒服。”

她从沙发上站起身来，舒展了一下，打个哈欠，然后朝杰克逊微笑。这一次，他从她脸上的表情知道该怎么做了。他说：“来吧，过来坐，这里舒服。”

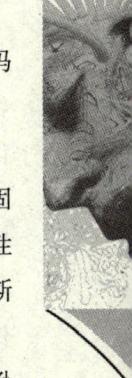

　　她走到房间另一头,走到他的椅子旁,坐在他的膝盖上。屏幕上大声地播放着那些老一套的新闻消息,杰克逊突然意识到,屏幕上的音量比正常的要稍高一些。维姬的嘴唇贴在他的耳朵上,轻轻地说:"我想给你看一样东西。"然后开始解自己的衬衫。

　　杰克逊觉得体内的荷尔蒙激素直往上涌,但接下来他看见的是她胸脯上画着的图案。

　　维姬喃喃道:"这里的监视器可能比你房间里的要少些,即便如此,还是要小心。你往左转,再转一点,好,就这样。"

　　他们俩的身体与椅子背形成一个封闭的三角区域。维姬低下头,她的头发挡住了天花板上的那片空间,她解开更多的扣子。

　　她的胸脯细腻白皙,乳房比卡泽埃的要小,但更坚挺,高高耸起。乳房上面的凹陷处有一幅用不易退色的墨水画的草图,这种墨水一般是用来签名或者记录实验结果的。这种笔在凯尔文-卡斯特纳公司里到处都是,维姬大概是在通过净化消毒区以后画的。杰克逊凝视着草图,微弱的光线刚好能够让他勉强看清这些墨水画出的线条,维姬的皮肤和呼吸散发出的香气弥漫在杰克逊的脑海里。

　　直到他明白他看到的是什么。

　　是根据两幅大脑扫描结果打印图绘制的粗略草图,左边的是特蕾莎的,虽然画上下颠倒了,线条也非常粗略,但杰克逊还是辨认出来了。在特蕾莎有病的那些日子,他每天都要看那些图表,已经看了好几年了。它们是大脑里起激励作用的部分,是大脑中控制情感最为原始的部位:脑缘部分,视丘下部,扁桃体部位,脑干网状结构,延髓腹外侧头端区——所有这些部位都与大脑的兴奋激励作用有关。

　　上行网状激活系统(ARAS)对大脑其他部位的神经信息输入做出反应,显示出特别剧烈的波状活动:低振幅,高频率,强烈的大脑活动失调。由于示警信号不断地进入特蕾莎的大脑皮层,于是就致使她不断地将外部世界看作是一个可怕的地方。这些信息又被反馈到 ARAS,产生更为强烈的电子化学作用。这些代表危险的电子化学活动使大脑感觉到危险,转过来促发了更多的电子化学作用的反应。这是一种恶性循环,但特蕾莎从不让杰克逊用神经镇静药物来中断这种连锁反应。

第二幅草图却完全不同,事实上,它不像杰克逊见过的其他任何大脑扫描图。ARAS 系统和大脑原始区的扫描图显示的是正常的兴奋状态,即稳定的、有意义的、与现实活动有关的大脑激励状态,但从大脑皮质到 ARAS 的活动却异常强烈,有的部分类似于剧烈的幻想活动,如癫痫发作、宗教幻想、虚幻的错觉、某种创造性的活动等。这样的大脑扫描图通常见于那些被囿于幻想世界里的人,如认为自己是耶稣基督或是拿破仑之类的人。但是将这种大脑模式与受到控制的清晰的高振幅、低频率的阿尔法脑波结合起来看,这幅扫描图是在思想高度集中的情况下产生的……

"第二幅扫描图是谁的?"

维姬说:"特蕾莎的。"

"不可能!"

"没错,这两幅扫描图都是特蕾莎的。一幅是她想象自己将要做些对她来说很困难的事情时扫描的,另一幅是在那之后。到底她是怎么做到的,我也不是很清楚。"

"我能看到脊椎部分的数据就好了!"

"唉,"维姬酸溜溜地说道,"我这里只有这么点地方,不像别的什么人那么大,所以我只记下了这两幅完全不同的扫描图。"

"但是特丝怎么能——"

"你能不能小声点儿,杰克逊,你看起来像是真的在用鼻子爱抚我似的。别忘了我们仍然处于监视器的监视之下。我说过我不知道特蕾莎是怎么做到的,但是我确实知道她做到了什么事情——特

蕾莎通过假装自己是卡泽埃,进而改变了她的大脑扫描图。"

杰克逊沉默不语。特蕾莎假装自己是卡泽埃,从而产生了性情、气质完全不同的另一个人的大脑活动模式图,至少她在短时间内做到了。那是一种近乎妄想的想象,一种创造性活动,她大概在一开始就控制了大脑皮层的思想活动,然后将这种信息反馈到自主神经系统……毕竟从本质上说,大脑所有的情感活动都是在内部产生的,大脑活动让身体的各种感官反应具有了意义。而特丝将这个过程颠倒了过来,她在自己的大脑里先产生某种想象出来的东西,从而改变了大脑里一些更为原始的反应活动,这些大脑活动最终影响了神经系统的化学物质水平。特蕾莎仅凭想象和意志就控制了她身体的物质世界。

杰克逊对自己的妹妹竟然一点都不了解。

他有些犹豫不决地说道:"我想复制这种……"

"这是当然,但不是现在。"维姬系上衬衫扣子,但并没有离开他身边,而是仍旧舒适地坐在他的膝上,暖暖的胸脯贴在他的脖颈处。她用另一种不同的声调说道:"你知道的,我有点怕你。"

"鬼才信呢。"

"你不相信我,你以为你是唯一害怕动感情的人。算了吧,见你的鬼去。"

她突然站了起来。听她的话音,杰克逊还以为她生气了,但她脸上却写满受到伤害和犹疑的表情。此时此刻,杰克逊突然明白,眼前的这个女人才是能够在他生命中替代卡泽埃的人。

明白了这一点后,他的心里立刻又充满了恐惧,这是又一个对他指手画脚、颐指气使的女人吗?她会一有机会就对他冷嘲热讽,然后总想控制他,总想知道他心里在想什么,要说什么……维姬浓烈的体香充塞了他的鼻孔和喉咙,虽然她现在坐得离他并不是很近。她的衬衫还有三粒扣子没有扣上。她是有意的吗?当然是的。

他不喜欢她这个样子。

维姬软弱的一面只持续了片刻，然后又恢复到原来那个维多利亚·特纳了，一个有自制力、有能力的女人。

维多利亚·特纳，不是卡泽埃——把这一切搞混淆的不是她，而是他自己。

曾经成为卡泽埃的是特蕾莎。

杰克逊大笑起来，有点情不自禁，他觉得，这太愚蠢太荒谬了，太滑稽可笑了，甚至让人无法忍受。特蕾莎、布鲁克黑文、神经病毒、凯尔文–卡斯特纳、庇护所、整个世界——无论微观世界，还是宏观世界——都已天翻地覆。而他，杰克逊，他害怕的是一个自称怕他的女人，他太害怕而不相信她说的话，她也太害怕以致不相信他也会害怕。"维姬——"他温柔地叫道。

屏幕上的新闻正热闹地播放着，在这个单调乏味的房间里，他们四目相对，这一瞬间，就像太妃奶糖一样甜蜜地延伸。

"维姬……"

"客人就要到了。"系统声音响亮地通知道，"弗朗思女士和艾狄森先生九秒钟后抵达，我要带领他们进来吗？"

"好的。"杰克逊说，他很高兴这可以让他暂时摆脱目前这种境地，不过与此同时，他又有些失落。

"是的！有什么需要敬请吩咐，凯尔文–卡斯特纳公司将竭诚为您服务。"

艾狄森是一位技师，生得高大威猛，看上去让人望而生畏。他的头皮几乎擦着天花板，手臂有杰克逊的两倍粗。也许他身体的其他方面——肌肉力量、视觉能力、反应的敏捷程度——同样也与众不同。进来后，他像一个专业保镖一样往房间四处看了看。莉齐身穿凯尔文–卡斯特纳公司的绿色一次性服装，跟在艾狄森后面，就像一个非常渺小的、毫不起眼的、胆小的洋娃娃。莉齐扑向维姬，抱住了她,杰克逊以为维姬会像母亲那样哄着她,但这种事情并没有发生。

"好了,莉齐,"维姬说道,"打起精神来。你不会告诉我,说你这个攻无不克的数据侵入高手,只是因为那个小小的深度灌洗消毒程序就如此泪水涟涟的吧?你深入政府数据漏洞的本事可比那个消毒洗涤器要深入得多噢。"

莉齐大笑起来,虽然笑声有些发颤,但毕竟是在笑。维姬这番挖苦竟然哄住了莉齐,杰克逊永远也不懂这些女人。

"好了,"维姬说,"现在你坐好,把你的发现都告诉我们。不用管那些监视器,让凯-卡公司知道我们都知道了些什么更好。你要咖啡吗?"

"要。"莉齐说,她看上去平静多了。从净化消毒区出来后,她还没来得及去拉扯头发,所以这会儿她的头发服服帖帖地伏在头皮上。艾狄森已将房间都巡查了一遍,然后在莉齐和一扇打开的壁橱门之间站立着。

维姬说:"说吧,我们现在已经知道了些什么?"

莉齐啜了一口咖啡,做了个鬼脸。杰克逊知道她还不习惯这种一本正经的气氛,于是他在她对面坐下,平静地看着她。

"我们知道凯尔文-卡斯特纳公司弄了个概率计算模式,是专门用来研究会产生恐惧情绪的那种神经病毒的……就是让德克产生恐惧感的那种病毒。"莉齐的声音一时间有点发颤,"大多数内容我都不太明白,但看起来像是一个可以以预先设定的途径为阿拉诺医生提供数据的程序……取决于阿拉诺医生想要知道什么,根据决策树图表,可提供前后一致的相关数据。我已经弄明白的就是,这个决策图表的每个分支得出的都是没有最后结论的结果。"

杰克逊平静地说:"你怎么知道这些数据都不是真的。"

"这些数据的依据多半是些还不存在的东西。"

"精心谋划的实验……"

"我不知道。"莉齐坦率地说道,"我怎么会知道呢？"杰克逊明白他没有必要和她争论这些,她的自信会像气球一样突然膨胀,也会突然之间就泄了气。维姬平静地说道:"在终端启封前,我们大家都无法知道是怎么回事,杰克逊,到时你就可以直接检查那些数据了。但是可以肯定,这种程序倒像是一个用来毁约的工具,不是吗？"

杰克逊回答道:"是的。"一阵巨大的愤怒情绪在他的内心里无声无息地升腾起来,卡泽埃知道内情吗？

莉齐说道:"这个概率计算模式还和与你有关的一些材料进行参照,阿拉诺医生,一个专门为你定制的个性化的心理程序。"莉齐说着,脸红扑扑的。

这么说,卡泽埃知道内情。

杰克逊站起身来,但当他站定后,又不知道自己能上哪儿去。莉齐显然还没说完,想到这里,他心中的愤慨比刚才更甚。

维姬说道:"干得好,莉齐。但还不够,是吗？为什么你在生物安全区域里的时候,那么急于要来和我们会合呢？"

莉齐的手微微颤抖,杯子里喝剩下的咖啡也溅了出来,"维姬——"

"不要紧张,说出来,就在这里说,现在就说。这样,每个人都知道凯–卡公司已经知道了些什么。"

莉齐的头仍然在颤抖,但她的声音平静些了,"在更深层的数据资料里还有另一个更简单的概率模式,我能看懂它,我。它显示了最初的神经病毒各个变种的突变概率。或许也不是最初的病毒,而是从最初的病毒中制造出来的。通过不同途径获得的的模式……那些模式……"

"告诉我托勒斯平均值,"杰克逊冷冷地说道,"平均概率是指直接传播方式的感染率,是吗？在人与人之间进行传播,通过体液

里的尼尔森细胞进行传播。知道什么是托勒斯概率吗？"

维姬提高了嗓音："你知道什么实际情况？"

"我也是猜的，但愿我的猜测有误。不过，以这种方式传播的病毒相当不稳定，随时会产生突变，这是众所周知的……莉齐。可突变为空气传播病毒的托勒斯概率是多少？包括实验室培养物之外和人体之外的？"

"百分之零点三。"

这个概率很低。它的设计者——无论是无眠者中的什么人——这些病毒的始作俑者至少已尽了最大努力来防止出现这种无法控制的、可以在世界范围内的空气中传播病毒的感染危机，至少他已经努力过了。"那么变异为一种可以独立生存、可以直接从人体到人体的病毒的概率呢？"

莉齐小声说道："百分之三十八点七。"

三分之一多一点。那么现在——杰克逊想——他们已知道了。这种抑制大脑的感染病毒最后会在人群中通过血液、唾液、尿液互相感染，很有这个可能。百分之三十九的可能性。这么高的感染概率，实验室里的样本一定在以疯狂的速度突变。

维姬对莉齐说："你害怕自己在外面也有可能会感染上，那样你就永远没有能力去照顾德克了，所以你要来到这个生物屏蔽区和我们在一起。"

杰克逊说："即使突变已经发生——大概还没有这个可能——她只要不和别人接触，也就不会受到感染。她必须直接接触到病人的血液或者与他人有性关系，才会被感染到。莉齐，是不是这样？"

莉齐小声说道："那么接触到眼球呢？"

"眼球？"

"坏死的眼球，我是说真的，我。噢，阿拉诺医生，我真的碰到过……哦，天哪，如果我感染到了怎么办？德克！德克！如果我被感染

到了怎么办,我?如果我感染到了该怎么办!"

这个女孩已经处于一种歇斯底里的状态中。杰克逊想起,莉齐还只有十八岁,刚经历了杰克逊无法想象的许多恐怖经历。莉齐哽咽着,维姬领她到走廊的尽头去,门在她们身后关上了,杰克逊很高兴他终于可以安静一会儿。

似乎过了很长时间维姬才回来, 她那经过基因改造的紫罗兰色的眼睛看上去很疲倦。这真是一个可怕的清晨。

"莉齐睡着了。"

"这就好。"杰克逊说。

维姬站在他三英尺之外, 似乎不想与他有身体上的接触,"究竟发生了什么事? "

"凯尔文-卡斯特纳搞了个虚假的决策图表, 他们并没有真正从事这方面的研究。"杰克逊盯着静默的屏幕,"你这个混蛋家伙,你都听见了吗? 现在你得真的进行研究了,并不仅仅只有生活者吸入了这些神秘可怕的化学物质,布鲁克黑文也遭到了病毒袭击,难道不是吗? 重重防护着的顽固者小区也同样不能幸免,你也会被感染到的。最好的办法就是赶快找到它的克星。"

他等待着,怀着几分期待,希望能够在屏幕上看到瑟蒙德·罗杰斯或者亚历克斯·卡斯特纳,哪怕是卡泽埃也行,但屏幕上仍然是一片空白。

维姬说道:"现在我们大家已经站在了一条船上, 我们的兴趣也一致起来,多么让人惬意啊。"

"说得对。"杰克逊恨恨地附和道。

"除了,"维姬继续说下去,"除了你和我,只有特蕾莎知道世界上其他人都不知道的一些事情。米兰达·沙里夫和其他的无眠者都已经无法帮助我们走出这个困境。这一次,再也不会有什么来自庇护所或者伊甸园或者'月之女神'的神奇针剂了。无眠者全都死了。"

杰克逊盯着她看。

"不，我们不能再守着这个秘密了，杰克逊。我们要让凯-卡公司知道，我们需要将这件事透露给新闻网，透露给政府机关，透露给所有那些在绝望之中还指望着米兰达·沙里夫能够再救我们一次的人。这样凯-卡公司就不能再指望得到来自天空的帮助，政府也不用再准备到'月之女神'去证实这些杳无音讯的无眠者的下落了，人们也会停止再向米兰达发送信息，因为这次再也不会有什么细胞清洁机之类的东西了。不会再有了，无眠者都已经死亡。杰克逊……抱住我，我不在乎有没有人在看着我们。"

他抱住了她。虽然在他的怀中，维姬觉得很温暖，但这个拥抱却无法给她带来真正的慰藉。

"杰克，"卡泽埃在终端屏幕上说，她的脸色十分冷峻，"告诉我你们的想法，以及你们所知道的关于米兰达·沙里夫和'月之女神'的一切。"

他在深更半夜翻阅查找着各种资料，为卡泽埃和亚历克斯查找资料，第二天上午又为美国联邦调查局和中央情报局查找资料——因为到后来才知道，凯尔文-卡斯特纳公司直到召开了董事会议后，才与联邦调查局联系。杰克逊庆幸他们的拖延，如果一开始就给联邦调查局和中央情报局找资料，要查的东西恐怕就更多了。

然后，他努力想把这些有关的调查材料都从大脑里驱逐出去。这几天，他一直都埋首于数据堆里。现在，凯尔文-卡斯特纳公司的所有数据资料他都可以自由获取，凯-卡公司没有理由不这么做——正如维姬说过的那样，现在他们是在同一条船上。

在隔离区的第二十一天，也就是最后一天，他完成了对凯-卡公司所有数据的调查工作。他并没有亲自到各个实验室里去，毕竟他不是一个经过专门训练的研究人员，他的所知有限，所了解的一些医学模式并非是决定性的。也许那种神经病毒的逆转药物是可以找到的，但现在人们却不知道它们在哪里，或者是什么样的。

或者说何时才能找到。

那股冷冽的怒气在他心中滞留着。这股怒气并不是因为找不到一种治愈方法，不会没有希望的；他生气也不是因为有人制造出了这种大自然中本来并不存在的、危险而残忍的神经病毒。四千年来，人类也曾制造出了各类大自然中本没有的毒药，用来互相攻击；他生气也不是因为凯尔文－卡斯特纳将自身的利益置于公众利益之上，办公司本来就是以赢利为目的的。

到了第二十一天，正当杰克逊准备离开凯－卡公司，想抽一小会儿时间去看一下特蕾莎，但还未进入大楼非生物屏蔽区的安全区时，瑟蒙德·罗杰斯出现了。这次不是全息图像，也不是公共链接网，而是他本人亲自出现了，"杰克逊。"

"我想我们俩之间已经没有什么好说的了，罗杰斯。也许你是来给卡泽埃当信使的吧？"

"非也。"罗杰斯说，杰克逊看了看他。罗杰斯的经过基因改造的肤色呈浅棕色，本来与他那金色的鬈发很相衬，但是现在显得很苍白，而且布满了白斑，绿宝石般的瞳孔显得很大。

"怎么成了这个样子？"杰克逊问道，但他心里早已明白是怎么回事。

"病毒已经变异得可以直接传播了。"

"在哪里？"

"芝加哥北部海滨小区。"

病毒并不仅仅是在生活者中传播了。北部海滨小区总有人在进进出出——然后病毒就会通过血液、精液、唾液、乳汁等传播开来。病毒的传播已经变成非吸入形式了。

他很干脆地问道:"受感染者有什么症状?"

"大脑受到严重压抑,对于新鲜事物感到极度恐慌焦虑。"

"好。"杰克逊说。然而这话毫无意义,因为一切都不好。但是突然之间,他知道自己为了什么而愤怒了。

"反反复复都是一样的。"杰克逊对维姬说。他们并排坐在空中汽车里,准备升空飞往波士顿。近一个月来,公寓楼下面公园的鲜花纷纷盛开了。州政府的圆屋顶在夕阳里闪着金色的光芒,远处的大海笼罩在一片灰蓝色的迷蒙中。在终端前坐了一个月,杰克逊感觉自己操作空中汽车的控制面板时,手指都有些不大灵活。他将汽车调到自动模式,坐在椅子上,放松地将肩膀往后一靠。他觉得疲惫不堪。

维姬说:"你说什么事情反反复复的?"

"人。他们总是翻来复去地做着同样的事情,即使根本无济于事。"

"具体是指哪些人?"维姬将手放在杰克逊的大腿上。杰克逊突然想到,车里会有监视器吗?二十一天来,他一直感觉很压抑,一直感觉被人监视……只不过他自己的车里应该不会有什么监视器——会有吗?这辆车已经在凯尔文-卡斯特纳的防护罩下停放了三个星期,当然会被装监视器。不过不管怎么说,他太累了,对男女之事并没有什么兴趣。

"所有的人,"他说,"每一个人。我们不是正在做着我们一直在做的事情吗,即使根本无济于事。詹妮弗·沙里夫一直试图控制一切有可能威胁到庇护所的因素;米兰达·沙里夫一直想依赖高科技来提携我们这些需要睡眠的可怜愚昧的乞丐一把;凯尔文-卡斯特纳一直在追求利益,而无视后果是什么;莉齐呢,则是什么数据系统都想要侵入进去;卡泽埃——"他停下不说了。

"—— 一直不停地表演,不管什么样的观众,只要能够满足她

对掌声的渴望就行。"维姬的语气愈加尖锐,"还有你呢? 你一直在做什么呢,杰克逊? "

他沉默不语。

"为什么不把你的理论应用在你自己身上呢? 那么,好吧,我来替你说:杰克逊一直认为医学模式可以解释与人有关的任何事情,生物化学上的解释就能让你了解某个人。"

杰克逊侧目看着维姬,她闭上眼睛。杰克逊突然觉得很遗憾,他一直没有好好地看过那对非常纯净的紫罗兰色的眼睛。她那双温暖的手已经从他身上移开了。他说:"听起来很像特蕾莎在说话。"

"特蕾莎,"维姬说,没有眼开眼睛,"想做一些不寻常的事情,非常不同的事情。"

"不就是那个大脑化学物质的生物反馈控制——"

"你真是个傻瓜,"维姬说道,"我真不知道自己怎么会爱上一个傻瓜男人。当特蕾莎得知抑制大脑的神经病毒产生的效果可以被转移时,我看着她,就那样看着她,当时车就停在这里,就在前面那块空地上,那时是凌晨两点。"

空地上的那些花没有经过基因改造, 荒芜粗糙的野草丛里散发出野薄荷的香气。

后来,维姬靠在他身上,她顾长的身体印着荒草野花的痕迹,散发出被压碎的薄荷的香气。他抚摸着她那起了鸡皮疙瘩的肌肤,她靠在他肩头,杰克逊感觉到她嘴角正在上扬。她在微笑。

"完全是生物化学作用的影响,是吗,杰克逊? "

他大笑,感觉真好,任何烦恼都烟消云散了,"你从不放弃的,对吗? "

"即使我不放弃,也不会对你产生什么吸引力。只是生物化学作用吗? "

他用手臂环绕着她。他们得回到空中汽车里去,这野地凹凸不平,泥土太硬了,还要被那么多虫子叮咬。另外,他还得去看看特蕾莎,还要回到凯尔文–卡斯特纳去,鉴于目前神经病毒已经从随机的恐怖活动转化为影响公众健康的危机,他要正式采取法律手段,让凯–卡公司与 CDC 共享有关的数据资料……

维姬突然显得有些犹疑不决,她总是在意想不到的时候用这种口气说话。

"杰克逊?是生物化学作用吗?"

他把她抱得紧紧的,"不是生物化学作用,是爱。"

这个论断似真非真,就像所有其他事情一样。

尾　声

2128年 11 月

"所有的陌生人和乞丐都出自宙斯。礼物，无论多么微不足道，都弥足珍贵。"

——荷马《伊利亚特》

　　杰克逊在那堵已毁坏的、难看的建筑物墙边等着,他的仪器装备都堆放在身后的树荫下。眼前是一幢泡沫塑料建筑,它不会着火,但里面所有的东西都已被毁坏、打碎、砸扁、劫掠一空了。废墟之上,又覆盖了一层基因突变的野葛,在圣路易斯的其他地方也到处覆盖着这种变异的野葛。这里也许是杰克逊所见过的最丑陋不堪的地方。

　　在过去的七年时间里,他到过许多像这样破败不堪的地方。

　　特蕾莎和德克已经准备好了,正向这里走来。德克八岁了,对他们要做的这一切还很陌生,他紧紧地拉着母亲的手。而莉齐,她当然不需要准备什么,她一直没有感染过那些会压抑大脑的病毒,她在引导着德克。德克在过去一年中取得了明显进步,以小孩子特有的极强的适应能力学会了这种特殊的本领,将自己想象为另一个角色——他称之为"树孩"。很显然,他仍然处于抑制大脑的病毒进入大脑扁桃体所产生的恐惧之中。"树孩"只是他想象中的产物,但它给神经化学物质带来的变化却是真实的。"树孩"比德克更勇敢,比德克更自由,杰克逊通过大脑扫描证实了这一点。

　　特蕾莎在前面带路。在这三个衣衫褴褛的人中间,特蕾莎是穿得最破烂的一个。特蕾莎光秃秃的头皮上已长出一头秀发,但她的头发却是三个人中间最蓬乱的。虽然她两手空空,什么也没有拿,但特蕾莎的任务却比其他人更艰难些。

　　特蕾莎现在终于找到了她的快乐。

　　三个乞丐走近这幢已经毁了一半的建筑物,里面住着被神经病毒感染的部落民众——当然，所有的生活者早已飞奔到里面躲藏起来了。特蕾莎、莉齐和德克在紧闭的门前蹲下，开始乞讨。

"请给点保暖的衣服吧。啊，如果你们有多余的衣服，请给我们一些吧，夜里可真冷……"

杰克逊知道，如果必要的话，他们会在这里待上几天。不过这一次可能不用坚持太长时间，因为乞丐们还带着一个孩子。所有受到抑制大脑的神经病毒侵害的人，无论是在顽固者小区内，还是在小区外，都会更愿意给妇女和小孩开门的。"精神大脑会"——杰克逊讨厌这个称谓，但这是特蕾莎的选择——这个组织在全国各地已有三万会员，这个数字还不包括医生和公司赞助者在内。会员人数一直在增长，但其中男性只占百分之二十八，"精神大脑会"在发展壮大。

它的发展速度几乎与病毒的扩散速度一样快。

另外，一些大制药公司——如凯尔文-卡斯特纳公司、利莱公司、遗传基因技术药物公司、西尔弗·马丁公司——对神经病毒逆转药物的研究，离最后的成功也越来越接近了。人类一直是幸运的，如果在生活者的营地里或者顽固者的小区里有人被感染到，由于卫生条件差或者改造后的饮食方式等原因，通常其他人都会被感染；但是，生活者营地和顽固者小区之间的传播速度却相对较慢，这是因为一旦发生感染，被感染者就不愿与外人接触，他们不会去拜访别人，也不愿别人来拜访他们。

特蕾莎要做的就是改变这种状况。

"求你们了，只要一件暖和些的外套……"小德克祈求道。

有时，营地的人会打开一条门缝，把他们想要乞讨的东西扔出来：衣服、水罐、取暖用的 Y 能量锥。但是，乞丐们不会就此离开。躲藏在阴暗角落里的杰克逊想，宗教教义的其中一条，就是要坚持到底，这也许很傻，却是一种锲而不舍的精神。

而且,有的时候的确有效。

生活者住地的门开启了一条缝,一个男人挤在门缝里,后面跟着一个小女孩。杰克逊瞪大眼睛看着——这个孩子没有被改造过。杰克逊观察着她的小光头,她的头皮上布满了一块块发炎的斑块,满头都是伤疤,这些伤疤已经结了痂,周围有许多鳞斑,看起来像是患了癣菌病一样。不过除此之外,这个女孩在其他方面还算得上健康。如果这个孩子也感染了神经病毒的话,至少没有其他人那么严重。和其他药物一样,这种在人的大脑中"叛变造反"的神经病毒对人产生的影响也是因人而异的,甚至还有少数几例天然免疫的例子。对这种天然免疫现象,一些制药公司和 CDC 正在加紧研究。

小女孩躲在这个男人身后,从男人的两条腿中间窥探着德克。

"树孩"微笑起来。

也许不用等很长时间,杰克逊就能开始他的工作了。

设备已经准备好了,就放在一个载物机器人身上,有医疗机和看护机器人。最重要的是,这个营地里的终端机上正在放映全息录像,一个他们熟悉的终端,是他们一成不变的日常生活的一部分。特蕾莎开始放的全息录像的内容是如何对未改造的孩子进行医疗护理。当孩子们的生命危在旦夕的时候,即使是那些受病毒影响最深、因而最胆小怯懦的人,也会愿意试试新的东西。出生后未经改造的孩子越来越多,病毒的影响也越来越令人绝望——他们的迫切需要正是进入他们生活的关键。

只要能够进入到他们的生活中,特蕾莎就会循序渐进地向他们推荐如何克服恐惧的全息录像。她自己也经常会害怕,因此她以自己为例子,言传身教,教他们如何通过想象一个完全不同的自我来克服恐惧。然后,他们会学会控制大脑生物反馈的技巧,这样就能在神经化学物质的层次上成为另一个不同的自我。虽然只是暂时性的,但却是真实的,而且只要需要就能做到。

直到有人能够找出一种药物来解决这个问题。

医学上的解决办法当然会更简单、更方便、更迅速——服下神经药物就行。各种各样的神经药物，有的会让人不再那么害怕，有的会让人越来越害怕，有的会让人越来越健壮，有的会让人感受到更多的希望，有的会让人心平气和，有的会让人昏昏欲睡……神经药物可以解决任何问题。但是，特蕾莎和她的追随者们服用的不是神经药物，因此，问题并不像杰克逊一直认为的那样，人类必须在神经药物的支配下才能行动。只是人体会被自身的化学物质所驱动，但问题在于，为什么人类是由神经化学物质，而不是任何别的东西来驱动的呢？此外，用什么方式，人们才能自己选择如何来抑制恐惧、欲望、希望、愤怒和惰性呢？显然人类能够选择。特蕾莎正是这么做的，就在他的眼前做到的。那么不应该问——人类只是一串串化学物质吗？而是应该说——除此之外，人类怎么可能是任何别的什么呢？

杰克逊不知道答案。经过了七年时间，这个问题仍然让他觉得不自在。

他在自己的手上哈着气，天气越来越冷了，于是他打开了织进衣服里的 Y 能量加热器。特蕾莎、德克和莉齐已经消失在建筑物里。太好了，乞丐的破衣烂衫里没有织入 Y 热量，也没有个人防护罩。给他们做后援工作的医生护士在乞丐们身上佩戴了遥控监视器——而给他们做后盾的则是小心隐藏着的高科技保安机器人。

特蕾莎组建"精神大脑会"的这七年时间里，用到保安机器人的时候只有三次，大脑受到抑制的生活者们是不大会和人打架的。

阳光照耀在圣路易斯的碎石路上，又熬了一个夜晚。杰克逊叹了口气，激活 Y 能量帐篷，将载物机器人放进去，他给维姬打了个电话。

"你好，杰克逊。进攻任务进行得如何？特洛伊城攻下了没有？"

杰克逊咧嘴笑笑，"我们才将木马①推进城。别让莉齐听见你这么说话。"

"沉迷于宗教狂热的人们是没有幽默感的。你怎么样，亲爱的？"

"寂寞。"杰克逊盯着小屏幕上维姬的脸，"你好吗？你看起来……像是发生了什么事情似的。"

"没错。"维姬说。她的紫罗兰色眼睛反射着阳光，看上去就像紫色的葡萄酒。

杰克逊说道："有人找到了克制病毒的逆转药物？"

"没有，还没有呢，不过凯–卡公司一直声称他们已经离目标十分近了。是别的事，显然你还没看新闻网，芝加哥医学院发表了一个通告。"

"一个通告？什么通告？"

"关于卵子和精子。冷冻了七年的卵子和精子—— 一直不为人知，直到上个星期定时激活的机器人揭开了这个秘密。"

维姬的话缓缓地撞击着杰克逊的耳膜。远处，过了这片浓荫，生活者营房的大门又打开了。"卵子和精子，什么人的？"

"你猜得到，杰克逊。是所有超级无眠者的，米兰达·沙里夫、特里·姆瓦卡贝、克里斯蒂娜·德未特里厄斯、乔纳森·马克威茨……我们这些凡夫俗子根本不知道如何造就这样的天才。"

杰克逊沉默无语。一个小小的人影从营房大门里溜了出来，在黎明的晨曦中投下长长的影子。

维姬说："芝加哥医学院是一百二十五年前无眠者进行最初的基因修改的地方，蕾莎·卡姆登、凯文·贝克、理查德·凯勒……米兰达·沙里夫一定有感情脆弱的一面。"

"这么说，一切又要从头开始了。"

---

①指特洛伊木马，典出希腊与特洛伊的战争故事。

"如果让它们受精，一切就会从头开始。此事将会有激烈的争论。我们是该从被发现的机器人里面去发掘更多的信息呢，还是应该自己去摸索？"

那个小小的人影是德克。杰克逊定睛看去，只见小男孩有些害怕，又有些兴奋和自豪，他急着想回到里面去，于是他着急地向杰克逊挥手，叫他到营房里去。

"维姬，我得走了。他们已经准备好了，让我进去。"

"准备好了？"

"准备好了，特蕾莎干得太出色了。"

"圣人特蕾莎。好吧，杰克逊，去做你们的逆转工作吧，我爱你。"屏幕暗了下来。

这会儿，德克的两只手正挥舞着。杰克逊将通信器收好，也向德克挥挥手，并将浮动机器人召唤过来。教导人们恢复到原来的生活中的设备已经准备就绪了，药品、教育机器人、看护机器人、种子、晶体库。德克将自己变成了"树孩"，并成了一个乞丐，因为只有张开一无所有的双手，人们才会互相将手伸向对方。

杰克逊医生带着他的礼物向前走去。